JN247960

ユーステルルドドールロニア 3

百黒 雅

【イラスト】
sime

Contents

Illust.sime

プロローグ

黒い夜闇を、目が眩むほど眩い瑠璃色の閃光が鮮烈に照らす。

曇天を打ち払い、宙の彼方まで伸びる光の柱の正体は、無尽蔵に収束する膨大な魔力の奔流だ。

かつて世界を救った九人の騎士は、黄金の光を纏ってディエルコルテの丘に降り立った。または、十三の英雄が白き光の柱から舞い降りたという。

だが、これは違う。

そんな夢の溢れる御伽噺なんかじゃあない。

どうしようもない現実で、どうにもならない絶望だ。

瑠璃の光が貫いた雲の先には、巨大な真鍮色をした機械仕掛けの魔法陣が浮かんでいた。

ただの人間では到底及びもつかない神の如き所業が生み出した神秘の一つは、言葉を失って目の前の光景を夢幻かと疑う人間たちの代わりに見守っている。

このディエルコルテの丘に召喚された――生きた竜の死骸を。

「オオォォオオォォオォ――……!!」

腐敗して朽ちた巨軀を持ち上げて高らかに咆哮を上げる龍は、穴だらけの翼を雄大に広げて存在を誇示してみせる。

人間たちを追っていた魔物たちもまた、脳を支配しているはずの命令を忘れて茫然と見上げていた。

生物の頂点に君臨する神代の獣、その生きた死骸の雄姿を。

紅い輝きを眼窩に灯す邪悪な龍骸は、そんな塵芥に目もくれず、ゆっくりと一人の男を守るように巨大な尾を丸めて頭を垂れる。

鎧を纏い、剣を握る、明らかに騎士と思しき人間より貧弱な黒衣の男に、縋るような仕草で醜悪な吐息を漏らした。

　男は白骨の頭蓋を撫でながら、僅かでも同じ時間を過ごした者たちの畏怖に震える瞳を見て表情を曇らせる。

　たった一枚の小さな紙切れを触媒にした大召喚を行った、なんの力も持たないと思われていた男に向けて、剣を構えたまま動けずにいる銀髪の女騎士が掠れた声で呟いた。

「カロン……君は、一体……」

　問われて、男は寂寥感を飲み込んで口を開く。

「俺……いや、私は――」

◈ 一章 ◈

リフェリス王国

美しき魔物の楽園エステルドバロニアは、神都との戦いを終えてからは穏やかな日々を送っていた。

いや、穏やかというのはあくまでも平和という意味であり、静かという意味ではない。

反乱の鎮圧（ちんあつ）に続いて異世界での戦勝と、大変めでたいことばかりがあったのだから、魔物たちが大人しくしていられるわけがないのである。

飲めや歌えやの大騒ぎは昼夜問わず街中に響いており、さらにそれが一ヶ月も経（た）っているのに止んでいないのは、もはや軽い暴動のようなものだ。

当然酒の席での揉（も）め事（ごと）も昼夜問わず発生しているため、警備態勢の強化が行われる異例の事態であるが、同じ魔物である軍人たちにはその気持ちがよく分かった。

エステルドバロニアの王であり、この国に暮らす全ての魔物を統べる人間の主であるカロンが、前線に赴（おもむ）き陣頭指揮（じんとうしき）を執（と）った。

それがどれほど魔物たちを鼓舞（こぶ）し、奮起（ふんき）させたことか。

これまでのように城の中から全て差配するやり方に不満があったわけじゃない。人間のカロンが安全なところから指揮するのは当然とさえ思われていた。

しかし、その王が城から出て異世界の地に立って自ら率（ひき）いる姿は、まるで一枚の絵画のようにさえ思える神々（こうごう）しいものだったと伝えられた。

実際、絵心のある軍属の【ヴォイドオクトパス】が神々しく描いて販売したことで大儲（おおもう）けしていた。

彼らにとって一番の娯楽は、軍とカロンの活躍だ。

ゲーム時代は国力が育ちすぎてしまったことで沸（わ）き立（た）つような話題がなかったが、この世界に来てからは色々と動きがある。

それが楽しくて仕方がないというように、賑わいが街を支配していた。

その喧騒を巨大な内郭の壁で隔てた白き王城の中は、正反対に静寂に満ちている。

希少な鉱物のミスリルをふんだんに使った美しい城は、その清廉で荘厳な様に相応しい落ち着きがあった。

少し前までは団長たちが好き勝手歩き回るせいで台無しにされていたが、暫く軍の活動も平時の態勢に戻ったため、かつてのようにカロンのもとを訪れる者は少なくなっている。

代わりに、カロンの部屋にはルシュカやキメラたち以外の人物が訪れるようになっていた。

檜の床に白い壁。赤いカーペットの上にはウォールナットの最高級家具の数々。調度品は少なく、豪華さよりも快適さを求めたカロンの私室。

そこで、ソファに座って向かい合う二人の姿がある。

「くぁ……ふう」

口に手を当てて噛み殺せなかった欠伸をするカロンが潤んだ瞳を指で拭うと、心配そうな声が正面から上がった。

「お疲れですか？　昨夜も遅かったようですし、今日はここまでにしてお休みになってはいかがですか？」

カロンが落としていた視線を上げる。

そこに座っているのは、クラシックなロングスカートのメイドドレスを着た、小柄なエルフの少女だ。

黒いワンピースに純白のエプロンドレス。頭にブリムを乗せた清楚な姿だが、覗く素肌には刺青が刻まれている。

それは彼女の罪の証であり、同時に勇気の代償であった。

「いや、大丈夫だ。リーレこそ疲れていないか？　私のために逐一資料を用意してくれているんだろう？」

リーレは、それに満面の笑みで応えた。

「お気になさらないでください。私、今とても幸せなんです。いつかやってくる地獄に怯える日々から解放されて、それどころか助けてくださった御方に尽くせるんですから」

言葉に嘘は一つもない。真っ直ぐで純粋な心の声だ。

リーレの望みを聞き届けている風を装って、自分を慰撫しているような男には、眩しすぎる言葉だった。

「だとしても、なかなか大変だろう」

リーレの笑顔から目を逸らすように、テーブルの上に広げられた資料を捲る。

カロンでは読めない文字の羅列が隅々まで書かれた資料は、全てリーレがカロンの為に用意したものだ。

内容は、リーレが調べられる範囲の世界の歴史である。

郷に入っては何とやら、というわけではないが、知っておかなければ後々困る可能性もあると思っていたので、協力的な現地の者から直接教えてもらえるのはとてもありがたい。

特に、世界の生い立ちともいえる神話は興味をそそられた。

「創世神アーゼライが海と陸を作り、太陽の男神ザハナと月星の女神ゲルハを生み出した、か」

「はい。神の存在は我々には認識できませんが、その力の痕跡は生活の中にも多く根付いています。

最たるものは、やはり魔王の手から世界を救った九人の騎士でしょうか。その血は後世に受け継がれ、今もなお常人を超える力を持つ勇者たちが現れていますから」

　なるほど、と相槌（あいづち）を打つ前に、また大きな欠伸がカロンを襲った。

「ふぁ……あ、すまない」

「カロン様、やはりお休みになった方が……」

「大丈夫だ。そんなに心配するな」

「ですが……」

　リーレの心配は正しいものだ。

　神都での戦争が終結してから、カロンは以前にも増して仕事に没頭するようになっていた。

　何かを忘れるように——否。何かを忘れていることで己を苛（さいな）むように、自分でも無意識のうちに王の職務に時間を注いでいる。

　確かに眠くはあるが、それはただ疲れているからだと自己診断していたカロンだったが、不安そうなままリーレは心配の種を口にした。

「この世界には、セルミアの眠り病（ねむりやまい）というものがあるんです……」

「眠り、病？」

「はい」

　それは、冬から春にかけて広まるレスティア大陸特有の病気らしく、子供のうちに罹（かか）ると以後は発症しない珍しいものだとか。

　しかし、その人生一度の病は名前の響きよりも恐ろしいものだった。

「眠り病の名前のとおり、だんだん深い眠りに囚（とら）われていって、最後はそのまま目を覚まさなくなって死に至るんです。治すには、同じ時期にしか自生していない薬草が必要になるんですが……」

ちらりと外に目を向ける。

大きな窓ガラスから差し込む日差しは、春を感じさせるには少々強すぎるものだ。

「もうすぐ夏が来そうだがな」

「そう、ですね。そうですすよね！　あは、あはは……季節外れに罹ったたってことも、聞いたことないです……」

「もし本当に罹ったら、薬草が手に入らないってことになるぞ」

「はい……本当にその時期だけに流行る病ですし、他の用途がない草なので、多分どこも保管してないですし……」

なんというか、実に異世界らしいとカロンは思った。

そもそもゲームの中の国から始まっているので、人のことは言えないのだろうが、それでもリーレから聞く話のどれもが現実とは違う物語を感じさせる。

ともあれ、あまり関係のないことだろうとして、カロンはまた歴史の勉強に戻ろうとテーブルの資料を手に取ってみる。

それと示し合わせたように、指が紙に触れたと同時にノックの音がした。

「カロン様、ルシュカです。至急報告したいことが」

「……入れ」

「失礼します」

ノブを回して入室してきた、自分の最も信頼する副官を見て小さく頷くカロン。

タイトスカートの軍服を着こなす美しい長身の女――【アノマリス】のルシュカは、空色の髪を揺らして深く一礼すると、リーレの方に視線を送った。

リーレは視線を受けてすぐに立ち上がり、カロンに深くお辞儀をしてから、会話を聞かないよう部屋の隅へと移動して佇立する。

ヒールを鳴らしながら大股で近づいてきたルシュカは、僅かな吐息も耳をくすぐる距離に顔を寄せると、淡く怒りの籠もった固い口調で囁いた。

「エルフより、我が国の東に位置する国から使者が神都に送られるという報告が入りました」

まだ少し眠気が残っていたカロンの顔に生気が戻り、急速に回転する脳の悲鳴に眉間を押さえて深く息を吐く。

「ついに、か」

それは想定していた事態ではある。

新たな勢力の登場に、どう対応するかを協議しなければならないと、カロンは鉛のような息を零しながら薄く開いた眼でコンソールのマップを睨むのだった。

◆

リフェリス王国。

世界の中央に浮かぶレスティア大陸で最も広い領土を持つ、五大国家の一つに数えられる国であり、中央大陸を代表する国だ。

銀の鷹を象徴とするリフェリスは、人魔戦争の折に分裂した国が初代国王によって統一されたという歴史がある。

そのため周辺国からは〝歴史の浅い国〟として見られているが、アーゼライ教という宗教の本拠地を有しているおかげで、五大国家の一つに数えられている。

そんなリフェリス王国のシンボルであるリファール城は、中世の雰囲気を感じさせる街と城壁に囲まれた、薄鈍色の石壁に青い屋根が特徴的な城だ。

現国王アルドウィン・リフェリの住まいであり、リフェリス王国の中枢であり、そして王国騎士団の拠点である。

城の敷地内にある広い訓練場では多くの騎士たちが日々の鍛錬に汗を流している。

掛け声を発して剣を振る一団から離れたところで、激しい攻防が繰り広げられていた。

「でやああああっ！」

ぶつかるように襲い掛かるのは、白と藍の制服に身を包んだ、少し小柄な青年だ。

制服と同じ白と藍のレッグガードと右手に嵌めたガントレットは、騎士の鎧としては貧相で頼りない。

黒に近い茶髪をオールバックにした人相の悪い青年は、二振りの剣を握りしめて自分よりも更に小柄な相手へ力任せの一撃を放った。

まだまだ未熟な太刀筋だが、そこらの兵士では受けることも躱すことも難しい突風のような剣閃は、余裕ぶった相手の動きを見極めて袈裟切りに振り下ろされる。

光る刃は、訓練用の雑な作りをした鈍ではなく、掠めただけで皮膚を切り裂く真剣だ。

一歩間違えれば容易く傷をつけ、最悪は命に関わる大怪我に繋がりかねないというのに、青年は振るうことに全く躊躇する様子がない。

それは、互いの実力が拮抗していないことを意味しており、全身全霊で挑む青年が実力で劣っていることを意味していた。

青年の剣は、目にも留(と)まらぬスピードで振るわれた剣によって簡単に左に払い飛ばされた。

激しい金属の衝突音が鳴り響いているのに、払った相手は小枝を振った程度の力しか込めておらず、それだけで体勢を崩されたことに青年の顔が歪(ゆが)む。

「っ！　余裕っすねぇ！」

今度は水平に、しかしタイミングをずらして剣を振る。

右手の一本は逆手に握り直された剣で受け止められたが、左はわざと力を抜いて相手の防御をすり抜けさせる。

防がれている右手の力を緩めないよう意識しながら、青年は相手の腹に狙いを定めて躊躇なく突きを繰り出した。

体を捻(ひね)って避けられるが、それを狙っていた青年はすぐに刃の向きを変えて横に振るう。

鋏(はさみ)のように左右の手で相手を刃の内側に挟んでしまえば逃げられないだろうと考えたのだが、突然ピタリと左腕が動かなくなったのを感じて驚きに目を見開いた。

柄を握る手に添えられた細い指が、渾身(こんしん)の力を込める腕を完全に封じ込めているのだ。

ならば、とすぐに気持ちを切り替えて体当たりをしようとするが、青年が動くよりも早く鋭い蹴りが彼の腹を捉えた。

真っ直ぐ貫くように放たれた蹴りは正確に鳩尾(みぞおち)に突き刺さり、吐き気をもよおすよりも早く青年を後方へと吹き飛ばす。

土の上を転がった青年に息を整える間を与えず、仰向けになった彼の首に鋭い切っ先が微(かす)かに触れた。

咳をすれば間違いなく突き刺さる距離。

青年はゆっくりと込み上げてきた胃液を嚥下して、なるべく喉仏を動かさないよう注意しながら声を発した。

「参り、ました……」

悔しさの強く滲んだ青年の言葉を聞いて、ゆっくりと剣が下げられる。

「力任せで解決するほど戦いは甘くないぞ、ベルトロイ・バーゼス。馬鹿正直にまっすぐ斬り捨てようとするなんて馬鹿な真似しか思いつかんとは。というか、私相手に力比べは通用しないと分かっているだろう」

呆れ返った冷ややかな、しかし透き通るような少女の声は、無機質を通り越して凄みさえ感じさせるものだった。

そう、少女だ。

青年よりも小柄で細く、年も若い美しい少女だ。

美しいロングストレートの銀髪を風に揺らす彼女の姿は、まるで一枚の絵画のように完成された光景だが、ベルトロイと呼ばれた青年の目には鬼が見下ろしているように映っていた。

青年と似たデザインのレッグガードとガントレットを、それぞれ左脚と右手に着けている。

左腕を隠すような濃紺の外套を揺らして、アイスブルーの澄み渡った瞳で見下ろす少女は、頼りない小さな手を差し出した。

節くれだった厚い手で握ろうとしたベルトロイだが、そこまで世話をされるのはプライドが許さないと、そっと手を下ろして辞退した。

僅かに、少女の目が揺れる。

「ミラ小隊長だって力任せでしたよ」

「なら、力以外の手段を使わせてほしいものだな。それでも勇者候補か」

勇者候補。

その響きに、土を払っていたベルトロイはむすっと唇を尖らせる。

「別に……俺なんかは普通の騎士か、兵士やってるほうが丁度いいんです」

「ふん、普通が羨む言葉だな」

ベルトロイの呟きを、今最も勇者に近いとされる少女、ミラ・サイファーは鼻で笑う。

「候補生から上に行けるかどうかは運と才能次第だが、候補生になるのは必然だ。どれだけ遠縁であっても、流れる血は裏切ってくれはしない」

剣を鞘に納めながら、少女は先達として、まだ自分の立場を理解できていないベルトロイに語って聞かせる。

胸に付けられた鷹の紋章は、彼女の出自が高貴である証明であるのに、その言葉には驕りも蔑みもない、まっすぐなものだ。

「良家も貧民も関係なく、例外なく、この世界に生まれた子孫たちは受け継いだ業から逃れられんし、辛かろうと抗えない」

ゆっくりと帯から鞘を外した少女は、尻を突いたままのベルトロイの頭を軽く叩いて笑う。

「だから、せいぜい精進することだ」

自分より二歳も下の少女に子ども扱いをされたことが釈然としないが、ベルトロイはゆっくりと立ち上がって上官である彼女に、稽古をつけてくれた感謝の印に頭を下げる。

少女はそれを見て満足したようにうんうんと頷くと、軽やかなステップで制服の裾を翻して背を向ける。

「それだけが、お前の生き様を支えてくれるだろうさ」

最後の言葉に、背を向けているのに真正面から心を射るような力強さを感じて、ベルトロイはもう一度小さな背中に頭を下げてから、少女とは逆の方向へと歩き去った。


千年前。

この世界で大きな戦乱が幕を開けた。

それは、これまで起きていた人間や亜人、獣人たちによる争いの全てが小競り合いに思えるほど凄絶(せいぜつ)だったと語られている。

事の始まりは、北の果てに浮かぶ小さな島からだった。

世界創造から長きに渡り、人にとって魔物の脅威は常に身近で、しかしそれを知恵と技術によって退けながら暮らしていた。

ところが、ある日を境にして獣同然の魔物たちが集団で行動するようになり、各地で被害が増加したという。

暫くの間は新たな対策を立てて押し込められたので、誰もが奇妙な違和感を抱きながらも日常を取り戻し始めていた。

そして、聖歴六百六十六年、六月第一週の六の日。

当時、最大の勢力を誇っていたニュエル帝国の首都が、僅か一晩のうちに魔物の軍勢によって壊滅したのである。

ニュエルは北の大陸に拠点を持ち、西のイーラ大陸を半分まで併呑(へいどん)する強大な軍事力を誇っており、順当にいけば全てを手中に収めるのではないかと警戒されていた。

そんな巨大軍事国家の首都が、たった一晩で魔物に滅ぼされるなど誰が考えただろうか。

世界が混乱に陥る中、北の果てで生まれたその怪物は自らを〝魔王〟と名乗り、世界の人類に向けて宣戦布告をする。

『我は魔王。全ての魔物を従えし者。人の世に終焉を齎す者。人よ、惨苦の死を受け入れよ』

その宣言通り、魔王は瞬く間に世界を侵略していった。

北から始まり、西と東を制圧し、中央の大陸も半分にまで攻め込んでいく。

後世の歴史家曰く、これほどの大打撃を被った要因として、魔物が軍を成して攻めてくることを想定していなかったことが挙げられるそうな。

個々への対応はできても、それが複合してひと塊となるなど思いもよらなかったことが、帝国を滅ぼし、三大陸を奪われる結果に繋がったとされている。

とにかく、魔王軍によって南へと追い込まれていく人々が、ついに中央大陸が奪われると絶望していた時――

「ついに、あのディエルコルテの丘に勇者が降臨なさったのだ！」

ダン！　と強く教壇を叩いた禿頭の大男は、鼻息荒く語る。

「美しき黄金の光を纏ってこの世界に舞い降りた偉大なる九人の勇者たちは、超越した力を振るって次々に魔物たちを倒し、幾多の困難を越えて、ついに魔王を倒すに至ったのだ！」

広い講堂の中で、教官を務める大男の話を真剣に聞く生徒の姿はない。

皆、聞いている風に教科書を見ながら、ぼんやりと終わることを望んでいる顔だった。

（小さい頃から散々聞かされてるし）

頬杖を突いているベルトロイも、周囲と同じように関心がある風に時折頷いているが、実にぼんやりしている。

更にヒートアップしてあれこれと勇者の偉大さを語る教官だが、その内容は教科書のどこにも書かれてはいない。

せいぜい一文に〝勇者〟の文字が一つ書かれているだけのページである。

つまりこの教官は自分のしたい話を意気揚々としているだけで、聞かされている生徒たちは寝物語で散々聞かされてきた話を改めて聞かされているのだ。

そんな生徒たちの様子にようやく気付いた教官は、わざとらしく鷹揚に咳払いをして誤魔化し、話題の方向を現代へと逸らした。

「そういうわけで、偉大なる勇者たちはとにかく強大な力を持っており、その血を継ぐ貴様らも同じ力に目覚める可能性を秘めているわけだ」

ベルトロイは何気なく講堂の中を見回す。

ここにいるのは、特別な水晶によって勇者の血に目覚めていることが判明した者たちである。

勇者の血統なだけではなく、その血の力を扱えるようになって初めてここに招かれるのだ。

彼らは〝勇者候補〟と呼ばれており、第二の人魔戦争が起こった時のために新しい世代の勇者を覚醒させることを目的として軍に所属させられていた。

「いつ魔王のような存在が再び現れるか分からない。その時のために、内に眠る偉大な血の能力を呼び起こし、新たな救世主となることを望まれている。それが、勇者制度だ」

教官の言葉は当たり障りのないものだが、実際は強制連行して軍属にするもので、人によっては迷惑以外の何物でもない。

この勇者制度はどこの国も取り入れており、魔物に対する切り札として人材発掘することを目的としているらしい。

(人間相手の方が多いくせに、よく言うよ)

だが、今この世界で高名な勇者は総じて戦争での功績を評価されている。

技術も魔術も昔より洗練されたこの時代、よほど強力な魔物でもない限り討伐するのに苦労がないことは、何度か経験した実戦で感じ取った。

結局は人間同士の争いに超常の力を利用したいから、勇者の覚醒に力を入れているのだ。

それは、ベルトロイの思い描く勇者像とは遙(はる)かにかけ離れたもので、だからこそ自分が勇者候補に選ばれても喜べないでいた。

「我が国の誇る勇者である騎士団長の〝剛剣〟ドグマ・ゼルディクト、魔術部隊を率いる〝大火〟ヴァレイル・オーダーの両名とも、勇者候補から選出されている。それは貴様らが次代を担う勇者になれる可能性がある証拠でも――」

カランカランと、外から聞こえてくる鐘の音に言葉を遮られた教官は、候補生たちの授業の終わりを望む目を感じ取って教壇から手を離した。

「この平和な世の中で名を上げるのは難しいだろうし、覚醒の引き金となりそうな状況も少ない。それでも、貴様らが我が国の要となることを私は望んでいる。以上、号令」

「起立！　敬礼！」

息の合った動作で教官に向けて両の拳(こぶし)を胸の真ん中に当てる生徒たち。

持たざる剣を掲げるような所作の騎士団に伝わる伝統的な敬礼を受けて、教官は小さく頷いてから講堂を出ていった。

途端に、室内の空気が一気に緩むのが分かる。

あちこちで堰を切ったように話し声が溢れ出し、当たり障りのない馬鹿話から教官の悪口まで、先ほどまでの気怠そうな様子はどこへ行ったのかと思うほどの騒がしさだ。

ベルトロイは教科書をカバンにしまって立ち上がり、次の基礎訓練の支度をしようと講堂を出ていく。

その背を、強く叩く人物がいた。

「いってぇ！　くそ、何しやがる！」

振り向いたベルトロイは、振り向かなくても相手が誰か想像できていて、後ろに立っていたのは案の定の人物だった。

身長も体格も大きい、見るからに体育会系の男だ。

勇者候補として入団してからできた友人であるポウル・デルフィは、ベルトロイの物騒な眼光に怯むことなくニヤニヤしながら肩に手を回した。

「おいベル、さっきミラ嬢にしごかれたんだって？　ぼこぼこにされてたって噂だぜー？」

ただ上官と部下が訓練していただけなのだが、将来を期待されるミラと、彼女が唯一受け入れた新人のベルトロイ、二人の組み合わせは色々な意味で注目を集めている。

「いいよなー。公爵令嬢で、騎士団屈指の美少女の相手ができるなんてよ。あーあ、俺んとこの隊長も美少女にならねえかなぁ」

おまけに、サイファー公爵家の一人娘で美少女とくれば、よからぬ憶測も飛ぶし、よからぬ妄想も湧く。付随して、くだらない被害が来るわけで。

ベルトロイがミラに負けることに不快感を示す理由が、今まさにポウルの口にした内容によるものだった。

「目を付けられてるだけだ」

「それが羨ましいってのに、ほんと興味ねえんだなー」

「うるせえよ。ぶん殴ってやろうか」

掲げられた拳を見て、ポウルは「怖い怖い」と大げさに両手を広げるポーズをとった。

育ちが悪そうな、性格の悪そうな見た目をしたベルトロイと、浅黒い大柄な男の組み合わせは周囲の目を惹きつける。

様々な出身の者が集まる騎士団でも注目を集めやすいと自覚しているベルトロイは、肩を組んだままのポウルを引っ張るようにして訓練場に向けて歩き出した。

（くそっ、どいつもこいつも……）

ベルトロイにとって、勇者は——御伽噺の勇者は、今でも憧れの存在である。

だから、たとえ自分が分家の分家のそのまた分家の薄い血が流れている程度の勇者候補だとしても、選ばれたことは嬉しかったのだ。

しかし、想像していた騎士団生活は、ミラ・サイファー直属の部下に選ばれたことによって大きく変わってしまった。

「なんだこのチンピラは。ああ、新しい候補の……そうか、よし、ちょうどいい。お前を部下にしてやろう。ミラ・サイファーの部下だからかなりの栄誉……なんて、どうでもいいか」

あまりにも血の力が弱い平民出のベルトロイを入団させていいものかと、ベルトロイを前にして相談し合う大人たちの中に偶々姿を見せたミラが、そう言い放った。

実力も家柄も申し分のないのに、部下を持たないのは問題であると言われ続けていたミラからすれば気まぐれだったのだろう。

しかし、その気まぐれによってベルトロイは良い意味でも悪い意味でも注目されている。こんなことなら普通の兵士になったほうがマシだと思うくらいにだ。

それに、勇者候補の現実を知ってしまったことも原因に存在する。

それを象徴するように、廊下の先から歩いてきた集団がベルトロイとポウルを見て不愉快な笑みを浮かべていた。

「よお、無能な勇者候補さんたち。こんなとこで遊んでるなんて、随分暇なんだなぁ」

軽い口調だが、ベルトロイたちと彼らに面識はない。

それ以前に所属が違う。互いに白と藍の騎士団正式隊服だが、ベルトロイとポウルの胸の紋章が翼の刺繍(ししゅう)なのに対して、相手は剣の刺繍だ。

その違いは階級ではなく、出自の違いにある。

平民出身の一般騎士、平民出身の勇者候補騎士、そして貴族出身の騎士だ。

一般の騎士とは、兵士より上の地位に就くために辛い試験を通り抜けて厳しい訓練で篩(ふるい)にかけられ、少ない椅子を勝ち取った平民出身の騎士だ。

貴族の戦力として飼われる兵士よりも、国預かりの戦力である騎士の方が報酬も高い。

彼らからすれば、国から宝のように大事に扱われて、中には一般の兵士よりも能力で劣っている者もいるのに、のうのうと騎士の地位に座り続ける勇者候補の存在には不満しかない。

それだけ国が勇者の血を大切にしている証左なのだが、騎士という夢を叶(かな)えるために心血を注いで努力する一般騎士の彼らがそんなお上の考えに唯々諾々(いいだくだく)と従えるわけではない。

そして、ベルトロイも彼らの考えに同感だからこそ、今の自分の立場が嫌になっているのだ。

「今年の一般騎士は不作だって教官が嘆いてたぜ？　無駄な汗水垂らしても強くなれねえんだから、さっさと実家に帰ったらどうだ？」

無視しようとしたベルトロイをよそに、ポウルは売られた喧嘩（けんか）を真正面から買った。

あれこれ深く考えたりしないポウルからすれば、勇者の血という幸運で手に入れた地位に甘んじることは国に許されているのであって、当然の権利でしかない。

故に、威圧的に振る舞うことも当然なのである。

「あ？　万年不作のゴミが偉そうなこと言ってんじゃねえぞ。血を引いてなけりゃ俺らより下でヘコヘコ頭下げるしかねえくせに」

「その血があるからお前らは俺たちより下なんだよ、馬鹿が」

「おい、やめろポウル。こんなとこで騒ぐな」

慌てて止めに入るベルトロイだが、ポウルは交戦の構えを解こうとしない。

「任せとけよベル。こんな奴（やつ）らぶっ飛ばしてやるからよ」

「そうじゃねえって！　ここ団長室の前だぞ！　おい、お前たちも――」

「なに睨んでんだコラ。てめえもやる気か？　あ？」

「この目は元からだ！　いいからやめろっての！　こんなことしてたら勇者候補とかどうとか関係なく懲罰対象になるぞ！」

ベルトロイがちらちらと目を向けるのは、豪華な二枚扉の部屋の入り口だ。

そこが団長ドグマ・ゼルディクトの部屋で、彼はアーレンハイトにいると知っている。

恐らく部屋の住人は不在のはずだが、そんな場所で揉め事を起こしているのを誰かに見られでもしたら、確実に普通の処罰では済まされない。

「なんだ？　ビビってんのか勇者様よぉ」

「バレなきゃいいだけだ。まあ見とけよ、すぐに終わらせてやる」

「だからそうじゃねえって」

「余裕こいてんじゃねえぞ、おらぁ！」

ついに痺れを切らした一般騎士の一人がベルトロイの胸倉を摑んで、よりにもよって団長室の扉に押し付けた。

仲間がやられたと怒りに顔を赤くして拳を握るポウル。

仲間の雄姿に追従しようと構えをとる一般騎士たち。

反撃しようとしないベルトロイを見て、格の違いを見せつけてやったと笑う名もない騎士。

真っ青な顔をして手を振り解こうとするベルトロイ。

騎士同士の対立は山ほどあるが、その場で起こしたのは後にも先にも自分たちだけだろう。

新米の愚行を許してくれるほど騎士団が甘いわけがないと、顔はチンピラ風でも頭はいたって常識人なベルトロイは必死に考える。

退団だけで済めばいいが、そうじゃなかったらどうなるのか。とにかく無理にでも場を収めないと大変なことになる。

想像するだけで背筋の凍るベルトロイだったが、それ以上に恐ろしいことが起こった。

「ひぃっ！」

ベルトロイの背後からズドン！　と大きな音がしたと同時に、厳めしい扉から剣の刀身が勢いよく飛び出したのだ。

剣はベルトロイのもみあげを掠めて切り落とし、胸倉を摑んでいた騎士の眼前で停止する。

あまりの事態に全員が硬直している中、剣が刺さっていない方の扉がゆっくりと開き、

「どこの能無しが騒いでいるんだ？　場合によっては即退団にしてやるから所属を言ってみろ」

凍えそうなほど研ぎ澄まされた怒気を放ちながら現れたのは、美しい銀髪に氷のような瞳を持つ美少女――ベルトロイの上官であるミラ・サイファーが、ゆっくりと腰からもう一振りを抜こうとしているのであった。


ベルトロイとの訓練を終えたミラは、一度汗を流してから呼び出されていた騎士団長室に足を運んでいた。

彼女は騎士団の中では小隊長と低い階級だが、貴族としては公爵家令嬢であり、実力においては騎士団長ドグマ・ゼルディクトに迫るほどである。

まだ齢（よわい）十六という若さが昇進の足を引っ張っているだけで、いずれは王国の次代を担うであろう逸材だと誰もが思うだけの才能があるため、こうして格の高い騎士団長の部屋に呼ばれるのは珍しいことではなかった。

「失礼します」

ノックの後に一声かけて、ミラは二枚扉を開けて中へと入る。

広い部屋の中は、王国騎士の頂点に立つ人間に相応しい豪華さだ。

本来であればこの部屋に呼び出すのはドグマなのだが、今回は少々わけが違う。

執務机の前で待っていたのは、線の細い美男子だった。

「よく来てくれた。さ、そこに掛けてくれ」

「はあ……」

生返事をしながら、ミラは大きなソファに腰を下ろして男を見る。

市井の民は、彼を指して白馬の王子様などと言うのだろう。それほどにスタイルも容姿も完成された男は、王国騎士団の副団長を務めるバウム侯爵家の嫡男（ちゃくなん）であるゼンツ・バウムだ。

戦いの才能こそミラには劣るが、参謀としての能力は高く評価されており、彼もまた次代を担う逸材とされている。

「久しぶりだね、ミラ。元気だったかい？」

そして、ミラ・サイファーの婚約者でもあった。

「はい。今日も部下に稽古をつけていました」

「それも、うん……聞いているよ」

ゼンツの表情に愛想が増したのを感じて、ミラは自分に女らしさを求めているのだなと冷静に分析する。

氷のように冷ややかなミラの態度を、職務中に浮ついてしまったから怒っていると勘違いして、ゼンツはそれっぽく咳払いをしてから真剣な顔を作った。

「団長の部屋に呼んだのは、ここなら会話を聞かれる心配がないからだ。使用の許可はとっているよ」

「それは、神都に関することと捉えてよろしいのですね？」

ゼンツはこくりと頷いた。

「ひと月前、ディエルコルテの丘の方向で確認された〝幻の塔〟の件は覚えているかい？」

「私は目にしていませんが、噂では。突然夜を砕いて現れた巨影と咆哮（ほうこう）、そして美しい白い塔が見えたとあちこちで話していたそうですね」

夢から覚めなかったミラは後から知ったことだが、目撃情報の多さから何者かが遊び半分で広めた嘘ではないとは思っていた。

「それから三日後に、神都で元老院が退陣してエルフが台頭するようになった」

元老院がどういった老人の集まりなのかは、貴族や王城では有名な話であり、下手に触れるべきものじゃないことも知られていた。

アーゼライ教を牛耳る老獪が挙って身を引くなど、彼らがどのような人間かを知っている者であればあるほど嘘にしか聞こえない。

その後任にエルフを抜擢するなど、元老院が行っているとは到底思えなかった。

ミラもその辺りの話は父から聞かされていたので、ある程度は知っている。

「神都に兵を送って様子を確認させようとしたが、なんらかの魔術によって記憶に障害が出るらしく、神都内の状況はまだ報告されていない。つまり、どうして元老院やエルフに関する情報だけが王国に届いているのかも不明だ」

「引退そのものが嘘の可能性は」

「ある、と考えられている。なにせ、神都の調査依頼はラドル公国から来たものだからね」

「公国が？　長く沈黙を続けてきたのに、どうして突然」

ラドル公国とは、リフェリス王国の北側に位置する小国だ。

元々は王国管轄のラドル大公領だったが、先代の大公が元老院と癒着したことを責められた折に独立し、神都との関係を継続することで存続してきた。

その公国は、今の大公であるクランバード・ラドルに代わってから交流の全てが断絶しており、遠見の魔術を使っても監視できず民や兵の出入りもないため、どうなっているのか誰も把握できていない。

そんな得体の知れない何かへ至った公国が動くのは、寒気立つものがある。

「公国から一人の兵士が王国を訪れて、神都の調査を依頼して帰っていったよ。相変わらず公国内部は観測できていない」

「不気味ですね。神都と公国が共謀して我々を貶めようとしているのではありませんか？」

「だから、危険を承知で騎士団はバストン・ドゥーエ率いる四個小隊、百二十名で神都訪問を行うことを決定したんだ。公国と違って、以前は誰でも出入りできた場所だからね。突然街が変貌したりはしないだろう？」

「……それで、私に何を頼みたいのですか」

少し冗談を加えてみたが、ミラの表情が動かないのを見てゼンツは力なく笑ってから凛々しい副団長としての顔を見せた。

「ミラ・サイファー。君の実力を見込んで、遊撃部隊を編成して神都に潜入してもらいたい」

正式な訪問の使者は用意するが、もし共謀して王国の転覆を企んでいた場合、無事に帰ってこられる保証はない。

なので、別働隊としてミラ率いる遊撃部隊が情報を収集し、王国に持ち帰る任務を果たしてほしいとゼンツは告げた。

「承知しました」

その重任を、ミラは二つ返事で承諾する。

実質拒否権はないのだ。あれこれ考える必要はないし、ミラにとっても都合がよかった。

ゼンツはミラが受けてくれたことに小さく安堵してから、これまで以上に緊張した面持ちで二度、三度と咳払いをする。

うろうろと落ち着きのない様子で机の前を行ったり来たりするゼンツを不思議そうに見ていたミラだったが、扉の外から何か揉めている声が聞こえてきて少し苛立ちを感じた。

「その、だな。あー……私は副団長という立場で、そう簡単に動けたりしないんだが、その……もし、もし君が望んでくれるなら……」

ゼンツが何か言っているが、ミラの意識は外の騒がしさに向けられている。

なにせ声の中に自分の部下とよく似たものが交ざっているのだ。

「わ、私を……その中に私を入れてくれると、嬉しいのだけど……。ほら、これでも君の婚約者、だし……ミラ？」

ドン！　と扉に誰かがぶつかった音を聞いて、ミラは静かに立ち上がる。

何を言われるかと不安になったゼンツだったが、明らかに彼女の表情が怒りに満ちているので恐ろしくなって機嫌を窺うように名を呼んだ。

ミラは何も言わずゆっくり腰に差していた剣を抜くと、ここが騎士団長室なのも構わず思い切り扉に向かって放り投げた。

直進した剣は簡単に木の扉に突き刺さる。

事態に付いていけないまま驚いているゼンツに一礼したミラは、扉の方に進むとゆっくり剣の刺さっていない方を押し開けて、迫力に溢れた低い声で狼藉者を威圧した。

廊下にいたのは見たことのない騎士と、見覚えのある騎士一人。

ミラは刀身の横で震えるベルトロイの側へ行き、首を摑んでから新米たちを睨みつけた。

「騎士になった程度で調子に乗るなよ。私はそこらの騎士ほど優しくないぞ。おふざけが過ぎるようなら首だけで帰省させてやるから覚悟しておけ」

皆、壊れたように何度も頷く。

今まさに優しくないところを見せつけられたのだから、頷くしかない。

「ベルトロイ、お前もお前だ。抵抗しないから相手を付けあがらせることになる」

「いや……小隊長と違って、俺なんかが同じことしたら国にいられなくなりまグエッ！」

「負け犬根性が染みすぎたようだな。来い、その性根を叩き直してやる」

細い手が生んだとは思えない力で言い訳を遮ったミラは、そのまま背の低さも感じさせない存在感を漂わせてベルトロイを連れてその場を離れていく。

見送る者たちは彼女の凛々しさと美しさ、そして気高さに惹かれていたが、ポウルだけは少し違う印象だった。

「あー……ありゃあ確かに、大変だわな」

貴族のお嬢様とキャッキャウフフなんて妄想がいかに甘かったかがよく分かった。

体格差をものともしない力で引っ張るミラの後ろ姿は令嬢なんかではなく、正真正銘の騎士であり、最強の勇者候補であることを感じさせるものであった。

団長室から離れたミラは、暫くしてからベルトロイの首を離した。

痛む首を摩（さす）りながら、強引な手段に睨むべきか、一応助けてくれたから感謝すべきか悩むベルトロイだったが、一人さっさと歩いていくミラを見て渋々追いかけた。

「あの……」

「気にするな。私としても都合が良かったんでな」

「都合、ですか？」

「ふん、興味のない男にヘラヘラして媚びへつらうのが面倒臭かったのさ」

曖昧な内容だったが、一応ミラと共に行動してきたベルトロイだから察しはついた。

団長不在の時に団長室にミラを呼び出せる相手など決まっている。

「それは……災難でしたね」

果たして婚約相手をそう評するのが正しいのか疑問ではあるが、ミラの味方をするならこう言うべきだろう。

ミラはちらりとベルトロイを振り返り、ほんの少しだけ楽しそうな表情をしてからすぐに顔を戻して仏頂面になる。

「ああ、まったくだ」

しかし声には、いたずらの共犯者を見つけたような楽しさが残っていた。

背の低いミラと、目つきの悪いベルトロイのコンビは、騎士団でも注目の的だ。

現在最強の勇者候補と、そんな彼女に見出だされた男。

そんな二人は噂の的であり、特に貴族の子息や息女の間では口さがない噂が広まっている。

それは、騎士団の隊舎を歩いているだけでも耳に入ってきた。

「ほら、あれが公爵令嬢の……」

「副団長がいるのにあの男を囲って……」

「性格が悪いし、どうせそのうち見限られたり……」

よくあることだ。

聞こえるようにひそひそと、壁に避けた者たちが横目を向けながら囁き合っている。

一見しただけで、彼らの胸元で目立つ鷹の紋章——貴族出身者を表す刺繍が窺えた。

ベルトロイとしては、ミラの部下になったことは不運だ。

だが、彼女が悪し様に言われるのまで見過ごしたいとは思っていない。

色々とアレだが、彼女の実力は間違いなく一流で、言葉遣いが悪かったり素行がベルトロイ以上に悪かったりするが、それ以外のことは全て清廉潔白なのだ。

「いいんですか？」

一応尋ねてみたベルトロイ。

ミラは、その心遣いを鼻で笑い飛ばした。

「公爵家に生まれて、〝雷霆〟の力の一端を扱えて、おまけに騎士団最強クラスの実力者が、十把一絡げの下級貴族どもを相手にすると思うか？」

ミラは声を潜めるなんて姑息な真似はせず、大きな声で堂々と言い放つ。

「ないない尽くしの連中に割くほど、私の時間は安くない」

うわ、と思ったベルトロイが陰口を叩いていた貴族たちに目を巡らせる。

彼らは顔を赤くしたり焦ったりはしているが、ミラに向かってくることも言い返すこともなく、それどころか口を噤んで二人が通り過ぎるのを待っているようだった。

貴族として持て囃されてきたのに、騎士団に入って受けた序列の仕打ちが気に食わない。それなら勇者の血なんて目覚めなければよかったと、そう思っているのが陰口の犯人たちだと、以前ミラはベルトロイに語った。

それはどこかベルトロイの境遇に似ていて、しかし彼らの驕り高ぶった姿に同情は湧かない。

「団長がそれでいいなら、いいですけど」

「貴様はつくづく甘い奴だな。まあ、それがいいところかもしれんが、戦地では捨てるべきものだ」

「今のご時世、ちょっとした魔物狩りくらいしかないじゃないですか」

「なんだ、扉に耳をつけて部屋の中の話を聞いているのかと思っていたが」

「団長室でのことですか？」

外に出て、散々な目に遭わされたばかりの訓練場についたところでミラの足が止まる。

周囲に人がいないのを確認してから、彼女は団長室でゼンツから聞いた任務を説明した。

ベルトロイは騎士団の中でも末端の末端だ。

公国のことも、元老院のことも、風の噂で耳にした程度の知識しかない。

だから、ラドル公国は平和に日々を送っていると思っていたし、ディルアーゼルは健全な運営がされていると思っていた。

人目こそ気にしたミラだが、衝撃的な内容を世間話のような軽さで語るせいでベルトロイはひどく混乱してしまう。

「え、ええっと……それ、俺が聞いていいやつじゃない、ですよね」

「まあ、あちこちに口外すれば処分は免れんだろうな」

「……てことは？」

「当然、貴様にはこの作戦に私の部下として参加してもらう」

あからさまに逃げたそうなベルトロイに、ミラは不機嫌になる。

「何か文句でも？」

上官と部下の関係なのだから、ベルトロイに拒否権など殆どないのだが、ことミラ・サイファーという幼い女傑の場合は命に関わる。

彼女は清廉潔白であるが、騎士としての厳しさはまた別なのだ。

「了解、です」

ただ、細かいことを気にしたりはしないので、ベルトロイの何か言いたげな顔に食って掛かるような真似はしない。

「まったく貴様は不器用なやつだな」

嘘が下手な姿を、ミラは大人びた微笑みで受け止めてみせた。

「そう嫌がるな。成果を出せば貴様に向けられる目も少しは変わる。今のように面倒なことは減ると思うぞ？　ま、私の部下である時点で、なくなることはないだろうがな」

乾いた声で「はっはっは」と棒読み気味に笑いながら、ミラは朝と同じ訓練場の隅に移動すると、ガントレットを嵌めた手で腰に手をやり、剣を抜く。

「ちなみに何人か選抜するのだが、丁度いい者を知らないか？」

「丁度いい……実力を問わなくていいなら、さっき一緒にいたポウルとかは交友があります。あとは、名前だけ聞くんですけど、一般騎士にリーヴァル・シュトライフとかって腕のいい奴がいるって」

「じゃ、その辺にするか。どうせ誰が一緒でもお荷物だからな」

「偵察して帰るだけですよね？　その結界の問題を解決できれば、ですけど」

「さあな。だが、公国と神都の共謀がもし本当だとすれば、王国自体が滅ぶ可能性もあるぞ」

「そんなに公国は危険なんですか？　それとも、神都の神聖騎士が？」

「神聖騎士は確かに危険だ。兵としての練度は低いが神聖魔法が強力だからな。だが、もっと恐ろしいのは、どんな手札を用意しているか見えない公国の方だ。昔からいい噂を聞かん」

鎧も着けぬまま、ミラは腕を振って風を切り、ゆっくりベルトロイに切っ先を向けた。

「では、訓練を始めよう。これから忙しくなる。覚悟しておけ」

◆

神都攻略からひと月が経ち、ようやく城周辺の難民を振り分ける作業が完了した。

攻略によって得た土地は割と広く、聖地だったお陰か人の手があまり入っていないのが幸いし、草食系の難民への食糧配布が不要となった。

依然として領土は狭いままで、食糧の自給も目処（めど）が立たずにいる。

肉の消費は変わらず多い。

それでも大きな問題が一つ片付いたということで、ついに団長たちが待ち望んでいた日が訪れたのだった。

人間らしくいえば、ボーナスである。

本来であれば事務的にコンソールのシステムからお金や武具を配分していただけだったが、今回は団長陣たっての希望があり、こうして王から直接授ける運びとなっている。

そこまでして一体何を欲しがるのかはとても気になるので、カロンはそれを了承し、この場が設けられていた。

「これより、我らが王より褒美を授ける」

ルシュカの開始宣言が発せられた瞬間、団長たちから爆（は）ぜるような歓喜が沸き上がった。

ルシュカ、ハルドロギア、グラドラ、エレミヤ、アルバート、守善（しゅぜん）、五郎兵衛（ごろうひょうえ）と、最近交流の多い者たちが集められており、カロンとしては幾分落ち着いていられる。

ちなみに、神都攻略は難民問題と食糧問題の下に位置づけられるので、軍団長の中では大した騒ぎになっていない。お目当てはその戦果で得たこっちなのである。

ちなみに、フィルミリアはこの場にいない。

誤解なきよう説明すると、なにか問題を起こして出入り禁止になっているわけではなく、単に自分が今日の哨戒任務の担当になっていたからである。

どうやら何気なくスケジュールを組んでしまっていたらしく、本気で泣き叫びながら副官の【サタナキア】に連れて行かれたのだとか。

可哀想ではあるが、問題児が一人欠席したことをちょっとありがたく思うカロンであった。

「まず初めに言っておくが、カロン様はとても多忙である。そのため貴様らの願いを叶えるか否かは全てカロン様が判断する。いいな？」

ルシュカから告げられる注意事項に威勢のいい返事が返ってくる。

威勢が良すぎて窓ガラスが割れそうになっており、それを浴びせかけられるカロンは耳を塞ぐのが間に合わず目を見開いて硬直していた。

「よし、ではカロン様、よろしくお願いいたします」

キンキンと甲高い音が反響しているだけで、カロンにルシュカの声は届いていない。

軽い頭痛がするので頭を押さえたかったが、人目があるのにそうすることもできず、ぐっと顎を引いて頭に力を入れる。

「はい。それでは進めます」

その動きはルシュカに合図として受け取られてしまい、勝手に進んだ。

「まずは第二軍団長グラドラ、前へ」

「はっ！」

短い声とともに、一番左に跪いていた巨体が持ち上がった。

三メートル近い背丈を持つ人狼ライカンスロープの最上位種、【クロセル】は大股でカロンの玉座正面まで歩み出る。

白と群青の毛が動きに合わせてふわふわと揺れ、回れ左で正面に座る王に向けた灰色の瞳はその力強さを象徴している。

〝短気〟と〝獰猛〟の性格を与えられている者とは思えないほど礼式にかない堂に入った所作だ。

胸に着けた国の紋章入りプレートを鳴らして、グラドラは跪くと大きく息を吸い込む。

「我らが偉大なる王より、褒美を賜りたく」

気性の荒さには似つかわしくない、落ち着いたよく通る声で口上を述べる姿に脳筋っぽさがあまりない。

この日のために学習していたのは内緒であった。

「よかろう。述べてみよ」

だが王様っぽい演技を練習していたのはカロンも同じである。

この日のために、と言わず今後のために、王らしい立ち居振る舞いを研究していたのだ。

「はっ。おれ――あいや、私は、えー……」

その成果は、グラドラから付け焼き刃の礼儀作法を消し飛ばすほどには迫力があった。

最近はそこそこ顔を合わせるようになったが、それでもカロンは魔物の王。絶対の存在だ。

高貴さを放つ黒曜石の玉座に腰掛けるカロンを見ると、グラドラは上手く言葉を出せなくなる。

加えて、カロンの声には前にも比べて深みがあり、心を鷲掴みにするような威圧感があった。

「見ろ守善。あの犬、何も考えてきておらんようだぞ」

「静かにしててよゴロベエ」

背後から茶々を入れられて少しグラドラの体が動いたが、もう一度大きく深呼吸をすると、覚悟を決めて真っ直ぐカロンを見つめた。

「えっと、わ、私に何か言葉を頂ければと、思います……」

尻すぼみになっていく言葉の内容をカロンは吟味し、思わずルシュカを見つめた。

「……これは、褒美として扱ってよいのか？　少々、その……」

普段でもできそうなんだけど、とカロンの内心を汲んで、ルシュカはこくりと頷いた。

「はい。当人がそれを望んでいますので、御心のままに。断っても構いません」

難易度イージーなこれを断ったら褒賞を全部却下することになるだろう。さすがにそれはない。

言葉を、と言われてもカロンは悩む。

長々と具体例を挙げながら褒めてやるべきか、それとも短く簡潔に軍隊っぽく褒めるべきか。

グラドラは戦の要だ。攻撃力が高く体力もあるので、無理やり戦線に押し込んで敵将の首を狙わせたりできる。

その突破力は人狼の種族が成せる技ではあるが、最も初めに切る手札として重宝してきた。

これまでの思い出を振り返り、カロンは自然と言葉を紡ぐ。

「……グラドラには、無理をさせているな」

はっと、グラドラの顔が上がった。

「如何に過酷な状況であっても貪欲に敵陣に食いつかせ、将の首を狙わせている。そのような無茶ができるのは、お前がいるからだ。しっかりと気性の荒い人狼を束ねてもいる。グラドラよ、私がどれだけお前に助けられたのかお前は分からないだろうが、私は幾度となく助けられてきた。ありがとう」

色々と脚色しながら、最後は簡潔に感謝を述べる。

褒めているのかどうかよく分からない難しい言葉より、簡単な方がカロンは話しやすい。

上から目線なのはあまり慣れていないが、これがカロンの精一杯のお褒めの言葉だった。

その効果は如何程か。じっとグラドラを見ていると、その肩が震え始める。

怒らせたのだろうかと思わずルシュカを見るカロンだが、彼女は優しく微笑むだけ。

様子を見ていると、今度は顔の下にボタボタと液体を落とし始めたではないか。

閉まりきっていない口から涎でも零れたのかと失礼なことを考えたカロンだったが、徐々に聞こえだした嗚咽でそれは違うと知る。

「あ、ありがどうございま、う、うぐ、こ、こうして王におつ、お仕えできること、今日ほど誇らしく思っだ日はありまぜんんんん！」

効果は抜群だ。

「おい見ろエレミヤ、あの犬普段は然程誇らしく思っていないそうだぞ」

「落ち着かない気持ちは分かるけど黙っててよ。あと息かけないでー、イカ臭いから」

外野の声はグラドラには届かず、みっともない顔を見せないようにと鼻先が床に付きそうなくらい姿勢を深く落としている。

早く下がれ、と普段のルシュカなら言うものだが、今日ばかりは大目に見ることにしていた。

「うう……王……貴方の下で力を振るえて、俺、しあわぜでず！」

「ああ。これからも頼む。あと洟をかめ」

こんなのがこの後も続くのかと思うと、今から少し疲れるカロンだった。

「次に第三軍団長アルバート、前へ」

「はっ」

老いて尚益々盛んという言葉を思わせる毅然とした声で返事が返る。

まだ洟を啜っているグラドラは定位置に戻っており、その隣で立ち上がったアルバートは、黒の燕尾服にマントを羽織り、手に帽子を持ってカロンの前に立った。

白髪の目立つ頭で、顔だけ見ると実に紳士的な老人だ。

しかし紅玉のような双眸は不気味で、その性格を知っていると尚のこと恐ろしい。

〝調和〟と〝狡猾〟を持つ【真祖】。

どんな要求があるのかと身構えながら、カロンはアルバートが口上を述べるのを静かに待った。

「偉大なる魔物の王カロン様より、褒美を賜りたく」

「述べてみよ」

「はい。実は最近少々欲しいものができまして」

「なんだ」

「人間です」

ぐっとカロンの喉が変な音を立てる。

吹き出さなかったことを褒めてもらいたい。

飄々と、ちょっとおねだりする感覚で人間を要求するなど誰が想像できるだろう。

いや、アルバートの性格を考えると十分ありえたが、緊張感もなく何食わぬ顔でさらっと言われ

ると は夢にも思わなかった。

「アルバート。貴様言っているる意味が分かっているのか？　王は人間との共存を望まれた。それを反故にしろと、貴様はそう言うのか？」

ルシュカの鋭い視線に、アルバートは笑顔を返す。

「はっは、落ち着きなされ。そんなつもりはないさ」

「ならなんだと言うのだ！」

「カロン様」

激昂しかけたルシュカを無視して、アルバートはカロンに語りかける。

無視されたことで更に怒りを増したルシュカが大声で怒鳴りつけようとしたが、その表情を見て思い留まった。

カロンが見ても分かるくらいに、その目には真剣味があった。不気味だと感じた瞳に、初めて隠されていた感情が灯されたようにも映る。

「我ら魔物は人間をあまりにも知らずにいる。知識として理解していてもなんのお役にも立つことができない。もし御身に何かあった際、今の我々では適切に対応できません」

確かに、魔物たちは人間を知っていても、知っているだけでしかない。

アポカリスフェのゲームシステムで人間は存在しても、その人間に関するスキルや魔術はN　P　Cにしか適用されておらず、P　C側もまた知識としてしか知らない。

人間に使う薬。人間に使う魔術。人間に対する予防。人間に対する行動。

戦争で得た被検体たちで色々と試しているが、人間側の知識が欠如しており、これから関わりを深めようとするには無知が過ぎる。

「私が欲しているのは、この知識を正しく扱い補う人間なのです」

「……つまり、アルバートは人間を軍に引き入れろと、そう言いたいのか？　今後のためにその知識を国に浸透させる必要があると」

「ご理解が早く助かります。何も人間を王城に住まわせることを想定して、というわけではありません。この国には王がいらっしゃる。そのために一々他国から仕入れたり用意させたりするのはあまりにも非効率ですので、私は誰よりも王のために備えるべきだと進言いたします」

なるほど、と小さく首肯してカロンは腕を組む。

あの元老院が出てきたのはどうでもいいが、今後を考えると確かに必要だろう。

特にカロンのために、というのがカロンの胸に響いた。

「うわー、お爺ちゃん点数稼ぎしてるよ」

「むむむ、やはり侮れぬなアルバート。さすが拙者の好敵手。王は渡さぬぞ……！」

「だから黙ってろって。あとイカ野郎、王はお前のじゃないから」

「いつの間にか拙者がゲソと同列の扱いになっておるうううう」

アルバートの言っていることは間違いない。

ないのだが、どうもカロンは引っかかるものがあった。

なぜそれがアルバートの口から出てきたのか、だ。

普通に考えれば別に誰の口から出てきてもおかしくないのだが、いの一番に提案しそうなルシュカが何も言わずにいたのが気になる。

思いつかなかったはずはない。思い込みかも知れないが、自分のこととなれば誰よりも過敏に反応するであろうルシュカが言わないのは、やはり気になった。

あと、アルバートが自分の点数稼ぎで正当なことを言っているのが一番疑わしい。

「……アルバート、間違いであったら笑い飛ばしてくれて構わんのだが、ルシュカと何か取引でもしたか？」

これで間違いだったら完全に笑い者で、アルバートを信用していないとその忠誠心を減らすことになったかもしれない。

好感度固定のアイテムによってそんな事態は起こらないが、それくらいの恥を承知で尋ねた。

返ってきた反応は二つ。

隣で声を詰まらせるルシュカと、目を見開いた後に真剣な目以上に心からの表情を浮かべたアルバートだった。

「お見事。ご明察にございます！」

両手を広げてそれを大仰に称賛するアルバートは満面の笑みを浮かべた。

カロンは「よかった」と思うだけだったが。

「おい、それどういうことだよ」

思わず守善がアルバートに声をかける。

ハルドロギアが無礼な振る舞いと判断して動こうとしたが、カロンの顔を見てからゆっくり構えを解いた。

アルバートの行動をじっと見下ろす姿にいつも以上の王威を感じ取ったからだったが、単にカロンの眉間に皺（しわ）が寄っているだけだったりする。

「試したのか」

「いえ、違います。まあ、今の今で信じてもらえるかは分かりませぬが、試すつもりは一切ありませんでした。ただ単純に、ルシュカとちょっと取引をしまして」

「聞いても問題ないか？」

「カロン様に人間を招くことを進言してくれれば、代わりに欲しい物を与えてやると。私は今のところあの老人で間に合っておりますし、新しくモルモットを仕入れることはできないでしょうから、素直にその話に乗りまして。王からの評価も上がるかと思ったのですが、いや、お見事。邪な思いも働いていない虚偽を暴き出すとは、さすがカロン様でありますな！」

内容から罰せられることはないと踏んでいたが、カロンから増した威圧感――という名の怖い顔――を前に、【真祖】でありながら、緊張で背が湿っているのを感じていても、アルバートはそれをおくびにも出さないでいた。

それは純粋に王を称賛しているだけなのだ。

馬鹿にしているつもりなど、先ほど言ったように毛頭ない。

嘘や誤魔化しは他の者よりも得意だと自負しているアルバート。

だが、それを看破したカロンは、誰よりもこの場にいる者たちを把握していることになる。

皆の言動を理解しているから綻びを見つけた。

その洞察力をアルバートは心の底から褒め称えているのだ。

「アルバート」

高笑いしていたアルバートが、たった一言でその笑いを収め、静かに元の姿勢へと戻る。

今度は自分が沙汰を告げられると覚悟したが、続いた言葉は想像とは違った。

「これが謀反を企てているとなれば話は別だが、内容は我が身を案じるもの。裏で何かしら取引があったのは少し気になるが、それ以外は責めることなどない。ルシュカもだ」

「ありがとうございます」

「人間の件は、神都に尋ねておこう。今この城にはリーレが滞在しているが、あくまで彼女は私の侍女だ。正式にアルバートの下で動ける者がいれば、その叡智を存分に活かしてくれると信じている。これからも私の為に役立ててほしい。期待しているぞ」

優しい御方だ。そして実に聡い。

ふっと口元を緩めたアルバートは、その言葉だけで十分だったようで、静かにグラドラの隣へと戻っていった。

場の空気はカロンを崇拝するものだが、やっぱりカロンは腑に落ちない。

（ルシュカと取引したと言ってたけど、この取引ってアルバートから持ちだしたんじゃね？）

人間を一人手に入れたがっている云々よりも、本当に自分の評価を上げにきたのでは。

それを言いそびれたとカロンがアルバートを睨みつけると、今度こそ観念したのか、両膝をついて両手を揃えて頭を下げた。

本当に食えない奴だと頼もしく思う反面、その面倒臭さに苦笑を零すカロンだった。

「さて……次は守善だな。第四軍団長守善、前へ」

「はっ」

ハルドロギアを除けば、この場で最も背の低い少年が、普段の緩慢な動きではなくきびきびとした動作で立ち上がり、ゆっくりと玉座の前へと移動した。

真っ白な髪に翡翠の瞳。背中から生えた巨大な二本の大角に、こめかみから生やした角。そして赤黒く肥大した異形の右腕と、実に迫力のある姿だ。

〝安穏〟と〝傲慢〟を与えられた神獣【饕餮】は、眠たげな目でカロンを一度見てからゆっくりと跪いて頭を垂れた。

「敬愛せし我らが王。褒美を賜りたく」

「申せ」

「……それが、実はなくてですね」

何を求めるのかと思ったら、見かけどおりの無欲さだった。

恥ずかしげに頭をポリポリと掻きながら、守善は困った顔でカロンを見上げる。

「色々考えたんですけど、どれもそんなに必要じゃないし。今で満足してると言いますか、そんな感じで。それに大した働きもできませんでしたから」

「……守善は、昔から何かを求めることはしなかったな。兵衛やグラドラは武器を新調したいだの、騎獣を増やしたいなどとよく申請を出していたものだが」

「はは、俺は武器とか持ってないですし。第四軍が騎獣みたいな奴らの集まりですしね」

「先の戦での働きは見事だったと私は思っているのだが、守善にとっては違うのか」

「あんな雑魚だらけをさくっと殺しても自慢にはなりませんよ。人狼そのままぶつけても普通に勝てたでしょうから」

「そうか。殊勝な心構えだな」

「ありがとうございます」

部下からの要望は報酬のないクエストとしてコンソールの方に表示されるが、その中で一度も守善の名を見た覚えはなかった。

建国してから中盤辺りで参戦した魔物だが、手がかからないし強いしと本当に色々助かった記憶がある。

戦争続きで物資が不安だった時期だ。要求をしてこない団長の存在は本当に救いだった。

にしても、とカロンは思う。なんでこうも無欲なのか不思議でしょうがない。

確かに騎士団をスキル一発でぶっ飛ばしただけとは言え、少しの功績でも評価されたがるものではないのだろうか。

少なくとも自分が会社に勤めていた時はそこから競争心を作っていた記憶がある。

これも性格〝安穏〟の効果が大きいのかもしれないと仮定しながら、取り敢えず何もなしでは可哀想なので、カロンは褒めておくことにした。

「お前はグラドラとは違う意味で戦に大きく貢献してくれている。大軍を相手に有象無象構わず屠ってくれる。大きな道を作り上げて進むのは見ていて実に爽快だ。【饕餮】の名に実に相応しき働き。これからも期待しているぞ」

「ありがとうございます」

話をしただけで満足したようで、一度目元を擦って洟を啜った守善は、深くお辞儀をしてから元の位置へと戻っていった。

〝傲慢〟な性格付けをしているのに殊勝な態度なのが気にはなるが、きっとどこかに発揮されているのだろうとカロンは勝手に考える。

なんだか一番側にいて落ち着くのはルシュカよりも守善なんじゃないかと思い始めたが、今更誰が信用できるかなど考える必要なんてなくて、皆いい奴らだと結論付けることにする。

この者たちが自慢であることに変わりはないのだから。

「あれ、俺カロン様にお言葉を頂いたけど、全員もらってね？」

後ろの方でふと疑問に思ったグラドラに、返事をする者はいなかった。

「次に第五軍団長エレミヤ。前へ」

「はっ」

眉間に皺を寄せるカロンの前へとエレミヤが進み出る。

長身のエレミヤは、猫の耳に大きな狐（きつね）の尾という特徴もあるが、なによりもアスリートのような引き締まった肉体が最も目につく。

短いTシャツとカーゴパンツの隙間からは割れた腹筋と臍（へそ）が見え隠れし、すらりと伸びた手足にも淡く筋が浮き上がっている。

そんな絞られた体に反して人懐っこい顔立ち。キャスケット帽を脱いでまっすぐカロンを見つめる琥珀色（こはくいろ）の瞳は忠犬のそれだ。

「我らが王カロン様より、褒美を賜りたく」

玉座の前にて片膝を突き、深々と頭を垂れてその忠誠を示す。

「求めるものを述べてみよ」

これまでの流れと同じやり取りだったが、エレミヤは言葉を返してこなかった。

カロンと根比べをするように、エレミヤも跪いたまま動かない。

口を何度か開閉したが、声を発することはせずに俯（うつむ）いてしまう。

暫く言葉を待つが反応はなく、黙り込んだ時間はグラドラよりも長かった。

異様な沈黙が玉座の間に流れ、気まずい雰囲気が漂い出した。

「エレミヤ、早く——」

促そうとしたルシュカの前に手を掲げてそれを宥（なだ）めたカロンは、ゆっくりと立ち上がって玉座の壇から一歩ずつ下りていく。

カロンの行動を咎(とが)められる者はおらず、静かにその行動を見つめるしかない。

この場で緊張しているのか、と思ったカロンは、威厳を維持するために両手を後ろで組んだ姿勢のまま優しく声をかけた。

「エレミヤ、願いを述べよ」

「……て……です」

「ん？」

ふっと吹けば消えそうな、先程までのエレミヤからは想像もできない蚊の鳴くような小さな声に、思わず尋ね返す。

ぱっと顔を上げたエレミヤは、耳まで真っ赤に染め上げており、今にも泣き出しそうな顔でカロンを見つめた。

「あ、頭を撫(な)でてほしい、です。が、頑張ったねって、言っ、言ってほし、いですっ！」

その表情は、全てが歓喜で満ちていた。

世界に生まれた時から待ち望んでいた時が訪れたのだと、そう思っただけでエレミヤはずっと泣きそうだった。

ずっと慕い続け、密(ひそ)かに想っていた人に、やっと望んでいたことをしてもらえるのかもしれないと考えただけで、どうにかなりそうだった。

唇を噛みしめて堪(こら)えていたのに、側まで自らやってきてくれて、優しく声をかけられては我慢などできるわけがない。

跪いている以上勝手に動くのは失礼だと思って、涙を拭くこともせず顔を地面に戻したエレミヤの頭に、大きな手が優しく乗せられた。

「エレミヤ。これまでよく頑張ってきてくれた。ありがとう」

やわやわと、耳を交互に折り畳まれながら撫でられる感触にエレミヤが恐る恐る見上げる。

そこには、決して間違いではなく、夢ではなく、優しく微笑んだカロンがいた。

視線を合わせるために膝を折り、呆然(ぼうぜん)としたエレミヤの頭を何度も、何度も。

「う……ううう、ううう――――！」

涙顔が更に歪み、口の端をぐっと下げたかと思えば、最速を誇る【フクスカッツェ】の俊敏さで飛びかかってカロンの胸に顔を埋めた。

「カロン様⁉」

「いや、大丈夫だ」

慌てて駆け寄ってきたルシュカに手を上げて無事を示して、カロンは胸の中で泣きじゃくるエレミヤを優しく撫でる。

大きな狐の尻尾(しっぽ)を左右にブンブンと振り回して、何度も何度も胸板に頬を擦り付ける仕草が子供のようだ。

「王様、王様王様おうさまー！　ふぇぇぇえええん！　生きてて良かったよー！」

大袈裟(おおげさ)な、とカロンは笑うが、他の仲間はエレミヤの気持ちを理解しており、これほど自分を抑えられないのも無理はないと温かい目で見つめていた。

若干名、妬ましげに歯軋(はぎし)りをしているようだが。

「では最後にフィ……は後日として。第七軍団長、五郎兵衛。前へ」

エレミヤが落ち着くのを待ってから、最後の一人を呼ぶ。ルシュカが嫌そうに顔を顰(しか)めたが、呼ばれた侍は気にすることなく堂々とカロンの前へと進み出た。

「愛しの王、褒美を賜りたく」

ざ、と勢いよく跪きながらの口上で背筋がぞわぞわと寒くなるのを感じて、カロンも微妙な表情を作る。

五郎兵衛の評価は、以前であればかなり高かった。浅葱色の羽織と鴉羽色の袴。額に一角を生やした渋いこの男は外見も気に入っていたし、こと単騎での活躍はグラドラにも劣らない。

厄介な相手が出たとなれば、グラドラではなく兵衛を頼りにするくらい好んで用いていた。

はずなのだが、この世界に来てその性格を知ってからは正直いい印象を持っていない。こうして目と目が合っているだけで頬を紅潮させている。一番危険なものを欲していそうな顔だ。

しかも褒賞に関しては、昔から少々厄介な部分がある。

「あ、っと。申してみよ……と言いたいところだが、お前には金貨を与える」

「はっ。拙者、王と閨を共にしたく――って何故であるか⁉」

嫌な予感は的中し、咄嗟に思いついた言い訳のおかげで意味不明な要望を断ることに成功したカロンだが、それを伝えられた五郎兵衛は愕然とした。

「そういうふざけた要望を出すと思ったからだ。五郎兵衛とフィルミリアには金貨で報いることにする。いいな、ルシュカ」

「英断だと思います」

だが、当然五郎兵衛が納得できるはずもなく。

「いやいやいやいや、拙者謹慎処分でも構いませぬ故、この思いに応えていただきたいと！」

「こっちが良くないわ。どこに王との閨をねだる馬鹿がいるのだ」

「ではせめて添い寝だけでも！」

「いいわけあるか」

「ちょっとだけ！　ちょっと休憩するだけでござるから！」

「断る」

これだよ。

この兵衛、頼りになるが昔から褒賞には五月蠅(うるさ)かった。

あれが駄目ならこれ。これが駄目ならあれ、ところころ要求するものを変えてくる。

必要なのは分かっているし余裕があれば応えてもきた。ちゃんと軍力は上昇しているし、褒賞をねだる代わりに普段は一切物を求めてこないから別にいいか、と。

ただ、これは目に余るだろう。

今まで色々与えてきたから甘やかしすぎたのが原因なのだろうかと本気でカロンは悩んだが、これは完全に個人の癖の話なので関連はなにもない。

「とにかく、今回はそういった形にさせてもらう。もし次回以降があった際、同じようなことを口にするようならこの場に呼ばれることもなくなると思え」

「そ、そう言われては……」

脅すように言われては、対人最強の鬼でも引き下がるしかない。

残念そうにチラチラとカロンを振り返りながら兵衛が元の位置に戻っていく。

最後はかなりグダグダになったが、どうにかこうにか今回の大仕事を終えることができたとカロンは気付かれぬ程度に肩の力を抜いた。

「では各自、より一層の努力に期待している」

そのカロンの言葉がこの報奨授与式を終える合図となり、団長たちは緊張を解き、疲れたように脱力した。

実は今日この場に臨むにあたって、何度もカロンの前で粗相——特に口論——をしている面子は、国の新生を宣誓したのもあって、今まで通りの無法なままでは王の顔に泥を塗ることになるのだと自覚していた。

ハルドロギアの部下であるロイエンターレからも同様の指摘があったため、ロイエンターレ監督のもと礼儀作法を学んでいたのだ。

以前のような鎖国状態とは違い、他国との交流も行うようになれば自然と城に余所者が出入りする機会も増える。

その時に、魔物が低俗で礼儀を知らないという認識を覆す統率された挙動が求められると、これもロイエンターレに仕込まれていた。

何度となく練習を重ねて臨んだ。結果は以前と比べれば多少マシになったと言えよう。

まだまだ粗も目立つし感情に振り回される場面もあったが、あとは流れを壊さずに行動し、黙って待てるようになれば形になりそうだ。

「あとは解散してくれて構わない。ああ、ルシュカ。少し相談したいことがあるんだが……」

元の仕事に戻ろうと各々が動き出したところで、エレミヤは少し気がかりを覚えてカロンと話すルシュカの方に振り返った。

「あれ、そういえばルシュカとハルちゃんは褒賞頂かないの？」

尋ねられて二人が黙っているはずがない。

隠していた喜色がルシュカのニヤニヤとした口の緩みとともに現れる。

結構自慢したがりなんだから余計なことを聞くなよ、とグラドラが眉根を寄せていると、案の定ハルドロギアが玉座から下りて、背丈に不釣り合いな実りのある胸を張ってみせた。

「添い寝してもらったわ」

爆弾投下である。

「あ、ずるっ、ずっる？　なにそれ、そんなのあり!?」

「お父様が許可してくださったの。お昼寝の際にほんの数分だけだったけれどもね」

「そんなっ、なぜですか主よ！　拙者とハルドロギアと何が違うのですか！」

「性別でしょ。五郎兵衛のソレはお父様にとって害悪でしかないんだから、もう少し内に秘めたらどうなのかしら？」

「今まで秘めていたからこそ、こうして常に主がいらっしゃる興奮は抑えられん！」

「なんだろうなー。なんか、死ねばいいって感じだなー」

「ええい静かにしろ、馬鹿共が！　どいつもこいつも毎度毎度。少しは恥を知れ！」

毎度毎度思うのは、この場で規律を守っているはずの者までも一緒になって騒ぎに参加することが一番騒がしい原因ではないだろうか、とはグラドラは言わないで無関係を貫いた。

同じようにカロンもよそ見をして無関係を装っていた。

「じゃあルシュカは何してもらったのさー」

「私は別に何も。ああ何もしてもらっていないとも。少し物を頂戴しただけだ」

「……ルシュカ。言ってる割には随分手を弄るね。もしかしてその右手の薬指に付いてるやつ」

「あ、あー気付いたかー。いやーカロン様にお頼みしたら諾と答えてくださってなー」

守善に話を振られてルシュカが黙っていられるはずもなく、もう歯止めが利かないのは目に見えている。

団長同士の微妙な関係性はまだまだ改善されそうにはなかった。

「どうせ自分で選んだものをねだったのだろう。浅ましい女だな」

「黙れイカ！　何自分のこと棚に上げて私に物を言っているのだ！」

「ぐあああああ！　ついに完全な魚介類にされているうううう！」

「あー分かった！　アルバートとの取引ってそれでしょ！　それアルバートの提案なんでしょ！」

「な、ばばば馬鹿なことを言うな！」

「絶対そうだ！　だってルシュカがそんなセンス良いこと思いつくはずないもん！」

「おやおや、エレミヤ様も中々侮れませんなあ」

「あっ、バラすなアルバート！」

「ずるいずるいずるーい！」

「な、ならお前はカロン様から頂いた褒美に不満があるのか⁉」

「うぐ……そりゃないけど。凄い嬉しかったし？　抱きしめてもらっちゃったし？　えへ、えへへへへ」

「くあー！　その反応はむかつく！」

想像通りの騒がしさ。もうこの流れが常套（じょうとう）になり出しているのはどうなのだろう。

溜め息（たきいき）を吐きながら笑っていたカロンだったが、急に襲ってきた眠気にぐらりと頭が揺れた。

平衡感覚が失われるほどの睡魔は抗い難く、まだ騒いでいるルシュカたちに何も言わず、コンソールウィンドウから自室への転移を選んだ。

「……」

バタン、と。

自室へと帰ってきたカロンは、ふらりふらりと千鳥足になりながら、ソファにもベッドにも行くことなく、カーペットの上に受け身もとらず倒れ込んだ。

上質な素材を使っているからか、倒れた割には痛みが少ない。そもそも、それを感じるだけの余裕がなかった。

「ちょっと、働きすぎた、かな……」

ぐったりと横たわって、ようやく訪れた一人の時間を噛みしめて深呼吸する。掃除が行き届いているので土汚れの匂いなどしてこない。

そして今回の褒賞祭りには自然と力が入っていたようで、全て終えたと思った途端に体の力が抜けきった。

仕事も難民の整理にかなり時間を費やした。一度分布させた魔物をもう一度集めてから敵対種族が被らないように配慮して配置し直すなんてややこしいこともした。

これがゲームだった頃であれば、体感時間が長くても現実に戻ればゆっくり休むことができたが、リアルタイムで世界を生きている今では負担も大きい。逃げ場がないのだから。

やっと一段落したと思って気が緩んだからこんなに眠いんだと、カロンは目を閉じる。

誰も来ないようにメッセージ機能を使って言いつけておかないと、ルシュカが心配して大急ぎでやってくるかもしれないので、どうにか入室しないようにだけ書いて送った。

それが最後の気力だった。カーペットに溶けて沈みそうな体の気怠さから動く気が起きない。

（あー……気持ちいいな……）

これが死んだように眠る感覚なのだろうかと、カロンはそのまま抗うのをやめて眠りに身を委ねるのだった。

カロンは、ぐずるように顔を顰めながら目を覚ました。

柔らかい感触が背中と頭の下にあり、これがカーペットじゃないことは寝ぼけていながらでも感覚で分かる。

もしかしてルシュカが移動させてくれたのだろうかと、大きな欠伸をして目を擦り、ゆっくり瞼（まぶた）を開く。

「おはよう、カロン。お疲れのようだね」

視界に映ったのは、大きな双丘からひょっこりと顔を出す、見知らぬ女であった。

（……誰？）

真っ白なセミショートの髪と白い狐の耳。つり目の大和撫子（やまとなでしこ）が愛おしそうに見つめている。

逆さまに映る人物の顔を、カロンは見たことがない。

混乱する頭で、今置かれている状況を整理していき、ベッドの天蓋が見えることから予想通りベッドに移動させられていて、相手の顔が逆さまなことから膝枕をされていると理解する。

「つ……！」

不安と羞恥（しゅうち）から飛び起きようとしたが、。腹の上に置かれていた大きな物体によって押し止められてしまい、カロンは僅かに頭を浮かせただけで再び膝の上に戻された。

目だけを下に向けると、そこには大きな獣の爪があった。

横一列に並んだ大きな爪は白い毛に覆われている。守善の異形の腕とは違って、こちらはもっと動物よりの大きなものだ。

「もう少し休んでいなよ。忙しいんだろう？　今くらい、ちゃんと寝ないと」

身を乗り出してくるだけで、カロンの視界は黒い布で覆われた豊満な胸に潰されてしまう。

狐耳の女は「ごめんごめん」と笑いながら体を起こし、カロンのお腹を優しく撫でた。

歌を口ずさみながら、子をあやすように、恋人を愛おしむように、接してくる。

が、カロンは思い出せない。

なので、小さく指を動かしてコンソールウィンドウを表示して名前を確認する裏技を使う。

卑怯ではない。円滑な関係性を構築するための手段である。

「……梔子姫？」

表示されていた名前は、この国の外郭を守護しているはずの、第十五軍の団長のものだ。

ランク10の牙獣種【晦冥白狐】は、闇の衣を纏う純白の天狐の姿をしているはずなのだが、彼女はどう見ても中途半端な獣人の姿をしている。

それは初めて守善を見た時にも抱いた既視感に類似していた。

梔子姫は、自分に気付いてくれた嬉しさで大きな尻尾をバサバサと揺らしたが、もにょもにょする口の動きを抑えながら平静を取り繕っている。

「ご明答。ふふ、ロイエンターレ辺りは僕だってすぐ気付かなったんだ。カロンはさすがだね」

「姿を変えているのか」

「うん。そうしないと君に会いに来られないだろう？」

確かに、普段の姿のままでは城に入ることも困難だ。

「そうかもな」

「……まだ寝ぼけているのかい？」

クスクス笑いながら腕をどけてくれたので、カロンは起き上がって梔子姫を見つめる。

光沢のある黒い着物の裾や袖には紅葉の落ちる様が描かれており、上品な黒に映えていた。

体つきはかなり良い。帯でよく見えないウエストラインだが、シルエットから綺麗(きれい)にくびれているると推測できる。胸は着物を着るには不釣り合いな大きさで、着崩しているのもあって胸元が過剰に開かれている。

そんな挑発的な胸元だが、カロンはそれ以上に気になる梔子姫の手に視線を動かす。

白く長い毛に覆われた獣の手。巨大な爪が伸びており、指が四本なうえ肉球が付いている。

人間の手より数倍も大きく、指がカロンの首に平気で巻き付けるくらい長い。肩は素肌のようだが、右側に国の紋章が刺青で彫られているのが見えた。

もう一度顔に目を向ける。

容姿はルシュカのような生真面目(きまじめ)な凛々しさと違って、艶のある凛々しさがあり、ルシュカの方を不機嫌そう、と感じるかもしれない。

きつい目つきだが、瑠璃色(るりいろ)の大きな瞳が視線の鋭さを緩和していた。

そして、白髪に白い狐耳。

大きな耳が忙しなく内へ外へと向きを変えており、たおやかに微笑んでカロンを見下ろす姿に少し似つかわしくないくらいに動いている。

扇子が似合いそうな大和撫子は、まだぼうっとしているカロンの顔に凶悪な殺傷性を感じさせる爪を伸ばすと——

「いだだだだっ」

遠慮なく、しかし傷つけないように指と指の間で頬を抓(つね)った。

「カロン？　女性をそんなに見つめるものじゃないぞ？　確かに僕がこういう姿をしているのは驚

きかも知れないけど、それはただ君の前で見せたことがなかっただけなんだからな」

むっと頬を膨らませ、大和撫子の落ち着きから少女のいじらしさへと変わる。

「そりゃあ僕は君の部下だから、どう扱われたって喜んで受け入れるけど、でもやっぱり女らしく扱ってほしいと思うことはあるんだよ」

「す、すまん……」

ぷりぷりと怒っているので反射的に謝ったカロンだが、同時に疑問が湧く。

何故この部屋に入っているのか、だ。

この梔子姫、エステルドバロニアの第一防衛線の管理者ということで、常日頃から国を囲む外郭に配備されており、どこかへ動かすことは殆どなかった。

グラドラたちのような前線部隊は国内や国外を警邏、もしくは哨戒と常に動いているのだが、梔子姫や四方を守る軍団などの防衛がメインの軍はカロンの指示なく移動することはない。

王の命令の効力を考えると動くはずがないと信じていたカロンだが、それは少々違う。

四方守護や外郭守護を担う者へ告げた命令は個人に向けた命令ではない、ということである。

つまり、各軍が常に警備を正常に行えていれば、ある程度の移動は可能なのだ。

が、それとこれとは話が別。不法侵入の理由にはならない。

「それで、何故ここにいる。私の部屋と知ってのことだろうが、許可なく入ったのなら警備の者を呼ぶことになるぞ」

信賞必罰は徹底する必要がある。

さっきから名前を平気で呼ぶし、頬を抓るし、勝手に部屋に入るし。

半分は私情だが、悪いことは悪いのだから怒らなければいけない。その方法が、親のように言い聞かせるのとは違うだけの話である。

冷たい口調で、なるべく自信ありげに口にした言葉。

初対面の魔物ということもあって少々緊張しており、視線が狼狽(うろた)えないようにと真っ直ぐ、今度はきちんと梔子姫の瞳を見つめる。

頭を撫でる動作を止めて女の子座りをする梔子姫の、淋(さび)しげに揺らぐ瑠璃色の瞳がカロンを見つめ返し、

「だって……ルシュカたちだけずるいじゃないか……」

「……ずるい？」

問い返されて、梔子姫はぐいっとカロンに顔を寄せて眉を吊(つ)り上げる。

真っ赤になった頬が、その不満度を表しているようだった。

「だってだって！　城から出てくれるようになったのに全然会いに来てくれないじゃないか！　僕はいつだって外郭で君がまた会いに来てくれる日を待ち侘(わ)びていたのに、ルシュカとかハルドロギアとか、それと戦闘部隊の団長たちとばっかり遊んで！　忙しいのは分かってるけど少しは気にかけてくれてもいいだろう？　ああ、でも床で寝るくらい疲れてるなら、会いになんて来なくていいからちゃんと休んでくれよ！」

美しい顔を悲壮に歪めて、今にも溢れそうなほど涙を溜めて、梔子姫はずっと抱えていた想いの全てをぶちまけていく。

彼女の、というよりまだ顔を合わせていない団長たちの気持ちを知って申し訳ない気持ちになったカロンは、謝罪しようと薄く開けた唇を噤んだ。

「……私は私の職務を果たしているに過ぎん。貴様には関係のないことだ」

涙ながらに身を案じてくれるのは嬉しく思うが、毅然とした振る舞いは崩せない。

信頼していないわけではない。ただ、今自分を奮い立たせるにはそう演じるしかないからだ。

突き放すようなカロンの様子に、梔子姫はただ寂しく笑う。

「僕たち、親友じゃないか」

そして、特大の爆弾を投下してきた。

「……んん？」

「建国当初からそうだったじゃないか。なんだい、偉ぶっちゃってさ。似合わないとは言わないが、僕に対してそんな態度を取るのはちょっと酷いぞ？」

え？　友達？

「国が大きくなるにつれてカロンも立派になったけど、こうしてプライベートで会いに来たんだから、ちょっとくらい普通に接してくれても良いと思うんだ。ねぇ、君が知るほど僕は僕を知らないし、きっと僕は君を君以上に知ることはないんだろうけど、でも……それでも、僕は大切な親友が一人でつらい思いをする姿を見過ごすなんてできないよ」

訥々と語る梔子姫をよそに、梔子姫に背を向けたカロンはぐるぐると目を回す。

不法侵入してきた部下が自称親友でしたなんて、字面でも意味不明である。

もしこれがオフラインのＶＲＭＭＯだったなら、ＮＰＣの友達が居てもおかしくないだろう。オフラインな分、他プレイヤーの代わりにＡＩが積まれたキャラクターが仲間になったりするのだから不思議ではない。

しかし、ＶＲＭＭＯＲＴＳという奇妙な分野で、キャラクターとお友達になるという摩訶不思議な機能が搭載されているわけがないのだ。

となると、この異世界に来た影響で魔物の認識に少しおかしなことが起きたか、もしくはこの梔子姫の妄想かのどれかである。

「おーい」

いや、可能性の一つとして思いつくのは、彼女がルシュカと同じく最古参の一体という点だ。

初期のガチャで入手してからの付き合いで、昔は掘っ立て小屋のような拠点からスタートしたので、プレイヤーが外に出られない制限がある中でも頻繁に顔を合わせる機会があった。

ルシュカと梔子姫の前で独り言をよく口にしていたので、それを親友という関係に当てはめているのだろうか。

「……えいっ」

頭を捻って考えているカロンに構ってもらえなくて寂しくなったのか、梔子姫は軽くカロンを肉球で押し倒した。

カロンが「何をするんだ」と言おうと体を起こすと、そこには大きな爪で襟を開いて胸を曝そうとする梔子姫の姿が。

ポカンとするカロンに、梔子姫は潤んだ瞳で告げる。

「僕は、頼るに相応しくない女かい？　心を開くには足りない女かい？　肌を重ねたら、そんな遠慮も忘れてくれるかい？」

胸元の開きが更に大きくなり、もう少しずれれば突起が見えてしまいそうだ。

「なっ、馬鹿っ！」

慌てて止めようと手を伸ばしたカロンだったが、彼女の大きな獣の腕を掴むことに躊躇する。

その隙を狙って、逆に梔子姫がカロンの手を摑んでベッドの背凭れに押し付けた。

柔らかな白い毛と肉球の感触。尻を高く上げて舌なめずりをする狐耳の美女。それに捕らえられた哀れな人間。

フィルミリアや五郎兵衛が発するものとは違う、舐るようなねっとりとした気配が、カロンの背筋を駆け上がった。

「ふふ、お子様め。僕とカロンの仲だ。遠慮しなくてもいいんだがな。それに君は王なんだ。君のどんな言葉にも、僕たちは喜んで従う。そんなこと、考えたことはないのかな？」

ぐぐっと梔子姫が胸を反るようにして身を寄せれば、谷間の露出が更に広がる。

カロンとて立派な成人男性だ。自然と目線は零れ落ちそうな胸に吸い寄せられてしまう。

（友達ってそういう友達なの!?　ご冗談を！　そんな素敵……いや、そんな馬鹿な！）

梔子姫の性格は〝淫靡〟と〝狡猾〟。つまり、何か裏を持ちながら本気で迫ってきている可能性がないわけでもない。

そんな機能があったならと切実に願っていた日々がなかったわけではない。

可能となったら王の権力を存分に発揮して魔物娘でハーレムを築くのもいいんじゃないかと、内心隠してきた気持ちが浮かび上がった。

命じれば思いのまま。カロンにはそうするだけの力がある。

「好きにしてくれて、いいんだよ？」

スミレのように甘い梔子姫の匂いが鼻の中を満たし、雄の衝動に身を委ねてしまえと本能が囁いてくる。

「ほらほら、遠慮しないで――」

バン！　と殴り飛ばしたかと思うくらいの大きな音をたてて扉が開く。

カロンと梔子姫が顔を向けるよりも早く、二人の誤った逢瀬を見たその人物は、金切り声にも似た声で叫んだ。

「カロン様に何をしているんですか、姫？」

そこにいたのはルシュカでもハルドロギアでもなく、鮮やかなエメラルドグリーンのマーメイドドレスを着た美しいエルフの女王——第十四軍団長【ハイエルフロード】のリュミエールだった。

深緑に映える金髪の乱れや荒い息遣いから、急いでやってきたようであると推察される。

リュミエールは口元に手を当てて驚きと怒りに顔を歪め、震える指で梔子姫を差した。

「まさか……本当にお誘いしていたんですか⁉」

「もちろん」

人に見つかっているのに、梔子姫は悪びれもせず頷く。

その言葉でどれだけの考えを巡らせたのか、リュミエールは染み込むように頬を紅潮させると、梔子姫を止めるに足る理由をブツブツ呟きながら頬を押さえてもじもじと身を捩る。

それを見て、梔子姫は一度カロンに視線を向けてから、「リューさんも交ざる？」と提案した。

ピタリと動きを止めたリュミエール。震えるカロン。

どろっと何かが漏れそうになった光彩の消えた目と、隠しきれない期待に歪んだ笑み。

ふらふらと誘蛾灯に誘われるように近づいてきたリュミエールは、もう梔子姫を止めようという考えは消え失せているようであった。

もうカロンも雄の生殖本能は消えており、今あるのは生物の生存本能である。

何度も言うが、カロンとて立派な成人男性である。

決して自らの命を懸けてまで逢瀬を重ねるなんて蜘蛛のような貪欲さまでは持ち合わせていない

のだ。

なので、本気で抵抗を示した。

「あっ……」

梔子姫の腕は、人を傷つけずに触れるのが難しい形状をしている。

力いっぱい身じろぎされても押さえ込めはするが、何かの拍子にカロンに怪我を負わせてしまうのではと不安に駆られ、彼女は咄嗟に手を離した。

いや、カロンが身を任せてくれないと分かってしまったからかもしれないが。拘束を解かれたカロンはベッドから滑るように下りて脱出し、軽く身なりを整えてから二人へと顔を向けた。

「それで！　お前たちは一体なんの用で訪れたのかをそろそろ教えてもらいたいんだがな」

先程までの状況の直後では威厳も何もあったものじゃないが。

それでも、リュミエールは我に返ったらしく、わたわたと髪を整えてから優雅にスカートの裾を軽くつまんで礼をしてみせた。

こちらも、先程の直後では優雅も何もあったものじゃない。

「お久しぶりですカロン様。事前に連絡もせずお邪魔してしまい申し訳ありません」

「いや、それは……それは、いいんだが」

「それについては僕からも謝るよ。といっても、僕がアポなしで会いに行こうとしてるところでわざわざ面会の約束を取り付けようとしているリューさんを引っ張ってきたんだ。彼女は悪くないからね」

そんな面会のシステムを確立していないので、会えるかどうか分からなかったのだろう。

くたっと横たわって、まだベッドの上を占領している梔子姫は、親指かどうか怪しい指を立ててくるが、カロンは無視した。

「カロン様」

名前を呼ばれてカロンが顔を上げると、リュミエールは恭しく跪き、手に握った杖を膝の上に乗せて深く頭を下げた。

何事かと少し驚いたが、いつの間にか移動した梔子姫も、その横に並んで同じような姿勢を取っているので余計に驚く。

「此度のエルフの件、誠に申し訳ありませんでした。如何に情が先走ったとは言え、独断で行動を起こしたことは事実。申し開きのしようもございません。何卒、罪は私一人で済ませてくだされたらと。他の者たちは関与しておりませんので、どうか」

身を切るような思いで述べられたのは、深い悲しみに包まれた謝罪であった。

〝慈愛〟と〝調和〟。

女神を思わせる優しい心の持ち主に、神都で行われていた同族への仕打ちを見て見ぬふりは難しかったのだろう。

ぽつりぽつりと小さな雫を落としながら、強い責任感で全てをその身に引き受けようとする姿を見ていると、すぐにでも許してあげたいと思う。

だがカロンが情だけで決めることはできない。

「ルシュカから減給の話は聞き及んでいないのか？」

「聞いております。ですが、それはあまりにも……そのような軽い処罰で済まされるほど、私のしてしまった行動は軽いものではないでしょう」

「もしや、それで自らここに？」

「はい。直接お詫びを申し上げたく思い、また、私の処遇を改めてお考えくださるようお願い申し上げるために馳せ参じました」

とても真面目で、そして善人だ。

癖の強い面子が揃い踏みのバロニアの十七柱の中でもまっとうな性格設定をされているだけのことはある。

しかし、だからといって必要以上の罰を科すこともない。

「構わん。この結果は我がエステルドバロニアが招いたものだ。誰か一人が重責を負う必要などない。負うとするなら、皆を統べる私の役目だ」

「そんな！　カロン様に非など何一つございません！　不用意な行動で混乱を招き、王自ら戦地に立つような事態を生み出したのは、他でもない私なのですから！」

落ち着きかけていたリュミエールの目に再び大粒の涙が浮かび上がった。

カロンは窓際へと移動し、窓の外に広がる街の景色を眺めながらどうやって上手く話を終えるべきかを思案した。

その憂いを帯びた表情は、まるでこの世界に来たことを悔いているようにも見える。

「……そういえばリュミエールよ。此度の件で褒賞を与えていなかったな」

「え？　あの、そのような物を戴ける立場ではございませんので」

「いや、神都の人間たちに記憶改竄の魔術を用いたであろう？　それに、いち早く結界を張って国への侵入を防いだ。その対応は素晴らしいものだった」

「そのお言葉を戴けるだけで十分です。これ以上ない褒美となりました」

「そうか。しかし私はこれを褒美として与えたのではない。無断で行動したことに対する厳罰から、その褒美を差し引かせてもらった。最終的に下るのは減給となる。よいな？」

顔だけを二人に向けて、語尾にからかう雰囲気も込めた卑怯な言い方であった。

だが、リュミエールを納得させるには十分で、王としての手腕を感じさせるものであった。

後ろで手を組んで外を眺めるカロンの、漆黒のコートが背負う国の紋章。

梔子姫は装飾過多にして、着物に隠れた右肩に彫り込み、リュミエールは金の首飾りに下がる琥珀に刻まれた、王に選ばれた者の誇りが熱を帯びたようで、二人はそっと包むように紋章に手を添えて微笑んだ。

「王、貴方は丸くなられた」

「は？」

「以前の貴方であれば、重罰に処しただろう」

「……え」

確かに。この世界で彼女たちの人間味に触れる前は、ただのＮＰＣだからと平然と処罰していたが、よくよく考えるとものすごく冷酷な王として君臨していたのではなかろうか。

なにせゲームのキャラクターには弁明も何もない。罪を犯したことだけがコンソールウィンドウのメッセージで報告され、その内容に相応しい処置を取っていただけに過ぎない。

もしかしたら、その中に冤罪(えんざい)や、止むに止まれぬ事情もあったのでは。あったとして、自分は国民からどんな王と思われていたのか。

ルシュカを副官にしてからは、小さい問題は全て自動で処理されていたが、どれも過激だったように思う。

いや、今でこそ必要な場合もあると承知している部分もあるが、そこに人間の情のようなものは果たして存在しているのだろうか。

（あれ、ちょっと待って。俺結構やばい人と思われてる？）

淡々と、罪重き者は殺してきた。

戦争をしても、その土地にいる魔物も人間も別にいらないからと根絶やしにしてきた。

気付けば領土は世界の五分の一まで拡張されていた。

――どう見ても覇王です。

「我々は所詮無法者。如何に知性を持とうとも忌避すべき欲を抑えることのできぬならず者です。それを御身一つで束ねるは難しく、勧善懲悪を用いて罰さねばならぬのでしょう。事実、この国には秩序が生まれました。あの貧相な屋敷から始まったエステルドバロニアの躍進が連なって今があるのでしょう。王、貴方は常に正しき道を歩み、我らを導いてくださった」

大仰すぎる。あまりにも過大評価されすぎていて穴を掘って埋まりたいくらいだった。

語る梔子姫の瞳は潤んで蕩け、隣でうんうんと、分かって頷いているのか怪しいリュミエールも頬を紅潮させてカロンを見つめている。

カロンが想像した圧政に対する民の感情が見えてこないせいで、どことなく不安な気持ちで一杯になってくる。

ここ最近落ち着いてきたはずの不安の芽が再び顔を出し始めた。

まあ、民が国を去らないところを見れば不信感を持ちながら我慢して暮らしているわけじゃないと分かるものだが、あまりにも大仰な言葉が余計な不安を掻き立てるのである。

「そして、新たな段階へと進むのですね。世界を震え上がらせた我らが国が、覇道から王道へと往く道を変えるとは。きっと今以上の繁栄が齎されることでしょう」

――梔子、理論が途中でぶっ飛んでいる気がするぞ。

話の半分以上は耳を塞いで「あーあー」とやって聞かなかったことにしたい内容であったが、それを聞いていてカロンは重要なことを思い出した。

この国には、法律が存在していないことを。

王もといプレイヤーがすべきことは多岐に渡る。

それは王が自分の意思で、もしくは王の補佐がプログラムに沿って采配を振るっているのであり、国そのものには何一つ基準が存在していない。

だから全てが過剰なのだ。国民の判断基準が法ではなく、個人の意思とプログラムを参照しているから、乱暴な処罰を普通に行っている。

リュミエールの言葉を思い返すとそんな節があった。

エルフを攫ったことを打ち明けた際に自身への処罰を求めてきた。もしあのまま隠し通し、露見して責任を問われたとしても抵抗はしなかっただろう。

カロンが告げれば、抗うなど彼女たちは決して考えない。

なぜなら、これまでカロンがそうやって罰してきたことが浸透しているからである。

（まずい。非常にまずいぞ。人間と仲良くしましょうとか言っておきながら、まだ国の基盤が出来てないじゃん！　どうしよう俺。どうすんだこれ。色々足りてない気がしてきた……）

どうやら今一度、国の状況を調べ直す必要がある。

「カロン。君の選択に僕たちは決して逆らうことはない。君が僕らの往くべき道なのだ」

「うわぁ……」

そして早速重たい発言を喰らって、頭を抱えたくなる。

「リュ、リュミエールもか？」

「勿論(もちろん)です、カロン様」

一切の躊躇(ためら)いがなかった。

つまり、物理的なクビ切りも覚悟の上でやっていた証拠である。

頭が痛くなってきたカロンは、脈を測るように手首を握りながら重くなった肩を落とした。

「とにかく、今日はこの辺にしてくれ。少し……そう、少し眠りたい。最近眠りが浅くてな」

「あ、そうだったな。ごめんよカロン」

「申し訳ありません。このようなことにお時間を取らせてしまいまして」

「いや、構わない。大事なことに気付けたのでな」

「そうですか。どうか、ご自愛くださいませ」

きっと、大事なことを良い方に解釈したのだろう。

王をどれだけ敬愛しているのかなんて内容に。

残念。いっぱいになったのは悩みの種である。

しずしずと優美な動作で立ち上がり、愛らしい笑みを浮かべてリュミエールは部屋の外へと向かっていく。

その後を梔子姫も追っていくが、何か思い出したように部屋の扉から顔を出し、

「あ、そうそう。リュミエールなんだけど、城に滞在してもらいたいんだが駄目かい？」

「なんでだ」

「いや、他の連中もリュミエールがいると少しは大人しくするだろうからさ。これでも昔は僕たちの間を取り持ってくれてたんだよ。アルバートよりは信頼できるんじゃない？」

「あの、姫？　それ、守善さんがこの間カロン様にお尋ねするって言ってたような……」

「どうだろうカロン。君の苦労もいくらか減るんじゃないかと思うんだけど」

「なら、お願いしよう。その悩みがなくなると、かなり楽になれる。今もう余裕がない」

「そ、そうか……忙しいもんな。分かった、じゃあルシュカに手続きしてもらうよ。カロンの方でも伝えておいてもらえると助かる」

「ああ、分かった」

「だからそれ守善さんが言おうとしてたことじゃ」

「よし言質取ったからね。さあ行こうかリュミエール。君が余計なことを言う前に」

「もしかして自分の手柄にする気じゃ……カロン様、カロン様、それは守善さんがー」

「はいはい出て行こうね。カロンの邪魔をしちゃ駄目だよ」

「あああああ、ごめんなさい守善さん、無力な私をお許しくだ――」

結構大事なことを言おうとしていたようだが、もう扉は閉まっている。

多分、梔子姫がどうにかしてくれるだろうと、カロンは他のことをシャットアウトした。

今は少しでも負担を減らすため、ルシュカにリュミエールの滞在を承認してくれるかどうかの確認をメッセージトークンで送り、ベッドの上に飛び乗って頭を抱え、水揚げされたマグロのようにバタバタと身悶えした。

「誰だ、こんな中途半端な国を作ったのは！　ちくしょおおおお！　せっかく周辺整理が終わったのに面倒事思いつかせるなよおおおおお！」

そんなこと言っても全ては自分に返ってくるので、死んだように眠った後はまた頭を抱えながら働くことだろう。

王様見習いの日常はこうして積み重ねられていくのであった。

◆

リフェリス王国、リファール城。

どっしりと構えた白い王城の地下には、特別な広い空間が作られている。

荘厳な景観とは正反対の薄暗くじめじめしたその部屋の中には、数多くの奇妙な実験器具が置かれており、怪しげに光る液体が幾つもシリンダーの中で流動している。

その部屋の主は、樫の杖を鳴らしながら診察台に寝かせられた被験体の側まで行くと、ぶつぶつ呪文を唱えてから杖の先を額へと向けた。

「【バニシングルーン】」

ぼそりと口にした呪文の簡略詠唱に反応して、杖の先から青白い魔法陣が出現すると、被験体の全身を淡く光らせただけで静かに収束していき、弾けるように飛沫となって消えた。

結果は失敗だ。

魔術が正常に発動したことを確認しながら、主は揺り椅子まで行き、乱暴に腰を下ろした。

「また駄目とは。まさか我輩に解除できぬ魔術がこの世に存在したとはなあ。くくく、なんとも愉快ではないか！　一体誰が我輩に喧嘩を売っているのだろう。ああ、なんとも楽しい。楽しいぞ！　我輩は貴様を宿敵と定めよう！　必ずその複雑怪奇な術式を解除してみせるぞ！」

かっと目を見開き、ぐらぐらと椅子を揺らす老けた地下の主は、とりあえず言いたいことは言い終わったようで、次の手段を考え始めた。

前後に規則正しいリズムで揺れながら頭の中を駆け巡るのは、様々な言葉と順序と配置。魔術に必要な術式を読み解き、どのように綻びを生み出して崩壊させるのかが解除系の魔術の仕組みとなっている。

被験体が運ばれてきてから既に五日。挑んだ回数は述べ二百二十八回。

二日もすれば別の被験体が連れて来られるので、彼を相手にする期限は刻々と迫っていた。

「宿敵は慎重が過ぎるほど慎重だ。要らない工程があまりにも多いが、そのせいで余計に意味が分からない。使っている言葉は我らと変わらぬというのに、記憶改竄の魔術で本来使わない言葉も組み込むとは。我輩でさえ爆発したらおっかないからやっておらんというのに、なんとも羨ましいチャレンジ精神よ」

高度な魔術になればなるほど複雑な言葉や順序を踏むが、その代わりに無駄が削ぎ落とされて純粋な高威力魔術へと昇華されるのが常識とされている。

しかし、この諜報員にかけられている魔術は、不要なものが敷き詰められているにも拘らず高位魔術と同等の効力を生み出しており、大変興味深いものだった。

くつくつと喉を鳴らして笑っていた主だったが、突然部屋の中が明るくなったことに驚いてビクンと尻を僅かに浮かせた。

じめじめした空間が、不思議と手術室のようななんとも言えない清潔感の漂う白い部屋へと変わり、高価な魔道具の光を部屋に行き渡らせた人物は少し怒った様子でいる。

「ヴァレイル様ぁ、暗い中で実験したら駄目だって言ってるじゃないですか。目悪くしますよ」

「我輩を誰だと思っているのだチェルミーよ。〝大賢者〟ヴァレイル・オーダーであるぞ」

「晩御飯抜きにしましょうか。あと私の名前はセーヴィルです」

「ごめんなさい、それは駄目です。もうお腹ぺこぺこなんで本当にそれだけは」

むっとした白衣の若い女に、土下座しそうな勢いで謝罪する四十を越えたばかりの男。

この男こそが、王国の大賢者と称される勇者ヴァレイル・オーダーであり、溜め息を吐きながら弁当を用意する若い女は助手のセーヴィル・カルロッセである。

セーヴィルは片手で持っていたトレイをヴァレイルに差し出す。

上に乗せられているのは、白身魚のサンドイッチとサラダと紅茶。

ヴァレイルは真っ先にサンドイッチを手に取り、上機嫌で包装を解いていた。

「で、少しは進みました？　もうヴァレイル様しか頼れないんだってさっき大臣に泣きつかれましたよ？」

「今解ろうとしている最中だと伝えておきたまえ」

「もう言いましたよ……。これが解けなかったら大賢者なんて大それた称号を剝奪するか考えるとも言っていましたが」

「あの狸親父め……我輩がこれほど尽力しているというのになんだその扱いは！」

「普段まともに研究しないのが悪いんです。手抜きしてるって思われてますよ、きっと」

「ひにふわん。ひふれあひゃふひはほほひひらへへ」

「食べてから喋ってください」

サンドイッチを貪るヴァレイルの調子が普段と変わらないので、セーヴィルは視線を被験体へと向けた。

横たわる青年を被験体と呼んではいるが、実際はただの偵察部隊の隊員が診察台の上でぐっすり眠っているだけだ。

なんとなくヴァレイルがそう呼んでいるだけで、セーヴィルもそれに倣っているだけである。

「それで、実際はどれくらい進展してるんですか？」

「うむ。ぜーんぜん進んでいない」

爪楊枝で口の中を掃除しながら、白髪をかき乱してヴァレイルは背もたれに体を預ける。

「我らの使う魔術とは似て非なるもの、と言っても過言ではないかも知れん。これだけ無駄が多いのに、どれもが最適な効果を生み出している。解除させない為の仕組みかとも思ったがそうじゃない。これは、この無駄の多さが完成形なのだよ」

ヴァレイルはローブのポケットから一枚の紙を取り出して、セーヴィルへと投げつけた。

その中身はヴァレイルが読み取った術式の詳細な図面だ。

セーヴィルは眼鏡を何度も直しながらじっくりと見つめ、観念したように視線を外す。

「一文も読み解けないですね」

「であろう。我輩が苦戦しているものを貴様に容易く解かれてたまるかい。ま、形式は古代魔術に近いものだというところまでは判明したが、あと一歩が辿り着けぬのだよ」

「あと一歩なんですか？　本当に？」

「……ほ、本当ですとも。ほんと、本当だってば。あ、待って！　待って！　今大臣のとこ行こうとしたよね⁉　ごめん嘘ですあと四歩くらい足りてませんでした！」

とても偉い大賢者なはずが、どうしても助手にだけは頭が上がらないようで、静かに部屋を出て行こうとするセーヴィルの、スカートから伸びる太腿に縋りつくように抱きつく姿は誰が見ても変態である。

そうだろうとは思っていたのか、セーヴィルも蹴るようにヴァレイルを引き剝がしてから素直に元の位置へと移動して、用意していた自分のティーカップに注いだ紅茶を口に含みつつ、五体投地しているヴァレイルを見下ろした。

「目処は立たないとお伝えするのは構いませんね」

「ううう、構いません……」

「そうなると、ますます謎ですね。この魔術が一体どのような人物によって生み出されたのか」

「それも気にはなるが、大臣にはこうも言っておけ。神都には我輩に負けず劣らずの強力な魔術師がいると」

土下座をやめたヴァレイルの目は本気だ。

プライドが高く、偉ぶっているくせに少し突くとへナチョコになる。

だが魔術だけは他の追随を許さないから彼は大賢者だというのに、なんの躊躇いもなく同格の存在を認めたことにセーヴィルは少なからず驚きを感じた。

「我輩とて無知ではない。今、王国がどのような状況下に置かれているかは知っておる。だからこその警告である。公国の手の者かどうかなど現状知る由もないが、我輩自ら赴きたいと思う程に出来栄えのいい術式なのだ」

「それは意見交換をしたいと？」

「ふははは！　無論、ブチ殺すに決まっておろう！　最強の魔術師など大陸に一人で十分だ！」

しかし、明確に闘志は抱いているらしく、ヴァレイルが高笑いをしながら被験体の側へ寄るのをセーヴィルは黙って見つめていた。

ここ最近暇で、暇すぎてヴァレイルがまったく使いみちのない魔術で遊びだしていたところだったので、問題が降ってきたのは好都合ではあった。

しかし、王国最強の魔術師が解除できない魔術が登場するのは誰にとっても予想外だった。

今回の戦は相当苦しいものになると予想される。

相手は強力な神聖騎士と不気味な公国。加えて超級の魔術師など、どう対処するというのか。

王国が魔術で真に頼れるのはヴァレイルしかおらず、彼が対抗策を見つけ出せるかどうかが勝敗の分かれ目になるだろう。

音を立てて紅茶を啜りながら、水を得た魚のようにはしゃぐ馬鹿な大賢者が解決してくれることを、セーヴィルは心の中でひっそりと願った。

◈ 二章 ◈

勇者候補

騎士団の隊舎には様々な施設がある。

宿舎も兼ねているし、高官の執務室もあり、訓練場や施設、作戦室なども含まれている。

高官の執務室は団長室を除いてひと所に集められており、警備の許可がなければ下級士官は入ることも許されない場所だ。

しかし、その高官だけに許された場所に、ミラ・サイファーは自分の部屋を持っている。

下級士官の部屋より数倍広い部屋だが、半畳ほどの小さな木の机と、来客用のソファとテーブル、あとは壁を埋める本棚しかないせいで、面積以上に広く感じる。

そこに小柄なミラがいると殊更に広く見えるため、とにかく殺風景でもの寂しい光景だ。

しかし、ここはミラにとって一番休める場所だった。

貴族同士の煩わしさも、騎士団内の声も、この広く寂しい部屋に届くことはない。

公爵家の娘であり有力な勇者候補であることがこの高待遇を可能としてくれたと思えば、サイファー家に生まれた意味も少しはあったと思うミラであった。

夕焼けに染まる窓から差す初夏を告げる温もりを背に受けながら、ミラは眠っていた。

職務を放棄しているわけではない。一人しか部下を持たない彼女だが、そこそこ忙しい。

ただ少し時間ができて、手持ち無沙汰になって、ちょっと悪いことをしてみたくなった。

そんなところである。

喧騒から遠く離れて、誰の足音もしない部屋には、机に伏した彼女の呼吸音だけが漂う。

勇者候補でもなく、騎士でもなく、ましてやミラ・サイファーでもない、ただの少女の寝息は、普段の鋭さや威厳など取り払われた穏やかなものだった。

コンコン、と。

安息を遮るノックの音を聞いて、少女はミラ・サイファーとなって勢いよく顔を上げた。

「誰だ」

「すまない。ドグマだが、入っても構わんか？」

声の主は騎士団長の名を名乗った。

他の誰かであったなら適当に理由をつけて断るが、ドグマではそうもいかない。

すぐに引き出しから手鏡を取り出し、身だしなみと顔の痕を確認してから立ち上がる。

「どうぞ」

準備万端で招けば、ガチャリとドアを開けて潜るようにドグマ・ゼルディクトが入室してきた。

「寝ていたか？」

敬礼をしようとしたところに、ギクリとするような指摘を受けてミラは動きを止めた。

「……いいえ、そのようなことは」

開口一番に指摘されて、ミラはとぼけながらも机に置いた手鏡をチラリと見る。

ドグマは、そんな子供のようなミラの反応に、相好を崩して「ぷっ」と小さく吹き出した。

「くくっ……いや、すまんな。まさか小さい時と変わっていないとは思わなかったんだ。そうやって部屋で一人寝るのが好きだったなと思って聞いてみただけなんだが……まさか本当とは……くく、はっはは」

「団長……いえ、ドグマのおじさん。二度目はないですよ」

「んんっ！　分かったから怒るな。もう言わん」

少し昔を思い出してからかったつもりのドグマだったが、ミラの手が剣の柄を握ったのを見て慌てて笑みを消した。

まるで父と娘のようなやり取りだが、それに近い関係の二人だ。

今の副団長はミラの婚約者であるゼンツ・バウムだが、それ以前はミラの父であるベイル・フォン・サイファーが務めていた。

王族に血を連ねる公爵家なこともあり、ドグマは日頃からサイファー家と交流があるのだ。

夕陽に照らされて茜色に染まった長い髪を掻き上げる冷たい表情をした女騎士に、花冠を抱いて満面の笑みを見せる小さな少女を幻視して、ドグマの瞳の奥に同情の哀愁がこもる。

忘れていた敬礼を改めてしようと手を上げたミラを、ドグマは首を振って制し、何も言わずにソファへと先んじて腰を下ろした。

ミラもそれに倣ってソファに腰を下ろす。人を歓迎するための茶器などあるわけがなく、ただ二人は向かい合った。

「賢人会議は、いかがでしたか」

用向きは尋ねず、ミラが切り出したのは、今皆がドグマに聞きたいと考えている件だ。

「うむ。まあ例年通りではあったかな。相変わらず目が痛くなるくらい白くて、不気味なくらい笑顔に溢れた国だったよ。ただ、厄介な話も出てきた」

「ついにアーレンハイト聖王国とヴァーミリアが全面戦争でもするとか」

「その方がまだマシだったかもしれんな……」

焦らすつもりはなかったが、思い出すだけで憂鬱になってしまうせいで持って回った言い方になってしまうドグマに、ミラは軽く首を傾ける。

「……この世界にも、この大陸にも、大きな災いが迫っているかもしれん」

そう前置きして語り始めたのは、あの各国首脳が集まった場で告げられたものだ。

遥か北の地で確認された魔王復活の予兆。

聖地ディエルコルテの丘で確認された膨大な魔力の柱。

そして、現状大きく事態が動かない限り各国が一丸となって立ち向かうことはないこと。

語るドグマの口調には、二百年の時を経て再び訪れた未曾有の災厄に対して、あの頃と同じように手を取り合うこともできない人間の愚かさへの怒りが感じられた。

騎士団長らしく振る舞い、国の要として自らを律しているドグマには珍しい感情の発露。

それだけショックだったのだろうと慮って、ミラは口を挟まず聞くことに徹した。

「神都の、ディエルコルテの丘の問題をリフェリスが解決するのは当然とはいえ、北の魔王領で観測された異変に関しては積極的に動くべきだろう。ニュエルも過去の経験から何も学んでいないのか。同じ轍を踏むなど……」

一通り口にして冷静さを取り戻したドグマは、顎を上げて一息入れてから口を挟まずにいたミラに頭を下げた。

「すまないな。みっともない姿を見せた」

「心中お察しいたします」

「うむ……して、通信魔術で簡易に報告は受けているが、神都の様子はどうだ」

今度はミラが、ドグマのいない間に起きた出来事を詳細に語る。

瑠璃の魔力光と獣の咆哮。元老院引退とエルフ台頭。公国から依頼された神都調査など。

独立した遊撃部隊の隊長に任じられてから、ゼンツを通してミラは今知り得るだけの情報を手にしている。この部屋に籠もっていた本来の目的は、極秘の資料を整理するためだった。

ドグマはミラの話を聞き終えてから、気になったワードを口にする。

「公国か」

「神都に施されている認識阻害の魔術はヴァレイル・オーダーが解き倦ねる高度な術です。私は公国よりも魔術国であるカランドラの関与を疑うべきではと考えていますが」

「それはないだろう。カランドラはアーゼライ教を信仰しているが、神都を手中に収めるメリットがない。わざわざ他大陸に手を出して、アーレンハイトとヴァーミリアに攻め入る隙を与えることこそ嫌うんじゃないか？」

「では、順当にラドル公国が怪しいと」

「もともと繋がりの深い二国が動いているんだから、そう見るのが自然だ。ただ気になるのは、元老院引退が嘘だとして、なぜエルフが神都運営に加わったと宣伝するのか」

神都のエルフは、一部では有名な話だ。

どう扱われているかも知っているし、中には相手をしてもらった者もいると聞く。

明らかな差別を前にして、藪をつつくわけにはいかないと不干渉を貫かされたことがあるミラは、唇を噛んで自分の安い正義感を潰した。

「ところで、ヴァレイル様は神都の魔術を解読し終えているのですか？」

「いや。まだだと聞いた」

「……再三の疑問ですが、本当に神都と公国だけで可能なのでしょうか。どちらも高度な魔術体系がありません。エルフの魔術も変人……失礼、ヴァレイル様曰く解明されているそうですし」

やはり拭いきれない謎が引っかかると、ミラは僅かに身を乗り出すようにしてドグマに問う。

明確な答えを誰も持ち合わせていないのだから考えても無駄かもしれないが、この複雑な戦略にさらなる別勢力が関与していたら、恐らく王国だけでは対処しきれない。

そうではないにしても、〝大火〟の勇者、王国最高の魔術師ヴァレイル・オーダーをして難題と言わせしめる魔術の使い手がいるのは脅威だ。

ドグマは、

「魔王が手でも貸しているかもな」

と言った。

「本気ですか？　本気で、魔王が関与していると？」

ミラは馬鹿馬鹿しいと一笑に付すつもりでいたが、ドグマの表情に冗談めかしたものがないと知って眉間に皺を寄せる。

「カランドラよりもよっぽど可能性が高いだろう」

言われて、ミラは拳に唇を寄せて考える。

「それに、大公は勇者の中でも特異な存在だった。勇者よりも、それこそ魔王に近い性質を持っていたからな。力に溺れて魂までも魔に売ったあの男ならやりかねない」

クランバード・ラドル。

〝簒奪〟の勇者。

勇者でありながら、魔物を使役する力を得た反勇者。

幼い頃に一度だけ見た、幽霊のように痩せこけた男。

あれが勇者だなんて認めたくないほどに、生理的な嫌悪感を抱いたことをミラは思い出した。

「とにかく、真実を知るには神都へ向かうほかあるまい」

話が戻り、ミラは姿勢を正した。

「遠征部隊の出立は五日後だが、遊撃部隊は先んじて侵入してもらうことになるので三日後には国を発つようにしてくれ。厄介な役割を担わせることになるが、ミラであればこなしてくれると信じているぞ」

ミラは最も勇者に近いとされながらも若さゆえに階級が低い。

他の有力な騎士は立場もあるため容易に別働隊を組むことはできないが、現役の勇者であるドグマでも手を焼く実力があるミラだからこそ、遊撃の重要な役割を与えられた。

ミラはドグマから向けられる期待に頷(うなず)くことも敬礼を示すこともしない。

ゼンツや他の人間には決して口にしない、昔から付き合いがあるドグマにだから零(こぼ)してしまう気持ちがあった。

「見殺しにすることも、私の役割なのですね」

本隊が犠牲となっても、情報を持ち帰ることが仕事。

救えるかも知れない命を見捨てなければならない。

「そうだ」

ドグマは逡巡(しゅんじゅん)しなかった。

「国を守るためだ」

勇者らしからぬ考えだとしても、騎士らしからぬ行動だとしても、国を守るために必要となる犠牲も存在する。

大人は彼女の真っ直ぐな考えを若さと言うのだろう。

「……承知しました」

ミラは立ち上がって胸の前に両の拳を添える。大人と比べても見劣りしない敬礼だ。

ドグマは立派になったミラを頼もしく思いつつ、やっぱりどこか寂しい気持ちで大きく頷いてから立ち上がり、部屋を出ようとミラに背を向けた。

そこでふと、一番聞きたかったことを思い出して足を止める。

「ところで、もう部隊の編成は決まっているのか？」

ミラは今日一番の仏頂面になった。

「適当に使えそうなのを集めています。扱いやすそうなので新人から」

「新人!?」

大事な任務だと話していたのに、少数精鋭ではなく寄せ集めで挑もうとしていると知ってドグマはさすがに大声で驚いた。

「しっかりとした人選をするべきだ。何かあった時に頼りにならん者を従えてもだな……」

「お言葉ですが、私の実力は自他ともに認める最上位に位置していますので、どんな騎士を選んでも足手まといになるでしょう」

「それは……そうかもしれんが……」

「それに、階級が低い私より上の人間を入れてしまうと、命令系統に異常が――」

「ゼンツも加えてやったらどうだ？」

お節介とは思いながら提案してみると、ピクリと震えたミラは仏頂面を徐々に凍り付いた微笑へと変化させた。

逆鱗（げきりん）に触れたと気付いた時にはもう遅く。

「急用を思い出しました。失礼します」

そう言って、ミラはドグマを放置して部屋を出ていってしまった。

「……やってしまった」

残されたドグマは情けない失態に溜め息(たいき)を吐く。

実は、ミラの婚姻相手にゼンツを勧めたのは、このドグマであった。

性格も悪くないし実力も十分で、ベイル公爵も娘の相手として不足はないと認めている。

良い縁談になったと思っていたが、どうやら両名の関係は進展していないらしい。

もう少し大人になればあの跳ねっ返りも落ち着いてくれると思い、「困ったものだ」と呟(つぶや)きながら、ドグマは夕陽を背にして肩を落とし、トボトボと部屋を出るのだった。


部屋を出たミラは、そのまま当てもなく大股で歩く。

努めて表情こそ平静を装っているが、内心は怒りや葛藤で混沌(こんとん)としていた。

彼女にとって、サイファーの名と〝雷霆(らいてい)〟の血は、誇りでありながら同時に呪いでもある。

正確には、ベイル・フォン・サイファーという抗(あらが)えない呪縛が、ミラを雁字搦(がんじがら)めにしていた。

病によって子を望めぬ体になった父に勇者として育てられることが決まった日から、ミラという可憐(かれん)な貴族の少女は捨て去られた。

どれだけワガママに振る舞おうと許されてきたが、勇者としての力を得ることだけは妥協されなかった。

彼女の強気な振る舞いもワガママも、唯一捨てずに守れた自分の最後の砦(とりで)である。

勇者として覚醒できればサイファー家の呪縛から解放されると信じてきたのに、突然決められた婚約は、「お前は勇者になれない失敗作だ」と言われたようなものだった。

生死の境を幾度も彷徨(さまよ)うほどの過酷な訓練を乗り越え、騎士の誉れを継ぐに相応(ふさわ)しい騎士へと成長しても、父は勇者になれない娘を認めない。

逃げられたら、全て捨てられたら、どれだけ楽になれるだろう。

しかし、ミラの中に残ってしまった理想の勇者像が、その無様を許してくれなかった。

「私は……」

辿り着いたのは、隊舎の内庭だった。

春の花が咲き乱れる庭では、ゆっくりと夜の帳を下ろす青紫の空の色を受けて、花弁が淋しげに俯いている。

ミラは、胸元から亡き母が残してくれたロケットを取り出し、そこに詰められたドライフラワーの香りを嗅いで気分を落ち着かせる。

「必要な時しか求められない、必要な時しか咲けない私のような花」と言っていた母を思い出して、ミラはつま先を見ながら弱々しく呟いた。

「私も、ママと同じになってしまったよ」

どこの貴族よりも貴族らしい父にとって、妻も娘も使用人も、家に尽くす道具でしかない。

今なら勝てるだろう。現役時代でもドグマには勝てなかったという父に。

しかし、あの暗い瞳に睨まれるだけでこれまでの苦痛と恐怖が沸き起こり、明確な反抗ができなくなる。蛇に睨まれた蛙のように震えて動けなくなる。

それは勇者に程遠い、哀れな道具の姿だ。

「私は……」

声のない声は、幼い時分に憧れた強い勇者になれと囁いてくる。

どこかに捨てたはずの少女が、ただのミラになれと提案してくる。

自分で決断しているようで、実際は操り人形な自分では、その答えすら見つけられない。

「何が勇者に最も近いだ。何が騎士の誉れだ。なにが……」

なにがミラ・サイファーだ。

澄んだ空に星が降る。頬を伝う雫もきっと星だろう。

◆

神都ディルアーゼル。

創造神アーゼライを信仰するアーゼライ教の総本山である神の都。

篝火に照らされた白と緑が美しい夜の街は、外界の慌ただしさに反して穏やかなものだった。

まるで、そうすることを定められているかのように、老若男女問わず不気味なくらい変わらない日々を過ごしている。

巡礼に来た信徒がいようと、偵察に来た王国騎士がいようと、誰も彼もが変わらない。

眠りにつこうとする街から離れて、丘に螺旋を描いて頂きに続く道の先にある神殿には、胡散臭い平和とは真逆の生々しい憂鬱と不安が満ちていた。

謁見の間に集まっているのは、この街を運営する修道士や神官、そしてエルフだ。

上座にて金の司教座の上に収まる教皇エイラ・クラン・アーゼルは、眼前の面々を見回してから心底苦しそうに一言発した。

「どうしましょう……」

白いドレスに蒼いダルマティカを着た少女は、淡い桃色の髪を首に巻くように手で押さえて、困ったようにふるふると首を揺すっている。

神都にとって諸悪の根源だった元老院を排除し、共犯だった神聖騎士を全て処分したことで、過去数十年遡っても今ほど健全な運営はないというくらいにしっかりとした組織に生まれ変わったことは、幸運としかいいようがない。

エステルドバロニアの援助を受けながら、老害たちの残した負の遺産を清算していたのだが。

「王国からの使者ですか……」

二日前、神都にやってきた王国の騎士が神殿を訪れて告げた内容は、実に難題だ。

エイラの右側にいた美しいエルフの族長オルフェアが、エイラと同じくらい困った様子で眉間を押さえている。

「一時凌ぎだとは思っていたし、異変に気づけば王国が動くのも想定していた。端から戦をするつもりで攻めてこないだけマシではあるが……穏便な手段を取られる方が困るとは」

リュミエールが神都全域に展開している認識阻害魔術《スポイトインテリジェンスケージ》は敵AIの思考能力を下げる効果のある結界だ。

ある程度効果を変化させることが可能なので、エリア外に出た非同盟者以下の者に対して反応するように調整されている。

同盟者として扱われているエイラたちや街の人間に害はないが、外からやってきた騎士も旅人も教徒も問答無用で神都での記憶を奪われる。

誰から見ても明らかな異変を起こす魔術が堂々と神都に張り巡らされていれば、元老院云々の噂がなくても王国は行動に移して当然だ。

それが強硬手段であったなら、神都も抗戦の構えで臨めばいいだけの話だ。あれやこれやと嘘を用意せずに、非力でも立ち向かうしかない。

だが、平時と同じ方法を選ばれるほうがディルアーゼルには都合が悪かった。

「エステルドバロニアの意向に従う形になるとは思うが……」

「恐らく、カロン様であれば積極的に敵対なさらないでしょう。そうなると私たちは、視察の騎士に上手く釈明しなければならないわね」

実際に聞いたわけではないため、エイラが勝手に考えているだけだ。

その考えに賛同したのは、ほんの僅かな人数だけだった。

「その辺りはこれから考えるとして、急がないといけないことが幾つかあるわ」

オルフェアとは逆の左側で、エイラに同意を示した者の一人である車椅子に乗ったエルフ、シエレが淡々と状況の整理を始めた。

「まず神聖騎士。あの戦いで全員死んだから、常駐しているはずの神聖騎士が一人もいないのはさすがにまずいと思うの」

「あ」

「表向きは元老院だけが引退していることにしているから、神都の防衛戦力である神聖騎士団が綺麗サッパリいなくなっていたらすぐに疑われるわ」

これればかりは口先で誤魔化せるものではない。

一度、神聖騎士団をもう一度編成することも考慮されたが、その末路を知ってしまうと、信仰する創造神の力であっても不用意に触れたくはないので、その計画は凍結してある。

「これはエステルドバロニアに要請することになるんじゃないかしら。もし王国と戦うことになるとしても、私たちじゃ手も足も出ないわよ？」

「しかし魔物の国から兵を借りるというのは……」

「なら我らだけで戦えると？　撫(な)で斬(ぎ)りにされてお終いだぞ」

「今更何を取り繕うことがある。どんな相手であれ、我々を保護してくれていることに違いはなかろう。どうせ力のない今、ディルアーゼルはアーゼライ教の総本山などではなく何処(どこ)かの犬になるしかない。それなら人間じゃなくとも強い方につくべきだろう」

まだエステルドバロニアに対する思いは複雑だ。

そこに、シエレはもう一滴問題を落とす。

「それに、住民たちに付けてある《隷属(れいぞく)の呪》。これもそのままでは何を言われるか」

「隠すにしたって……なぁ？」

かつてエルフたちが元老院の手によって操られる原因となった忌まわしい術【隷属の呪】を練り込めた首輪は、今は神都の住民の首に着けられ、皮肉なことに街の平和を維持するために使われていた。

記憶を操作し、あの恐ろしい夜を忘れさせ、今の暮らしがこれまでの暮らしだと刷り込んでいる。そのおかげで奴隷扱いだったエルフが神殿の運営に携わっても問題が起こらないでいた。

平和維持のためだとしても、この呪術は本来禁忌とされるもの。神聖騎士がいない状況と同じくらい王国騎士に危険視されるだろう。

浮き上がってくる神都の問題点は、皆気付きながらも後回しにしてきたことばかりだ。

自然と言葉数は減っていき、最後には無言となってしまう。

彼らの頭の中で行き着いてしまう答えは、どれもがエステルドバロニアに伺いをたてて協力を得る、だった。

「私たちだけで解決できないのは、カロン様に申し訳ないわね」

苦笑するエイラに、オルフェアは首を横に振ってみせる。

「仕方ないと割り切りましょう。戦力がないのはどうしようもありませんから」

結論として、神都はエステルドバロニアの意向に沿うことで事態に対処し、恭順の姿勢を示すことで全会一致となった。

となれば、今度は別の問題が発生する。

「それで、エステルドバロニアに使者を出さなきゃなんだけれど……」

スゥーッと、細く息を吸いながらそっぽを向く者が多発したのを見て、エイラは苦笑する。

自薦がないと、エイラは自分の口で使者の役目を命じなければならない。

どれだけ友好的でも魑魅魍魎(ちみもうりょう)の巣窟であることに変わりはなく、あの戦の夜の記憶を消していない彼らの心情を察すれば無理強いも避けたい。

どうすべきかとエイラが考えていると、隣で手が上がるのを見た。

「私が行くわ」

それはシエレだった。

「私はアルバート様と面識があるから、陛下にお会いするのは難しくてもアルバート様にお話を届けることはできると思うの。それに、そもそも私が原因でこの状況を招いてしまったと言えなくもないわ。だから、任せてちょうだい」

神官たちは、彼女の言葉を聞きながら適役だと考えた。

エステルドバロニアは第三者として現れただけで、一連の騒動の元凶は元老院一派と、シエラによるものだった。

もしエステルドバロニアが現れなければエルフの扱いはあれ以上に悪化し、さらなる堕落へと突き進んでいたに違いない。

唯一、シエレだけがその償いに何を捧げることもないままでいることに引っかかりを覚えてしまう者がいるのは仕方のないことだが、そんな神官たちの反応に同期のエルフやエイラは怪訝な顔を作った。

「それに、もし何かあっても私なら被害も少ないでしょう?」

足を擦りながら自嘲するシエレに、オルフェアとエイラはすぐさま反論に口を開いた。

「罪は許されるものであると、そう教えてくれたのはアーゼライ様だ。決してシエレが責任の全てを背負うことはない」

「あの人たちが酷いことをするとは思わないけれど、それでも自分の命を軽んじるようなことは言わないで」

真剣な目でまっすぐにエイラとオルフェアに諭されて、シエレは弱々しく微笑む。

だが、彼女の思いは変わらない。

「……ありがとう二人とも。でも、これだけは譲れないの」

決意の固さに、二人はこれ以上引き止めるべきではないと判断して口を噤んだ。

過剰に引き止めてはエステルドバロニアに信頼を置いていないと見られかねない。

「分かったわ。陛下への……エステルドバロニアへの対応はシエレに一任します」

「ありがとうございます、教皇様」

そう挨拶して、シエレは車椅子に座ったまま深々と頭を下げ、「それでは、私はこれで」と車輪を手で転がして先に謁見の間を後にした。

王国への対応の協議が続く声が聞こえなくなり、人気がない場所まで移動したシエレは、誰もいないにもかかわらず車椅子から滑るように降りて、そのまま平伏した。

蠟燭の明かりだけが灯る薄暗い廊下には耳が痛くなるような静寂がある。

「大変申し訳ございません」

シエレの声だけが響く。

次いで、何者かの足音がカツカツと鳴った。

闇から生まれるように姿を見せたのは、燕尾服を着た老紳士だった。

シルクハットを被った紳士の顔には好々爺然とした笑みがあり、薄明かりで陰影の際立った顔は悪魔そのものにも見える。

【真祖】アルバートは、薄く開いた目でシエレを瞰下したまま続く言葉を待っていた。

「エステルドバロニアの、ひいてはカロン陛下のお手を煩わせることになってしまいました。哀れな我々の保身に皆様のお力を借りようなど、救われた身でありながら大変おこがましいと承知しておりますが、どうか」

「いいでしょう。まあ、この展開は我々としても好都合だしね。カロン様から神都を頼むと申し付かっている。神聖騎士の代役とリュミエールの魔術は対応しよう」

「ありがとうございます」

「カロン様は全て承知の上でおられる。王国の動きも、公国の動きも、全てあの御方の目から逃れることはできん。我らは万事滞りなく動いており、諸君がどうしようと計画に狂いはない」

自信たっぷりに、当然のことのように語るアルバートに、シエレは陶酔した目を向けた。

「手間を惜しむなら丸ごと焼却してしまえばいいのだが……カロン様は無為に命を奪うことは極力避けたいようでね。人間との友好を願い尽力しておられる」

「ああ……なんとお優しいのでしょうか。こんな掃いて捨てるような存在にもお慈悲をいただけるなんて……」

美しい金色の瞳を石油のように黒く淀んだ妄信で潤ませるシエレの姿に、先程までの穏やかさはなく、心の底を曝け出して妄目の信仰を注いでいるようだ。

それを良いことだと鷹揚に頷いているアルバート。

だが、アルバートの言葉には嘘ばかりが含まれていた。

カロンは殆ど動いていないし、アルバートも何か命令を受けているわけではない。

ただ、カロンならそうすると確信しており、先んじて行動しているのだ。

言葉が先か行動が先かの違いしかないと本気でアルバートは思っている。その辺り、アルバートもシエレと何も変わらないのかも知れない。

とはいえ形式は必要なので、シエレには予定通り仲間を率いてエステルドバロニアに来てもらい、用が済んだらさっさと帰ってもらうことになる。

「都合のいい手駒は、あるべき場所に戻さねば勿体ないだろう？　国にあっても邪魔だしね」

シエレを軽んじた言葉だが、彼女はむしろ嬉しそうにアルバートの声を聞いていた。

「陛下の為であれば喜んで駒になりましょう。いいえ、むしろ陛下にお会いするなど、それこそ過ぎた名誉でございます」

「君。カロン様がお会いになるとは限らぬよ？」

「構いません！　ただ、こんな街よりも近くに陛下を感じられるだけで私は幸福です！」

もう、シエレの瞳に理性などなかった。

全てを奪われた自分に全てを与えてくれた、創造神以上の大いなる存在としてカロンを崇拝する彼女の目には、もうアルバートすら映っていなかった。

アルバートはそれを不快に思うことはなく、むしろ当然のことだと頷くばかり。

シエレの態度が、カロンに向けるものとして相応しいのだから。

「まあ、人間が恭順しないなら、こうやってカロン様のために生きる石ころを増やせばいいだろうなぁ。その方が平和な世の中になりそうなものだけど……カロン様の温情にも困ったものだ」

そこがいいのだけど、と笑うとアルバートは、杖をシエレの首元に差し込んで顎を上げさせた。

「そういえば、君たちにあげた玩具はどうなっているのかね？」

シエレは怒られると思い体を震わせたが、アルバートは安心させるように、脳に染み込んでいくような声で優しく囁いた。

「ぜひ見せてくれないかい？　とても楽しんでくれているのだろう？　私も、新しい遊びを教えてあげられるかもしれないしね」

まさに悪魔の囁きだった。

悪事を認められ、あまつさえ勧めてくる。

「我々はいつだって、カロン様を愛する者の味方だよ」

脳髄を侵食してシエレの僅かな罪悪感も溶かし尽くす甘露の誘惑は、だらしなく緩んだシエレの口から歓喜の喘ぎを引き出した。

「あ、は、はい！　ぜひ、是非ご覧ください！　きっとアルバート様と比べれば稚拙なものでしょうが、仲間たちも趣向を凝らしているんです！」

「そうかそうか。それじゃあ案内してくれたまえ」

動かない足を引き摺って車椅子に上るシエレを見ながら、アルバートはやはり考える。

（その方がとても愉快だと思うんだが、カロン様のお許しはもらえんものかねぇ）

白磁の肌に刻まれた刺青を見ながら、老人の皮を被った異星の怪物はパキパキと指を鳴らす。

（いや、カロン様に釘を刺されていたな。いかんいかん、どうも最近楽しくて仕方がない）

くつくつと、今度は嘘偽りのない笑みを浮かべながら、アルバートは辿り着いた神殿の地下の扉、その奥に広がる怨讐の宴へと足を進めるのだった。

◆

騎士団長から神都への遠征が発表された翌日。

これから暫くの間は警戒態勢を取るため、大規模な訓練は全て中止にされることとなった。

しかし騎士団が静まったわけではなく、むしろ以前より慌ただしく準備を進めている。

新米にできることは少なく、せいぜい先輩の補佐に回ったり、武具や馬の手入れをするくらいしかない。

そんな中、一般人から騎士へと上がった者だけで構成された一五八分隊は、訓練場にて稽古をしている。

決してサボっているわけではなく、まだ上層部から指示が下りてこないため、空いた時間を有効に利用しているのであった。

「分隊長は、どうっ、思いますか？」

その一角で、木剣をぶつけ合う騎士のうち、不利な体勢の男が相手に尋ねた。

双方、白と藍の騎士団正式の鎧を纏っており、武器こそ非殺傷だが対人戦を想定した訓練だ。

明確な違いは階級だけではなく、顔を赤くして力を込める隊員の田舎臭さが抜けない地味な顔と、それを涼しい顔で受ける分隊長の甘い容姿であろうか。

「どう、と言われてもね」

かん、と乾いた音を立てて木が当たる。鍔迫り合いの体勢になりながら、尋ねてきた隊員に見つめられる若い騎士は困った顔を作った。

「アーゼライ教の総本山を戦場に変えようなど、っ正直馬鹿げています。そんなことすれば各地の信者から批判は免れないのに」

「だから俺たちが行くんだろ。神都で戦いをおっぱじめれば、悪いと言われんのは王国だろうからなぁ。公国と神都の繋がりは騎士の中では結構有名だし」

「つまり、どちらに転んでも王国が悪者扱いされるんじゃないかって、ことですよ、ねっ！」

力を入れて分隊長と呼んだ騎士を押し飛ばした男は、斜め下からの切り上げを行うも、分隊長の持っていたカイトシールドによって防がれてしまう。

お返しとばかりに分隊長の剣が真上から振り下ろされるのを察知して頭上に盾を構えた。

「ぐっ！」

「それはあくまでも神都が戦場になったら、の話だよ。みんな警戒してるようだけど、さすがに公国もそこまで頭悪くないと思うけどねっ」

頭上の攻撃はじりじりと隊員の腕を押し下げていき、隊員は払うように弾こうと動く。

しかし、それより早く真下から現れたシールドは、隊員の顎を打ち上げるように襲った。

一瞬上からの圧力が消えたことで回避の為に一歩後ろへと飛び退るも、それに追従して分隊長も一歩前に進み、盾の陰に隠していた刺突を喉元へと放つ。

隊員の口から、小さく呻き声が漏れた。

勝負がついたと互いが確認をし合い、分隊長は剣を収める。

「問題が神都で起きた時点で、公国は関係なく王国は静観を許されないのさ」

ダークブラウンの髪を揺らして、端整な顔でニヤリと笑う分隊長を見て、隊員は苦々しい顔を作ったものの、諦めたように力なく笑った。

「やっぱ強いですね」

「没落しても育ちが違うってことだよ。これでも家では退役した騎士に師事してたし」

家を失い、どん底に叩き落とされた彼は執念で、こうして今一般の騎士を従えるだけの実力があると判断されるまでに至った。

リーヴァル・シュトライフ。

第一五八分隊の隊長であり、そして今期の騎士の中で最も優秀な成績を収めた者であり、そして元貴族シュトライフ家の長子でもある。

商人から子爵の地位まで成り上がってきたシュトライフ家は、散財の多い貴族に貸していた金の返済が滞ったのと同時に、国庫の資金を横領していた貴族へ援助したという真偽の定かでない罪によって地位を返上させられた。

金を貸していた貴族が宰相の縁戚であったことから、恐らく返済を握り潰すために宰相に嵌められたのだろうとリーヴァルの両親は語っていた。

そんな目に遭いながら、なぜシュトライフ家が今もなお王国に留まり、リーヴァルに至っては王国騎士団に入るなどと国への怨恨を感じさせない行動を取っているのか。

リーヴァルの気高さと、それを鼻にかけない実直な姿に、隊員はもう一度力なく笑った。

「あの、お疲れ様でした！」

「ん？」

二人の対戦が終わったのを見計らったように背後から声をかけられ、リーヴァルが振り返ると四名の若い女騎士が待機していた。

手には汗を拭くタオルや水筒を持ち、目を輝かせながら彼の反応を待っている。

彼女たちの反応は憧れる者に向けるそれであり、視線の先にはリーヴァルのみ。隣に並んでいる男はあからさまな彼女たちの対応に少し口を尖らせたが、自分には縁のないものだからと興味深そうに横目で見ることにした。

男に背を向けているのに背後から突き刺さる好奇の視線をどうにか堪えながら、リーヴァルはにこやかに外向きの顔を作る。

「ありがとう」

そう言って自然な動作でタオルを受け取って顔を拭い、水筒も受け取る。

何をしても様になるリーヴァルに潜めきれない黄色い声が沸き起こり、騒がしいまま彼女たちは逃げるようにリーヴァルの側から離れていく。

どうやら、それだけのために待っていたらしい。

どの子も平均以上の顔立ちで、むさ苦しい騎士団の中では蝶よ花よと愛でられるだろう。

だが、その綺麗どころが纏まってリーヴァルへと淡い恋の矛先を向けているのだから、周囲はあまりいい気がしないようで、今度は周囲から嫉妬の目を向けられて居心地が悪い。

（めんどくさ……）

口にはしないが、遠のく背に向けるリーヴァルの目は鬱陶しげだ。

曲がりなりにも正式に騎士団に入団した身なんだから真面目に鍛錬をしろ、と言いたかったが、それで今より面倒になられても困る。

思っても口にしないのは、彼女たちが誰かに叱られても関係ないと割り切っているからだ。

「羨ましい限りですね。俺もあんな風にされてみてー」

「あのな、俺たちも彼女たちも騎士だぞ？　これから大きな作戦があるのにキャーキャーするのは違うだろ。それに、ちゃんと訓練してるのか怪しいし」

「うっわ、そっちですか」

「他のなりたかった奴らを蹴落として、騎士になってまでやることとは思えないな」

「それは、まあ……分からなくはないですけどね」

騎士になるだけの実力がありながらそれを捨てる行為を見ていると、今までの努力が意味のないものに感じられてくる。

だから自分に向けてくれている想いを知っていても、ひたすらに鬱陶しいと思うだけだった。

「ま、分隊長はミラ小隊長にお熱ですからね。彼女らも気の毒です」

「ばっ……！」

いきなりの爆弾発言に大声を上げそうになったリーヴァルは、慌てて口を噤んで男に詰め寄ると、鼻先三センチの距離で鋭い眼光を放つ。

「おいお前、それは違う。断じて違うからな」

「え、だってイスラとかが」

「いいか。次その話を持ち出したら手加減なしでぶっ飛ばしてやるからな」

ただの脅しではなく、目が本気だと言っている。

からかっただけなのにえらい怒られる羽目になった男は、少し涙目でこくこくと頷いた。

ミラのことが好きなわけではない。いや、気にならないわけじゃないけどそういう気にしているじゃなくて気になるのは色々こう、あれだ。

と言いながら、リーヴァルが貴族じゃなくなった不満と、この国に留まって騎士になった理由は、どちらもミラ・サイファーに起因するのである。

リーヴァルの家は広く社交界に顔を出し、リーヴァルも貴族の輪の中で育ってきた。

その際にミラと何度も顔を合わせたことがあるし、サイファー家の屋敷に招待された時にはミラと共に遊んだことだってある。更には剣の稽古を一緒に受けたこともある。

親の力か金の力か、なんにせよサイファー家とは懇意にしていたようで、他の貴族よりも彼女と顔を合わせる機会はずっと多かった。

それなのに、である。

市井で暮らすには問題ない資産が残っているうちにと爵位を返上。そもそもが商売で地位を得た商人だったので、市井に戻っても問題なく稼いでいるので何も困らなかったが、商人の跡取りへと落ちたリーヴァルはミラと会うことが叶わなくなってしまった。

しかし、一度大きなチャンスはやってきた。

ミラの成績が目覚ましいものだったため、将来を期待して小隊長に抜擢されるという情報を入手した際、同時に聞いたのが「成績上位者は〝騎士の誉れ〟が指導に当たることになっている」というものである。

リーヴァルは狂ったように訓練し、勇者候補も貴族も押さえて主席にまで上り詰めてみせた。

ここまでは順調だった。ここまでは。

いざ編成された部隊に行ってみると、自分の指導官は見たこともないおっさんだった。

ミラお嬢様は性転換でもなさったのか？

それとも鍛えすぎてこんな姿に？

当然そんなわけはなく、自己紹介をされてもやはり誰だか分からない。ただ大隊長だということだけは理解した。

「あの、すみません。私の指導官はミラお嬢様では、ないのでしょうか」

「ん？　ああ、彼女は自分で相手を選んだんだよ。お陰で俺が駆り出されることになったんだ。悪いなぁ、ミラ目当てだったのか。もう決定しちゃったんだよ」

その時のリーヴァルの心情は言葉で言い表せることのできない暗闇であった。

（納得いかない……なんであんなチンピラみたいな奴の指導官なんかに……何か弱みとか握られてるんじゃないのか……？）

ぼさぼさした頭。目つきも顔も悪人。おまけに苦労知らずの勇者候補。

何からなにまで気に食わなかった。それどころかありもしない想像までしてしまう。

（か、かかか体とか求められてたり⁉　そ、そんな駄目ですミラお嬢様！　そんな男ではなくこの俺のもとに！　俺のもとに！　ああ、やめろクソ野郎！　俺のミラお嬢様を汚すなんて！　そんな、そんな！）

そんな夢を割と頻繁に見たりするリーヴァル。邪な願望でもあるんじゃなかろうか。

それはともかく、リーヴァルはどうにかしてベルトロイを排除したいと考えていた。

少し小突けば育ちの悪さが露見して騎士団から追い出されるだろうと、口八丁で唆した貴族騎士をけしかけてみた。

商人の息子らしい強かな作戦だったが、よりにもよってミラに仲裁されて失敗に終わる。

（やはりあの男を叩きのめすしか方法はないのか？　しかし馬鹿正直に決闘を仕掛けてしまえば俺自身も除名の恐れがあるし……）

以前のベルトロイならありえたのだが、ミラによる調教――もとい訓練によってそこら辺は改善の兆しを見せている。余程のことがなければ喧嘩はしないのだ。

そうやって自分の考えにばかり意識を割いて、地味な隊員を放ったらかしにしていたリーヴァルだったが、強く揺らすように肩を押されてはっと顔を上げた。

「どうかしたのか？」

「いや、あれ……」

隊員が指差した先には、訓練場の端を進む二人組がいた。

「さっさと歩かんか。あと二日しか時間がないんだから急場凌ぎでも体を作らねばならんのだ。丁度いい駒として連れて行くが、それでも最低限身を守れるだけの力は付けてもらわんとな」

「絶好調っ、ですねっ、ミラっ、小隊長っ！　俺っ、今っ、腰のっ、骨がっ、死にそうっ、なんっ、ですけどっ！」

「岩の上にか弱い女を一人乗せているだけで騒ぐな、まったく。勇者候補なら血の力をしっかり制御してみせろ。今のお前でも絞り出すように集中すれば軽減くらいできるぞ」

「違っ……岩がもう無理……っ！　そんなっ、余裕っ、ないっ、ですっ！」

「そうなのか……？　当主の訓練だと、このくらいは準備運動にもならんはずだが……」

「よ、よく分かりましたよ……ミラ小隊長が、っ、加減を、知らないっ、のがっ」

「……そうだったのか」

リーヴァルの耳に、聞き慣れた声と気に食わない声が聞こえてくる。

よく目を凝らすと、なにやら大きな石に紐を付けた訓練用具っぽいものを腰で引くベルトロイと、石の上に乗って檄と思わしき言葉を投げつけるミラの姿が。

「な、何してんだあああ！」

予想外のミラの登場にリーヴァルも驚いたが、周囲の騎士たちも引くレベルの鬼畜な訓練であった。

二人のもとに駆け寄ったリーヴァルがすぐ止めるように告げると、ミラは渋々、ベルトロイは嬉々として訓練をやめたので、リーヴァルは更に言葉を続けた。

「ですからミラお嬢様、今日は我々がこの場所を使用することになっておりまして」

「今騎士団は戦支度で忙しいだろう。こんなガラ空きなのに規則だからと空いた場所も使わせてもらえないのか」

「それは……いえ、私は構いませんが他の者たちが」

「……ひよこ共が挙って何か言っても、鳳凰たる私が聞く理由など何処にもないぞ」

「ちょっ、小隊長落ち着いてください！」

欲しいものはなんでも手に入れてきたミラは、思い通りにならないことに耐性が低い。

冷たい表情に皺が寄ったのを見て、慌ててベルトロイは諫めようとする。

腕を組んでむっとしているミラの表情を可愛いと感じているリーヴァルだが、彼女が可愛く見えているのはリーヴァルだけであり、遠巻きにしている者たちからすれば獅子も裸足で逃げそうな眼光が放たれているとしか思えない表情だった。

「他の訓練場では駄目なのでしょうか？」

「此処が近い」

「そりゃここに来たら一番近いのここしかないでしょうよ」

「おい、少し黙っていないか。なんで話をややこしくするんだ」

「ややこしくしてるのは小隊長のような……いえ、なんでもないです」

ギロリと睨まれてベルトロイはさっと視線を逸らした。

こうなったミラを止められるのは、騎士団長か彼女の父しかいないのだ。

リーヴァルは、ミラがどれくらい苛立っているか気付かぬまま彼女を制してみようと試みる。

「あの……どうかお願いします、ミラお嬢様。私の顔に免じて下がってもらえないでしょうか」

この場面でリーヴァルは切り札を切ることにした。

昔馴染みというアドバンテージでこの場を収め、同時にミラとの距離を詰める算段だ。

成功すれば過去のことで盛り上がるかもしれない。そうすればベルトロイをミラから引き離すのに成功する可能性もある。

(この男をお払い箱にするためにも……頑張れリーヴァル・シュトライフ！)

心の中で自分を叱咤し、自慢の美形からウインクを解き放つ。

遠巻きに眺めていた女騎士たちの腑抜けた声を聞けば効果は抜群だろう。

「……？　初対面で随分馴れ馴れしいな」

しかし悲しきかな。そのウインクは軽く手で払い除けられ、おまけに鼻で笑い飛ばされた。

そして、古代魔法ですら出せない衝撃をリーヴァルに与えることとなった。

「……あの、お久しぶり、ですよね？」

「はじめまして、だろ」

そして、容赦ない二撃目にリーヴァルの表情は完全に死んだ。

「覚えていませんか？　リーヴァル・シュトライフです。以前は何度も顔を合わせているのですが……一緒に訓練なども、幼少の頃にさせていただいたのですが……」

しかしめげないリーヴァル。

どうにか絞り出したのは、さらなる切り札の思い出話だ。

ベルトロイが一人感心しているが、ミラはその思い出を鼻で笑い飛ばした。

「私の家に出入りする貴族など幾らでもいるし、子供同士で何かさせられた相手も山ほどいる。そんなものをいちいち覚えてられるか」

「お、おお、お父上と私の父は懇意にしていたと……」

「当主の交友関係なら余計に覚えてられん。興味がない」

はっきりきっぱり明け透けに、貴族らしからぬ考えを吐き出すミラ・サイファー公爵令嬢。

普通なら貴族にとって繋がりは試金石だ。社交界では地位以上に重要視されるものだ。

しかしミラ・サイファーは勇者として育てられ、勇者となるべく生きてきた身。いまさら貴族らしさを求められても迷惑だし、相手が疚しさや浅ましさを抱いているのは百も承知だ。

そもそも父が嫌いな彼女が父親の関係者を覚えようとするはずもない。

ミラが貴族に快く思われず、市井の者に好かれるのはそういう面からかもしれない。

「お、おい……」

「あ、そうだ。こいつがリーヴァルとかいう奴か。私は神都に遊撃部隊として先んじて潜入する任務を受けているんだが、その人員が必要でな。もし暇なら参加しないか？」

「いや、ミラ小隊長。もうちょっと、こう、気を遣ってあげてもいいのでは」

「ん?」

相手の様子もお構いなしに話を進めるミラを止めて、ベルトロイはリーヴァルの側へと寄る。

「えー、少し待っててくださいね。えっと……大丈夫か?」

声をかけると、リーヴァルはがくりと首を下げてからブルブルと震え出し、次に勢いよく顔を上げたかと思えばベルトロイを指差して、

「こいつが私に勝ったら参加しましょう」

と告げた。

ベルトロイとしては厄介な恋慕に足を突っ込んでる自覚があるので、このまま巻き込まれるくらいなら違う人員にしてもらうほうが気を遣わなくて済む。

無理にリーヴァルを引き入れる理由も優秀なこと以外にはないし、幸いミラも相手のことを覚えていないようなのですんなり行きそうだ。

「小隊長、違うのにしませんか?」

「別にいいだろ。やってやれ」

「……ええ?」

なぜかミラはリーヴァルの提案を了承してしまった。

何を考えているか分からない銀髪の少女は、騎士団長にも引けを取らない迫力でベルトロイに親指を立ててみせる。

「貴様は臆病だからな。ここらで一度、本気で人間をぶっ飛ばせ。私相手じゃできんだろ?」

そんなことで威厳を出されても、と思いながらリーヴァルの方に向き直ると、猛牛のような荒い鼻息で目を血走らせているのが見えた。

「いちゃいちゃしやがって……ミラお嬢様と仲良くしやがって……」

血を吐くような声にベルトロイの背筋が冷える。

ただ、声を大にして言いたいのは、決していちゃついているわけではないし、何より覚えられていなかった件には全くの無関係なのだ。

しかし、ベルトロイの常識など今の状況ではなんの役にも立たず、嫌いな飲み物を吐き出すような顔で肩を落とすベルトロイの姿は、その心情を実によく物語っていた。

「これより対人訓練を行う。これは何を求めるものでもなく、誇りを懸けて技量を競うものだ。故に、刃を潰したものを使用し、過剰な攻撃は禁ずる。スキルの使用も禁止だ。質問は？」

ミラの声に、ベルトロイとリーヴァルは無言で頷いた。

「それでは執り行うことにしよう。両者、剣を構えよ」

リーヴァルは盾を正面に向け、ベルトロイは八相に構える。

騎士といっても一概に同じ戦い方をするわけではない。

騎士団長ドグマ・ゼルティクトは両手武器を用いる重装騎士だし、リーヴァルのようにカイトシールドとブロードソードを扱う者は正騎士と呼ばれるスタイルだ。

ベルトロイとミラは、軽鎧に片手武器で切り込む戦法を用いる軽装騎士に一応分類される。

攻守どちらにも秀でた正騎士と、素早い攻撃に優れた軽装騎士。滅多に見ることのできない組み合わせに観衆も固唾を飲んで見守っている。

「では……始め！」

ミラの手が天へと高く上がったと同時に、リーヴァルが大きく踏み出した。

シールドを体の前に構えたまま突進すると、強く地面を踏みしめて腕を振るう。

俗にシールドバッシュと呼ばれる攻撃で、守りの姿勢を維持したまま相手の体勢を崩すことができる技だ。

先手必勝とばかりに相手の虚を突いたつもりだったが、ベルトロイは様子見を兼ねて大きく後方へと飛び下がって攻撃を回避した。

空を切ったリーヴァルの盾だが、隠すように構えられていた剣を見てベルトロイは自分の判断の正しさを目で実感する。

(正騎士で攻めてくるのか……?)

(リーヴァル・シュトライフをとくと味わえ)

初動で相手の特徴を一つ掴み、どちらも相手の力量を上方へと修正する。

二人は最初と同じ距離に戻ると、改めて構え直し、そして再びリーヴァルが攻め立てた。

自分とベルトロイの間に常に盾を差し込み、視界を遮りながら手足を狙って攻撃を繰り出す。

受け身に回りがちな正騎士には珍しい攻撃的でテクニカルなスタイルに、盾を持たず剣一本で対処するベルトロイは、足を動かして後ろに下がりながら捌くほかない。

「ちっ！」

絡めるような踏み込みで動きが鈍ったところを盾による打擲が腹を揺らす。

こみ上げた苦悶の声を押し殺すが、次いで盾の下から伸びた木剣が鳩尾に深く食い込み、肺の空気とともに嗚咽のように声が漏れた。

辛うじて反撃に剣を振るが、闇雲な攻撃が届くはずもなく、腹を押さえて肩を落とすベルトロイをリーヴァルは期待はずれだと冷たく見つめながら静かに盾を構えた。

ベルトロイは勇者候補の中ではまだまだ扱いが下のほうだが、同期の騎士と比べればそこまで弱いわけではない。

身体能力が向上しているのに加えて、ミラによる厳しい訓練がベルトロイの基礎を高い水準へと導いていた。

だが、戦闘のセンスはリーヴァルの方が遙かに上だ。

盾を守備と妨害に使いながら相手の一番嫌がる場所を攻める戦法は、騎士道が至上とする正々堂々とした戦いとは掛け離れているが、堅実で確実な戦法はベルトロイと相性が悪い。

もしミラがスキルの使用を許可していたら、今よりもっと一方的な展開となっていただろう。

それほどに、ベルトロイとリーヴァルの差は大きなものだった。

「どうした。勇者候補など、この程度か」

不器用で力任せな剣術は、とてもじゃないがミラ・サイファーの部下としては不適切と言わざるを得ないお粗末さで、鍛えた体に劣る勇者の能力などあってないようなものだ。

多少力が強くとも、センスがなければ宝の持ち腐れでしかない。

色々な点が癪に障るが、自分の勝ちを確信してもリーヴァルの盾を構える姿勢に慢心はなく、ただ主席に相応しい優勢を見せるだけであった。

ベルトロイもこのままでは負けると察したが、しかし剣を一振りすることに執着していた。

大振りで力の籠もった一撃。決して遅いわけではないが、単調な攻撃のテンポを読み切られており、リーヴァルが片手で握る盾を押し潰すことができず、全て容易くいなされている。

馬鹿みたいな意地がベルトロイの頭を満たしていた。

「おい」

そこに、二人のやり取りを黙って見ていたミラが、唐突にベルトロイに声をかけた。

「貴様がどう思っているかは知らんが、成果を見せるならまともにやれ」

ピク、とベルトロイの手が震えた。

触れてほしくないところに触れられたようで、苦い顔を作ったベルトロイは唇を噛みながら腰の剣へと手を伸ばす。

「そういうんじゃ、ないっすけどね」

するりと抜き放ち、構える。

左の剣を半回転させて逆手に握り、右の剣は順手でリーヴァルへと切っ先を向ける。

リーヴァルも騎士団では邪道とされるが、ベルトロイの構えはそれ以上に型を逸脱していた。

「なんだ、冒険者の真似事(まねごと)か？」

「あんたが言うなよ。それに、これでもミラ小隊長から教わってるんでね」

ただ少し男らしいところを見せたかっただけだが、まだまだ未熟な自分では無理だと諦めて、ベルトロイはミラから教わった剣技に切り替えた。

警戒するリーヴァルに向けていた切っ先を下ろす。

刹那、一足飛びでベルトロイの目付きの鋭い顔がリーヴァルの眼前に迫った。

リーヴァルの、ぐっと息を飲む音は盾を掲げる風音にかき消える。

襲いくる二刀の処理を迫られて、下段から逆袈裟(ぎゃくけさ)に迫る剣には剣を合わせ、上段から振り下ろされる剣には盾を合わせたリーヴァル。

だが、盾で受けた木剣は激しく衝突せず、柔らかく滑るように盾の表面を撫でて逸れていく。

左の逆手が力任せに押してくるものだから、てっきり右もそう来ると思わされたリーヴァルは、先程とは全く違う戦略性のある攻めを感じて焦りが出た。

上に押そうとしていた盾は通り過ぎた剣を追うが、緊張していた腕を引き戻すよりも脱力していたベルトロイの方が早い。

脇腹を狙うつもりかと、リーヴァルはまだぶつかったままの剣を押して一歩下がろうとする。が、急に拮抗していた剣から押す手応えが消え、リーヴァルは前につんのめるような姿勢になってしまった。

「うっ」

相手の力を利用して有利を取るそれは、東の国カムヒに伝わる柔体術に似ている。

意識の隙間を突くような、それでいて動きを誘導されているような、少なくともリーヴァルはこれまで経験したことのない戦法に僅かな動揺が生まれた。

「はあっ！」

ベルトロイは前傾に体勢を崩したリーヴァルの頭に向かって、掲げた剣を振り下ろす。

半ば当たらないと思いながら放った渾身の一撃は、予想通り反射的に動いたリーヴァルの盾で受け止められた。

今度は流されずに衝突した。咄嗟の行動で防いだ今のリーヴァルなら叩き伏せられると、ベルトロイは上からの圧を一気に強める。

盾ばかりに気を取られていたベルトロイは自由になっていたリーヴァルの剣を失念していた。

鳩尾に走った鈍痛が息を詰まらせる。

膝が崩れるよりも先に、リーヴァルは無防備なベルトロイの胴を軽鎧ごと突いたのだ。

一般的な騎士の鎧ならさほど効果はないが、装甲が薄く作られた軽鎧では致命傷は防げても完全に無傷で守れる強度を持っていない。

め
り込む感覚はなかったが、衝撃は確かにダメージとなってベルトロイの手を緩ませた。

それを察知したリーヴァルがシールドで剣を横に払い飛ばせば、ぐらりとベルトロイの体が右に傾いた。

チャンスとばかりにリーヴァルは再び刺突の構え。

狙うは甲冑の弱点である首元や肩などの継ぎ目だ。

(仕留める。これで!)

驚きに目を見開いているベルトロイを見ながら、体を動かすリーヴァルの脳裏を過ったのは幼い頃のミラの姿。

可憐で、美麗で、しかし寒気のする少女の姿を忘れたことは一度たりともなかった。

これで認められれば。そうすればまた一緒に――。

思い描いたこれからの自分の姿を幻視し、無意識に口の端が吊り上がる。

自信に溢れた最後の刺突。

だが、ベルトロイは諦めなかった。

右に傾いた姿勢から強引に体を捻り、一回転して下から掬い上げるように剣を振るう。

「ああああああ!」

「こ……んのぉ!」

吠える二人は、ただ剣に己を委ねる。

どちらも最後と思った攻撃は、どちらも虚しく空を切った。

リーヴァルが追撃の手を考えながら、狙った首を捉えられなかった木剣を引き戻そうとする。

「もらったぁ!」

そこで、ベルトロイが攻勢へと出た。

空振りした剣を捨ててリーヴァルの腕を摑み、地面に倒れそうだった体とともにリーヴァルを地面に引き倒した。

いかに邪道といっても剣を捨てるのは予想していなかったリーヴァルは、突然腕を引かれて体勢を崩し、今度は先程のように堪えることもできず頭から地面に突き刺さった。

「かっ……は……！」

腕を封じられた状態で、盾を握った左手だけでは防ぎきれず、首に痛みが走るほどの強い衝撃にリーヴァルの口から思わず声が漏れる。

ベルトロイは摑んでいた手を捻ってリーヴァルを仰向けに転がすと、その手に握られたままの木剣を奪い取ってマウントをとり、首に突きつけた。

洗練されていたような、粗削りで野蛮だったような、そんな二人の終幕を見て、ミラは溜め息交じりに呟いた。

「男の喧嘩だな。まあ、らしいといえばらしいのか。とにかく、勝負あり」

落ち着かない呼吸音の中で、静かに終わりが告げられる。

静かに、リーヴァルの憤りも終わりを告げられたようだった。

大の字で寝そべったリーヴァルへとベルトロイが手を差し伸べるが、リーヴァルは動かない。

ぼうっと空を見上げたまま、努力が全て無意味に終わったような無力感に包まれていた。

騎士としての戦いとは呼べぬ戦法ではあったが、卑怯とは思わない。ミラが教えたのだから、それもまた騎士の戦い方なのだろう。難癖を付けることはできない。

もし、もし自分がミラに教えを受けていたら、立場は違ったのだろうか。それを考えても仕方がなかったが、それでも考えてしまった。

「なあ、一緒にミラ小隊長の部隊に入らないか？」

ベルトロイが提案する。

「……なに？」

「いや、神都への遠征があるだろ？　あれに行くんだけど、その面子を集めてるんだ。で、お前もどうかって聞いてんだよ」

没落貴族ではあるが一般の騎士。ミラに出された条件には適している。

他に一般の騎士で知っている者はいないし、なによりこうして決闘を行い実力も知った。不意打ち紛(まが)いの攻撃ではなく正々堂々と戦っていたらきっと技量の差で負けていただろう。

勝敗は、ほんの僅かな運の差だったとベルトロイは思っている。

嫌な奴だと思いはしたが、嫌いにはなれないタイプだと分かり、にこやかを心がけて改めて手を差し出した。

差し伸べられた手を見つめて少し考える素振りをしたリーヴァルだったが、ガントレットを持ち上げてその手をしっかり握り締める。

それが答えだった。

「ベルトロイ・バーゼスだ」

「ふん、リーヴァル・シュトライフだ」

「おう、これからよろしくな」

「勘違いするなよ。これはミラお嬢様を助ける為であって、お前の為じゃないからな」

「……なんか、お前キモいな」

「今度はそのチンピラ顔をボコボコにしてやるから構えろよ」

青春からただの喧嘩に発展した二人のじゃれ合いが始まる。それもまた青春なのだろう。

それを、ミラは一切目にしていなかった。

離れた隊舎の窓に見える人影がその場を離れていく姿を見て眉をひそめる。

「気に食わんかぁ」

残念がる口ぶりには微かな寂しさが混じっていた。

出立まであと二日。計画を進めるには遅々としているが、それでもミラはメンバーを集めなければならない。

これはただ神都に赴くだけではなく、これからの自分のためにも必要なことだ。

考えに耽ろうとするが、それを邪魔する騒がしい声が鬱陶しくなり、剣を抜きながらゆっくりと摑み合う男二人の方へと向かうミラ。

その後、ベルトロイとリーヴァルが立てなくなるまで訓練させられたのは言うまでもない。

◆

エステルドバロニアの王城は、よく陽だまりの匂いがすると言われている。

塵も埃もない清潔な空間で、もし匂うとするなら城の中を巡回する魔物の体臭くらいのものだが、不思議と暖かさが表現を手に入れたような落ち着く匂いがすると評判だ。

しかし、謁見の間は浄化の炎のような匂いがするとか、玉座の間は聖水のような匂いがするとか言われているので、果たしてどこまで正確な表現なのか疑わしい部分も多い。

それに、魔物も立ち入らないキメラたちだけが管理する上層〝裁罰回廊〟や宝物庫に至ってはどんな匂いがするか殆ど誰も知らない。

少なくとも、カロンには全くもって理解できていなかった。

ただ、二部屋ほど正しい匂いの表現ができる部屋がある。

それは木材で壁や天井を作っている自室と執務室だ。

この二部屋だけは、カロンでもはっきりと木の匂いがすると表現できた。

「カロン様は、好きな匂いなどございますか？」

「考えたこともなかったが……そうだな、コーヒーの匂いは好きかな」

「なるほど、コーヒー。あれは香ばしいものですね」

「ルシュカはどうなんだ？　好きな匂いはあるのか？」

「どうでしょう。この国で、この城で感じるものはどれも好きですので」

「そうか」

ウォールナット材の香りが漂う執務室で資料に目を配りながら何気ない会話をするカロンとルシュカ。とても距離感の近い雰囲気の会話であるが、両者の目には疲労が滲(にじ)んでいた。

「……やはり、ないか」

「申し訳ございません。私が保管している資料はこれで全てですので……」

「いや、構わない。そもそも急に思い立って無理を言ったのは私だ。それでもしっかりと纏めてくれたことに感謝しかないよ」

「ですが、お役に立てず……」

それ以上の言葉は不要だと、カロンはそっと手を掲げてルシュカを制止する。

まだ謝罪したりないルシュカだったが、カロンに言われてもなお謝罪を続けるのは失礼に当たると言葉を飲み込むも、その顔には申し訳なさが滲んだままだ。

「やはり、この国に法はなかったんだな」

ぎし、とソファを軋ませて背中を凭せかけたカロンは、隈の濃い目元を擦る。

カロンとルシュカが調べていたのは、法律のことだ。

梔子姫とリュミエールが訪れた際の会話の中で、法が明文化されておらずカロンの意思を汲むといった曖昧な基準で存在していると知り、本当に存在しないかを調べていた。

もしかすると自分が知らないだけで、文章として誰かがどこかに残していたりしないだろうかと期待したのだが、やはり国の思想はカロンの掲げる理想であり、それは口伝によって軍から市民へと広がっているものだと確信した。

となると、カロンがしなければならないことは、魔物たちが信じる王の思想に限りなく近く、カロンの思う法律を整備する作業である。

エステルドバロニアだけで鎖国しているなら、これまで通りでも問題ないが、神都などと交流をするなら最低限の体裁が必要だ。

「ルシュカは、法律が何か分かっているか？」

「はい。懲罰にて裁く者の罪科を計る基準となる――」

「あー、よし分かった。この件は私一人で考えることにするよ。どうやら大きく認識に差異があるようだからな」

パンパンと手を打ち合わせて話を遮るカロンに、ルシュカは首を傾げる。

カロンは彼女の過激思想に焦って話を終わらせてしまったが、別にルシュカが王の理念を取り違えているわけではなく、当然のように国に浸透している弱者を救う意思や来る者拒まずの寛容は明文化する必要のない常識と考えているので口にしなかっただけだ。

カロンとしてはその辺りを重点的に明文化したいと思っているのだが、ルシュカからすると罰則の規定を民に知らしめるほうが大切と思っている。

僅かなズレを抱えている二人だが、ことカロンとルシュカに限ればカロンに絶対の主導権があるため問題はない。

ただ、カロンの胃痛が強くなるだけだ。

「何か、お飲み物をお持ちしましょうか？　農園の管理者であるドリアードたちから新しい豆が届いておりますので、いかがでしょうか」

「そうだな、少し休もうか」

もう朝から書類とにらめっこをしていたせいで大分目も霞（かす）んできていた。

窓の外から差す日差しの位置で時間を確認して、頃合いだろうと大きく伸びをしたカロンは、背を向けて茶器の用意をしながら誰かに通信魔術（オーバーテル）で連絡をするルシュカを見つめる。

スラリとしたシルエットの軍服を着こなす彼女の丁寧な所作と、凛々（りり）しさの中にある女性らしい仕草に落ち着きを感じている自分がいる。

以前と比べて、自分も彼女も四六時中緊張するようなことはなくなっていて、ふとした拍子に気を緩めているのが分かるようになった。

まるで自分がゲームをプレイしていた時に築いてきた関係が、ようやく本来の形に戻ってきたようにさえ思えていた。

（これで、心にゆとりがあればなぁ……）

もしかすると、今自分がしていることは後回しにできるのかもしれない。ゆっくりでもよくて、なんなら無視したっていいのかもしれない。

急いで作ったところで、これから訪れるであろう外界との接触には意味をなさない。

郷に入っては郷に従え、と言い切ってしまえばいいのだろうが、どうしてもカロンの中にある国家の形式を作りたいと考えてしまう。

（最近見る夢のせいかな。なんで、あんな昔のことを思い出すんだか。こんな時じゃなくてもいいだろうに）

勇者が魔王を倒す王道ゲームの光景。

それが、自身の立場と環境を健全なものにしたいという願望の現れのような気さえする。

誰かが滑稽(こっけい)だと笑ってくれたら諦めがつくかもしれない。

否定してもらいたいのか、肯定してほしいのか、それすらも分からなくなっている気がして、なんだか怖かった。

（……駄目だ。さすがに疲れすぎてる。王国と神都のイザコザが終わったら、ちゃんと休もう）

強く目をつぶって溜め息一つ。

そういえば、いつまで経ってもコーヒーの匂いがしないと思いルシュカを見ると、カロンに背を向けたまま彼女は落ち着かない様子で視線を執務室の扉へとしきりに向けていた。

（誰かが届けてくる予定なのかな？）

すると、扉の向こうから徐々に騒がしい声が聞こえてきた。

ルシュカとともに、カロンも思わず頭を押さえる。

どうして誰も、まともに此処までやってこられないのだろうかと。

「……！　……すから、ダメっすよ姫！」

「止まってってばー！　これ以上はハルちゃんブチギレ案件作りたくないよー！」

「おい！　誰かスキルの使用許可を取れ！　この重機みたいな女狐を進ませるな！」

「……カロン様、少々失礼いたします」

「うん……まあ、気をつけてな？」

こめかみに青筋を浮かべながら微笑むルシュカに、カロンはそんな言葉をかけてあげることしかできなかった。

さすがにもう何度も注意されている軍団長たちではないと思うが、そうなると誰なのか。

答えは簡単に聞こえてきた。

「ええい！　独占禁止だぞ！　僕にだって会う権利があってもいいじゃないか！」

「ちゃんと許可取ってから来てって言ってんの！」

「なら問題ない。僕とカロンは……以心伝心だからね！」

「誰か医者も連れてこいっす！」

つい先日振り回されたばかりの相手だ。

声の主はどんどん近付いてきて、ノックもせず無遠慮に扉を開けて部屋へと進入してきた。

「やあカロン！　遊びに来――うぉおおっ！」

腰に三体のキメラをぶら下げて現れた【晦冥白狐】の梔子姫は、上機嫌に白尾を揺らしながら片手を上げていた。

が、カロンと同じく相手が誰なのか理解したルシュカは問答無用で黒鉄の巨大な銃を取り出し、相手を確認することもせず無言で発砲した。

掠めた弾丸に白い髪を一房切り落とされて凍りつく闖入者は、怒りに凍るルシュカの顔を見て二の句が継げなくなっている。

「女狐、外郭守護の貴様が一体なんの用だ。戦時でもなければ仕事のない穀潰しが、我が物顔でこの王城を歩くな」

ひどく辛辣な言葉を投げつけるルシュカは、他の者に対するよりも明らかに不機嫌である。

その不機嫌な態度に、梔子姫は黒い着物を整えながら嫌味な笑みを浮かべてみせた。

「――お、おぉう。ご挨拶じゃないかルシュカ。魔獣特攻の祝福がされた銀弾を使うとなったら挨拶どころのレベルじゃないんだけどね」

「あ？　カロン様のお部屋に不法侵入するような輩に何を容赦しろと？」

「カロンが恩赦してくれたんだから、ルシュカには関係ないことだろ。それに、僕はカロンに接触禁止にされてるわけでもないしね」

「……カロン様に馴れ馴れしい言葉を使うな」

「それこそ君には関係のない話さ」

険悪だ。今までカロンが見たことがないほどに。

手で合図してキメラたちに下がるよう指示しながら、カロンは眉根を寄せてどちらに話しかけるかを考えていた。

なんだか、どちらに話を振っても角が立つような気がしたのだ。

「ところでカロンは何をしていたんだい？　僕は丁度暇だからさ、手伝えることでもないかなと思ったんだ」

それを察したのか、ルシュカの横をすり抜けるようにしてカロンの側へと移動してきた梔子姫が、腕に胸を押し付けたのを見てルシュカの迫力が増したのをカロンは感じた。

しかし梔子姫は見せつけるように、大きく開いた胸元の肌が触れるように、ざまあみろとでも言いたげな仕草で挑発する。

こんなに熱烈なアプローチをされた経験のないカロンだが、どうしてだろう、我が世の春などと浮かれることができないのは。

「梔子、離れろ。私を困らせるな」

「む……」

「ルシュカも、抑えてくれ」

「カロン様がそう仰るのであれば」

二人に告げれば、ルシュカも梔子姫もそれぞれの思いはありながらも素直に従ってみせた。

「それで、本当に手伝いたいと？」

カロンが問うと、梔子姫はもちろんだと言うように胸に手を当てて大きく頷いた。

「それが僕らだからね。それで、何してたんだい？」

興味深そうな梔子姫に、国の法律に関する資料を探していたことを伝えると、彼女は不思議そうな顔をした。

言葉が通じていないのかと思ったが、梔子姫は声も不思議そうなままカロンに尋ねる。

「なら書庫で調べたほうがいいんじゃないのかな？」

カロンとルシュカは、互いの顔を見つめてから、今初めて思い出した驚きに目を見開いた。

そうしてやってきたエステルドバロニア王城地下第四層、大書庫。

またの名を――亡霊の館。

この呼び名は多くのバロニア兵が語り継いでいるのであって、カロンの意図ではない。

まあ、原因は確かにカロンにあるが、そこまで畏怖されるようにしているつもりはなかった。

埃が舞っているわけでもないのに空気が淀んでおり、時折聞こえてくる奇怪な音や声に屈強な魔物であってもビクビクしてしまう。

この場所を取り纏めているのは第九軍である。

前線部隊と違い、非常時には後衛として戦争に参加する者たちが集っている。

そして亡霊の館と呼ばれるとおり、配備されているのは死霊や悪霊といった肉体を持たない存在たちで、誰も好んで近寄りたがらない。

「……帰りたい」

ぼそりと呟いたカロンの言葉は、付き人に選んだルシュカと梔子姫の耳には届かなかった。

天井まで伸びる円柱状の本棚の壁。壁に沿うように螺旋状に作られた階段を下りながら、ちらちらと見える白い影に時折びくりと硬直した。

とにかく底が見えないほど暗い空間を歩くだけでも恐怖が身を包むというのに、現実ではいるかいないかも分からない存在が間違いなくいると知っていると怖さも倍増である。

「カロン様、お気を付けください」

カロンが僅かに足を止めただけで、先頭でランタンを手に足元を照らすルシュカが振り向く。

少し足を踏み外したのではと心配してのことだが、無論そんなことはない。

「大丈夫だ」

精一杯の虚勢を張ってみせるカロンにルシュカは微笑んで頷いたが、その視線がカロンの背後に移ると途端に鋭い顔つきとなる。

「梔子、カロン様にお怪我があったらただでは済まさんからな」

「おお、怖い怖い。あのねぇルシュカ、君は僕をなんだと思っているんだい？　君がこの螺旋を転げ落ちてミートボールになる程度なら気にしないけど、カロンに何かあるようなら直ぐに助けるとも。わざわざ口にするなんて……君は助けられないってことかなぁ？」

バチバチと、カロンを挟んで睨み合う二人の視線に、青白い火花を幻視した気がする。

カロンが怯えているのは、この二人の仲の悪さも原因だった。

カロンの中で最初期のメンバーであるルシュカ、梔子姫、ヴェイオスの三体は仲が良いと勝手に思っていた。

性格付けで多少の不和はあるものの、それでもゲーム内時間で百年以上も一緒にいたのだから、苦楽を共にした関係を築いているものだと。

しかしその読みは大きく外れる。

執務室で感じた二人の確執はここへ来るまでにエスカレートしていき、ついには隠すこともせず激しい敵意を剝き出しにし合っているのだ。

（くそぅ、仲間と築いた絆はないのか？）

あいにくと、魔物にとっての百余年など些細な年月で、その程度で簡単に変わるものではない。

ましてやカロンがその不仲の根幹にいるのだから、変わるはずもなかった。

陰鬱とした空気を醸し出すカロンの姿を見て、二人は睨み合いをやめる。

さすがに彼女たちも馬鹿ではない。何が原因でカロンが暗い空気を漂わせているのか予想が付いていた。

（きっと梔子が目障りなのでしょう）

（きっとルシュカが疎ましいんだな）

正しいかどうかは別の問題だが。

気に食わない相手よりも信頼に足る配下であると誇示するように、一定の間隔を保ってカロンを誘導する姿は良いのか悪いのか。

カロンの苦悩が本人の与り知らぬところで解決するはずもなく、ただ項垂（うなだ）れるカロンとその付き人二人は、最深部をゆっくり目指していった。

三人が最深部に辿り着いた頃には、ずっと見えていた白い影は姿を消していた。

代わりに目を奪うのは、中心に置かれた薄ぼんやりと淡い緑に光る大きな円卓だ。

会議室にあるようなものではなく、天板に巨大な魔法陣の描かれたもので、怪しい雰囲気を醸し出しており、今にも奇妙な術が発動しそうに見える。

ずっと聞こえていた耳障りな音は止んでおり、それが余計にカロンの恐怖を煽（あお）った。

書棚が等間隔に並ぶ無音の広い空間の中で、足音だけが反響する。

言葉一つ発するにも不安を掻き立てるのに、ルシュカも梔子姫も気を遣って言葉をかけてくれはしなかった。

円卓のもとまで辿り着くと、ランタンを円卓の上に置いたルシュカがきびきびと資料探しの用意を始める。

暗闇を苦にせず乱れない足取りで四方八方に歩き回りながら、消えていた蠟燭に火を灯して明るさを増やしていった。

徐々に照らし出されていく大書庫の底はたった三人しかいない場所のはずなのに、どこからか余計な足音がカロンの耳に届く。

規則正しく動く音は間違いなくルシュカだが、徐々に近づいてくる音はその合間に聞こえてくる。気のせいだと頭を振ってもその音が消えることはない。

ゆっくり、ゆっくり、ルシュカの三歩の中に不可解な一歩が鳴っている。

梔子姫はなんの反応も示さず、ただカロンの後ろに佇(たたず)んでいるだけだ。危険がないことを意味するのだろうが、危険かどうかなどカロンには関係がなかった。

ひゅうっと喉が乾いた音を立てる。暗闇の奥から少しずつ近づいてくる音がついに光の下までやってきた辺りで、意識が軽く飛びそうになった。

「あら、カロン様。どうされたのですか？」

カロンにとっての混沌から現れたのは、橙(だいだい)の明かりに金色の髪を輝かせたエルフの姿。リュミエールである。

「っ――お、脅かすな……」

息が止まりそうだったことに気付いて無理やり空気を吸い込んだ。そんなカロンの様子にリュミエールは申し訳なさそうに微笑む。

「ふふふ、カロンも人間だな。見えぬ世界は怖いのか」

音の正体に気付いていた梔子姫は安堵(あんど)の息を漏らすカロンを見て小さく笑う。じろりと睨まれてわざとらしく肩を竦(すく)めてみせたが、侮蔑(ぶべつ)や嘲笑の意味は何もない。

それが人間として正しいのだ。闇夜(やみよ)を無意味なまでに照らして知らない世界を掻き消そうとするのは人間の歴史からくる当然の行動と言える。

夜目が利くわけじゃなければ気配も探れない。本当にただの人間なのだと再認識して、梔子姫はどこか安心したように小さく笑う。

「知っていたなら教えろ」

「ごめんよ。カロンが本当に人間のままか確かめたくて」

「まったく、なんなんだお前は。人をからかってばかりで」

「これも愛だよ、カロン」

「妄想が行きすぎて分別も弁えられないほど脳みそが腐っている女狐のことなど放っておいて大丈夫ですよ。そのうち拗らせて見るに堪えない死に方をするでしょうから」

ようやく明かりを灯し終えたルシュカが、梔子姫を睨みつけながら近くまでやってくる。

先程の反撃とばかりに辛辣な言葉を投げつけられ、一瞬だけ梔子姫の眉間がひくついた。

「言うじゃないか。そういうルシュカも頭の中がお花畑なせいでカロンに迷惑をかけたんじゃないか？　勝手な行動をして余計な心労を与えるのは臣下としてどうなんだろうね。どうせ咲いているのは彼岸花だろうに」

「ふ、ふふ。お前が言うなお前が。本来の姿も曝せない醜い狐が何を言っているのやら。変化なんてものを使わなければカロン様に会うこともできない臆病者など、どれだけ穢れているか物語っているようなものだ。それとカロン様を呼び捨てにするなよクソ狐」

「ははは、カロンをカロンと呼ぶのは僕だけに許されたことだ。部外者は黙ったらどうだい」

「上等だ。的にして踊らせてやろうか」

「抉り取るぞ、矛盾女」

まさに一触即発の状態。綺麗な美女が互いの胸倉を摑んで睨み合う光景は相当強烈なものだが、するりと腕を取る感触に我に返った。

「おい、いいのか放っておいて」

てっきりリュミエールだと思って腕を取る手に目を向けると、異様に細いことに気付く。

その細さは尋常ではない。はっきり言えば、骨にしか見えない。

「……」

視線を上げると、リュミエールがまだ正面にいた。その距離はおおよそ四歩。どう頑張ってもカロンの腕を抱きしめるなどできはしない。

しかも、そのリュミエールが驚愕に目を見開いている。

ぎしぎしと軋んだ動きでルシュカたちを見ると、まだ喧嘩をしている。お互いの頬を抓りながら若干涙目になっているのが見えた。やはり手が届く距離ではない。

もう一度視線を落とすと、やはり真っ白い骨がカロンの腕を抱いている。

それも、よくよく見れば腕をぐるりと二周もしている。

(んんんんんんん?)

異様な寒さを感じる場所は、斜め後ろだ。隣を見ても相手は見えない。

つまり、寄り添ってもいないのにカロンまで手が届いているわけで。

ゆっくり、ゆっくりと。

その相手を確認するために、カロンは恐怖を押し殺しながら体を後ろへと捩っていく。

多少明るくなった大書庫の中。ぼんやりと浮かぶその姿。

首が二つ。

一つは完全な頭蓋骨。

一つは紫髪の少女。

ギラギラと大粒の宝石が吊るされたボロボロの黒いマントを、巨大な肩甲骨に乗せた怪物の裾から見えている半身は、明らかに本数の多い肋骨(あばらぼね)と異常な長さの尾のような脊髄(せきずい)だけで、骨盤から下が存在しない。

　マントの裾から飛び出ている腕は、関節が二つほど多かった。

　巻きつけた腕を解きながら、鎌首をもたげるようにして起き上がったソレは、

「ギギギギギ我が愛しの王よ！　よくここまままママママでいらっしゃいましジジジた！　ゲゲゲゲゲ歓迎しま、し、ししガガガガガガ!!」

　壊れたように首を動かす少女の放つ、けたたましい声を聞いてしまったカロンは、耳を劈(つんざ)くような絶叫を上げて意識を放り捨てたのだった。


　円卓の上に敷かれたルシュカの上着に寝かされていたカロンが、意識を取り戻して上体を起こすと、四人の魔物が正座……バハラルカも恐らく正座をしていた。

　ルシュカと梔子姫はカロンのことを放って私事に夢中になったことを悔いて。

　リュミエールはカロンの側に現れた死霊のことを告げなかったことを悔いて。

「あの、申し訳ありませんでデデデギギギギ、でした」

　そして、壊れたＣＤのような声で謝罪する、彼女か彼か分からない怪物の姿。

　骸骨と少女の顔を持つ黒マントの死霊は、関節の多い長い腕に、異常に多い肋骨と異常に長い脊髄と、二人分以上の骨で構成されている。

　奇抜な姿だが、驚かせたことを本心から謝罪しているらしく、声を少し震わせて涙ぐむ少女と骸骨は、脊髄を丸めて床の上で身を縮こめていた。

「バハラルカ……だな」

「は、はい！　そうでそ、そででゴゴゴゴすそうです！　嗚呼、私の名を王が呼んギギギでくださるなんて素晴らしジジジいいいい日なのでしょ、ジジガガガ」

「あー……すまんが。ちょっと黙ってもらえるか」

喋る度に髑髏ががくがくと震える姿は恐ろしすぎる。

少女の方が話しているので声だけは可愛らしいのだが、テンションの上がりすぎた骸骨に妨害されるせいで激しく雑音が混ざってしまうらしい。

トラウマになりそうだった。

（こんなキャラだったのか。久し振りに見たけど、やっぱすげえなぁ）

カロンが大書庫にやってきたのは今回が初めてで、この怪物を見たのもステータス画面で眺めて以来だった。

バハラルカは、【エタニティカース】と呼ばれるランク10の死霊種だ。

太古の昔に永遠の呪いを身に受けた二人の少女の成れの果てという設定で、幾億の死を喰らいながら幾星霜を生きた結果、この姿になったらしい。

コンソールウィンドウからモンスター図鑑を眺めている程度の認識しかなかったが、こうして実物を見ると、そのデザインの狂い方はアポカリスフェ屈指である。

おまけに性格は〝妄信〟と〝愛執〟。設定した頃の自分を恨みたくなりそうだった。

「すみませんでした。私も突然現れたことに驚いてしまって」

「いや、気にするな。リュミエールのせいではない」

いるだろうと思っていたのを失念していた自分も悪いとカロンは言う。予想できたかどうかは別としても、リュミエールのせいではない。

「ごめんよカロン。この女に構ってしまって」

「申し訳ありませんでした。馬鹿な狐を黙らせるのに没頭してしまって」

「……」

この二人は許すべきか少々迷うが、いがみ合いを続けられても困るので、少し仲良くするのを条件にして許すことにした。

「で、バハラルカ。なぜあんな登場の仕方をしたんだ」

カロンの問いに、バハラルカは長い腕を振り回して何か身振りをしている。

「あ、話していい。ただ少し落ち着いてな」

「は、い。その、すぐに出て、デ、行こうと思ったのです、が、ガガ、ルシュカ、たちが怖、こわ、ここ、怖くこここココココ」

「わ、分かった。分かったからもういいぞ」

また引きつったような怪奇音をたてられる前に制すと直ぐに静かになり、また申し訳なさそうにカロンを見上げるバハラルカ。

可愛らしい紫色の髪の少女の方がいいのだが、ぽっかりと眼窩（がんか）に穴の開いた骸骨が口を開けて見上げてくるのは精神的によろしくないので視線を逸らした。

別にバハラルカが悪いわけではないので怒ってもいない。みっともない悲鳴を上げたのは少々気まずいが、ルシュカたちは気にしている様子がないので触れないことにしている。

「まぁ、今後は気を付けてくればいい。あとはそうだな、私の調べ物を手伝ってくれるか？」

「もち、ろんです我が愛しの王よ！　貴方様（あなたさま）のため、ググググならなんでもいた、い、いがガガガガ」

「分かったから、頼む」

また手でバハラルカを制し、円卓から下りてルシュカの上着を返して死霊を従えて移動する。

その背を見ながら、ルシュカたちは改めてカロンに感心していた。

「さすがカロン様ですね。彼女に驚いたのに、あんなに自然に振る舞えるなんて」

リュミエールの言葉に梔子姫も頷いて同意した。

バハラルカの姿は、魔物であっても恐怖の対象である。渦巻く死の匂いや強力な呪いを感じて怯える者は多い。

悲鳴を上げるなど、それこそグラドラやエレミヤでもするだろう。それは別段不思議には思わなかった。生みの親であるカロンであっても、恐ろしいと感じても仕方のないことだと。

だが、そこから普通に接するなどできるものではない。敬遠するのだ。どれだけ強かろうと容易く魂を奪える存在を。

しかしカロンは今、バハラルカ相手に会話をし、あまつさえ扱き使ってまでいる。あれやこれやと本を要求して取りに行かせるなど、仲の良いリュミエールでもしようとは思わない。

器の違いをまざまざと見せ付けられた気がしていた。ただの人間だと思っても、やはり低俗な人間共とは格が違うと。

強い尊敬の眼差しを背中に受けながら、カロンは嬉しそうに飛ぶバハラルカを見て遠い目をしていた。

(慣れって、怖いなぁ)

残念なことに、カロンはバハラルカの発する匂いも呪いも分かっていなかった。

と言うのも、彼女に限らず魔物の殆どに同じ気持ちを抱いているのだから、変な慣れ方をしてしまったらしい。

恐ろしいと思わなくなったのではなく、恐ろしいと思うことに慣れたようだ。

付き従える魔物たちの想像とは別方向に成長するカロン。それが良いのか悪いのかは分からないが、彼にとってのベターな選択は今もまだ無意識に拾い続けられていた。

◆

遊撃隊の神都遠征まで後二日に迫り、ミラ・サイファーは自分に与えられた執務室で書類を作成していた。

窓から差し込む夕暮れの赤い陽の光を背に受けながら、羽のついたペンを乱暴にインクの中に浸けては走り書きのように荒々しい音を立てて文字を書き連ねていく。

こんな慌ただしい状況でも、書類は簡略化されるわけではない。

日常業務は変わらずに存在していて、お目溢(めこぼ)しをしてくれることもない。

遠征部隊の隊長を務めるバストン・ドゥーエの行動予定に合わせて遊撃部隊も動かねばならず、連絡手段や合流場所の選定から時間などを決めていく必要があるとはいえ、質の悪い紙に書く必要はどこにあるのだろうか。

そうは思いながらも、ミラは不承不承に大まかな予定を記し終えてようやく手を止めた。

まず遠征部隊より二日早く王国を出立して、丸三日かけて神都へと入る。

その二日の間に情報収集を行い、遠征部隊が到着した夜に神殿の近くで落ち合って情報交換。

その間に恐らく公国が王国に対して行動を起こすと予想されており、同時に神都でも襲撃を受ける危険性があるため、それを突破して王国へ帰還することになる。

実際にこの通り進行するとは誰も考えていないが、王国が手薄になったところを狙ってくる可能性は十分にある。

大事なのはどれだけ早く敵の妨害を突破して情報を持ち帰れるかであろう。

とにかく街を探り、場合によっては強引に情報を引き出すなどして国へ帰還すればいい。

部下が死のうと、遠征部隊が死のうと、それが絶対の目標である。

ただ、戦闘以外の面で浮かぶ問題があり、神都を出る際に記憶の改竄を行われないかどうかという点だ。

一応ヴァレイル・オーダーの作った対魔術の護符を持たされている。効果が実証されていないのは些か不安だが、当人曰く「やってやったぞい」とのことなので、ある程度の効力は発揮してくれるはずと期待を込めるしかない。

ミラは引き出しにしまっていた護符を取り出してしげしげと見つめる。

「こんなものに命を預けるのか……」

この護符が結界を破れなかった、なんてことになるだけで計画はすべて破綻する。ミラたちの行動は徒労に終わり、遠征に参加した者たちは敵の策に陥る。

改めて考えれば、綱渡りにも程がある作戦だった。

諜報員が記憶改竄される点には興味はないが、何一つ情報を持っていないのは疑問だった。

何か他に打開策はないものかと頭の後ろで手を組んで椅子を漕いでいたミラだが、部屋の扉の向こうに感じた人の気配に動きを止める。

乱雑に書類を除けてから、待ち侘びたように少し弾んだ声を出した。

「入れ」

ゆっくりと、扉を押し開けて入ってきた、小柄でお淑やかな雰囲気を漂わせる少女。

美しい金のツインロールを揺らしながら深く礼をした少女は、ドレス調の騎士団隊服を華麗に操って佇まいを正すと、公爵令嬢であるミラに向けて明らかな敵意を愛想笑いに込めていた。

ミラの口元が、僅かに吊り上がった。

「来たか、墓石嬢」

皮肉たっぷりの言葉に、マリアンヌ・フォン・フランルージュは眉一つ動かさず真っ直ぐにミラを見つめる。

フランルージュ侯爵令嬢であり、土系統の元素魔術を修めた者であり、騎士団唯一の女性重装騎士であるマリアンヌの、作られた笑顔は凍土のようで、しかし貴族としての振る舞いを一貫する彼女は、お淑やかに柔らかな口調ではっきりと告げた。

「ええ、お断りを告げる為に」

可憐な見た目とは裏腹な強い意志に、ミラは苦笑するしかない。

「そうか。まあ、貴様ならそう言うと思っていたよ」

昔は互いを友達だと思っていた間柄だが、いつしかマリアンヌに嫌われるようになっており、ミラはその一抹の寂しさを小さく飲み込んだ。

貴族であることを誇りに思っているマリアンヌの性格を考えれば仕方ない部分は多い。

なにせ、公爵家の娘だというのに自覚を感じさせない口の悪さだ。取り繕えば立ち居振る舞いもそれらしくなるのに、粗野な部分ばかりが喧伝される。

騎士としての務めを優先して貴族としての生き方を蔑ろにしているのが、貴族としての誇りを持つマリアンヌにはどうやっても合わないのだろうと、ミラは考えている。

それでも、ミラはマリアンヌを、ベルトロイより重要な戦力として部隊に招こうとしていた。

マリアンヌは騎士団の中でも、ミラを除けば群を抜いた実力を持っている。そこらの勇者候補では太刀（たち）打ちできないレベルの実力者だ。

嫌われていると知っていても引き入れたい人物なのだ。

「それでも貴族なのか？　民の危機が迫っているのだから手を貸して然るべきじゃないのか？」

「貴女が貴族を語らないでくださいませんか。それに、民に危機が迫っているのなら遠征になど加わらず本隊に参加しますわ」

飄々（ひょうひょう）としたミラが気に食わないのか、最低限の礼儀は通したと判断したのか、マリアンヌは頬を膨らませてぶすっとした態度をとる。

上官相手にこの態度は本来ならば叱責するべきだが、そんなことを気に留めずミラはマリアンヌへの好意を崩さない。

そもそも、ミラはそれを叱責できるような振る舞いをしていないのだから当然であるが。

「神都の民は貴様の庇護（ひご）下に置く民とは違うと？　敬虔（けいけん）なアーゼライ教の信徒だろ」

「私が守るのは王国の民であり王国の権威。神都など知りませんわ。公国に手を貸したのか公国が占領したのかはどうでもいいですし、そうなったことが既に救うに値しませんもの」

マリアンヌはきっぱりと言い切り、胸を潰すように腕組みをして顔を背けた。

清純なお嬢様を思わせる容姿をしているが内面は苛烈だ。猫を被っていなければミラといい勝負な気さえする。

神都がどういう形であれ王国に牙を剥く。それだけで切り捨ててしまえばいいと思っている。国の不利益になるだろうが、完全に叩き潰して改めて王国で再建した方がいいのでは、とまで考えていた。

たとえアーゼライを信仰していて、巡礼も欠かさず行っていたとしても、堕落した神都を救う理由にはなり得なかった。

相変わらずのマリアンヌに、からかうような目を向けるミラはぐっと上体を戻して立ち上がり、マリアンヌを正面から見つめる。

逆光を受けて表情を隠したミラから感じる迫力に、マリアンヌは柳眉（りゅうび）を逆立てて更に機嫌を悪くした。

「しかし、貴様の手を私が借りたいと言っているのだぞ？」

「ただの数合わせと保険でしょうに。私が分からないと思っているわけありませんわよね？」

「よく分かったな」

「本当に貴女は……」

「冗談だ。しかし、分かっているならどうして私のところへ？　無視すればいいじゃないか」

「それは……」

「まぁ、協力する以外に貴様の道はないぞ。それも分かっているから、此処に来たんだろ？」

黄昏（たそがれ）に埋もれたミラのシルエットに、氷のように透き通った瞳だけが鮮明に浮かんでいる。

そこに映るのは、ただ事実だけだ。怒りも滲まず、鏡にもならない。

深く深く、心の奥底を飲み込むような色の瞳は、美しい銀色の髪と美しい容姿も相俟（あいま）って、威圧せずとも言葉を詰まらせる。

それでもマリアンヌは、

「貴女に、手を貸したくありません」

顔を背けて、そう答えた。

「聞かずとも分かっているでしょう。騎士団長……と言うより、国の上層部ですか。この作戦は王国の危機だと言いながらも、利益のために兵を消費するつもりではないですか。公国を討滅せんというのは確定でしょうが、その割には杜撰が過ぎます」

そんなわけがないと、誰かがいれば口にして異論反論を並べ立てたであろう。

だが、ミラは何も言わず、マリアンヌを遮る者は誰もいなかった。

「おかしいですもの。神都に送る兵力がたったの四個小隊。神都で敵を阻むには少なすぎる。本気で第三者の介入を警戒しているなら、そもそも遠征に出すべきではありません。それなら予備戦力扱いで常駐させておく方がマシではないですか。神都の騎士は数倍もいるのですよ？　たかだか百余りで相手取れるわけありません。神都周辺で囲まれて、嬲り殺しになるのが目に見えています」

マリアンヌの言い分はもっともである。

介入を恐れるにしても、神都を侮っているとしか思えない編成だ。いくらバストン・ドゥーエが強かろうと、数で負けていては個々の武にさしたる価値はなく、足止めにもならない。

「しかし、対策を講じないわけにもいかない。やらねば確実に負けるぞ」

そう。神都が公国に落ちていたとすれば、王国の敗北は濃厚だ。公国でどれだけ戦力をかき集めているかは分からないが、そこに神聖騎士が加担するだけで情勢は劣悪となる。

それほどに神都は戦略の上で重要なのだ。収益だけではなく軍事力としても。

故に王国はどうにかして公国から神都の利権を奪えないかと画策してきたが、結果は現状を鑑みれば理解できるだろう。

王国と公国の距離は徒歩で五日行軍してたどり着く距離。

対して神都は三日の距離。

神都を警戒して兵を国に残しておくには公国が遠すぎるが、かといって神都から兵を差し向けられる可能性を無視して全軍を当てるわけにもいかない。

「元老院の引退など馬鹿らしいことだが、事実として人の口から聞こえてきている。我々が恐れているのは公国への加担だが、同時に神都の完全な独立も懸念している。正面切っての戦ではこちらが有利だが、両面となれば向こうが有利だ。腐れ爺どもがわざと流しているかもしれんし事実かもしれん。誰が敵で味方なのかをはっきりさせなければ、兵をどう動かすかも決められんだろう」

「でも、神都が介入してくるのは確定だと貴女は踏んでいるのですね」

「まぁ、そうだな。少なくとも王国に手を貸すのは想像がつかん」

一応、中央大陸では最も繁栄しているリフェリス王国だが、その繁栄を神都に依存しているのは間違いない。

多くの公益などで稼ぐよりも、宗教の総本山が生み出す容易で多額の収益を受け取る方が儲かってしまう。

大国として存在しておきながら、元公爵領の神都に依存していると知られていれば、諸外国に比べて立場が弱いのも仕方のない面があった。

おまけに兵の練度が、内戦を勝ち抜いた国でありながら低い。

貴族制度や勇者候補などのせいで兵の質を保てなくなったのが原因ではあっても、冷戦に甘えて打開策を生み出さずに来たのは王国の落ち度だ。

そんな国に縋るよりは、長い付き合いとコネクションのある公国に靡くのも致し方ない。

「なら、大人しく神都に兵を差し向ければ良いではないですか。こんな回りくどい方法を取らずに。そうすれば神都から公国に増援が送られるのも防げるでしょう」

「兵を半分に分けるのは厳しい。真っ先に公国を潰さなければ戦争は終わらないからな。だから神都を足止めする程度の戦力に抑えたいのだよ。神都の保有する戦力が神聖騎士だけなのかどうか、公国からの支援があるのか、それを調べるのが最優先だ。まだ公国に動いた様子は確認されてないから、その猶予を偵察に向ける」

「ですが……」

「ですがも何もあるか！　入ってくる情報はどれも公国のものばかりなのを理解しているか？　ここまで情報を遮断されていては危険なんだ！　そんな悠長なことを言ってる余裕がこの国にあると思ってるのか！　公国寄りの貴族連中が敵に回る可能性も考慮しなきゃならんのだぞ！」

引き下がらないマリアンヌに、ミラは今日まで押し込めていた想いを激昂と共に吐き出す。

レスティア大陸の大国でありながら、小さな領土二つに脅かされているようでは、余裕などあると言えるわけがない。

力で大国へと昇りつめたわけではない。その弱みが今を生み出している。

脱力したようにマリアンヌから顔を背けると、ミラは大きく息を吐いて椅子に腰を下ろした。

「捨て駒にするのは否定しない。私は仲間を見殺しにして帰還するのが役目だ」

それが今回の作戦の実態だ。

ミラの部隊が遠征軍と別働隊にされているのはそれが理由である。

マリアンヌは、否定していた考えを真正面から突きつけられては理解せざるを得なかった。

「バストン・ドゥーエは惜しい。惜しいが、奴ほどの者でもなければ遠征軍に懐疑心が向いてしまう。いくら嘘でも本当に思われなければならないからな」

　正道でなければならないのだ、騎士とは。

　しかし非情でなければならないのだ、戦争とは。

　平穏が崩れた途端に溢れ出した問題が、生贄を捧げるような行為を生み出している。

　自らの誇りを踏み躙ってでも、勝たねば未来はないのだ。

「清廉潔白でいられるほど我らは強くない。脆弱で貧弱で惰弱。こうでもせねば勝てぬ戦だ」

「気に入りません」

「だが、それが戦だ」

　足を組んで偉そうな姿勢でいるミラと、左手で右腕を握り締めるマリアンヌの間に、歯がゆい思いが渦巻く。

「ねえ、ミラ」

　ここに来て初めて、マリアンヌの声に温もりが灯された。

「今なら、逃げられますわよ？」

　貴族の誇りも騎士の矜持も、勇者の幸福すらも大切にできない古い友人へと向けた言葉。

　ミラもまた、初めて寂しさを滲ませた。

　しかし、荒んだ心に不意を打って刺された温かな声を、払い除けて拒絶するように、ミラは落陽に目を向けて自分の内をひた隠した。

「私は勇者だぞ？　逃げるわけあるかよ」

「……貴女は、本当に馬鹿ですわね。だから嫌いです」

　ミラは「知っている」とだけ呟いた。

◈ 三章 ◈

神都遠征

今日、王国からミラ率いる遊撃部隊が神都に向けて出立したと、ミャルコから報告を受けていたカロンだったが、昼を過ぎても執務室に籠もったまま、特に動きを見せずにいた。

断じて暇を持て余しているわけではない。

すでに神都には神聖騎士の代役となる人型の魔物を派遣しているし、使者としてやってきたシエレたちとの謁見も済ませている。

もうすぐ戦争が起こる状況下では法の整備に思考を割く余裕はなく、地下大書庫のバハラルカたちに資料集めを頼んだところで作業を中断していた。

急ぐ必要があるといっても、扱っているのは国の根幹となるものだ。おいそれと突貫工事で推し進めれば反発される可能性もある。

ここは焦らず慎重に進めていくとして、今は神都、王国、公国の動向に注意を払っている。

持ち主が疲れぬよう体を優しく包み込んでくれる椅子にしっかり背中を預けて、腕組みをしたまま目を閉じるカロンに、離れた位置から見守る四人は、心配そうな目を向けていた、

「かなり疲れているみたいですね」

「そうね。会談の時も、気が立っていらっしゃったし」

「無理に休ませるべきかとリュミエールに相談したのだが、やはりこの状況ではと言われた」

「でしょうねぇ。カロン様も今休むように進言されてもお困りになるでしょうしねぇ」

紅茶を用意するリーレに続いて、ルシュカとハルドロギア、フィルミリアが声を発する。

カロンの黙考の邪魔をしないよう、なるべく音を鳴らさないようにカップを並べるリーレ。

ルシュカたちも、上を向いたまま動かないカロンを邪魔しないよう声を潜めて会話を続けた。

「そういえば、朝の謁見はどうだったんですかぁ？　エルフが来たまでは知ってるんですが」

「特に目新しい話はなかったわよ。もう仕入れていた情報への対処を改めて伝えただけ」

黒い眼帯をしたままでも正確に、紅茶の注がれたカップを手にしたハルドロギアは今朝のことを思い起こしていく——。

薄暗い室内に映える金と紅で彩られた謁見の間。

柔らかな真紅のカーペットに、眼を見張るほどの高価な調度品。

複雑な彫刻の柱に、物言わぬ鎧。

そして、荘厳な金の玉座。

決して消えぬ蠟燭の明かりだけがエステルドバロニアの威容の粋を照らす中、不自由な足を折り畳んで平伏するシエレがエルフを代表して口を開いた。

「お目通りが叶いましたこと、誠に嬉しく存じます」

金で編まれた玉座に座るカロンに向けた声には、御しがたい歓喜が込められていた。

「よく来たな、シエレよ」

十四体の見目麗しいキメラたちと、カロンの側に侍るルシュカからの重圧も構わず、名を呼ばれたシエレは頭を下げたまま体を震わせて、恍惚の表情を浮かべた。

「ああ……偉大なるエステルドバロニアの王、カロン国王陛下にこのような薄汚いエルフの名を呼んでいただけるなんて……私の愚かな行為も全て受け入れ、あまつさえ素晴らしい環境まで与えてくださっただけでも畏れ多いと言うのに……」

伏せるエルフたちの熱量は、敵対していたとは思えないくらいの愛でできていた。

「斯様なカロン陛下の多大なご温情を賜り、心より御礼申し上げます」

「う、ん……いや、それ以上の謝辞はいい。急を要するのだろう」

「も、申し訳ありません！　下賤な我々に会ってくださるだけでも大変恐悦だというのに、私は私の命でも贖えない貴重な陛下のお時間を無為にしてしまうような――」

「……さっさと本題に移れ。神聖騎士の代わりが必要だと言いに来たんじゃないのか？」

疲労が祟っているのか、少しばかり苛立ちが籠もったカロンの迫力に、エルフたちは首を差し出すように更に深く土下座をした。

「よい。面を上げよ」

許可を得て、シエレが先んじてゆっくりとカロンに視線を移していく。

黄金の玉座が反射する光を浴びる魔物の王は、目の下の大きな隈も手伝って背筋を凍りつかせる風格があった。

神都の地下で会った時以上の威厳は、まさしく魔物の王に相応しいものだ。

この素晴らしい王が、忠誠を尽くすに相応しい真の飼い主だと改めて認識して、エルフたちは身を震わせて体を駆け巡る快楽に蕩けるのだった。

「っ……はぅ、失礼いたしました。それでは改めまして。んんっ、陛下もご存じかと思われますが、リフェリス王国より神都への遠征が行われるとの情報が届けられました。日付は五日後となっており……」

「知っている。先んじて数人の騎士を神都へと送り込み、遠征軍が到着する前に情報収集する算段らしいな。その先遣部隊と遠征軍を欺くためにも、神聖騎士の代役が必要だと」

「その通りでございます。あの老害どもだけならばともかく、このレスティア大陸でも屈指の戦力であった神聖騎士も手にかけたとするには、我々の実力が足りないのです」

エステルドバロニアの方針は人間との共存であるが、それを実行に移すタイミングは相当にシビアなものだと考えている。

特に今、この状況下で考えなしに登場しては確実に敵と見做されるだろう。

ゆえに、準備をしてからでなければ表立って動くわけにはいかなかった。

そうなると、ディルアーゼルが吐く嘘に心配はないが、神聖騎士の全滅は誤魔化せるものではないため、代わりを用意しなければならない。

「ルシュカ」

カロンが頬杖を解いて指を鳴らす。

合図を受けて、ルシュカはカロンより一歩前に進み、手元のファイルに目を通した。

「すでにアルバートから連絡は受けておりましたので、人員の選出は済んでおります。ご命令くだされば、今日中には神都へと配備して行動を開始させられる段階まで準備できています」

「そうか……人間のふりをする必要があるが、その点は」

「問題ありません。とにかく騎士に扮する魔物たちには警備だけを徹底するように伝えており、状況に応じて戦闘を許可しておりますが、今回の戦が終結するまで食事睡眠休憩の全てを禁止するようにと告げております」

「問題ないのか？」

「神都に王国の人間がいる間だけですから、その後はローテーションを組むことで対応可能です。今回は信頼できる擬態能力の者で数日間働かせましょう。それに、この程度の作戦で音を上げるような軟弱者はエステルドバロニアにおりませんので、ご安心を」

つまり、カロンが何か言うまでもなく万全である。

「と、いうわけだ。何か質問は？」

「大変素晴らしい対応の精度と速度に感服しております。世界最強間違いなしのエステルドバロニアの御方々の庇護下に入れたこと、神都を代表して感謝申し上げます」

「そうか。最後に一つ、我々との認識を共有する上で話をしておこう」

シエレたちが頭を下げたのを見て、カロンは咳払いを一つ。

「現在、エステルドバロニアは人間との共存を掲げている。その為には、この世界に暮らす人々の協力が必要不可欠だ。今私が頼れるのは神都しかない」

哀愁の漂う横顔に、皆が釘付けだった。

カロンは美形とは言い難いのだが、彼女たちの目には絶世の美男子に見えるフィルターでもかけられているのか、うっとりと王の演説に聞き入っていた。

それが本当に王としての魅力なのか、それとも【黒の王衣】によるものなのか、その答えはいずれ分かるのだが、今はただ、静かに聞いてくれていると思っているカロンである。

「どうか、頼む」

そもそも、彼女たちが此処に来ること自体無意味なのだ。通信魔術を使えば幾らでもやり取りできるのだから。

それでも招き入れたのは、神都にエステルドバロニアを更に印象づけるためである
この巨大な国の中でどのような営みが行われているのか、その技術力や生活水準の高さを見せつけて、人間との共存の架け橋として活用したいと思ったからだ。

見方を変えれば脅迫とも取れるが、シエレたちはただただ感服しっぱなしであり、そんな思惑など些細なことであった。

「もちろんでございます！　肉の一片、血の一滴までカロン陛下の物であり、貴方様の望みとあら

ば、命の一切を捧げる所存です！」

「……ありがとう。今日は城で休んでいくといい」

絞り出すようにそう言って、カロンは早々にコンソールウィンドウを開いて転移を実行する。

「カロン様？」

最後に聞こえた、ルシュカの不安げな問いかけに答えることはなかった。

「――という感じだったかしら」

「ジュンッとしますね！」

「静かにしろ淫魔。腹に風穴開けるぞ」

素晴らしいカロンの話に興奮したフィルミリアだったが、ルシュカが本気の声色なのを察知して急いで口を塞ぎ、蝙蝠の羽を小さく畳んでソファの上で縮こまった。

まったく、と静かになったフィルミリアから視線を外し、ルシュカは紅茶を一口含んでからカロンの方へと視線を移す。

王に何も出さないのは失礼だと考えたリーレが、執務机にソーサーとカップを置いていた。

「陛下、こちらに紅茶を置いておきますね」

無言を貫いて天井に顔を向けたまま瞑目していたカロンが、その囁きに反応して瞼を開ける。

そのまま姿勢を正し、鳶色の瞳でルシュカたちの方を見つめると、

「よし。フィルミリア、貴様に頼むことにしよう」

と言い放った。

ルシュカとハルドロギアは、カロンの真意を読み取れず顔を見合わせるが、呼ばれたフィルミリアは何も考えずカロンの前に飛び出すと素早く跪き、「承知しました！」と返答する。

「……私も悪いのだが、何も聞かずによく引き受けられるな」

「それはカロン様のご命令ですから！　愛しい人の願いならなんでも叶えたいのです！　それで、一体この激カワな私にどんな命令ですか？」

幸福に身を震わせるフィルミリアだが、会話の流れは馬鹿丸出しである。

思わず頭を抱えるカロン。

「カ、カロン様！　どうか私どもにも説明していただけないでしょうか」

「そうです！　お父様のお考え、私も聞きたいです！」

こんなしょうもないことでカロンを困らせるわけには行かないと、ルシュカとハルドロギアが必死に取り繕う。

言われて、カロンはやっぱり自分の説明不足が原因かと思う程度で気を落ち着かせた。

「そうだな。うん、では説明しよう。今回、件の戦に第三勢力として加勢する方針に変えようと思ったのだ」

「加勢、ですか。失礼ですが、人間同士の諍い（いさか）なので我々が手を下すまでもないかと思います。リーレには申し訳ないが、ややこしい勢力図に飛び込むのは余計な混乱を招くのではありませんか？　黒幕として矢面に立たされることも考えられます」

「確かにな。私も初めはそう考えていたんだが、見方を変えれば好機でもあるのだ」

カロンは身振り手振りを加えて作戦を説明していく。

それは夢で見たゲームの内容を参考にした、少しばかり強引さのあるものだった。

「今我々はこの戦争の全容をある程度把握している。王国対公国の構図に神都が巻き込まれており、公国に助力する者たちがいると」

「はい。ミャルコの活躍によって、最も正確に現状を理解していると言えましょう」

「うむ。そこで、この機を利用して我々が王国の味方であると認識してもらおうと思ってな」

カロンの言葉に、ルシュカたちはなるほどと理解を示す。

突然現れて仲良くしようと言われても、魔物の国が簡単に受け入れてもらえるはずがない。ただでさえ種族の違いがあるのに、加えてアーゼライ教の聖地を下敷きにしているのだから、相当の反感を買うのは目に見えていた。

そうなると、普通に外交で信頼を得るのはかなり厳しいはずだ。

それならば、頃合いを見計らって加勢し、圧倒的な戦力を用いて王国を勝利へと導くのが、ショック療法のような手段だがベストだとカロンは考えているのだ。

「それは良い案です。リスクはありますが、何もせぬまま突然現れるよりも心象はいくらか良くなるかと思われますが……」

「リーレちゃんはどう思います？　この世界のエルフとして是非聞かせてほしいですね！」

顎に手を添えて考え始めるルシュカ。それを無視してフィルミリアはカロンの側に立ったままのリーレに尋ねた。

この場で、この世界の人間に詳しいのはこのエルフの少女だけだ。

「ううん……これだけの戦力を持つ国に助けてもらって勝利したとなったら、さすがに無下にはできないんじゃないでしょうか。ヴァーミリアのような獣人国家もありますし」

「どちらかと言えば、聖地をゴミにした方が問題なのかしら」

「はい……」

「ふん。聖域で害悪がのさばるのを見過ごしておきながら、聖地だなんだと口にするのを恥と思わんものかな」

「私たちとしては、王国に助けられたとしても利用されるのは目に見えていましたから、こうしてエステルドバロニアの庇護を受けているのは奇跡のような幸運です」

リーレの言葉に、カロンは心が温かくなるのを感じながら、同時に人の醜さに胸焼けがする。

そういう人間ばかりじゃない。そう思いたい。

「それで、なぜそこにフィルミリアを必要とするのでしょうか。状況は眺めていても進むでしょうし、絶好のタイミングで参戦すればよろしいのでは」

「いや、それでは唐突すぎる。少しでも、魔物に好印象を抱かせるための仕込みをしたいのだ」

ニヤリと、様になってきた悪党の笑みでカロンは告げた。

「都合よく、少人数でやってくる騎士がいるだろう？」

それを聞いて、フィルミリアは立ち上がって自信満々に答えた。

「誘惑して魅了して傀儡（かいらい）にするんですね！」

またカロンが頭を抱えたのを見て、ルシュカはダッシュでフィルミリアの隣に移動すると、カロンには見えないように後頭部を摑（つか）んで万力のように締め上げた。

「そんなことをして魔術師に悟られたら面倒を増やすだけだろうが……！」

「じょ、冗談ですよ！　冗談！　じょ……あばばばば」

「その……お父様はフィルミリアに、連中と接点を持たせようとお考えなのですね？」

「ああ、その通りだ。勇者候補とかいう奴（やつ）らの前にか弱い魔物の少女として姿を現し、上手（うま）く取り入って行動を共にしてもらう。それとなくエステルドバロニアのことに触れながら、人間に協力的だと思わせてくれればいい」

その説明で、皆が計画の全容を摑んだ。

遊撃部隊の中には貴族の出が三人もいる。女性二人はどちらも騎士として将来を期待されるレベルの実力者だ。懐に入り込めれば、フィルミリアを通じて有利に事を運べるかも知れない。

いわゆるヒロインのポジションとして、彼らの物語を彩る役になってもらうわけだが――。

「これに務まりますか？」

「曲がりなりにも淫魔の女王だからな。もし敵対されてもか弱いふりをしたまま逃げることも可能だろうし、最悪スキルを使うこともできるだろう。その演技のクオリティが如何ほどかは心配だが、私の期待に答えてくれると信じている」

重大な役割を任されたと分かり、ますます気合いが入ったフィルミリアは、頭の痛みも忘れてこれまでにないくらいやる気に満ち溢れた表情を作った。

ルシュカやハルドロギアの嫉妬も心地良いと思いながら、フィルミリアはか弱い少女らしくゴシックドレスの裾を摘んでお辞儀をしようとする。

「では、すぐに向かってくれ。ああ、そうだ……イベクエを消化して……それから……」

「カロン、様？」

前を見ているはずなのに、王の鳶色の瞳は胡乱で焦点が合っていない。

表情から力が抜けていき、そこにいるのは、まるで普通の人間の男だ。

開いていた目は瞼に重りを吊るされたようにゆっくりと閉じていき、カロンは糸が切れたように姿勢を崩して机の上に伏せてしまった。

「カロン様？」

「陛下！」

すぐ近くにいたリーレがカロンの肩を支えて起こそうとする。ルシュカはフィルミリアを放り捨てて机の前に駆け寄った。

激しく揺すらぬよう気をつけながら、伏した顔に優しく触れて横向きに変える。

「スー……スー……」

「寝てる……？　それほど疲れて……いや、いくらなんでもおかしすぎる」

気絶するように眠るなど、人間の知識に疎くとも正常なものではないと分かる。

寝息は規則的で苦悶（くもん）は混じっておらず、ただこの場面だけを切り抜けば机に伏せって居眠りをしているだけに見えるだろう。

それが余計に、感じたことのない恐怖を煽（あお）った。

「そんな……」

「なんだ。何を知っている！」

慄（おのの）いているリーレにルシュカが詰め寄ると、リーレは信じられないといった様子で目を見開き、大粒の涙を浮かべてルシュカを見た。

「これは……セルミアの眠（ねむ）り病（やまい）、です……！」

それがどういったものなのか、ルシュカたちには分からない。

ただ、これが危機的状況だということだけは察せられた。


白金の壁に囲まれた部屋の中央。

魔法陣を思わせる彫刻が施された巨大な円卓が鎮座していた。

浮遊する天球儀の照明がくるくると回って、等間隔に配置された金縁の黒い椅子の上を通り過ぎていく。

ここは円卓の間。

団長たちが会議で使えるようにと思いを込めて作られた部屋には、今集まれる面々が沈痛な面持ちで上座に立つルシュカを見ていた。

グラドラ、エレミヤ、アルバート、リュミエール、そして梔子姫。

彼らの顔はこれまで見たこともないほど不安を湛えており、落ち着きのない様子から焦燥感に駆られているのも窺えた。

「改めてカロン様の容態だが、今は自室のベッドでご就寝なさっている。体温や脈拍、その他の症状も見受けられず、ただお眠りになられている」

まるで、死んだように。

そんな考えが浮かんだ自分が恐ろしくなり、ルシュカは腕を強く摑んだ。

「守善と五郎兵衛が植物系の魔物を連れてコルドロン連峰に向かい、セルミアの花の捜索を行っている。ミャルコも猫を使って王国を調べているが、まだ成果は上がっていない」

「それで、僕たちを集めてどうするって言うんだ。そもそも、こんな悠長にしている場合じゃないだろう。いつカロンの病状が悪化するか分からないんだぞ」

梔子姫は、大きな獣の爪で円卓をカリカリと引っ搔きながら、片腕を背凭れに乗せた横柄な態度でルシュカを挑発するような口振りだ。

彼女としては、一刻も早くカロンを治療する方法を見つけるべきだと考えていて、こうして時間を浪費するような真似が気に食わなかった。

他の者たちも、梔子姫に同調する素振りこそしないものの、心中では同じ考えである。

「この際人間のいざこざなんて関係ない。神都も王国も攻め込んで片っ端から調べてしまえばいいんだ。カロンの命より大切なものなんてないだろ」

「なら、梔子。貴様はできるのか？」

「はあ？　何を——」

「カロン様の命令に背くことが、貴様にできるのかと聞いているんだ」

ルシュカがそう口にした瞬間、空気が凍りついた。

それは彼らの気に障ったからではない。

これまで考えたことのなかった、カロンの意思に背く行為に手を染める恐怖が襲ったのだ。

梔子姫も、口を開閉させて言葉を失い、できるなどと気安く口にできなくなる。

カロンに嫌われることを想像するだけで、心を握り潰されそうな感覚に襲われて腕の獣毛がザワザワと逆立った。

「もし……もし、守善たちが見つけられなかったら。ミャルコが見つけられなかったら。その時、我らはどうすればいい。カロン様の命をお救いしなければならないのは当然だ。だが、最悪の事態が目前に迫った時、カロン様が描く人間との共存を破壊してでもお救いできるのか。それによって、捨てられてしまうかもしれないのに……」

分かっている。

カロンの命より大切なものなどこの世界に存在しない。

しかし、そのカロンに嫌われたら、世界の終わりに匹敵する絶望に苛まれるだろう。

彼らはこれまで、カロンの命令に沿って全て行動してきた。

独断で動く場面もあるが、それでも王の命令に沿った上での行動である。

召喚された時からアイテムで忠誠度を最大に引き上げられてきた団長たちは、外者たちのように国に背いたことはただの一度もない。

カロンがログアウトしていても、決して変わらなかったのだ。

カロンがいなくなる恐怖と、カロンに必要とされなくなる恐怖。

どちらも、想像を絶する地獄が待ち受けている。

「グス……王様が死んじゃうなんて絶対やだよ……」

声を潜めて泣いていたエレミヤが、堪えきれなくなって嗚咽を漏らした。

気の毒に思ったのか、アルバートがそっとハンカチを手渡すと、躊躇いなく洟をかむ。

「ありがと」

ベトベトになった白いハンカチを見て、アルバートの顔に皺が寄る。

「……今不要になったところなので、ご自由に使って構いませんぞ」

ズビビ、とまた洟をかむエレミヤを忘れることにして、アルバートは静かに手を挙げた。

「なんだよ、極悪宇宙人」

「おや、そんな顔をしないでいただけますかな？　私は姫の意見に賛成なのでね」

飄々と、いつもの胡散臭い笑みを浮かべて燕尾服の老紳士は言ってのけた。

それは梔子姫の時とは違い、明らかに自分の意志で。

「ジジイ、何言ったか分かってるんだろうね」

チリチリと、梔子姫の周囲の空間が捻じ曲がる。

「カロンの意に反するってことは、つまり僕らの敵になることでもあるって、さ」

「ここで暴れんじゃねえよ女狐」

「グラドラ！　お前こそ僕を止めるな！」

「冷静になれっつってんだボケが！　ジジイ！　てめえも煽るようなことすんな！」

灰と蒼の毛を逆立てて、巨大な狼は椅子を弾き飛ばす勢いで立ち上がって吼えた。

部屋に反響するほどの大きな声に驚いて、一時静寂が訪れる。

「ったく……。梔子がキレんのも分からなくはねえよ。けど、だからってカロン様の命より優先することじゃねえだろ。俺は、もし最悪の状況になったら、手段を選ぶつもりはねえよ」

「グラドラ、貴様まで……」

「ただ、短くても時間はある。どうすべきか、守善たちの結果を聞いてからでもいいだろ」

それまでの間にカロンが目を覚ます可能性だってある。

この問答のうちいずれかの道を、本当にどうにもならなくなった時に選ぶことになるだろう。

それが、エステルドバロニアの最後になるとしても、選ばなければならない。

「今この場での話は全団長に共有しておく。一先ずは、与えられた命令を全うする。グラドラとエレミヤは予定通り戦争の準備を進めろ。リュミエールは薬学知識を集めて国庫に代用できるものがないか調べてくれ。アルバート、あの玩具どもを使い潰して治療に使える魔術を探せ。梔子は外郭の防備を固めるように」

ルシュカの指示は、カロンが意識を失う直前までに各軍へ出していたものと同じだ。

「明後日、この場に集ってもらう。王国の人間が神都に到着した時を我らのタイムリミットとし、今日の答えを聞くとしよう。よく考えておけ」

沈痛な面持ちで静まり返る仲間を一瞥して、ルシュカは逃げるように円卓の間を退出した。

その足で向かったのはカロンの私室。

扉を開ければ、ハルドロギアとキメラたちがカロンの世話を行っており、その側ではリーレが容態を確かめているのが見えた。

「ルシュカ、酷い顔してるわよ」

「見えてないだろ」

ルシュカに気付いたハルドロギアの心配に軽口で返すと、「見えてるわよ」とあしらわれた。

ベッドの上には、規則正しく呼吸をするカロンがいる。

よく眠っている。これまでの不眠を払拭するような深い眠りは、最近目立っていた肌の乾燥や目の下の隈も徐々に回復させている。

それなのに、これが死へと向かう前兆だなんて。

「カロン様の具合はどうなんだ」

強く噛んだせいで口の端から垂れそうになった血を舐めたルシュカがリーレに問うと、リーレはベッドから離れてルシュカに一礼した。

「かなり眠りが深いです。痛みにも音にも反応がありません」

「それで？」

「まだ体温は維持されていますが、進行すると徐々に体温が下がっていって――」

「それで、残された時間はどのくらいだ」

感情のない事務的な質問だった。

リーレは上手く言葉を続けられず、縋るようにルシュカを見上げる。

そこには、ガラスのように脆い無表情の仮面を被った魔物が立っていた。

立場があるから面に出せず、ひたすら気丈に振る舞うしかなく、きっと自分以上の悲嘆で心が張り裂けそうになっている、そんな魔物が。

ルシュカだけじゃない。この場にいるキメラたちもルシュカと同じだ。

リーレは、自分だけ泣くわけにはいかないと拳を握りしめ、真っ直ぐ薄紫色の瞳を見つめた。

「推測ですが、早くても五日。それ以上経てば恐らく、目を覚まさないでしょう……」

「っ……そうか」

「お許しいただけるなら、神都のみんなにも声をかけて捜索の協力を仰ごうと思います。魔術の研究も、今城に来ているシエレたちなら」

「それはできない。王の危機を他国に知られるわけにはいかん。エルフの使者にも、何も伝えず帰ってもらう」

冷たい言い方だが、当然の措置だ。

ルシュカとしても手を借りたい気持ちはある。

だが、最強の国として君臨するプライドが、協力を受け入れられない体制にしていた。

弱みは傷になる。カロンという人間の王はエステルドバロニア唯一の急所なのだ。

「すまないが、外してくれないか。ハルドロギアも」

キメラたちはすぐに拒否しようとしたが、ハルドロギアが何も言わず手で合図したのを見て渋々外へと出ていく。

「これが私たちの役目だから、長い時間はあげられないからね」

「助かる」

「いいわよ。そのひどい顔がましになるならね。それに、貸しにするもの」

小柄なハルドロギアは、ルシュカの脇を軽く叩いて笑う。

すでに彼女も円卓の間で交わした会話の内容は知っているはずだ。

それでも普段と変わらず接することができるのは何故(なぜ)なのかと思い、ルシュカが微(かす)かに口を開こうとしたタイミングで、ハルドロギアは先んじて答えてみせた。

「一緒に死ぬわ。私たちは、その道を選ぶから」

「……それも、間違いではないだろうな」

人間たちを攻めるのも、間違いじゃない。

これまで自分たちで大きな決断をしたことがない団長たちは、自分の答えが正しいことを誰かに保証してもらいたがっている節がある。

これまではカロンが担っていた。絶対の存在が是非を決めるなら、白が黒になっても正しいと信じられたし、それが間違っていたことはないと思ってきた。

ハルドロギアがすでに決断していると知り、ルシュカは羨ましいと思った。

「それじゃ、五分後にね」

ハルドロギアは、リーレを連れて部屋を出る。

扉が閉まると、広い部屋に二人きりだ。

心地よい呼吸音と、毛布が僅(わず)かに上下に動いて擦(こす)れる音しかしない。

ルシュカはベッドの側へ寄ると、穏やかな顔をしたカロンの頬に大切に触れる。

「カロン様、私たちはどうすればいいのでしょうか……」

こんなことを聞くのは今だけだ。

貴方のお役に立つと決めておいて、貴方がいなければ何もできない。

それではダメだと思いながら、そんな自分も受け入れてほしい。

涙で目が覚めてくれたら、キスで起きてくれるなら、どんなにいいか。

時間が来るまで、ルシュカは咽ぶこともなく、はらはらと静かに涙を流し続けた。

◆

フィレンツの森は、聖地ディエルコルテの丘を外界と隔てるように円状に囲っている。

森は聖域であるために誰にも管理されておらず、好き放題に育った木々に囲われて陽の光は満足に届かぬほど鬱蒼としており、大地には腐葉土が堆積していた。

創造神の残滓が残る聖なる森だといわれているが、実態は放置された古い森だ。

「よし、行くぞ」

獣の気配も感じない森の中に響いた怜悧な声に、付き従う四人が頷く。

彼らは布に包まれた武器を背負い直すと、柔らかな土を踏みしめて森の奥へと向かい始める。

灰色の外套を頭から被り、安っぽい布の服を汚しながら、散歩のようにのんびりと、遊撃部隊の面々は聖域を歩いていた。

皆が鎧を装備していないのは、目立ちすぎるからだ。予定では遠征部隊と神都で情報交換を行う際に受け取ることになっているからである。

装いは騎士とは程遠く、ただ各自得意の武器と僅かな食料だけを手にしていた。

「ないとは思うが、人に出会ったら報告するように。バレたら洒落にならんからな」

からかうように先頭を歩くミラが鼻で笑う。銀色の髪を隠すようにフードを深く被り、高低差に歩みが緩むことはない。

「来るわけないの知ってるじゃないですか。神聖の行き届く森に踏み込もうなんて不信心者は、王国にはいませんよ。普通なら、ですけど」

苦笑交じりにベルトロイが合いの手を入れる。

彼もミラ同様、少ない荷物で軽快に森を進んでいく。

表情が強張(こわば)っているのは、このメンバー内に漂う空気があまり芳しくないからだろうか。

「つーか、それがまさに俺たちなんだけどね」

「おいやめろ。アーゼライの信者にしばき倒されるぞ」

広い背に巨大なタワーシールドを担ぎながら、鈍重な足取りでミラとベルトロイの後を追うポウルが平然と爆弾を投げてきたので、慌てて隣にいたリーヴァルが突っ込んだ。

ポウルは「やば」と焦って最後尾を歩くマリアンヌを見る。

「ええ。ええ、本当に。厚く信仰する者なら決して踏み入りませんよ。ええ、ここも厳密には聖地に当たるのですから。それなのに、それなのに私は……っ」

いかにもお嬢様と分かる品の良い容姿に立ち居振る舞いのマリアンヌだが、フィレンツの森に入ってからずっとこの調子である。

とても重苦しい空気を生み出している元凶は彼女だ。

と言うのも、マリアンヌは敬虔(けいけん)なアーゼライ教の信徒なのである。年に一度の巡礼は必ず行い、毎日の祈りも欠かさない。当然聖地の大事さを誰よりも理解している。

それを任務だとしても、人目を憚(はばか)るためとは言えど、聖地の範囲に含まれるフィレンツの森をズカズカ歩かされれば不機嫌にもなろう。

聖地は神都から丘を繋(つな)ぐ道しか人の足を入れてはならないと決められているのに、大嫌いなミラに教徒にとっての禁忌を犯させられているのだ。

ミラ曰く「そんなの神都の都合で決めたものだろ」とのことだ。

余計に神経を逆撫でされたのは言うまでもない。

マリアンヌも頭では分かっているのだ。神都までの道のりを隠密に移動するには森を抜けるしかないと。

だから渋々承諾したが、こんなに奥まで行くことはないだろうとも思っている。

その苛立ちがオーラになって見えているせいで、男たちはフォローするのを躊躇っており、アイコンタクトでどうにかしろと互いに擦り付けていた。

「ああ神よ！　アーゼライよ！　この罪深き私をどうかお許しください！」

「大丈夫か？」

「貴女がこのチームに引き込んで、信仰者の気持ちを土足で踏み躙ったからでしょ……。それで、ミラ小隊長」

「なんだ。食事なら切り詰めて食えよ。私は分けてやらんからな」

「じゃなくて。公国の連中、いつ動くんでしょうね」

ベルトロイは、今最も欲している情報へと話題を切り替えた。

今日に至るまで、公国から出兵したという報告は上がっていない。

気味の悪い沈黙に一抹の不安が拭えなかった。

ミラは僅かに歩く速度を落とし、顎に手を当てて何かを考えた。

「一応情報はあるんだが、あまり言いたくない」

「言いたくないって……」

「それはあれっすか。機密の問題で？」

「気が滅入るからだ。ポウル・デルフィ、貴様は今の状況で起こる可能性が考えつくか？」

「うぇ!?　えー、そうですね、例えばー、この遠征の隙を突いてくる、なんて」

「あれほど念入りに指導したせいで脳みそも筋肉になったか？　リーヴァル・オード・シュトライフ、貴様はどうだ」

「え、あ、はい。公国寄りの貴族の謀反でしょうか」

「正解だ。既に十六の貴族が公国側に付いたと、王都を出る前に報告が来ていた」

たしかに気の滅入る話だった。

レスティア大陸の貴族は例外なく王国に所属している。

公国も特殊ではあるが、一応対外的には今でも王国の貴族扱いとされている。

国に貢献する立場である貴族が数多く公国に手を貸すなど、むしろ聞きたくなかった。

「さて、ではマリアンヌ・フォン・フランルージュ。貴様とは一度話をしているが、そこから考えられるのはなんだ？」

貴族の恥を聞いて更に不機嫌になったマリアンヌを指名したミラに、男たちは苦い顔を作る。

ぴくりと眉を引くつかせたマリアンヌは、大きく深呼吸をしてから口を開く。

一応は上官である以上その指示に従わなければならないことが恨めしいと瞳で語っていた。

「戦場の数が増えるでしょう。公国派と王国派に分かれた貴族が、そこかしこでぶつかり合うことになってしまう。地方貴族の戦力に殆ど差はないですから」

マリアンヌは一度言葉を区切り、「それに」と語調を強めた。

「クランバード・ラドルは〝簒奪〟の力で、魔物を使役して戦力にするという外法に手を染めていました。多くの魔獣使いを雇い入れて、魔獣を飼いならしていると聞いたことがあります。それがもし事実なら、人間同士の戦争なんて生易しいものじゃなくなりますわね」

魔獣使いというのは、使役とは別に洗脳することも可能だ。

下級の魔物に限られるが、この方法だと数に制限が生まれる使役と違って魔術師の力量にもよるが理論上無限に配下を作れる。

下級の魔物は単体だと雑魚だが、数で押されればそうもいかなくなる。公国はその数を十二分に集めていると考えられていた。

そうなると外部から、領地を持つ貴族の招集を当てにしたいが、マリアンヌの言う通り公国派の貴族から妨害が行われる可能性があって迂闊に動かすことができない。

可能な限り人員を保持していたい王国にとってこれは厳しい問題だった。

「神都の神聖騎士が加われば、逆に王国が不利になりますね。ただでさえ数が多いであろう公国を相手にしながら神都へ騎士を差し向けなければならなくなってしまいますから」

「その通り。では連中はどうやって攻めてくると思う？　またベルトロイ・バーゼスに戻そう」

「やっぱり多面作戦でしょう。命令系統なんてどうせぐちゃぐちゃでしょうから好き勝手に王国目指して攻めてくるんじゃないです？」

「うん。十分ありえることだ。だが少し足りん。ポウル・デルフィ」

「う、お、俺もベルトロイと同意見です」

「この筋肉がっ。ならリーヴァル・オード・シュトライフ」

「大きな差がないなら戦略でしょう。どこか有利な位置取りをする、とか」

そうは言っても、この周辺で戦略上重要になる場所などほとんど存在しないはずだ。

公国、王国、神都を繋ぐ大地はほぼ平地で遮蔽物も少なく、野戦になるのは避けられない。優劣があるとは思えないが、そこまで考えて、皆の頭にひとつの予想が浮かぶ。

それも、マリアンヌが更にキレてしまいそうな予想が。

「ま、まさかとは思いますが、公国が聖地や森を使うと？」

遮蔽物の多いフィレンツの森と、大陸中央にあたるディエルコルテの丘であれば、神都よりも制圧する価値が高い。

「魔物は野戦で来るだろうな。神聖は森に行き届いているから亜人のような知性のある魔物でもなければ踏み入ることができん。だが、どこぞの貴族がディエルコルテの丘に拠点を作ったりするとまずい」

「森を抜けての強襲にも警戒ですか。最悪ですよ、本当に」

「向こうはなりふり構わないだろうな。信仰より金を選んだ連中だ、しきたりや禁忌など平気で犯してくるぞ」

「でも、神都を制圧することは考慮していないんすよね」

「神都を奪えれば思惑の半分は潰せるが、そんな余裕は王国にはない。遠征軍が駐留できればいい程度だな。それも大した意味はないだろうが、神都で得られる情報は重要になる」

要するに、後手にしか回れないというわけだ。

公国を野放しにしてきたツケが此処で回ってきている。

神都、公国周辺の貴族は全て公国側に付いていると思っていい。

王国からでは神都の裏を移動する公国の軍を察知することが難しく、胡散臭い視察と思われても、兵を配置するくらいしか対処ができないのだ。

神都が訪問を快く承諾したことが気にかかるが、それ以上を考えても実際に見てみなければ分からない。

これより先は、憶測と推測の域を出ない不毛な会話にしかならなかった。

だらだらとした行軍が続く。

極秘任務と謳っているのだから、ある程度の緊張感があってもいいのだが、この森に人が来ることなどまずないし、魔物も神聖があれば立ち入れないという意識があるからだろう。

ただの旅を思わせる気楽さだが、今後のことを思うとどうしても気分が鬱屈してしまう。

それを紛らわせるように男たちは取り留めのない話で静寂を作らないよう声を上げていた。

マリアンヌはそんな彼らの背中を見つめながらも、ピリピリとした空気を放っている。

遊びではないんだぞと、募る内心の苛立ちが表に現れていた。

言いたくはないが、ここは既に敵地だ。実際にそうかは判断できないが、そう思って行動して然るべきだと。神都の現状を考えれば当然の判断だろう。

同年代と比べて大人びているせいか、思考が堅苦しい。

そのせいでこうしてチームを組むことが殆どなく、組んでも煙たがられることが多かった。

良くも悪くも貴族らしく、だからこそ貴族らしく振る舞わなくても大勢を惹き付けるミラが嫌いなのかもしれない。

そんな生真面目な彼女だったからこそ、森の中で自分たちとは違う音を感じ取ったのだろう。

不意に耳に入ったそれに、マリアンヌの足が止まる。

「今、何か聞こえませんでしたか?」

彼女の気配が離れたことに気付いたベルトロイが振り向くと同時に、マリアンヌから零れた言葉。

その意味をはっきりとは理解できず、僅かに首を傾げる。

「何かって――」

なんだ？

そう問い掛ける間もなく、ディエルコルテの丘に近い方向から、微かに声が聞こえてきた。

それは決して話し声ではない。

笑い声でも、怒声でもない。

紛れもなく、悲鳴だ。

「悲鳴⁉　なんでこんなところで……っていねぇ⁉」

疑問をポウルが口にするよりも早く、ベルトロイとミラが駆け出していた。

ベルトロイは正義感から。ミラは使命感から。

疾走する二人。ミラがベルトロイを引き離して奥へと突き進む。

矢のように、障害物をものともせず走るミラは流れる木々を横目に、声の正体を視界に収めた。

「いや、いやぁ！　やだ、放して！」

声の主は少女だった。

高価な紫黒のゴシックドレスに身を包み、手にはバスケットを握りしめている。

その中から薬草がこぼれており、この少女が何をしに森に入ってきたのか容易く想像できた。

人形のように整った顔を歪め、白い肌を紅潮させた少女が蹴りつけようとする動きの先には、ドレスの裾に鋭い牙を立てて激しく首を振る巨大な猫がいた。

【エンヴィーキャット】と呼ばれる、森の近辺に生息している獰猛な魔物だ。

顔は人間の老婆に似ており、毛むくじゃらの体は少女の倍はある。

なぜ森の中に、という疑問を抱くよりも早く、ミラは剝き出しになった木の根を砕く勢いで踏みつけて高く跳躍する。

少女に夢中になっているのか、エンヴィーキャットはミラの接近に気付かず、小枝のように細い少女の脚に喰らいつこうとするところだった。

「いやあああああああああ‼」

愛らしい金切り声を上げて化け猫から逃げようとする彼女の前に、ズドンとミラが降る。

舞い上がる赤い飛沫とは逆に地面に落下する、大口を開けた魔物の顔。

体を吹き出す鮮血に染めながら、死骸を一瞥するミラに、少女は驚いて目を丸くしていた。

「ミラ小隊長！」

静止した二人だったが、第三者の介入でようやく動き出す。

真っ先にベルトロイが辿り着いて惨状に眉をしかめ、残りの者たちは皆息を切らして遅ればせながら到着し、暗い森を染めた赤を見てすぐに警戒態勢を取った。

「何故魔物が森に……神聖を越えることはできないはずじゃ……」

「さあな。だが、分かるのは公国が既に動いてるってことだ」

ミラがエンヴィーキャットの切り落とした頸を蹴り飛ばす。

転がった頸の頭頂部には、焼印でも使ったように強引に刻み込まれた魔法陣が見えた。

公国が用いる手懐けの技法。その痕跡。

聖地の持つ神聖は、自由意志を奪われた魔物には作用しないのだろうかと仮説を立ててみるが、結果として森に敵が踏み込める事実がある以上、考える必要はない。

魔物が森に侵入できる結果だけが何よりも重要だった。

「遊んでいるわけにはいかなくなったな」

「いや、遊んではいなかったですけど。それで、この子は?」

にやつくミラの言葉を脊髄反射で否定したベルトロイが、視線を少女に向ける。

へたり込んだまま、大きなまん丸の瞳に溢れそうなくらい涙を溜めて小さく震える少女は、突然現れた集団にも警戒していた。

人が踏み入ることの少ない森には珍しい薬草などが自生しており、それを取りに来たところで襲われたのだろう。

胸の前で抱きしめるバスケットを見てベルトロイは、ミラと同じ判断をした。

ミラも少女に目を向けたが、面倒臭そうに舌打ちしてそっぽを向く。

子供が苦手なようで、「任せる」とその場にいた四人に言い残して何処かへと消える。

逃げるついでの哨戒に出たようだ。

「えっと、大丈夫? 怪我とか、ありませんか?」

任されても困ると男三人は顔を見合わせて困った。

どう見ても幼い少女なのだが、男心をくすぐる異様な色気があるのだ。

表情もそうだし、まくれ上がったスカートから伸びる白く細い脚や、その奥で見えてしまいそうな下着に目が向いてしまいそうになる。

常であればこんなお子様に疚しい気持ちを抱くことはないのに、どうしてか健全な気持ちで向き合えそうになかった。

そんな馬鹿共の内心を察したのか、マリアンヌが一瞬キツイ視線を三人に向けてから不器用な笑顔を作って少女の側に膝をついた。

実は子供好きなマリアンヌ。でも顔が怖いと泣かれることが多い。

精一杯の笑みを浮かべているが、リーヴァルが軽く後ずさるような強張った笑顔をしていた。

だが、少女は自分と目線を合わせて話しかけてくれたマリアンヌに安心したのか、ほうっと一つ息を吐いて目元を拭い、姿勢を正してからぺこりとお辞儀した。

「あの……ありがとうございます。助けてくれる人なんていないと思ってて」

少女もこの森に入る意味を理解しているのだろう。同時に魔物の脅威がないことも知っていたはずだ。それなのに襲われたとなれば、その絶望感は如何程のものだったか。

気丈に振る舞う少女の姿に、マリアンヌの表情が僅かに緩む。

少しばかり硬さの消えたマリアンヌは、少女に手を差し伸べて立ち上がらせようとするが、少女は腰が抜けているようで困ったように笑った。

「す、すみません」

「いいえ、大丈夫ですよ。ゆっくりで構いませんから」

「ありがとうございます……」

「どうして森の中に？　フィレンツの森は立ち入り禁止になっていると思うのですけれど」

身なりから暮らしに困窮しているようには見えない。服も髪もしっかり手入れされている。

自分で薬草を取りに来なければならない身分とは思えなかった。

マリアンヌの問いに、少女は体を硬直させる。

言えない事情があるのか、視線をきょろきょろと彷徨わせてから、困ったように微笑んだ。

不器用な笑顔を向けながらも、マリアンヌは徐々に警戒を始めた。

もしかすると、この少女が公国の罠の可能性もあるのだ。

先ほどの流れが策略で、油断させて暗殺しようとしているなんてこともありえなくはない。

うんうんと唸っている少女を油断せず見つめていると、少女は決心したのか目に力を込めて、マリアンヌに背中を向けた。

疑問に思っていると、少女の白い肌が奇妙に蠢き、次の瞬間、肌を突き破って大きな蝙蝠の翼が広げられた。

「なっ――――！」

マリアンヌは膝をついた姿勢から一気に飛び退いて武器を構える。

ベルトロイたちも少女の変化に気付いて腰に提げた剣に手をかけた。

その体に似合わぬ大きな蝙蝠の羽を一度二度とはためかせ、ゆっくりと振り向いた少女は悲しげに眉を顰めていた。

「私の名はフィルミリア。住んでいた土地を追い出された、惨めな魔族です」

知性のある魔物は神聖の影響を受けない。善であろうと、悪であろうと。

「殺せ」

ミラ・サイファーは、フィルミリアの翼を見て開口一番にそう言った。

「できません」

怯えるフィルミリアを背中に隠して、マリアンヌは円錐状のランスを構えている。

フードの奥から氷の眼光を放つミラは、腰に差した剣をゆっくりと抜き、

「殺せ」

もう一度命じた。

「彼女はラドル公国とは無関係です。殺める理由はありませんわ」

「魔物は殺す。それが勇者の、本来の存在意義だ。蝙蝠の翼は悪魔の象徴だぞ？　子供の外見に絆(ほだ)されたか。公国の手先かどうかなど今は関係ない。魔物は殺すべき存在だ」

彼女たちは勇者候補だ。勇者になるべく育てられた対魔兵器だ。呪いの祝福を受けた人間だ。それが殺すべき魔物を庇(かば)うなど、ミラには許せるものではなかった。

「小隊長、俺も反対です。この子はまだ子供ですよ」

「そうっすよ。まだこんな小さい子なんすよ？」

「貴様はゴブリンの子供を見て情けをかけるのか？　いずれ人に危害を加えると分かっていて、それを見過ごすつもりか！」

なにより気に食わないのは、ベルトロイとポウルまでフィルミリアを守る側に付いたことだ。魔物によって多くの力なき者が被害に遭い、年間でかなりの死者が出ていることを知らないはずがない。

どれほど恐ろしく、害悪であるか、知っていてこの愚行では到底看過できない問題である。

「私は……ミラ小隊長の意見に賛成です」

「リーヴァル！」

「ベルトロイ、この子が公国の魔物じゃない根拠はどこにあるんだ。彼女がそうじゃなかったとしても、もし公国に人間を拐(かどわ)かすようなのがいたら、一体どうするつもりだ。それでもまだ殺すべきじゃないと言えるのか？」

リーヴァルの問いに、ベルトロイは否と答えることはできなかった。

ミラの考えは間違っていない。

今この瞬間にも、フィルミリアがマリアンヌを殺したって不思議じゃない。

それが魔物だ。だからこそ人類の天敵だ。

ベルトロイも、ポウルも、マリアンヌも、動こうとはしなかった。

「私が責任を持ちますわ」

「っ……マリアンヌ、お前がそんなに愚かだとは思わなかったぞ」

「魔物に亜人や獣人を含めるのか。そんな議論が今も存在しているのは、彼らが文化を持ち、私たちと意思を交わせるからでしょう？　ミラ、貴女は彼らも魔物と呼ぶのですか？」

「悪魔と獣人は違う」

「いいえ、括(くく)りとしては同じです」

今度はミラが忌々しげに口を噤(つぐ)んだ。

マリアンヌの言うことも一理ある。

獣人も亜人も魔物と見做(みな)すのが男神ザハナを祀(まつ)るアルマ聖教であり、逆に人間を認めないのが女神ゲルハを祀るゲルハ教だ。

そして、そのどちらも受け入れるのがアーゼライ教とされてきた。

昨今の神都の横暴によって亜獣排除の動きが見られたが、正しく教義を守るマリアンヌにとって、知性高き魔物は受け入れるべき存在だ。

これはアイデンティティの問題であり、ミラは言葉で覆せるものではないと感じてしまった。

——いや、何か大切なものに杭(くい)を刺された気がした。

「いいだろう」

「ミラ様！」

「但し、私の邪魔をしたり、危害を加えたりしてくるようならお前たちの手で処分しろ」

「ええ、ありがとうございます」

認めたわけではない。今すぐにでも斬り捨ててしまいたい思いはある。

だが、少なからず認めている唯一の相手にそこまで言われては、引き下がるしかなかった。

マリアンヌはそれをミラからの信頼の形として受け取り謝意を示すと、ミラは舌打ち一つで返答し、リーヴァルを連れて先へと進んでいった。

「あ、あの……」

か細い声でフィルミリアが尋ねる。

「ごめんなさいね。あんな目に遭った後でまた怖い思いをさせてしまいましたわ」

「私、大丈夫ですから。自分で……」

「また襲われる危険もありますから、せめて神都に着くまでは一緒に行動いたしましょう？」

今度は自然に笑えたマリアンヌに、フィルミリアも目尻の涙を拭いながら嬉しそうに笑う。

二人の和やかな様子を見ていたベルトロイとポウルは、先に進んでしまった二人のことを思い出して憂鬱な溜め息を零した。

「どうするよ……」

「どうもこうもないだろ。あの子を連れながら神都に向かうだけだ。それとも、ポウルは間違ったと思ってんのか？」

「んなわけねーけどよ……」

ただ、大事な作戦の最中に仲間割れを起こしてしまうのは如何なものか。

なら少女を殺せば解決するのかとはならない。それを認められないからこうなったのだ。

フィルミリアが人間だったとしても、連れて行くべきかどうかで揉めていたかも知れない。

そう思うことで、ベルトロイたちは自分たちを正当化しようとした。

「あの……本当に、私も一緒でいいんですか？」

マリアンヌから離れたフィルミリアが、罪悪感に押しつぶされそうな表情で聞く。

彼女も自分の境遇を理解できる敏(さと)さがあるようで、これからの彼らに迷惑がかかると察していながら、どうすればいいか分からないといった様子であった。

一つ一つの仕草に庇護欲がくすぐられるのは、完成された幼さを持つからなのだろうか。

未成熟で整っている子供を見て、将来を思うことはあるが、フィルミリアは今この瞬間が彼女の最も完成された時間だと思わせる。

艶(あで)やかな黒髪に白磁の肌。年不相応なスタイルを飾る黒いドレス。翼も彼女を引き立てるために必要なアクセサリーに見えてくる。

実に人間らしくなくて、実に魔物らしいフィルミリアに、マリアンヌたちは目が釘付けだ。

「大丈夫。安全なところまでは送り届けるから」

「グス……ありがとう……」

また潤(うる)んだ目を手の甲で擦り、菫(すみれ)のように小さく微笑む。

ゴクリと、ポウルが生唾を飲み込んだ。

「それじゃあ行きましょう。さ、私と手を繋ぎましょうか」

マリアンヌはランスを布に包んで背負うとフィルミリアと手を繋ぎ、ミラたちを追った。

彼らには背の低いフィルミリアの俯(うつむ)いた表情を窺い知ることはできない。

従順を装った怪物の凄絶(せいぜつ)な表情は、怒りのようで、焦りのようで、不安のようであった。

（カロン様……私は貴方様のお言葉に従いましょう。それが正しいかは分かりませんが、貴方様がいる限り、その想いに応えようと思います。だって……愛してますからね！）

澄み切った青い愛ではなく、淀んでドロドロになった黒い愛。

生きようとも、死そうとも、骨の髄まで愛し、赤い花で寿ぐ。

それがフィルミリアの選んだ答えである。

この勇者候補たちの首がテーブルに並ぶかどうかは、全てカロン次第である。

（私の枷が外れないことを祈ってくださいませ、可愛い勇者の卵さんたち）

それまでに、喜んで死にたくなるほど骨抜きにしてあげようと、フィルミリアは暗い暗い紅の瞳をコールタールのように潤ませて、薄幸の少女を演じようと自分に言い聞かせるのだった。

◆

三日間の行程の中で、ミラ一行とフィルミリアの距離は近付いていった。

行動を共にして寝食も一緒となれば会話はどうしたって多くなるし、公国の手先に五度も襲われて危機を脱したりすれば、自然と結束も強まっていく。

神都ディルアーゼルの歴史と伝統を残す街並みは、アーゼライ教の本拠地に相応しい。

肩から白いケープを提げた住民たちの暮らしや、純白のフルプレートの神聖騎士の威厳ある姿が一層引き立てていた。

彼らは、至って平穏な日々を過ごしている。

王国の騎士が来ることも、公国が狙いを定めていることも、まるで知らないとでも言う風に。

だから、外套を頭から被った六人が訪れても、巡礼者としか思わないようで、ほんの少し好奇の視線を向けるだけで怪しむようなことはしなかった。

神聖騎士はさすがに気にしているようだが、それでも監視はしてこない。

「まずは第一段階をクリアしたが、ここからが私たちの本題となる」

路地裏で身を寄せたミラたちが、人の目を気にしながら小声で話す。

「これから情報収集、ですよね」

「なんだ。仕事は覚えていたか、ベルトロイ・バーゼス。その通りだ」

ちくりと釘を刺されて、ベルトロイは頬を引きつらせた。

「ミラ」

「……遠征部隊が来るまで二日ある。その間、この神都の実情を調べ上げるぞ」

気になることは山ほどあるのだ。

老若男女問わず、住民全員に施された首の刺青(いれずみ)。

以前よりの精強に感じられる神聖騎士。

公国軍の工作。

神殿の現在。

たった二日で調べるには、あまりにも気になる点が多すぎる。

「チームを分けるぞ。私とリーヴァル・シュトライフで行動する」

「……そう。じゃあ落ち合う場所は宿でいいのかしら？」

「そうだな。夕方には必ず戻るようにしよう。何かあれば魔術なり使って知らせてくれ」

「了解っす」

「範囲はどうします？」

「そうだな……神殿には極力近づかないようにして、お前たちは街を中心に調べてくれ。私はそれ以外の、エルフたちを探る」

遠征部隊が神殿を調査し、その報告を受けてから帰還するのが任務である。

その前に怪しまれては全てが水の泡だ。

「その魔物も、どうするか考えておけ」

最後にそう締め括って、ミラはリーヴァルを連れてすぐに移動を開始した。

黙々と神都の頂を目指し、遠くから神殿に出入りするエルフを確認して、今度は神殿の裏手にある道を下りる。

道中、リーヴァルはミラに話しかけることができなかった。

怒っているようには見えないが、何か思い詰めているように感じていた。

(勇者、か)

フィルミリアが現れてから、ミラは自分の存在意義に強い疑問をいだいているのだ。

魔物を殺すことが勇者の本懐であるはずなのに、その魔物を擁護するマリアンヌの言葉に明確な反論ができなかったことが心に刺さっている。

獣人も亜人も魔物だと言い切れなかったのは、ミラが貴族として外交も学んでいるからだ。

(私は、何者になれるんだ?)

勇者としても貴族としても中途半端では、本当の出来損ないではないのか?

父の意に従いながらも、自分の思い通りに生きていたつもりが、実際は一から十まで父の掌の上で踊らされていたのではないか?

結局、乱暴だけがミラ・サイファーであって、それ以外は本当に失敗だったのではないか?

ゼンツ・バウムとの婚約がその証拠だろう。全て見破られていたのだ。

じっと燻っていた反抗心など、意味がなかったのだ。

最後に残った、女の価値だけが、失敗作の行き着く先なのだろうか。

「小隊長」

声をかけられて、ミラは反射的に振り向こうとしたのを理性で止める。

「どうした」

「いえ、何か妙な気配がある気がして」

被った外套の端を摘んで目元を隠しながら、ミラもその気配を探る。

確かに、それは妙だった。

街の中心部から外れているとはいえ、周囲には家が並んでいて、少し前まで人の姿もあった。

なのに、今は誰の気配も感じられない。

道を歩いてくる人もいなければ、家の中の話し声も聞こえない。扉も窓も締め切られて、ここだけ世界が断絶したかのようだった。

「魔力反応はない」

「つまり、何かで私たちが隔離されたわけではないと？」

「多分な。相当に……それこそ、カランドラの大魔導師となれば分からんが」

もしくは、あの刺青の力が使われたか。

「一体何が――」

困惑するリーヴァルだったが、麓の家屋から放たれた強大な魔力の奔流を感じて言葉を忘れた。

体を押し潰すような強力な波動は、森で出会ったエンヴィーキャットの比ではない。

ミラはすぐに背負っていた布巻きの剣を抜き放ち、その発生源の方へと駆け出した。

今度こそ、自分が勇者として相応しいことを証明したいというように、ミラはリーヴァルのことも忘れてがむしゃらに道を駆けた。

迷わず走り抜けて、目的の場所に続く道の角を曲がり、ミラは素早く剣を構える。

「……は？」

そこにいたのは想像していた異形ではなく、人間の男だった。

男は仕立ての良い漆黒の軍服に、光の加減で紫にも見える黒いコートを着ている。

塀に寄りかかって地べたに座っているが、まるで死んでいるように力なく項垂れていた。

うっすらと開いた男の目は虚ろで、何を見ているかも定かでない。

それは、春に蔓延する病の特徴によく似ていた。

起きていても意識が混濁している様子から、病状は末期に近いと分かる。

だがそんなことよりも、ミラは何が起こっているかが分からず動けなかった。

公国の手先にしては貧弱で、神都の手先にしては意味がなく、あの魔力を放てるはずがない。

しかし、身なりの良さから只者ではないように思えた。

どう判断していいか分からず警戒するしかないミラだったが、突然男がぐぐっと動いたのを見て咄嗟に剣を突きつけた。

十メートルほど距離のある、意識のない男に剣を向けても意味などない。

だが、ミラは身なりのいい男から、不思議な温かさを感じていた。

「……」

男は、本来なら動けないはずの体で立ち上がると、足を引き摺りながらゆっくり歩き出した。

長い黒髪の隙間から覗く曇った虹彩の双眸が、見えていないはずなのに、真っ直ぐミラに向けられている。

ミラは動けない。

金縛りにでもあったように、男から目が離せない。

魔物を狩れと囁く声よりも遙かに強い欲を、体に流れる勇者の残滓が叫んでいた。

「っ！」

ぐらりと、男の体が傾いた。

男の視線が切れた途端に自由になったミラは、駆け寄って男の体を抱きとめた。

高揚感は不思議と強まる。求めていた安らぎを得たような安心感が胸を満たす。

「眠り病か。この時期に？」

この時期にセルミアの花が見つかるものじゃないし、保管している物好きもいない。

過去どれだけ遡っても、季節外れの眠り病が確認された例がないのだ。

「……そうか」

抱きとめた男の呼吸音を聞きながら、ミラは空いている手を胸元に差し込むと、そこから形見のロケットを取り出した。

名残を惜しむように鼻へと近づけて香りを嗅ぎ、男を見る。

なぜか、この男にならば使ってもいいと思えた。

「まったく、ひどい日だ」

ミラがロケットを開いて中を見る。

そこに入っていたのは、古ぼけた女性の絵と、枯れて褪せたセルミアの花だった。

◆

カロンの容態が悪くなっていく様子は、魔物の目からでも見て取れるほどとなっていた。

豪華なベッドに一人横たわるカロンはあの日から一度も目を覚ましておらず、安らかだった呼吸も徐々に浅くなっていっている。

食事も水分も摂れないせいで手足はゆっくりと痩せ細り、世話をするキメラたちは不安と心配に胸を締め付けられながら、涙ながらに身の回りの世話をしていた。

「どうすんだよ」

再び集まった円卓の間にて、腕と足を組んだ姿勢で椅子に腰掛けるグラドラが重苦しい声で集まった皆に尋ねる。

【クロセル】、【真祖】、【饕餮】、【フクスカッツェ】、【覇王鬼】、そして【アノマリス】。

錚々たる面々が、過去に例を見ない険悪な空気で円卓を囲んでいた。

「ジジイ。さんざん実験してんだから、何か使える薬は見つかってねえのかよ」

「……どれも傷や状態異常に関することしか調べられないのでね。カロン様の患っている病気に何が効くかは分からんのだよ」

「それでも、何かしらあるだろ」

「カロン様の御身を実験台にしろと言いたいのかね？」

普段飄々としているアルバートでも、この事態に役立てないことには歯痒い思いをしている。

指摘されても仕方ないとは思いながらも、苛立ちを握り締める杖に発散させていた。

「それなら、あのエルフの少女が言っていた薬草はまだ見つからないのかね。人間の目を避けながらでも相当な数を動員しているではないか？」

今度はアルバートがルシュカへと矛先を向けた。

ルシュカもまた、アルバートと同じように拳を握って発散させながら努めて冷静に答える。

「ドリアードやトレントなどの植物系も投入して、現在コルドロン連峰を調査中だ」

「もっと範囲は広げられないの？　もう王国だとか気にしてる状況じゃないでしょ」

「だが、カロン様のご命令が下っている」

「――っ！　ならば君命に従って主の逝去を見届けるが臣下のすべきことと申すか！」

「黙れ五郎兵衛。そう思うなら、いの一番にカロン様の言葉に背いてみたらどうだ？　貴様にできるのか？　あ？」

「ぐ……」

皆、心の中では思っていたことを感情に任せて口にしたが、ルシュカの反論には誰も手を挙げたりしない。

これまでカロンが国の全てを取り仕切ってきたのも理由の一つだが、あの日演説の場で宣言した想いを裏切ってしまうことを恐れていた。

彼らにとって王は存在意義そのものである。

助ける行動だとしても、命令に逆らったとして拒絶されたら存在の意味を失くしてしまう。

これまでとは違う明確な命令違反。

王の意志に明らかな反抗と見做される行為を行う決断ができない。

アルバートでさえも、その恐怖は止まった心臓を握り潰されるような苦痛なのだ。

「残り一つを見つける前に、今ある材料で調合させるのはダメなの？」

「バカネコギツネ。効果がなかったらどうすんだよ。見つかった時に量が足りないって問題が起きたら？　リスクを考えると迂闊に使うわけにいかねえだろ」

今伝わっている調合で確実に治る病ではある、とリーレは言った。

言い換えれば、用法を誤れば完治する確率が下がることを意味している。

失敗は許されないが、傍観を続けるのも許されはしないだろう。

「神都のエルフも動員して……」

「やりすぎれば王国に勘繰られることになんだろ。そんならいっそ、カロン様から指示されていない東の山向こうに手を伸ばすのはどうだ」

「主の意図せぬ開戦を持ちかけることになるやもしれんぞ」

「じゃあ、山の季節変えちゃうのは？」

「その規模の能力を持つのは天空連環（てんくうれんかん）と地下伽藍（ちからん）にしかおりませんからな。我々の指示に素直に従うか怪しい者どもを解放するのは勧められませんが」

「ならカロン様の命令対象ではない他の大陸ならば侵攻してもいいんじゃないの？」

「人類と我々の全面戦争待ったなしでござるな」

「神都に持ってる人がいるかどうか魔術で調べるとかできないのー？」

「花の見本もないのに術が組めるわけあるか！」

「じゃあどうするっていうのさ！」

「それを今考えてんだろうが！」

それぞれが時間をかけて思いついた考えを口にするも、言った側から否定されるせいで議論は更に白熱していく。

カロンに従うだけのＮ　Ｐ　Ｃ（ノンプレイヤーキャラクター）だった昔と、自由な思考を表せるようになった今。

彼らにとって、この自由はあまりにも苦しすぎた。

纏（まと）まりは失われつつあり、王への畏敬が仲間の和を乱し始めている。

この状況をどうにか修正し、最善の方法をすぐにでも見つけなければならないと、ルシュカは武器まで持ち出して加熱する団長たちの様子を眺めていた。

まだ仲間を罵るだけの無意味なものにはなっていない。何処かでタイミングを見て――

ルシュカがそう考えていたところに、勢いよく扉を開けて転がり込んできた何者かによって全てが一時停止した。

「げほっ、げほっ！」

外からの光で照らされた床の上に転がっているのはハルドロギアだった。

傷を負ってはいないが、ひどく疲弊した様子だ。

「え？　ハルちゃんどうしたの……？」

彼女の役目はカロンと王城の守護だ。今の状況下でカロンの側を離れるはずがない。

それに、どうしてハルドロギアがこれほど息を荒らげているのか。

ルシュカの脳裏に、ふと嫌な予感が浮かび上がった。

「っ……は、っ！　大変なの！　お父様が……攫（さら）われた！」

必死なハルドロギアだが、皆耳を疑った。

外部から侵入も侵略もうけていないのに、攫われるなんて馬鹿なことがあるのかと。

ルシュカの中で、次第に予感が膨れ上がっていく。

白い獣の姿がちらついたところで、ハルドロギアは絶叫に近い声でその名を告げた。

「梔子姫が、お父様を連れ出したのよ‼」

予感が確信へと変わる。

「くそっ！　だから引き合わせたくなかったんだ……！」

アレはそういう獣だ。

晦冥白狐（かいめいびゃっこ）は壟断（ろうだん）の果てに生まれた怪物だ。

梔子姫は死骸さえも自分のものにしてしまう女だ。

カロンが生きれば従うだろうが、もし死ねば何にも囚（とら）われなくなる。

「だから外郭に閉じ込めておくべきなんだ！　くそっ……どこに向かった」

「多分……神都よ。止めにきたリュミエールから聞いたんだけど、その少し前に話をして、そこでミャルコが、見つけたかもしれないからリーレに聞こうって、言ったらしくて……」

体の形状を維持できないほど消耗しているようで、体を起こすハルドロギアの腕が床と同化しかけている。

負傷していないので戦闘にはなっていないようだが、室内戦最強格のキメラがここまで消耗させられたのを見ると、相当な弱体魔術を連発されたようだ。

「ど、どどどどうすんだよ！　あの馬鹿マジか！　え、カロン様助けねえと！」

「いやいやいや、まずいって。もう何がまずいかも説明できないくらいまずいでしょ」

頭を抱えるグラドラに、半分放心状態の守善。

「王様どうなっちゃうの⁉　梔子ちゃんとしてるの⁉　あうあうあうあう」

エレミヤはあわあわと気が動転し、アルバートは高笑いしているが目が笑っていない。

「どうするでござるか、ルシュカ！　ルシュカルシュカ！　拙者……ルシュカ！」

「ぶち殺されたくないなら少し黙ってろ！」

「はいすいません！」

誰も想定していなかった事態に思考停止した五郎兵衛がルシュカに詰め寄ると、ルシュカは円卓を壊しかねない力で拳を叩きつけた。

(恐らく梔子姫は、まだ勇者候補に手出しする気はない。カロン様がご存命の間は計画を全て破綻させることも恐らくはしないだろう。

(ああ、もう！　カロン様がどれだけ我々を纏めるのに苦心なさってるかがよく分かったよ！)

こうなると、王の補佐を務める自分が決断しなければならない。

忌々しげに体を震わせながら、ルシュカは仄暗い声で皆に告げる。

「……総意なきままに動けば軋轢を生むことがよく分かったなぁ」

「いや、そこじゃないでしょ」

「とにかく！　今は静観するしかない。梔子もカロン様が危険に陥るのを見過ごしたりはしないはずだ。何をするかは……想像できるが、尚更手出しするわけにはいかん」

「それは……手をこまねいていた我々が笑われる結果に終わるのではないかね？」

「知るか。情報が本当で、その勇者とやらが助けてくれるのを待つしかあるまい」

「もし助けてくれなかったら……？」

「その時は決まってる。梔子も分かっている。昔、カロン様も仰っていただろ」

殺してでも奪い取る、と。

カロンは、夢を泳いでいるようだった。

心地よくて、いつまでも春のような微睡に浸っていたかった。

「つく……《リシュラの茨》、《呪縛呪印》、おまけに《山河社稷図》とか、馬鹿なの貴女！」

「んにゅにゅにゅ……体重いにょおおお」

「レコグニド！　早く梔子止めてちょうだい！」

「無理、にゃあああ」

ただ、その眠りを妨げようとする声がする。

もうどれだけ眠っているのか分からないが、このまま休ませてほしい。

久しぶりにゆっくりと眠っているのだ。

そこで一度思考が飛んだ。

「ごめん……ごめんねぇ、カロン。僕にはこんな方法しか思いつかなかったんだ……」

次に意識が浮上した時、大声で泣く女の声がした。

「怒ってくれていい。嫌ってくれていい。無視しても、追い出しても、殺してもいい！　でも、僕を一人にしないでくれよぉ……」

甘えた情けない声だ。

ルシュカでも、そんな声を出したことがないのに。

「ルシュカは君の愛した全てを愛している。ヴェイオスは君の一生を愛している。でも僕は、二人みたいに器用じゃないんだ。僕は君がいてくれないとダメなんだよ……」

まともに見えない視界にぼんやりと捉えたのは、みっともないくらい泣き腫らして、それでも美しい白髪の大和撫子が、両頰を優しく触っている姿だった。

（……ああ、梔子か）

泣くなと言いたくても声が出ず、触れようと思っても手が動かない。

「ああ、カロン……っ、来たか。もし聞こえてたら覚えていてくれ。僕はずっと君の側にいる。ずっとだ。もし君が危険になったら、君が求めたなら、僕はカロンが望む物になるから」

そう言って、名残を惜しみながら離れた梔子姫は、水で色を落とすように姿を消していった。

（おい待て。置いていくな）

春のような微睡だけど、なんだか奥底に濁流（だくりゅう）のようなノイズがあって怖いんだ。

完全に消えてしまった梔子姫を捜すように、体が満足に動かないのを感覚的に知りながら、それでも意地で立ち上がった。

歩けたのはたったの三歩。それを、誰かに抱きとめられる。

（なんだろう……眠るより、暖かいな）

そこで、今度こそカロンの意識は深く沈んでいくのだった。


ミラとリーヴァルは、男を連れて宿へと戻り、急いで薬の用意を始める。

なぜか男の服にはセルミアの花以外の材料が詰め込まれており、まるでミラが助けることを見越しているようだった。

しかし疑問に思う暇はない。

なんとしても助けたい思いがミラにはあり、完成した薬を飲ませることにも躊躇しなかった。

結果として二人は一日を正体不明の男に使い切り、今は安らかに眠る男を挟んで、月明かりに照らされる夜の神都を眺めていた。

交わされる言葉は、当然眠る男のことになる。

「普通に考えて、神都の人間じゃありませんよ？　刺青がない。もし公国の人間だったら……」

「それはないだろう。普通に考えて此処にいるのがおかしいとして、普通に考えてあんな目立つ格好でこんな場所にいるのもおかしいだろう。あれで人に紛れてるつもりなら相当だな」

「それも擬態とか。小隊長に抱きついたのだって、その……」

「私を前にして呑気に眠る作戦が擬態か？　それに、眠り病に罹っていた説明がつかないぞ」

「それはまあ、確かに……ですが、どうして今の時期に……いえ、では、どう思われますか？」

ミラは血色の良くなってきた男の顔を見る。

リーヴァルに比べたらかなり平凡で、少し歳のいった顔だ。

「恐らくは貴族だろう。それもかなり上流のな。身に着けている物はどれも値の張る逸品だ。こんなもの、リフェリスでも手に入らない」

見たことのない紋章が刺繡されたコートや黒い軍服の生地に限らず、細やかな飾りから袖のボタン一つまでが一級品だ。

「そんな男が伴も付けずにこんな場所にいるか？　伴が側を離れるか？　いくら神都がアーゼライ教のお膝元とはいえ、貧民街もあるような所だぞ？　不用心が過ぎる」

「では、何者かの手によって彼はあの場所に運び込まれたと？」

「ああ」

「……もし本当に他国の貴族だとすれば、面倒な話になってきますね。神都での問題に巻き込まれて死亡したら、間違いなく王国にも飛び火します。ただの戦争だけではなく、その後の火種まで仕込んでいるなんて」

「あの魔物は知らんが、こっちは護衛しないとまずいだろ」

「小隊長に賛成です。素性が不透明すぎて、憶測でも放っておくのは恐ろしい」

本当に面倒なものを拾ってしまったと、ミラの口から疲労が漏れる。

フィルミリアは途中で拾った小石だから、もう一度捨てても問題ないが、この男はそれよりも扱いの難しい一級品の宝石だ。

誰が欲しがっていて、誰が盗られて怒っているか分からないだけではなく、紛失したりすることで責められる危険があると迂闊に捨てられない。

ミラはもう一度男を見る。

「そういえば、ベルトロイたちから連絡は来たか？」

「いえ。酒場を見てきますか？」

「頼む」

リーヴァルが席を立って部屋を出たのを見送って、ミラは男に覆い被さるように顔の横に手を付いてじっと観察する。

それだけで、自分を縛りつけているしがらみが解けていくような、奇妙な安心感を得る。

(お前は、なんなんだ)

言葉すら交わしていないのに、どうしてこんなにも心を掻き乱してくるのか。

「……そろそろ、次を飲ませないとな」

ミラは体を起こすと、側のテーブルに置いてあった緑色の液体を口に含んだ。

ミラたちがカロンに薬を与えていた頃。

ベルトロイ、ポウル、マリアンヌ、そしてフィルミリアの四人は、住民から聞き込み調査をした後に神殿へと向かっていた。

ミラからは神殿に近づかないよう指示されていたのだが、あまりにも街から得られる情報が少なすぎたのだ。

住民たちから聞いた話では、エルフが来てから暮らしが良くなったと一様に言う。

今まで元老院や神聖騎士の行いに少なからず加担しておきながら、そんなことはなかったとでも言うように笑顔で話されると、とても普通とは思えない。

首の刺青によって、彼らの記憶が改竄（かいざん）されているのは間違いなかった。

「これだけのことをしていて平和なのが嫌ですわね」

「いいことだろ」

「そうですわね。都合の悪いことを忘れられるのは確かにいいことですわ」

坂を登りながら、布に包んだランスの柄と、外套を被ってキョロキョロ辺りを見回しながら小さい歩幅で歩くフィルミリアの手をしっかりと握っている。

神都を詳しく知るマリアンヌには、この平穏さは警戒を強めるに足るものだ。

ベルトロイとポウルはそこまで感じていないようだが、マリアンヌは住民と会話するだけでもハラハラしている。

今になって彼らに説明しても理解されないだろうし、理解させるには相当に時間を使うので、この状況を正しく察している自分がしっかりしなければと気を張っていた。

ただ、時折少しの安らぎを求めてマリアンヌはフィルミリアに話しかける。

「ミリアちゃん、大丈夫？　疲れてない？」

「平気です。皆さんの邪魔になるわけにはいかないですから」

フィルミリアは、気丈にも笑顔で返す。

家に帰れない不安もあるはずなのに、フィルミリアは変わらず明るく振る舞っている。

その健気さがマリアンヌの活力となっていた。

人も魔物も命を持つことに変わりはない。ましてや意思を通わせられるのであれば、言葉で解決できることも多いはずだ。

ミラの怒りが分からないわけではないが、マリアンヌは信条を曲げるつもりはなかった。

なにより、可愛いし。

ただ、一つだけ懸念材料がある。

「こう見えて体力はあるほうなので！」

「そっかー、すごいねミリアちゃんは。つっても歩きっぱだしなぁ。どっかで休まねえ？」

「お、おう……」

この二人だから、二つと言うべきか。

ポウルはフィルミリアに対して明らかな好意を持って接しているのが気に食わなかった。

ベルトロイも控えめではあるが、たまにフィルミリアを見たまま視線を外さない時がある。

マリアンヌがじろりと睨みつけると、二人揃って気まずそうに視線を逸らした。

(これだから男というのは)

確かにフィルミリアは可愛いが、そこまで夢中になるのはいかがなものか。

彼女が魔術を使っている様子はない。魔物の特性も魔力が発生するが、それも感じない。

だからマリアンヌはフィルミリアを信用している。それくらい考えている。

断じて、小動物のような愛くるしさにハマったわけではないのだ。

とはいえ、一度休む場所がほしいのは同感だった。

もう神殿は目と鼻の先だ。坂の途中では座れる場所も見当たらず、そのまま登ってしまう方が休める場所を見つけやすいだろう。

そう思って先に進むことを促そうとして、

「あのっ！」

背後から聞こえた声に、ベルトロイたちは素早く武器を構えて振り返った。

「こ、この街の人じゃ……あ、ありませんよ、ね？」

声の主は美しいエルフだった。

隅々まで磨き上げられているからか、陽の光を浴びて髪も瞳も黄金に輝いている。

リフェリスのエルフが身につける伝統衣装は慎ましい彼女の体を覆っているが、失われた左腕と全身に刻まれた黒い刺青は隠せていなかった。

息を詰まらせながら何かを訴えようとするエルフは、怯えたように周囲を見ている。

「た、助けてください……！」

怯えからくる震えか、エルフの女性の膝は笑っており、立っているのも精一杯のようだ。

マリアンヌはすぐに考える。

(罠ですわね)

以前の神都は、エルフが大手を振って街中を歩くこともできなかった。

それなのに、彼女は姿を隠すこともなく堂々と道の真ん中にいる。

さらに言えば、エルフは決して人に救いを求めようとしなかった。正確には抑止されていた。

この街が変わったのは間違いなく、だからこそエルフの助けを求める姿が間違いないのだ。

しかし、これはまずい。

拒絶することが正解とも思えないからだ。

これが罠だと仮定するなら、声をかけられてしまった時点で正体を知られている証拠になる。

罠ではなかったとしても、支配されている住民にこの光景を見られている時点で手遅れ。

(騎士に怪しまれるより厄介ですわ！)

爪を噛みたい衝動に駆られながら、マリアンヌは最善の選択を模索していた。

が、

「どうしたんですか？」

「私の娘が……とにかく、助けてください！」

「分かりました！」

「え……ええ⁉」

マリアンヌを抜きにして話がトントン拍子に進んでいき、ベルトロイとポウルが我先にと飛び出してしまった。

走るエルフを追う男二人。置き去りにされた女二人。

呆然とするマリアンヌは、一瞬で巡らせた考え全てを台無しにされた衝撃で動けなかった。

「ちょっとお待ちなさい！」

「マリアンヌさん、私たちも行かないと！」

「〰〰〰っ！」

フィルミリアにも急かされて、ここで分断される方が危険だと判断したマリアンヌは、苦々しげに奥歯を噛み締めて追いかけた。

フィルミリアを助けた時からベルトロイに正義への執着があるとは思っていたが、ここまで向こう見ずとは思っていなかった。

若さと言えるほど年の差はないが、経験の乏しさが夢見がちにさせたのだろうか。

いや、勇者候補は皆そうだ。

現実に押し潰されて、ちょっと力のある騎士に落ち着くまで皆こうだ。

彼らが新米なことを失念していた自分の甘さを恨みながら、神殿の裏にある隠し扉の中へと進んでいく。

中は外からの光しか頼りにならない暗い通路だった。

激しい靴音から、ベルトロイたちが奥に進んでいるのが分かる。

マリアンヌの足はピタリと止まる。そのまま走ろうとしていたフィルミリアの手が離れた。

「マリアンヌさん？」

「ミリアちゃん。これ以上備えもなく進むのは危険ですわ。暫（しば）しお待ちになってくださいな」

誰が見ても怪しい。

エルフの言葉が事実であっても、無策で飛び込むのは無謀だ。

マリアンヌは外套を脱ぎ捨ててランスの布を解き、重鎧がない不安を抱えながらも土の魔術を発動させる。

マジックスキル・土《アースウェーブサーチ》
土壁に微弱な振動を与えてソナーのように内部を探査し、隠れている者を暴こうと試みる。

狙うとすれば廊下の奥でベルトロイたちを、と考えていたマリアンヌだったが、サーチの反応は思いも寄らない近い距離に現れた。

それはフィルミリアと、もう一人。

「動くな」

自分の真後ろから声はすれども、姿は見えない。

「武器を捨てろ」

諦めたマリアンヌは手から魔法陣を消して、握っていたランスを地面に落とす。

長い円錐の穂が、ガランガランと大きな音を立てて転がった。

「エルフが魔術に長けているとは知っていたつもりですが、想像以上ですわね」

透明化の魔術《ヴェルドウェイヌン》だけなら察知できたが、恐らく背後の人物は移動系の魔術で急速に接近したのだろう。

「《クイックリバレイト》か何かかしら？」

「残念。《ファストスキャッター》だ」

「あら、一段階上ですのね」

加速のマジックスキルは当たったが、それより上位のものを使えるのは想定外だ。

マリアンヌは長いツインロールを手で払いながら、徐々に姿を現した相手を見た。

迷彩が剝がれるように、ひび割れた景色の欠片(かけら)が風に吹かれて魔力へと還元していく。

首筋にナイフを突きつけている半面が爛(ただ)れたエルフは、ちらりとフィルミリアを見てから、マリアンヌを突き飛ばして先に進むよう指示した。

「信じてもらえないだろうが、我々は傷つけることはしない」

「つまり、私たちの正体を知っているのですね？」

エルフは返答を避けた。十分な答えだった。

「では、この子を逃がしてはもらえませんか?」

「それはできない。お仲間のところに駆け込まれても困るからな。それに、何度も言うが危害を加えるつもりはない。暫く大人しくしていてもらうだけだから問題はない」

「それは乙女にとって辛いものがありますわ」

「私はこの比ではないほど辛い目に遭ってきたが、こうして生きている。大したことじゃない」

寒気がするほど重い実感の込もったエルフの声に、マリアンヌは抵抗を諦める。

繰り返して危害を加えないと言うのを信じるほかないし、これ以上このやり取りを続けて機嫌を損ねてしまうのも心配だ。

「分かりましたわ」

「では、進んでくれ。お……お嬢、さんも」

フィルミリアに詰まるような言葉遣いで指示を出し、エルフはマリアンヌの背中を押して暗い廊下の奥へ押し込んでいった。

狭く暗い廊下の先では、女のすすり泣く声が聞こえる。

耳をすませば、励ましたり同情したりする男の声もする。

(ああ……そういう)

鉄格子の扉が開いた部屋に案内されれば、隅で蹲って泣き崩れる隻腕のエルフを励ますベルトロイとポウルが小さな蠟燭だけが灯る中に浮かび上がっていた。

「うぅ……そんな……」

「一緒に捜しましょう! もしかすると、そう遠くないところに——」

「アレナ、もういいわ」

「え？　誰……って、マリアンヌにミリア？　その人は……」

実に予想通りの展開とやり取りに、マリアンヌは額をそっと押さえた。

陳腐な茶番に、自分もその一端を担ってしまったことが恥ずかしい。

アレナと呼ばれた隻腕のエルフは、仲間の声を聞いてピタリと泣き止み、何事もなかったかのように立ち上がって部屋の外へ歩き出した。

豹変（ひょうへん）したアレナに目を丸くする男二人は、まだ事態を把握していないらしい。

首筋からナイフを退けられて、マリアンヌも部屋に入れられる。

ただ、フィルミリアだけは部屋の外で手を摑まれていた。

「約束が違いますわよ！」

「危害を加えぬ約束はしたが、同室にする約束はしていない。魔物の監視は厳しくせねばな。ああ、時々話をしに来てあげよう。大人しくしてくれる対価として、知りたいことがたくさんあるだろうからな」

ガシャン、と大音をたてて鉄格子が閉められた。僅かな風が、部屋を照らしていた唯一の火を吹き消し、廊下にも暗闇が満たされる。

「マリアンヌさん！　私は大丈夫ですから！」

「ミリアちゃん！　ミリアちゃん！　待っててくださいませ！　助けに行きますからね！」

闇の中で遠ざかっていくフィルミリアの声に、マリアンヌは何度も叫ぶ。

神都は全て知っている。ミラたちだけではなく、途中から共にいるフィルミリアまでも。

ミラならどうするだろうか。同じような危険が迫っていたとすれば、彼女なら。

考えて、すぐに剣を振り回す姿を幻視したので考えを打ち切った。

（エルフが公国と手を組んでいれば、私たちを生かしておく理由はないはず。とにかくミリアちゃんが無事だといいのだけど……）

閉じ込められたとようやく気付いたベルトロイたちが騒ぐのを無視して、マリアンヌは少ない情報から答えを探そうとする。

今の彼女にできるのは、それくらいしかなかった。


暗い廊下を進む足音は、適当な部屋の中へと消えていく。

適当といっても、いい加減を意味するものではなく、招き入れるに相応しく整えた部屋だ。

室内はマリアンヌたちを押し込めた牢屋（ろうや）と違って、高価なベッドや調度品で歓迎の用意がなされており、手を引かれていたフィルミリアはそのまま正面に置かれた椅子に腰を下ろした。

その瞬間、二人のエルフは素早い動作で両手を地面につき、額を石の床にぶつけた。

「大変失礼をいたしました！」

「馴（な）れ馴（な）れしい振る舞い、まことに申し訳ございませんでした！」

か弱い魔物の少女を監禁する悪のエルフ、なんて生易しいものではない。

フィルミリアに漂っていた弱さは掻き消えており、今溢れているのは強烈な嗜虐（しぎゃく）の気配だ。

大粒の瞳は弧を描き、小さな唇は左右に引き伸ばされている。

「大目に見てあげますとも！　こんなスペシャル可愛いと攫いたくなるでしょうね！」

いわゆるドヤ顔をする淫魔の女王（ラストクイーン）は、腰に手を当てて高笑いした。

上機嫌な様子に、二人は大きく安堵（あんど）の息を吐く。

事前にフィルミリアから通達されていた作戦だったが、あのアルバートと同格の魔物を小娘扱いするというのはおそろしくて仕方がなかった。

少し反抗されるだけで肉塊すら残さず消し飛ばされるかもしれないのだから。

しかし、フィルミリアはお嬢さん呼びも手を引っ張られたことも許している。

「さっすが私ですね！　はー、これで面倒事が減ってくれました！　カロン様にお会いできないのは残念でなりませんが、激かわプリティな私が止められなくなりそうですし！」

この作戦は、梔子姫がカロンを誘拐してミラと引き合わせたことを団長たちだけに通じる特殊な通信で聞いてから考えたものだ。

もしベルトロイたちと共にミラたちと合流してしまうと、フィルミリアはカロンを主として接する以外の態度を取れない自信があった。

それではカロンから受けた任務を遂行できなくなるために思いついたのだが、簡単に成功できたのが嬉しくて仕方がないらしい。

くふくふ、と口を隠して笑うフィルミリアだったが、エルフは彼女の発言に含まれていたことが気になってしまい、隻腕のアレナが恐る恐る口を開く。

「その……陛下が、どうされたのでしょうか」

笑い声がピタリと止んだ。

肺を凍りつかせるような殺気と魔力で押し潰されそうになり、エルフ二人はガチガチと歯を鳴らしながら床に縫い止められる。

「どうして、そんなことを、聞く必要が、あるんです？」

ジャラジャラ、ジャラジャラと。

鎖のような金属音が部屋の中を這い回っているのが聞こえた。

蛇のように、壁や天井を擦りながら取り囲む音の正体を、顔を見ることもできず、アレナは股が湿らないようにするので精一杯だ。

「っ、この身命全てを捧げる偉大な陛下の御身に何かあってはと思いまして、もし神都に何か落ち度があるのであれば我々のちっぽけな命をどれだけ注いで償うべきかお尋ねしたく！」

一息で賛美しながら話題をズラしたエルフをフィルミリアは暫し見つめていたが、部屋の中を這う何かは、乾いた鈴のような音を最後に鳴らして消えていき、静寂が戻ってきた。

「ふんふん、殊勝な心がけですね。貴女、名前は？」

「レナー、と申し……」

「そうですか！　いいですねいいですね！　言い訳だったらこの場で細切れにしようと思ったのですけど、どうやら本気で考えているみたいですから、今回も許してあげましょう！」

「寛大なお心に感謝いたします！」

改めて、二人は額を石に打ち付けた。

アレナもレナーも、この場だけの取り繕いをしているわけではない。

彼女たちはエステルドバロニアに忠誠を誓った者であり、あのシエレの一党である。

死の恐怖はあれども、死を厭いはしない。

望まれれば、自分の肉を削ぎながら陽気に歌って死んでいくこともできる。

その強い信仰が金の瞳に深く根付いていたからこそ、フィルミリアは許すことにしていた。

「カロン様は万物を見通す御方です！　貴女たちのことも！　だから――忘れなさい」

煮え滾る真紅に見つめられて、二人は激しく首を縦に振るしかできなかった。

「それで、この後の私はどうすればいいんですかね⁉」

アレナとレナーは顔を見合わせる。

この作戦はフィルミリア考案なので、後のことを聞かれても困る。

ちらりとフィルミリアを見れば、椅子に座った彼女はニコニコと笑って待っていた。

「私たちに、お任せいただいても？」

「はい！」

「……では、フィルミリア様にはこちらの部屋でお過ごしいただき、勇者候補らを逃がす際に合流していただくのが自然かと愚考いたします」

「じゃあ、それで！」

どうやらこの作戦は本当に天啓だったようで、もう彼女の脳では先を思いつけないらしい。

エルフからすると、重要な役目を任せてもらえたのでやる気が上がっている。

「ありがたき幸せ！　傾城傾国（けいせいけいこく）の美貌（びぼう）を持つフィルミリア様の名に傷をつけぬよう、誠心誠意務めさせていただきます！」

アレナの賛辞に、またフィルミリアの動きが止まった。

怒らせたかと怯えた二人だったが、フィルミリアの口の端がにんまりと持ち上がるのを見て、そうではないと察知する。

「私、綺麗（きれい）ですか？」

「もちろんでございます！　これほどの完成された美はこの世界には存在しないと確信できる美の結晶の如（ごと）き御方でございます！」

「漆黒の艶やかな髪も、宝玉のような真紅の瞳も、及ぶ者なき輝きを放っております！」

二人の必死な賛辞を受けて、フィルミリアは鰻登りでご機嫌になっていく。

なにせ、副団長の【サタナキア】にもイジられるので、こうやって褒めてくれる仲間がいなかった反動が表れていた。

「もっと！　もっとください！　ああ、こういう快感もあるのですね！　今度適当な男を捕まえてプレイしてみてもいいですね！　ほら、もっとグッドルッキングな私を讃えてください！」

両手と翼を大きく広げて受け入れ態勢をとったフィルミリアに、二人は思いつく限りの賛辞を手当たり次第投げつける。

そのやり取りは、フィルミリアが朝方になって満足するまで続けられることとなった。

◆

カロンが病床に伏してから。

ミラたちが王国を出発してから。

今日で三日目。

広い神殿の、以前は元老院が使用していた円卓の間にて、教皇エイラ・クラン・アーゼルと、遠征部隊隊長バストン・ドゥーエは、向かい合いながら互いの様子を窺っていた。

薄暗く、ぼんやりと顔が浮かぶ部屋。苦い思い出しかない部屋だが他に周囲を遮断して会話できる場所は神殿内にはない為、渋々使用している。

エイラは立場があるためオルフェアを側に控えさせているが、バストンはこの神都の様子を知りながらも武器を持たず単身でこの場にいる。

少女は神子の証である月星の刻まれた双眸で屈強な肉体を持つ騎士を見つめ、その威圧感に竦まず毅然とした態度で姿勢よく座っている。

バストンもまた、エイラを推し量ろうと真っ直ぐに見つめる。

代役としてエルフが出てくるかと思っていたが、幼い少女が現れて平然と向かい合う姿に、甘く見ていたかと認識を改めていた。

「突然の訪問、誠に申し訳ありません」

口火を切ったのはバストンから。

立場はあくまでも騎士が下になる。

最初に声をかけ、深く頭を下げることでそれを明確にしてみせた。

「いえ、気にしておりませんよ。事情は聞き及んでおりますから」

エイラの口調に硬さはなく、実に自然で穏やかな声色だった。

「はは、ありがとうございます。して、事情とは？」

そのバストンの態度に対して、エイラは穏やかに微笑んで平然と切り込んだ。

「とぼけなくともよいでしょう。公国が王国に対して戦争を仕掛ける気だというのは耳にしております」

面倒事は抜きだ。さっさと本題に入れ。

口ぶりは穏やかだが、言葉の裏に籠もる意味はひしひしと伝わってくる。

傀儡であったと聞き及んでいた教皇がここまでの貫禄を持つとは、また予想外である。

バストンもあまり腹芸が得意ではないので、それならそれで構わないと姿勢を正した。

「では、単刀直入に問います。一つは元老院の行方。一つは情報を遮断する理由。一つは神都の民に掛けられた呪法。最後に、公国と神都の関係に関してお尋ねしたい」

それは神都の想定通りの問い。

エイラは小さく息を吸い込んでから静かにバストンを見つめた。

頭の中で何度も、神官長にみっちり教えられた言葉を繰り返しながら。

「まず元老院ですが、既におりません」

「……はっきりと申されますね」

「ええ、隠しだてするのはもう不可能でしょうから。それに、もうご存じかと」

「我々が知りたいのは、どうやって元老院を排したのかです」

「この神都に存在した悪しき歪み。エルフへの悪行。神都の内情。知らぬとは言わせませんよ？だから排除しただけです。それ以上を答える必要がありますか？　それも知らぬふりをしてくださいませんか？」

にこりと笑顔で凄まれて、バストンは言葉を詰まらせた。

えも言われぬ迫力に歴戦の勇士である自分が僅かでも気圧(けお)されたのだ。

エイラの顔は何度か見たことはあった。

虚ろな目で椅子に座り、元老院の議長に促されて相槌(あいづち)を打つ、傀儡と呼ぶに相応しい姿を。

しかしこれはどうだ。

翼を押さえつける枷が消えただけでこうも羽ばたくとは、良い意味で裏切られた。

「深く問うのはやめましょう。我々も間接的に加担していたのですから、そう言われてしまえば立場もあって謝罪できません。ただ、エルフが主導して元老院に反乱を起こしたと受け取る分にはよろしいか？」

「はい。構いません」

恐らく嘘だろう。

神聖騎士が元老院からエルフたちに鞍替えするのは不自然だ。

エルフが公国と繋がったから、と考えると自然なように思えた。

「では、この神都を覆う記憶障害を起こす魔術は」

「公国に情報が漏洩するのを恐れてのことです。公国は元老院とも通じていましたので、今後神都が与しないと知られれば標的にされるでしょう。強引な延命措置ではありますが、王国と協力関係を築けたなら生き残る道も見えてきますから」

「ふむ……」

「付け加えさせていただくと、公国の間者を探る術を持たないために、全てを対象とさせて頂きました。ですから、旅の方も対象になっています」

補足するオルフェアの言葉を、バストンは幅広い顎を擦って整理する。

「しかし、王国に使者を出すこともできたのでは」

「王国から情報が漏れないという確信はありませんから」

確かにそのとおりだ。筋は通っている、と思う。

この神都が今もなお公国と内通していないとは言い切れない。むしろ公国と手を結んでいた方が生き残る確率は高まるはずだ。

恥ずかしいことだが、それだけ王国の権威は落ちている。

「公国と親しくする理由はありません。魔物を虐げるのが趣味の大公なんて願い下げです」

「それは、なるほど」

魔物に対して良からぬ行為を行っていると聞く公国と魔物であるエルフが手を取るのはありえないか、と修正する。

「公国との関係にも納得しました。最後に、あの呪法。そちらの事情は理解できましたが、あれは余りにも非人道的な行いではないでしょうか」

話題は、【隷属の呪】へと変わる。

これが今の神都で一番問題のある行為だ。その答えによって、バストンがどうするか決まる。

エイラはやはり焦ることも言い淀むこともなく、物悲しげにしながら朗々と語った。

「他に、民を安定させる方法を思いつけませんでした。いずれ解くと決めていますが、これが私たちにできる最善なのです」

「それが、元老院と同じ行いとしても？」

「魔術とは、どれも便利で残酷なものです。火を灯す魔術一つで暖をとれるし、怪我をさせることだってできてしまう。正当性を主張するつもりはないですが、少なくとも間違いを犯しているとは思っておりません。命を守るためと理解していただきたいと思います」

至って毅然とした態度を崩さない。

バストンの射抜くような視線に笑顔も崩さないが、その内心は冷や汗ばかり流れていた。

どれもこれも神都の主張は後付けでしかない。

エステルドバロニアの存在を隠すために作り上げた設定だ。エルフの反乱という前提がそもそも違うので全てウソでしかないが、信憑性はある。

動揺さえしなければ気付かれないとご母堂に念押しされており、安全であっても屈強な騎士と対面するだけでかなり心が折れそうだが、愛するエルフと民の為にも、エイラは揺れ動く心を隠し通す他ないのだ。

互いに無言で、視線だけ交錯する。一度として視線を切らず、ただ蠟燭の火だけが二人の思考と共に揺れ動いていた。

最後のピースとして、エイラは一言零す。

「神聖騎士の皆様から協力を得るにも、苦労しました」

それで、バストンは理解させられる。

この呪法を使って、神聖騎士を操ることで戦力を手に入れたのだと。

「……なるほど、神都の意向は理解しました。そのように変わったのであれば、今まで以上に我々と友好を築いていけるかと思いますが、如何ですか？」

「願ってもないことです」

「では、この会談の内容は王国に持ち帰らせていただきます。できるのであれば我ら騎士にも適応されているものを解除してもらえないでしょうか？　難しければせめて私だけでも」

「私もオルフェアも専門外なのでまだお答えはできませんが、担当のものに尋ねてみます」

「ありがとうございます」

「いえ、有意義な会談となって嬉しい限りです」

二人は立ち上がって歩み寄り、ぎゅっと手を握り合う。

これでとりあえずは穏便に事が済んでくれたと、オルフェアの顔に安堵が浮かんだ。

が、エイラにはまだ不安が残っている。

最後にバストンが言った、今まで以上の友好という言葉。

それは今のディルアーゼルからすれば、リフェリスがエステルドバロニアとの友好も結べることが絶対の条件となってくる。

カロンの描く人魔共生を果たすためにも、どのように両国の橋渡しをすべきかが気になって仕方がなかった。


この出逢いは、何を意味するのだろうか。

それを判断する術はカロンにはなく。

僥倖か、厄災か。

「ほう。遠い大陸からとな。それは大変だっただろう」

「どうです？　レスティア大陸は。居心地のいい場所ですよ？」

「馬鹿か貴様。今はそんな状況じゃないだろうが」

「あ、すみません。失礼なことを……」

「いや、その、気にしてないんで。ホント。は、はは……」

すでに日が暮れようとしている現在、恐れている勇者の卵に挟まれて針の筵状態のカロンの脳内では、延々とバッドエンドの特集が繰り広げられていた。

カロンが意識を取り戻したのは、王国の遠征部隊が到着した頃とほぼ同時刻の正午である。

見知らぬ天井だ、などとボケる暇もなく、眠りから覚めたカロンは自分の顔を横から窺っていたミラを見て心臓が飛び出そうなほど驚いた。

(どういうこと!?)

分かるはずがない。なにせ自分が病で伏せっていた自覚もなく、感覚的にはぐっすり眠って目が覚めた程度なのだ。

少なくとも最後の記憶は執務室の中で、ルシュカたちと色々話をしていたような気がする。

それが、何をどうすれば勇者候補と同室になるのか。嫌がらせを受けているにしても異常だ。

「目が覚めたか」

ミラはカロンの瞳孔がしっかりと動いているのを見て、安心したように薄く微笑んだ。

体を起こそうとして上手くいかないカロンに手を貸してベッドに座らせ、また元の場所に戻って腕を組むと、事態を飲み込めていないカロンにそっと語りかける。

「運がいいのか、悪いのか。とにかく死ななくてよかったよ」

「死ぬ……？　こ、殺されそうになってたのか……？」

勇者に拷問でもされたのかと恐ろしくなるカロン。薄汚い木造の部屋もそれっぽかった。

対してミラは、何も知らず神都に連れてこられた様子のカロンに同情していた。

「私には分からない。だが、今もその危険は付き纏っている可能性はある」

「え!?」

じゃあ誰が命を脅かしているんだ、とカロンは驚き、奇声を上げそうになるのをぐっと膝の上で拳を握りしめて堪えた。

変な物が口から色々飛び出しそうになるのも堪える。目の前にいるのは勇者で、今カロンが最も脅威と見做している敵なのに、それ以外に脅かされているのかと。

「大丈夫か？」

ブルブルと痙攣するカロンを心配する声をかけた。

鬼のような形相で顔を上げてミラを見つめるカロン。

真っ当に話しかけてくれる人間の言葉に、思わず安堵と喜びから落涙しそうになるが、敵の優しさに絆されそうになる変な感覚から涙も飲み込んだ。

「だ、大丈夫、です……」

気持ちを落ち着かせようと必死に呼吸を繰り返し、ようやく息が整い始めたところで今の状況を整理する。

勇者に出会った。現実は非情である。

「お、おい。本当に大丈夫か？　すごい汗だが」

「だ、大丈夫。大丈夫です。落ち着くので、本当に大丈夫ですから」

少しずつ深呼吸をして一般人のフリをしようと何度も自分に言い聞かせる精神統一。

（落ち着け。状況の確認はコンソールからすればいい。後でルシュカに教えてもらおう）

ただ、今迂闊な動きを見せて怪しまれては堪らないので、なんとなく話を合わせるしかない。

「ああ、少し聞きたいことがあるんだが、いいか？」

「は、はあ。なんでしょうか」

「従者はいないのか？」

今度は目に見えて、カロンは体を硬直させた。

（まさか、俺の情報が流れているのか!?）

（この反応、やはりか）

顔を青くするカロンを見て、ミラは確信した。

――この男が何者かに襲われているのだと。

……まあ、聞いてほしい。

旅人も寄らないこの神都で、貴族っぽい男が一人、路地裏で蹲っている。

人を見て発作を起こすくらいに怯える。

従者の行方を聞かれて恐怖する。

その様子は、何者かに襲撃されて従者を失ったようではないか。

カロンの様子だけを見るなら、これまでの予測と合わせればそう見えるだろう。

カロンが何処かの貴族の人間だとして、戦争に巻き込まれて死んだとなれば問題になる。

公国が戦争に勝った際にカロンの身柄を元の国に無事に送り届けて恩を売り、負けると判断したらこの男を殺して問題を王国に擦り付ける。

戦後までも見据えるなら非常に有用な手段と言えるのだ。

確信を得た――と言っていいのかは謎だが――ミラは、カロンに目線を合わせて真っ直ぐにその瞳を覗き込んで、確たる意志を持った声で力強く宣言する。

「安心しろ。私たちは危害を加えることはない」

(何が?)

「恐らく我々の問題に巻き込んでしまったようだな」

(どんな?)

「謝ることは立場上できないが、事が済んだら必ずや国へと送ることを約束しよう」

(何処の国!?)

貴族に失礼のないようにと精一杯の礼儀を見せるミラの姿に、事情の飲み込めていないカロンは、何を企んでいるのかと思わず疑惑の目で見てしまう。

が、ミラはカロンの視線に疑惑で返すことはなく、クールに微笑んでみせる。

「疑われるのは覚悟している。ただ信じてくれ。それだけでいい」

もう、わけが分からない。

カロンは、もう一度眠って夢に逃避したいと切に願った。

そして、そんな願いは叶うことなく今に至る。

現在カロンは、重要人物と思わしき男を連れて動き回るには情報が不足していると判断したミラに連れられて、宿屋に併設されている酒場にやってきていた。

いかにもファンタジー世界の酒場という、どこか北欧の雰囲気が漂う店内で、カロンは目の前に置かれたジョッキをまじまじと見つめている。

ミラと、途中で合流したリーヴァルから振られる話題にどう対応するかで精一杯な状況だ。

とりあえず、何処の貴族かという質問には「遠くの大陸からだ」と答えてその場を凌いだ。

「そう言えば、名を名乗っていなかったな。私はミラ・サイファー。王国の騎士をしている。一応これでも公爵家の人間だ」

「私はリーヴァル・シュトライフと申します。同じく王国の騎士を務めておりまして、以前は父が子爵位を賜っていました」

ご丁寧な挨拶。

そうするとカロンも名乗らざるを得ない。

「カロンだ。すまないが名だけで許してくれ。まだ君たちを信用できたわけじゃないのでな」

苗字はないので、名乗らないでおく。

名のある貴族だと思われているようで、適当に濁しながら話をしているが、今のところ突っ込んだ話を聞かれることはない。

カロンの警戒心はミラたちの思うものと合致していないのに、妙に上手く事が転がっていた。

「ふむ。名を聞けただけでも少しは信用してもらえたか」

少しは進展できたと、カロンをまじまじと見つめながらミラは内心で僅かに安堵していた。

ミラは貴族としての振る舞いは理解しているつもりだ。実践できているのはリーヴァルだが、どのような振る舞いかはよく理解している。

このカロンと名乗る男には、その貴族らしさが微塵(みじん)も感じ取れない。

所作に教養はあるし言葉使いもらしいのに、貴族としての風格を全くと言っていいほど伴っていないのが不思議だった。

身に着ける高価な衣服から察するに、大変裕福な家であろう。金銭で苦労したことがあるようには到底思えない。

そんな家で生まれ育てば誰しも心のどこかに傲慢(ごうまん)が生まれる。

優劣が当然のように存在する環境下で、優であると教えられ、そう周囲からも扱われていれば、自分が特別な存在だと理解して育つし、周囲にもそのような態度で接するものだ。

少なくとも、ミラの知る大貴族とはそういうものだった。

「毒とか入っていませんのでご安心ください」

「そうじゃなくて、その、こういう、しょ、庶民？　の物を口にしたことがなくてな」

「そうでしたか。普段口になさる物より数段質は落ちますが、案外悪くはないものですよ？」

「そう……あの、これってそもそも何なんだろうか」

カロンが指を差したのは、赤い蛍光色をした飲み物。

それはこの世界では一般的な、誰でも飲んだことのある物のはずだが、カロンは心底不思議そうにしている。

「これはフェナの果実を絞ったジュースです。甘くて美味しいですよ？」

「フェナ、とは？」

「え？」

「え？」

カロンからは、ミラの知る大貴族とは似ても似つかない庶民感が漂っている。

ふと、もしかしたら高い服を着ただけの一般人かとも思ったが、庶民の慣れ親しむ食べ物の名前も何も知らないような男が一般人なはずがないと否定した。

実は正解にとても近い考えなのだが、それを正解と思えるわけがないので、残念だがミラが真実を知る機会はないのである。

ともあれ、ミラはカロンに対して割と好意的であった。

重要人物――だろうと思わしき相手――に、いつも通りの態度で接するのは言語道断だが、世界を探してもなかなかいないであろう庶民的な大貴族（仮）は実に興味深い。

出会った時から感じている温かさも好意の一助となっていた。

「して、カロン殿。貴方はこれからどうなさるおつもりで？」

「え、っと。従者を捜そうかなー、と」

そう答えられて、ミラとリーヴァルの表情が曇る。

恐らく、彼は襲撃の中で従者を見失ったのだろう。だから生きていると思っている。

だが、そうであればきっと従者は既に。

「いや……それは危険だ」

「え、でもいないとこう、落ち着かなくてだな」

「危険だ。その従者が見つかる確証などないし、見つかったとしてもそのまま我々と離れさせるわけにはいかない。体も完治したわけではないし、敵はいつ仕掛けてくるか分からないのだ」

そう言われても、とカロンは思う。

どうやら自分が病気だったことは分かるが、そうまで拘束しようとされるのは何故なのか。

反論しても意固地になっていると思われるだけだと感じて、カロンは素直に従うことにする。

(敵対はしていない。保護を申し出てきた。従者の心配。貴族との断定。俺が貴族で、従者とはぐれてて、保護を申し出てくる？　俺が何者かは分かってないから、エステルドバロニアの王とは考えていない。誰かに襲われてるとでも思ったのか？　いや、まさかな。病気で蹲ってた人を見てそこまで考えないだろ)

残念。こちらもニアピンだった。

お互いの考えが明確には明かされないまま、表面上は雑談をしながらも相手の思考を読み取ろうと頭を働かせている。

ミラの仲間が戻ってくるまでは進展しそうにないなと、呑気なリーヴァルを抜いた二人はそれだけはピタリと考えを合致させていた。

「し……ミラ様」

リーヴァルがミラを呼び、耳元で何かを囁く。

ミラが頷くと、リーヴァルは失礼しますと口にしてその場を離れてしまった。

カロンが隣に座るミラを横目で見ると、その表情にはどこか憂いが見て取れた。

流れるような銀色の髪をかき上げ、切れ長の瞳は酒場の入り口を睨んだまま動かない。

「心配しているのか？」

「……さあ、どうだかな」

曖昧な答え。

話すことなどないというような対応に、カロンもわざわざ聞くことでもないかと果物のジュースを飲んで気持ちを誤魔化す。

喧騒の絶えない中で、ここだけが静かだった。

別段カロンも交流を深める気はない。

できるなら、さっさと部屋に行ってほしいとさえ思っている。

そもそもがお互いにとっての予定外だ。

どうしても腫れ物を触るように扱ってしまうし、叶うならなかったことにしたいと。

酒を切らしたミラは大声で店員に追加を注文し、ここで初めてカロンに目を向けた。

目の前に並べられた料理はどれも手のついた跡があるが、緑色の魚やら甘い匂いのする肉やらと異世界情緒の溢れる物ばかりでカロンは手を一切つけていない。

エステルドバロニアではまだ良かった。基準が地球の料理だから出される物も調理法もよく知るものばかりで、抵抗なく食事することができた。

しかし、ここにあるのは調理法もそうだが、それ以上に食材そのものが未知。

ミラとリーヴァルが食べていたのを見て安全と分かっていたが、どうしても食指が動かない。

空腹を誤魔化すようにジュースを飲んでいたが、その腹が小さな声を上げた。

「……」

「……ぷっ。くくくっ、腹が空いているなら食えばいいだろうに」

自分よりも年上であろう男のまぬけな姿に思わず笑ってしまうミラに、カロンは恥ずかしそうに顔を背けた。

　仕方ないなというように、ミラが丁寧に料理を小皿に取り分けてカロンの前に並べる。

「ほら、食べればいい。それとも苦手なものばかりだったか？」

「いや、どれも知らないものばかりで……」

「おいおい、どんな家で育てばこんな世間知らずに育つんだ。私でもこれくらい知ってるぞ？　変な人だな、カロン殿は」

　妙な男だと、どこかでまだ色々な疑いをかけていたが、こうもまぬけな姿を見せられてはそんな毒気が抜かれてしまう。

「はぁ……。貴方に言うことじゃないんだが、今私は下僕どもを待っている」

「下僕、なのか」

「もしくは餌だな」

「え、餌……」

　料理の説明をされたことでようやく、おずおずと食事を口に運び出したカロンを見て、手がかかる男だと小さく笑ったミラは、少し落ち着いて口を開いた。

「ああ。その中にな、手塩にかけて育ててる奴がいるんだ。あれは実に筋がいい。このまま行けば私の下くらいの強さになれるだろう。一目見てスグに分かった」

「へえ」

「他の奴らも才能がある。死んでも目の前で褒めてなんかやらんが、ゆくゆくは王国の要になれるはずさ」

「それを私に言ってどうする」

「さあ。ただなんとなくだ。カロン殿は話しやすい人のようだからな」

少しムスッとしたカロンの表情を見て、ミラはクスクスと不器用ながらに笑う。

彼女のこんなに心を開いた表情を見たことのある者は騎士団にも、身内にすらいない。

騎士団では皆が自分より下と見ているから、強者である自分が甘い顔をする気はなく。

身内となれば貴族の中、欲ばかりが目につく連中に対等であっても慣れ親しむ気はなく。

ベルトロイであっても、彼女に何かを映している節がある。

しかしカロンは外部の人間で、かなり裕福な貴族と思われるが独特の嫌味が何もない。

本当にただありのままにそこにいて、強い欲に目を眩ませもしないし美人だと自他共に認めるミラに対して性的な視線も向けない。

ミラが他国でも名の知れた〝騎士の誉れ〟と知ればカロンの態度も変わるのだろうか。

そんなどうでもいいことが不思議と気になった。

心の温かさが増していくのが、緩んだ自分の顔からも感じられていた。

「……自分で驚きだ」

「何がだ？」

「こっちの話だ。それで？　カロン殿は一体何者なんだ？」

「ここで私か……部下はいいのか？」

「リーヴァルは他の奴らを捜しに行っただけだから気にしなくていい。それで、どうすればそんな無欲な世間知らずに育つんだ？」

「そう言われてもな」

カロンは緑色の魚を口に運んだが、生臭さから眉間に皺を寄せてジュースを流し込む。

喉を鳴らしてジョッキを置くと、どこか遠い目で天井を見上げた。

（どうと言われても、知らないから知らないだけなんだが）

まして異世界に来たからだと言っても、理解されるわけもない。

「知らないものは知らない。不自由なく生きてきて、不自由なく過ごせても、不自由のなさが不自由だ。対価に責任を支払い続けるし、知るべきことも知らずにいる」

なので、完全に思いつきの、それっぽい言葉で濁すことにした。

「へぇ、面白いことを言う。王国の貴族も貴方のような者がいれば少しはマシだろうに」

「私は他の貴族……というのがよく分からないが、そんなに酷いのか？」

「酷いなんてものじゃない。どいつもこいつも欲ばかりだ。金、力、女、あってもまだ足りないと下衆い顔がぞろぞろしている。中にはまともなのもいるが、あれはあれで面倒だ」

不真面目な貴族はミラに女と権力を求めるし、真面目な貴族は次代の勇者を求める。

彼女のアイデンティティは環境が作ってきたものばかりだ。

高い地位の貴族であり、高名な騎士の家系。

その家に一人娘として生まれれば、求められるのは相応の生き方。

幼い頃からそうであれと願われ、そうあれかしと望まれる。

王国にいても外に出ても、彼女の背にはいつも誇りが付き纏い、彼女自身から美貌が剝がれることはない。

そう生きてきて、初めてどちらにも目を向けない男が現れた。

零した言葉から、高い権限を持っているのだろうことが分かる。

にもかかわらず、偉ぶった態度もミラを求める様子もない。

初めて出会う、ミラをミラとして見る男だった。

「本当に変な人だ。こんな美人と一緒にいて欲情しないのか？　ほら、他の奴らは遠巻きに狙ってるぞ？」

からかう口ぶりに乗せられて周りを見ると、ギラギラした雄がカロンを睨み、ミラに舌舐めずりをしていた。

「高位の貴族のわりに、下世話な話をするんだな」

「貴族こそするものだ。で、どうなんだ？」

わざと外套の下に隠れた騎士団の服を開け、白い谷間を作る。

ちらりとカロンは目を向け、思わず食い入りそうになったが慌てて視線を逸らした。

「ぶっ！　な、ないわけじゃないぞ！　ただ、良い思い出がないから意識しないだけだ！」

「ははっ、その歳でまさかの未経験か」

露骨な反応を笑うミラだったが、生きてきて初めて誘惑をしたことに恥じらっていた。

「ど、は、っ……そういうお前はどうなんだ！」

「私は不自由してないからな。その気になればいつでもできる」

そうやって売れ残ってくんだよ、とは言わないでおこう。

まだぎこちないが、声を上げて笑うミラに釣られてカロンも笑う。

カロンはふと、こんな時間はいつ振りだろうと微かな懐かしさを感じ、表情を翳らせた。

「あ、すまない。嫌だったか？」

「違う。そうじゃない。こう、久し振りに少し素が出たなと思って」

「なかなか大変だな、貴方も。かく言う私は初めて素の自分になった気がする」

「部下といる時も十分素だ。安心しろ」

「言うなぁカロン殿は」

「カロンでいい。恭しいのは……好きじゃないんだ」

思わず、自分で何を言っているんだと言ってから気付く。

だが、それが本音だ。心の何処かで、気を許せる人を欲していた。

梔子姫も多少は気楽だが、ミラのように人間の友が欲しいと、思ってしまった。

自分を王として、特別な目で見ない人間の友が。

「出会って一日と経ってないのに積極的だな。手が早い」

「ぬかせ」

「なら私もミラでいい。私も実は堅苦しいのが嫌いなんだ」

「だろうな」

ミラは今、明確にカロンを欲してしまっていた。

いつか別れる時が来ると分かっていても、心を許せる人として接することができればと。

叶わずとも、望んでしまった。

「ところで、カロンは友人がいたりするのか？」

「なんだ、その質問は」

「いや、そんなに世間知らずだと気になるだろ。誰かしら教えてくれなかったのか？」

「あー……それは……」

友人を名乗るのは一人しかいないな、と思ったところで、急速に脳が動き始めた。

（そうだった……忘れてた！　いや、なんで忘れてたんだ俺！）

今にも立ち上がりそうな勢いで身を乗り出したカロンに、ミラは首を傾げる。

(ルシュカたちに連絡しないとだ！　いや、フィルミリアがどうしてるのかも……そもそも、今はあれから何日経ってるんだ!?)

思い出すのが遅いと思うだろうが、まだカロンには眠り病の後遺症が残っている。

突然睡魔に襲われて短時間でも眠ってしまったり、頭の回転に波があって考えが進む時と進まない時があったり、思い出すことが困難だったり。

明日になれば治ると言われているが、それまでは悩まされることになる。

(まず……まず、ルシュカと皆に連絡を……)

そう思って通信を飛ばそうとするが、指の動きがだんだんと鈍くなっていく。

自分の思考がどんどん霞んでいくのが自分でも分かる。

これは、あの執務室で感じたものと同じ、意識を後ろに引かれるような眠りの誘いだ。

「っ……こんな、タイミングで……」

寝るわけにはいかないと腕を強く握るが、その力もだんだんと失われていく。

その様子に気付いたミラは、席を立ってカロンの隣に並ぶと、優しく頭を胸に抱きしめる。

「少し眠るといい。私に任せておけ。必ず、助けてやるから。私が……」

◆

ディルアーゼルの神殿では、盛大と呼ぶには少しばかり静かな宴会が行われていた。

王国騎士の歓迎会のはずなのだが、広い食堂の中には緊張感が漂っている。

丸腰の騎士たちはテーブルに置かれた料理や酒を飲み食いしながらも、視線は自分たちを囲む神都の騎士に向けていた。

当然といえば当然か。まだ彼らが公国と繫がりがないか確証を得られていないのだから。

加えて公国の動きも不明瞭なまま、欲しい情報が手に入っていない状態で気を緩めるなど、土台無理な話と言える。

「やはり、このような催しは避ける方がよろしかったでしょうか？」

礼儀としてやらなければならないことだが、状況を思えば避けるべきであったのか。

その意味合いでエイラは少し離れて隣に座る隊長バストンに問いかけたが、答えは笑い声で返ってきた。

「いえいえ、我々も何分強行軍でしたので、こうして豪勢な食事を頂けるのはありがたいことです。お気になさることはございませんよ」

「で、あればよいのですが」

そう言って冷水を口に運ぶエイラを見習って、バストンも酒を喉へ流し込む。

相好を崩すバストンの様子に心の底でほっと一息吐く。

だが、こんなものは方便でしかない。事実バストンは率先して楽しむ振りをしてはいるが、内心は部下と変わらず懐疑心を隠し持っている。

公国が仕掛けるとするならここしかないはずだ。騎士が分断されている今が。だから公国にも見えるように堂々と行動してきたのだから。

バストン個人の意見としては、公国と神都は無関係だと考えている。

そもそも元老院を廃する必要が感じられない。幼い教皇とエルフを表に出す必要もなく、神都の利権を握る欲が出たとしても、元老院を廃したのなら自国の者を代わりに捩じ込む方が効率はいいだろう。王国に対する姿勢は変わらないのだから、疑われようが構わないはずだ。

確証はないにしても、そう踏んでいる。なにより隣に座る少女が、そのような争いごとの為に真剣な姿勢で言葉を交わすとは思えないのも些かなりとも理由として存在するが。

だから料理に毒を盛られているかと恐々としていた部下よりも早く、食事や飲み物に手を付けてみせた。エイラに向けて、信用していると行動で示してみせた。

そのおかげかどうかは知らないが、始まって二十分ほど経った宴会で頻繁に言葉を交わしているのはこの二人だけである。

「教皇様、神都を覆う呪法に関してですが、担当の者から返答はありましたか？」

「それが、皆様に例外措置を施すには時間が足りないそうなのです。申し訳ありません」

「そうですか。できるとすればいつ頃になるでしょうか」

「早くて二日後と……」

遅い。

せめて数人だけでもと思ったが、難しいとなると非常に困ってしまう。

エイラがわざと伸ばしているとしても、専門外の自分が論破できるだけの知識があろうはずもなく、「そうですか」と答えるしかない。

王国に求められる役割も相俟って歯痒さが増す。落ち着かない様子の部下を見やり、何度も繰り返す謝罪を内心で行った。

対して、エイラの心の中も穏やかではない。

エステルドバロニアの魔物から渡された対応マニュアル通りの会話はなんとかこなせているが、

突拍子もない質問が来た場合はエイラの裁量で言葉を選ぶ必要が出てしまう。

もしそれで不利益になる発言をしてしまえばと思うと、背筋に冷たく鋭い何かを錯覚するほどに戦々恐々としていた。

周囲に神聖騎士が配置されているのは王国騎士への疑いから用心のためにということだが、エイラは自分の監視をするためと感じてしまう。

彼の国より遣わされた、人の姿をしたなにかであることは承知している。

故に、それが怖くてたまらない。

この場をさっさと抜け出して自室に帰りたい気持ちでいっぱいだ。

（できるならそうしたいですけど……）

言わずもがな、無理な話である。

エステルドバロニアにも関わる以上彼らが介入してくるのは致し方なく、また、受けた恩を裏切る真似もできない。

カロンが気にしていた不干渉を破る形になることへの心配自体は問題ではなかった。

また戦争が起きるとしても、エイラを始め、エルフも神官も協力的だ。

これを乗り切ればとの思いが強く、エステルドバロニアへの恐怖と同時に安堵も抱いている。

敵にさえ回さなければ、この大陸においてこれ以上ない強力な後ろ盾なのだから。

どれだけ時間が経とうと和まないギクシャクした空気。

ただ泰然としているのが神聖騎士たちだけの中。

その落ち着きのない空気を断ち切ったのは、突然開かれた食堂の扉の音であった。

壊れそうな勢いで開かれた両開きの扉が上げた大音に全員の視線が自然と集まる。

誰もが身構えたが、そこにいたのは見慣れた祭司の服を着た神官だった。

蒼白の顔は汗を滴らせ、肩で息をしながら薄汚れた白の衣を引き摺ってよろよろと食堂の中に進んできた。

「何用ですか。今は宴会の最中で――」

「申し上げ、ます。魔物が……街の中に……」

千々に途切れる呼吸音に混じって零れた言葉に、ざわざわと周囲が騒ぐ。

各々が顔を見合わせて互いの顔を確認する。恐怖、憤怒、諦観、愉悦。

バストンとエイラの視線には、覚悟が灯る。

ついに訪れた。

来るべき時が。

「バストン様、すぐにお支度を」

「承知した。皆、動けるな！　すぐに武器と盾を取りに行くぞ！」

「神聖騎士の皆様もお願いします。十名ほどは神殿の防御に。エルフの皆にも伝えてください」

素早く立ち上がった二人の声に神聖騎士が反応してすぐに動き出した。

食事を捨てるように盆の上に戻した王国の騎士たちは、飛び込んできた神官が背にする外へ続く扉に向かって走っていく。

追従して、エイラも神聖騎士を引き連れて外に向かうが、すれ違いざまに見た疲労困憊の神官の顔にふと疑問が浮かんだ。

（あれ？）

あまり多いわけではない神官を彼女はある程度把握している。間引きされて減ったことで顔もあ

る程度覚えているが、

（こんな人、いましたか？）

扉の前で跪く神官の顔が、記憶になかった。

「お待ちください！　公国より電文も届いています！」

もうすぐ外に出られるというところで、先程の消え入りそうな声とは違う神官の大喝に、動いていた騎士たちが止まってしまった。

顔を上げて振り向いた神官は、更に蒼白になっている。

もはや人間には無理な蒼い顔が、ニタリと笑って立ち上がった。

「『このまま此処で死に絶えろ』。以上です」

そう口にした途端、神官の体が急激に膨れ上がる。

風船のように手足の先までがパンパンに膨らみ、穴という穴から外へ向けて白い光が零れた。

はっと気付いたエイラが、食堂を満たす光の中で慌てて声を張り上げる。

「いけない！　魔力暴走です！」

「お前ら、伏せろおおおっ！」

二人の悲鳴が届いたかどうかも分からぬまま、食堂は強烈な閃光（せんこう）と衝撃に包まれた。

ドン！　と強烈な爆音に気が付いて、ベルトロイは俯かせていた顔を上げた。

何をしても開かない鉄格子の扉と格闘を繰り返したが開けること敵わず、時間ばかり浪費していた。

通信妨害の魔術が使われているせいでミラと連絡が取れない。フィルミリアとも会っていない。

時々エルフが様子を見に来るだけ。

　二日も閉じこめられて途方に暮れていたところに起きた轟音と振動に、片膝を立てて俯かせていた顔を上げて、眼光の鋭さを取り戻す。

「なんの音だ？」

　冷静に口にしたのはポウルだ。さすがにこれだけの音なら誰でも気付くかと周りを見ると、マリアンヌも目を擦って目を覚ます。

　徐々に外の様子が騒がしくなっているのを感じる。

　神殿の奥に位置するこの部屋では、はっきりと聞き取れないので、ベルトロイは口元に指を立てて仲間に合図し、息を抑えた。

　微かに聞こえてくるのは、悲鳴と怒号。そして剣戟の金属音。

「戦闘の音がする。公国が仕掛けてきたんじゃないか？」

「くそっ、どうすりゃいいんだよ！」

「落ち着きなさい。騒いだところでここからは出られませんわ」

「なら黙っていりゃ何か解決すんのかよ！」

「騒いでも変わらないでしょう!?」

「落ち着け二人とも」

　堪えていた不満が爆発して口論が発展しそうになるポウルとマリアンヌの二人の間に割って入り制止する。

「せめて連絡を取れれば助けを呼べるんだが。マリアンヌ、まだ無理そうか？」

　唯一魔術を使えるマリアンヌに、通信魔術が届いたか確認するが、やんわりと首を左右に振ることで返答された。

「くそっ」

悪態をついて行き場のない憤りを壁にぶつけるポウルの姿を視界の端に収めて、ベルトロイは立ち上がって顎を擦りながら此処に閉じ込められるまでのことを思い起こす。

これからどうなるのか。その答えは比較的早く訪れた。

扉の向こうからガチャガチャと音を立てて誰かが走ってくる。音からして、布の服だけを着る神官ではない。

音の本体はベルトロイたちが閉じ込められた鉄格子の前で止まると、慌ただしく音を立てて、カチリと扉の鍵を開けた。

「本当に此処にいたのか！　何をしていたんだ！」

「皆さん！　ご無事ですか⁉」

そこにいたのは、本来此処に来るはずのないリーヴァルと、別の部屋に閉じ込められているはずのフィルミリアだった。

「リーヴァル⁉　なんでお前が！」

「早く此処から出るぞ！　ほら、これを着けろ！」

そう言って部屋の中に放り込まれたのは、ベルトロイたちの武器と、遠征部隊から受け取る予定だった正規の鎧だった。

「神殿のエルフから預かったんだ。遠征部隊に頼まれてるから、お前らに渡せって」

「エルフだって？」

「ああ。ここを教えてくれたのもエルフだ」

それ以上、リーヴァルは語らなかった。

ベルトロイたちが、誰によってこんな目に遭っているのか想像がついたからだ。

計画に穴を開けたことへの文句もあったが、それよりも早く合流するのが先決である。

重い鉄の扉の向こう側では爆発音と悲鳴と雄叫び（おたけび）が止めどなく聞こえていた。

白と藍の鎧を身に着けて、正しく王国騎士の姿となったベルトロイたちは、長く暗い通路を抜けた先、神殿の裏手へと出る。

そこには、既に多くの魔物が跋扈（ばっこ）していた。

「なん、だこれ」

「くそっ！　もうこんなところまで！」

ベルトロイたちに気付いた魔物が、その異形の顔を向けて認識すると同時に飛び掛かってきた。

苛立たしげに舌打ちしてリーヴァルが盾を構えて魔物を防ぎ、ポウルは折りたたみのパルチザンで小人のような魔物を刺し貫いた。

【ゴブリン】と呼ばれる子鬼の魔物だろうか。ボロボロのナイフを持って騒ぐ彼らは、その後ろにいる少し大きめのゴブリンの合図に合わせて襲いくる。

事態を把握する暇もなく起きた戦闘に僅かな動揺はあったが、示し合わせたように直ぐさま気持ちを切り替えて応戦した。

二回りほど背丈の低い醜悪（しゅうあく）な姿をした鼻の大きな魔物。

数ばかり多いが強さはそれほどではなく、鎧袖一触（がいしゅういっしょく）と群がる敵を斬り伏せる。

「《アップストレングス》、《錬鉄の加護》！」

フィルミリアを守るように大盾にランスを握るマリアンヌが魔術で援護する。

筋力の増加、装備の強化を受けた男三人は各々の得物で突き進む。

「くそっ、多すぎだろ！」

「これほどっ、動きが速いとはなっ！　俺が神殿の中に来るまでは何もいなかったんだが」

器用にくるくるとパルチザンを回しながら、狙ったゴブリンを一突きで絶命させるポウルの悪態に、盾と剣を器用に使い分けて堅実に倒すリーヴァルがご丁寧に返答する。

「だがこのままだと外に出るまで、っ、まだかかるぞ⁉」

「これだけの数だ。恐らく指揮官がいるはずだ」

「なら乱戦はお得意のお前の出番だぞ、ベル！」

ポウルの声に応えるように、ベルトロイは剣を掲げると一気に駆け出した。

群れの合間をすり抜けるように、飛び掛かってくるゴブリンたちを紙一重でかわしながら最奥を一気に目指す。

ミラから教えられたのは単身での戦闘方法だ。

常に一対多を想定した剣術を教えこまれており、その第一として『指揮官をさっさと殺す』と言われている。

敵を一人ずつ倒す以上に難しいであろうことを、事もなげに言われて憂鬱になったベルトロイだったが、その言葉を授かるに足る実力はしっかりと手に入れていた。

振り回されるナイフで頬や手に薄く傷がつくのも厭わず突き進めば、他のゴブリンより一回り大きいゴブリンの居場所を視認。

（とらえた！）

距離を二十歩まで詰めた所で地を這うように上体を下げると、勢いよく飛び上がった。

先行する下半身を追いかけるようにくるりと体を回して標的の直上に合わせて降下する。

自分を守るように部下を配置したゴブリンの頭上は当然ながらがら空きだ。

剣を交差させて、見上げる醜悪な顔目掛けて落下する。

が、それは淡く紫に光る膜によって防がれた。

「こいつ、メイジか！」

ゴブリンにも何種類か存在し、中には魔法を使える者がいる。それがホブゴブリンメイジだ。

普通のゴブリンより格が高いとされており、下位のゴブリンを使役できる。

それをすっかり失念していた。

ケケケケ、と耳障りな嘲笑の声を上げる【ホブゴブリンメイジ】は、隠し持っていた杖を取り出してベルトロイに向ける。

退避しなければとぶつかる膜を押すが、それより早くなんらかの魔術が放たれるだろう。

杖の先端が光るのを見て覚悟を決める。

が、それは起こらなかった。

ニヤけた顔をそのままに、ホブゴブリンメイジの口から緑の血を滴らせる棘が生えている。周りの部下も同じように地面から生えた棘に貫かれていた。

「少し頭を捻れば分かることでしょうに」

「これ……マリアンヌか！」

遙か後方から呆れたと言外に告げてくる声は、何一つ焦りのない冷めた声。

怯えるフィルミリアを自分の背に隠しながら、彼女は刃に直角に折れたような刃先を持つ剣を地面に突き刺すと、その体に灰色の魔力の奔流を纏わりつかせた。

「我が魔を喰らいて応えよ精霊！　我に仇なす悪しき汚泥を尽く土へと還さん」

静かな詠唱は力となり形となる。

きつく見据えた先に映る敵全てに狙いを定めて呪文を紡いだ。

「磔刑に処せ！」

マジックスキル・土《グレイブランス》
神殿にまとわりつく者も、ベルトロイたちに迫る者も、分け隔てなく宙に浮かび上がった。その口からは棘を生やし、処刑場を思わせる早贄の木々が出来上がる。

あまりにも凄惨に、貫かれた者は物言わぬ死骸と成り果て、地に足を下ろしたベルトロイは思わず呟く。

「ま、魔法すげえ……」

ちまちまと一体ずつ倒していたポウルは、自分のしていたことが馬鹿らしくなるくらいに魔術の力をまざまざと見せつけられて、今どきの魔術騎士の強さを実感させられる。

「ほら、先に行きますわよ」

三十はいたはずのゴブリンが纏めて串刺しにされた光景は、剣を地面から引き抜くことで元通りになった。

どさりと乱暴に地面に落とされたゴブリンたち。

びくっと震えたフィルミリアに、マリアンヌはヘルムのバイザーを開けて安心させるように微笑んでみせた。

「さすが墓石嬢といったところか……移動するぞ。こっちだ」

リーヴァルは二つ名持ちの強さに呆然としていたが、その指示に皆が従い、周囲を確認しながら最も警戒されているだろう正面の状況を確認しようと移動する。

柱の陰から顔を覗かせると、神殿の前は巨大な牛頭(ごず)の魔物に占拠されていた。

「……【ミノタウロス】は、さすがに無理ですからね」

真っ先にマリアンヌが小声で申告する。

一体だけならどうにかなるかもしれないが、見える範囲で五体もいれば敵うわけがない。

元々騎士団とは別行動で、あくまでも役目は王国に情報を持ち帰ること。

どれだけ悔しく思っても、任務は何よりも優先しなければならない。

それに街も混乱を極めている様子だ。

遠目にも火の中を人々が走る影が見える。

夜を照らすためではない火の灯り。

助けに向かいたい気持ちに駆られるが、正面を抜けられない以上は迂回(うかい)して危険の少ない場所から向かう他ない。

口惜(くや)しさに震えるベルトロイの肩をポウルが軽く叩き、魔物のいないルートを探すために再び移動を開始した。

「ミラ小隊長のことだからなにかしら行動してると思うが……それにしても早すぎる。俺がお前らのとこに向かってる時はまだ魔物は入ってきてなかったのに」

「推測ですけど、なにかしらの転移魔法を使ったのではないでしょうか」

「そんなものどうやって」

「複数人の魔術師がいれば可能でしょう。あらかじめ街に入り込み、頃合いを見て発動させる。不審者を追い出せるほど神都の警備はしっかりしたものではありませんでしたし」

自分たちが不審者みたいに入り込んだのだから反論できそうにない。

こそこそと姿勢を低くしながら街とは逆方向に下りていく一行。

正面から街までの道には当然魔物が溢れており、ゴブリンたちは裏側にではなく神殿の周りを見るように配置されているようで、ベルトロイたちが倒したのとは別の集団がうろうろしている。必然手薄な裏から街を逸れるルートで一度麓まで下りるしかない。

「ミリアちゃん、大丈夫？」

だが歩く道は道と言えるようなまともな作りじゃなく、ほとんど獣道に近い。先導する男衆の後ろを危うげに追うフィルミリアに、殿として後ろを歩くマリアンヌが心配そうに尋ねた。

「大丈夫、です。ご迷惑かけられ、ませんっ、からっ」

健気に、汗で濡れた黒い髪を額に貼り付けながら笑う。

さすがにここ数日の疲れが出ているのか、そんな様子を感じさせないように振る舞っているが、明らかに動きが重たげで覚束ない。

それを不安に思ったベルトロイは、リーヴァルに肩を寄せた。

「なぁ、このままミリアを連れ回すのか？」

「置いていくわけにもいかないだろ。この状況から抜けない限り安全なんてないんだ」

「それはそうだけど……」

「辛いかもしれないが、こっちに合わせてもらうしかない」

この状況。

それは街からではなく、戦争そのものからを意味する。

これからもっと過酷になることを思えば頃合いを見て離脱させるべきなのだが、既に機は逸している。いや、森で出会った時点でこうなるのは分かっていたのだ。

ミラの言う通り、連れてくるべきではなかったのではと、ベルトロイは口にはしないが己の浅はかさに気を落としている。

「あの……私も何か、役に立ちたいです」

「え、え？　いやでもそれは……」

「こ、これでも少しは魔術が使えます、から。ご迷惑もっ、おかけしませんっ」

ふぅふぅと可愛らしく息を吐きながら眉を寄せて前を歩く三人を見つめる。

瓦礫が転がる坂道の途中で足を止めると、皆が顔を見合わせた。

魔術師が一人増えるのはありがたい。主軸にマリアンヌがいて、ポウルがその護衛を務め、ベルトロイとリーヴァルが前線に切り込む。

チームとしては理想的な組み合わせだが、敵の集団の中を強行突破する殲滅力は、先の戦闘を見て分かる通り、マリアンヌの魔術頼りになりがちだ。

だが、ここに魔術師がもう一人加われば。狭い空間では難しいが、広い場所であればその効果は絶大であろう。

フィルミリアの魔術が低レベルなものであっても、有利に戦闘を運べるようになる。

「私を庇ってくれるのは嬉しいです。でもそれは、私が何かしていても変わらないですよね？」

「それは……」

リーヴァルが反論しようとして、やめる。

フィルミリアが現状貴重品扱いなのは変わりない。

どうしてもか弱い彼女を守るように動くことになるのは明白だ。

なら、役に立つ貴重品になりたいと、お荷物のままは嫌だと、真紅の瞳に強い信念を灯す。

少し考えていた面々だったが、ベルトロイが意を決して閉じていた目を開け、フィルミリアの前に移動してしゃがみこんだ。

「後悔、しないんだな」

「はいっ。私にも、みんなを守らせてください」

「……分かったよ。マリアンヌ、ミリアの護衛を。ポウルは前衛を務めてくれ。リーヴァル、俺とお前で遊撃だ」

その決意を汲み取り、ベルトロイは三人に指示を出す。

三人も異論がないようで、何も言わずフィルミリアを中心に配置を変えた。

「みんなで、無事に切り抜けよう」

もうすぐ坂の終わり。そこから市街地に移動して、彼らの任務は本番となる。

ひとまずミラと合流するために激戦の中の突破を試みなければいけない。

「行くぞ」

その声に応、と返事が返ってくる。

また歩き出す中で、フィルミリアが口元を覆って小さく何かを呟いた。

(おままごとの相手は大変ですねぇ)

それが聞かれることはなかった。


酒場の周囲で血風が舞う。

凄まじい速度で稲妻のように駆け抜けながら、銀閃は侵略者をひたすらに切り裂いていた。

個体保有スキル《勇者の血Ⅰ》
スタンススキル《フェザーダンスⅢ》
個体保有スキル《騎士の誉れ》
スタンススキル《ウインドステップⅡ》
ウェポンスキル《エアスラッシュ》
バターを切るように、するりと抵抗を受けずに奔る刃が、【ゴブリンファイター】の体を縦に両断せしめる。
自分がどうなっているのかも理解できていないゴブリンは斬った相手に手を伸ばすが、その動きに釣られて体が前後に分かれていく。
その光景に目もくれず、次の標的へと身を躍らせる。
一方的だった。
脅威であり、害悪とされる魔物が容易く死に絶えていく様は屠場と変わらない。
ウェポンスキル《ゲイルスピン》
地面を這うように駆け、鎌鼬のように気付く間もなく斬り落とす。
巨体が地面に倒れるのに合わせて着地した女騎士は、長い銀色の髪を翻して血振るいする。
周囲に人影はなく、加えて動く魔物の姿もなかった。
「始まったか」
苛立たしげに髪を掻き上げながら、ミラ・サイファーは酒場の中へと戻る。
神殿の方角から響いた突然の爆発音に合わせて街中に魔物が溢れるという異常事態が、神都の至るところで起こっていた。

逃げ惑う人々は神殿の方角に向かっており、この酒場にいた者たちも皆とっくに逃げている。しかし、ミラはそれができなかった。

酒場から繋がる宿へと移動し、部屋の扉を開ける。

そこには、いまだ眠っているカロンの姿があった。

「呑気なものだな」

後遺症が残っているので仕方ないが、それでも気持ちよさそうに眠る姿はおかしかった。

次に目を覚ました時には完治しているだろう。

それまでは自衛もできないカロンを放っていくわけにはいかないのだ。

「さて、と」

ミラはカロンの腕を掴んで肩に回し、そのまま背負って近くにある紐(ひも)で互いを固定する。

カロンを守るのは目的の一つだが、王国に帰るのも任務だ。

どちらか一方を選ぶつもりはなく、ミラは高い身体能力で一挙両得を狙っている。

「あの馬鹿どもは結局どこで油を売っているんだ。これで合流できなかったら、私は置いていくしかないんだが」

一度背負い直してから、ミラは外に出て周囲を確認すると、男を一人背負った状態で軽々と屋根まで跳躍した。

そのまま高い屋根を飛び移って城壁に向かい、登って神都全体を見渡す。

「やってくれたな」

高いディルアーゼルの城壁の上で、血染めの髪を払って外を睨むミラが忌々しげに口にする。

足元に転がる夥(おびただ)しい量の死骸を避けるように塀の上に立ち、奇声を上げながら空より強襲してきた【インプ】を両断すると、降りかかった血を鬱陶しげに拭って外へと視線を戻した。

暗い夜闇の奥の森。多数の影が僅かに注ぐ月光を浴びて蠢いているのが見える。

ただの森であるなら最初から想定できた事態だが、この辺の地域は神聖を帯びている。

本来であれば神聖と呼ばれる神の残滓が残っているため、魔物は決して足を踏み入れることなどできぬはずのフィレンツの森。

魔物の侵入を拒むだけの力が働いている場所なのに、神都の中にまで侵入を許していた。

何度も襲撃を受けていたミラたちはともかく、神都からすればイレギュラーだろう。

「しかし、よくこれだけかき集めたものだ」

神都の周辺で僅かに動く魔物の存在が見て取れるが、軍と呼べる代物ではない。

ただの斥候か何かなのだろう。この神都に差し向ける増援ではなさそうだ。

一帯に身を潜めているとなれば、分断するように聖地である丘の方まで敵がいることになる。

当初の予想では、神都に攻め込んでくるのは人間の軍勢だとばかり思っていた。

その予想を裏切られる結果は最悪としか言いようがない。

公国は丘を占領して拠点とし、公国と神都の両面作戦を敢行すると誰もが考えていた。

だというのに、目の前では神都を切り離すに留めて王国の側面を大量の魔物が虎視眈々と窺っている。

「人間を使わず、全て魔物とはな。側面までも魔物の数の利で攻めてくるとなれば……」

後に続く言葉は出せなかった。

主力である魔物を警戒して正面に布陣を固めていながら、しかし奇襲と思っている場所からも攻めてくれれば混乱は必至だ。

切り捨てた神都に投入した魔物の中には想像よりも強力な魔物も何体か確認している。

恐らく森の中では同等かそれ以上の魔物が交ざっている恐れがある。

リフェリス周辺に生息していない魔物もいたとなれば公国を支援する何者かの存在を疑うが、そこまで考えてしまうといつまでも終りが見えないので早々に思考を打ち切った。

各地の貴族同士の小競り合いの詳細を得られていないためミラには判断がつかないが、王国側の貴族が拮抗(きっこう)以下の結果だとすると増援は見込めない。

ちらりと神殿の方角を見やると、街と違い集団で行動する騎士が建物の合間に確認できる。

神殿の損壊具合を見る限り激戦が繰り広げられたようだが、無事と知り密かに安堵した。

だが、彼らが全員無事だとしても戦力になり得るかどうかは怪しいところだ。

「記憶改竄(きおくかいざん)された日はアホになるらしいしな」

アホは手に負えんと嘆息した。

『……すか……ミ……』

片手でカロンの尻を支えたまま外の様子を眺めて思案していたミラの耳に、聞こえないはずの声が届く。

声は鼓膜ではなく脳に直接伝えられているような感覚が、魔力の震えを感じさせた。

「マリアンヌの通信魔術(オーバーテル)か。おい、どこで油を売っているのだ、さっさと来い」

『このっ……こっ…が必……や………のに！』

いまいち何を言っているのか分からないが怒っているのは確かだ。

「何か目印を作れ。目印だ。何度も言えば分かるだろう？　目印だ。めーじーるーしー」

『………!!』

今度は何も聞こえなかったが、相当怒っているのは間違いない。

ミラには至極どうでもいいことだ。

どのような目印を用意するのかと街に目を向け周囲を見渡す。

そこに、マリアンヌの憤りを示すような紅い閃光が真っ直ぐ天に伸びるのが見えた。

場所は街の中心近くで、恐らく道中人を助けていたと推測された。

ミラは移動強化のスキルを発動させて一足飛びで高い外壁から目的地に向けて飛び出す。

勢いを失って落下するも、屋根に着地するやいなや力任せに踏み込んでもう一飛び。

着地と跳躍の衝撃で屋根を壊しながら接近し、ベルトロイたちを視認する距離まで詰める。

【ベノムヴァイパー】の大顎をポウルが懸命に大盾で押さえつけているところに参戦すると、蛇の頭目掛けて急降下。

ミラは蛇の意識外から二人分の重量で頭部に着地を決めて踏み砕き、容易く絶命させた。

「遅いぞ」

ベノムヴァイパーの強さはミノタウロスに劣るが、ベルトロイたちにすれば苦戦必至の相手。

それをついでのように殺されて、見ていた面々は思わず唖然(あぜん)とする。

ミラと自分たちの力量の差をまざまざと見せつけられて驚くしかなかった。

「……色々あったのですわ。貴女こそどこにいましたの?」

「色々だ」

とにかく、これで揃ったとリーヴァルが安堵しながら剣を納めたが、ふと気付く。

「あの、ミラ小隊長。カロンさんは」

「ああ、ここだ」

そう言って背中を見せるミラ。

「えっと、誰です？」

ベルトロイが当然の疑問を口にした。

「拾ったんだ」

説明が面倒くさいからと、ミラは適当に返答をする。

フィルミリアの髪が僅かに逆立った気がしたが、ポウルは気のせいだろうと流した。

「三次睡眠ですか。いつ起きるか分かりませんね」

「仕方ない。神殿のバストンに任せるには時間が惜しい。このまま神都を出るぞ」

「とりあえず、この辺の敵は掃除し終えました。他にもいるのでしょうが、そちらは神聖騎士の方々が対処して回っているようです」

「王国に帰還するんすね？」

「残念だがポウル・デルフィ、事態はそこまで簡単じゃなくなった」

「へ？」

そこでミラから、今自分たちの置かれている状況を詳細に聞かされた彼らは、悲嘆に染まる。

「本当、ですか？　魔物が、森を占拠、しているなど……」

愕然（がくぜん）としてしまう事実に上手く言葉を紡げない。

ミラは、相変わらずマリアンヌの陰に隠れるフィルミリアを指差した。

「その小娘を拾った時、既に兆候はあっただろう。公国の連中も気付いていたのだから不思議ではあるまい」

「なら、なら早く情報を持ち帰らねば！」

「落ち着けリーヴァル。急ぐにしても魔物の中を突っ切らないとならないんだぞ？　王国を真っ直ぐ目指すとなると平原を走ることになる。追手を全て躱せるか？」

適切な答えにリーヴァルはぐっと言葉を詰まらせる。

これが神都なり丘なりに進軍してくるのであれば、混乱に乗じて抜け出すことも可能だが、しっかりと陣を構えている中を突破するのは至難の業だろう。

「神聖騎士が敵じゃないなら手伝ってもらうのは？」

「魔術でアホになった奴を引き連れるのはアホのすることだ。荷物にしかならん」

事実、ミラが背負っているカロンは神都を出た瞬間に荷物になるのは確定である。

「そ、そっすか」

このまま時間を浪費すれば敗北は必至。

しかし事態が進行している今、一刻も早く王国に戻る必要がある。

人間が相手ならまだやりようがあったが、走ることに特化した魔物などに追われれば、ミラ以外は間違いなく逃げ切れないだろう。

「私たちを置いて貴女だけなら突破できるのではないですか？」

「可能かも知れん。が、大した効果はないだろうな」

「根本の問題ですか。それほど公国の戦力は多いと？」

「人間の軍だと思っていたものが全部魔物になっていると考えたほうが良い」

「それは数ですか？　それとも魔物の強さがですか？」

「両方だ、恐らくな。ここに突っ込ませた魔物の中に変なカエルやらミノタウロスやらが交ざっていた。そこそこ強い」

「ミ、ミノタウロスを倒しましたの？」

「出会い頭に殺しておいた。カロンに近づかれたら困るからな。それくらい一人でできるだろ。牛くらい片手間で殺せんようじゃ勇者とは言えんぞ」

「そ、そうですの……ともかく、真偽は別としても、よろしくないのは間違いないのですね」

「ああ。今の王国の戦力を考えるとな」

「王国側の貴族たちが勝ってくれれば違うのでしょうけど、期待するのはいけませんわね」

ミラとマリアンヌの会話が続けば続くほど、敗北を免れない気持ちがこみ上げてくる。

「その、騎士たちが揃えば魔物には対処できるんですよね？」

「だといいがな」

暗い面持ちのベルトロイたちに、まだ大して劣勢じゃないぞと言うのは難しい。

そのことにマリアンヌも気付いていた。

どこか余裕のないミラを見れば、なんとはなく良くないのだろうと感じてしまう。

神都から出て、どうするべきか。

重い口を開けず思案に耽る。

「あの、もしかしたら、どうにかできる、かも知れないです」

そこに、思いもよらぬ人物の声が上がった。

「え、なに？　ミリアちゃん」

マリアンヌの陰に隠れたままでいたフィルミリアがそろりそろりと顔を覗かせておずおずと話しかけると、鋭い視線がいくつも向く。びくりと跳ねた黒いゴシックドレスの少女が再びマリアンヌの陰に隠れたが、また少しずつ顔を出す。

「私の国が――」

「そんなものどこにあるんだ。この大陸の外の話をするな」

「こっ……んんっ。ごめんなさい、幾つか嘘を吐いていました」

ミラが剣に手をかけるのを、ポウルは正面に立ってすぐさま妨害する。

その行動を意にも介さず、抜き放たれた剣の柄が腹部に強くぶつけられた。

ぐっと、ポウルの息が詰まる。

「げほっ、ミラ小隊長！」

「退けよポウル・デルフィ。嘘吐きな悪魔は殺すに限る」

「退きません！　ミリアちゃんにも事情があると思いますし！」

「それがどうした。魔物だと分かっていないのか？　それとも絆されたか？　こっちの善意を裏切ったんだ。そんな魔物なら害になる。それとも……」

――纏めて斬られたいのか？

背が低く細身のミラの迫力に、重騎士として頑丈に鍛えたポウルが徐々に後退る。

「なんだ、貴様らも殺されたいんだな？」

歯を食いしばって耐えるポウルを支援するように、リーヴァルとベルトロイが両脇に並んでミラと相対した。

「ミリアが悪意を持って嘘を吐いたとは思えません」

「ミラ小隊長には申し訳ありませんが、まず話を聞いてからでもいいかと。今は些細なことでも何か策が欲しい状況です」

ミラは鼻で一つ笑うと乱暴に剣を収め、一歩下がって腕を組んだ。

「好きにしろ」

そう告げる目にはありありと敵意が浮かんでいる。

事が済んだら斬ればいい。愚か者共に制裁を与えればいい。

今フィルミリアを斬り殺して揉めるよりは、後回しにした方がいいと判断を下しただけで、諦めたわけでもなんでもないのだ。

その意思をベルトロイたちも感じている。

故にフィルミリアを保護しなければと一体感が生まれてしまう。

小さな魔物の少女によって、小さな亀裂が次第に幅を広げてきていた。

「ミリアちゃん。本当のことを教えてくれないかしら？」

纏っていた鋼の重鎧を魔術で大地に返した軽装のマリアンヌが、膝を突いて顔を覗き込む。

皆味方だからと優しく頭を撫でながら告げると、フィルミリアは怯えを収めて再び口を開いた。

「私……本当は追放なんてされてないんです。薬草が欲しくてあの森に入っただけで」

「え？　待って。この辺りに魔物が住む場所はないですわよ？　ミリアちゃんみたいな知性を持つ魔物なんて余計に。いったいどこからここまで？　それこそ外の大陸とか――」

「異世界から、来たんです」

沈黙が、爆ぜる火の粉と風の音だけを響かせる。

「私の国は今、あの森を越えた先の丘の上にあります」

彼女が何を言っているのかが分からない。

「ひと月ほど前に、この世界に来て」

本気か？

「魔物だけが生きる国だったのに、不可解な出来事で転移させられました」

何の冗談だ――

荒唐無稽(こうとうむけい)なフィルミリアの、それこそ妄想と言ってもいい飛躍した話に誰も何も言えない。

「私のような魔物もたくさんいて、とても素敵な国なんです」

それが、

「エステルドバロニア。偉大なる人の王によって建国された魔物の楽園です。あの国であれば、きっと皆さんに力を貸してくれるでしょう」

祈るような、寿ぐような、フィルミリアの言葉に、皆互いの顔を見合わせる。

あまりにも現実味のない御伽噺(おとぎばなし)のようなそれを、信じるべきかどうか。

ただ、それが事実なら王国へ向かうよりも短い距離で辿り着ける可能性がある。

フィレンツの森を抜ける必要はあるが、草原を延々と追い回されるよりはマシだろう。

全員がミラの顔を窺う。

背中の重さを感じながら、ミラは決断した。


燃え盛る聖都を背に、森を走る。

背後から迫る騒音から逃げるように、入り組んだ木々の合間を縦横無尽に駆けていく五人は、何度も後方を確認しながら前へ前へと走り続けている。

地面から突き出た木の根を、一人が潜り抜け、一人が踏み台にして跳躍した。

「ベルトロイ！　左来てますわ！」

「ポウル！　避けろ！」

「っ！　あっぶねえ、掠(かす)った！」

カロンを背負ったまま起伏や障害物を軽々と躱すミラが、ルートを選んで丘へと駆け抜ける。

それを追うマリアンヌは、魔法の光を灯して道を照らすフィルミリアを背負いながら、幾度も振り返っては泣きそうな顔で差し迫る化け物から懸命に逃げていた
敵からも目印にされているのは重々承知の上だが、これがなければ月も満足に照らせぬ夜の森を全力で走るなど無理だった。

神都の記憶改竄の結界魔術を無事に抜けることができた喜びもなかったわけではないが、それ以上の問題に追われてしまえば彼方(かなた)に飛んでいくのも仕方がない。

「隠れてやり過ごせば良かったのに貴女ときたら！」

「五月蝿(うるさ)いな。時間が惜しい。死ぬ気で走れば死なないんだから大したことないだろうが」

「死ぬ気で死んだら意味がないのですわ！　ああもう！　貴方たち、アレを私とミリアちゃんに近づけたら死ぬより辛い目に遭わせますからね！」

「とばっちりぃ!?」

神都を抜けてからフィレンツの森目掛けて走り続けているせいで、脳に酸素が回っていないのだろう。横暴とも言える叱咤(しった)を投げつけられて女三人に続く男衆から驚愕(きょうがく)の声が上がった。

魔物は四足歩行の種族が多く、悪路でも速度を落とさずベルトロイたちに追いついてくる。

現に、リーヴァルは会話をする余裕もなく幽鬼のような白い顔で走っており、ポウルに至っては最後尾で敵の先頭を走る【エンヴィーキャット】に何度か噛みつかれそうになっていた。

なにせ先導するマリアンヌの側に浮遊する魔力光だけを頼りに、暗く不安定で不定形な足場を走るのだ。

走れているだけ優秀と言えるが、その優秀さが潰えた瞬間に死ぬ運命にある。

フィルミリアが動きを拘束する魔術などで足止めも担当してくれているのがせめてもの救いだが、入れ代わり立ち代わり五、六体に追われる緊張感は凄まじい。

ミラの厳しい訓練を受け続けてきたベルトロイは他の二人よりも余裕はあるが、ミラのように何一つ疲労も感じずに動けはしない。

ちなみにマリアンヌがフィルミリアを背負っているのは、男衆にもミラにも背負わせたくないのと同時に身体強化の魔術をまだ多少は行使できるからである。

ただ、そのフィルミリアがカロンを背負いたいと言い出した時は大変だったが。

「本当にっ、ひどい任務だなっ！」

圧し折る音、砕く音、千切る音。

牛の声、蛙の声、猫の声、山羊の声。

漆黒に浮かぶ幾つもの光る双眸との距離は付かず離れずだ。

愚直なまでに周辺を破壊しながら進む魔物と違って、障害を回避しながら逃げる彼らが今も逃げ続けられているのはさすがといえる。

とはいえ、目的地に近付いているのかどうかも分からないままいつまでも走るのは、徒労ではないかと次第に心配になってくる。

そうならないよう声を上げるのがフィルミリアだった。

「あと少しで森を抜けます！　そうすればきっと！」

「あと少しってどのくらいですの⁉　ああああ、こんな何度も聖域を踏み荒らすなんて私はアーゼライ様に見放されてしまいますわ！」

「本当に神がいるなら神都もさぞかし平和だったろうな。所詮全ては人の業だ。マヌケが揃えば神も死ぬんだと覚えておけ」

「こんの……っ！　そういうことしか言わないから貴女のことが嫌いなのです！」

「私は好きだがな。からかうと実に楽しい」

「きいいいいいい!!」

「け、喧嘩はダメですよぉ」

軽口を叩いてはいても、マリアンヌには攻勢魔術を使うだけの魔力は体内に残されていない。

フィルミリアに心配をかけぬよう気丈に振る舞ってもいるが、髪に隠れた額には珠のような汗が浮かんでいる。

いい加減に限界が近い。

いや、もっと前から限界は来ていた。

それでも走っていられるのは、ひとえにフィルミリアがいるからである。

「そろそろ抜けます！」

叫ぶフィルミリア。

徐々に周辺の木々の間隔が広がり始め、見通しが良くなり始めた。

「走れ走れ走れぇ！」

「ポウル！　スピード落ちてきてるぞ！」

「んなこと言われてもぉうおおお！」

森を抜けたからといって安全にはならないが、一つ目のチェックポイントが確認できれば、力の入りようも違う。

喘ぐように呼吸しながら徐々に近づく出口。

身を乗り出すように五人が飛び出した先に見えたのは——

ただの、なんの変哲もない丘だった。

月と星の光が降る、記念碑も石像も何もないただの丘だけがあった。

まさか騙されたのか。

その考えが誰彼の頭の片隅に浮かぶよりも早くフィルミリアが叫ぶ。

「もっと近くへ！　まだ幻視の範囲から抜けていません！　あと少しで見えてきますから！」

下手な考え休むに似たり。

後続が途絶えない以上はまだまだ走らなければならない。

体が鉛のように重くとも、手足が鉄のように固くとも、止まることなどできないのだ。

よたつきながらもフィルミリアの言葉を信じて、崩れかけた膝に力を籠めて、いつ終わるとも知れない逃走劇をまだ続ける。

ここまで来た以上他に選択肢などない。徐々に距離を詰めてくる脅威からみっともなく逃げる様は勇者らしくないだろう。

しかし、これが唯一の活路だと決めたのだ。

あと少し、あと少しと励まされて動くのも限界に近い。

最後尾のポウルは少しつんのめるだけで魔物の爪が届く距離まで追い詰められている。

周囲から木々がなくなったことで、魔物たちも一行を囲いやすくなっている。

それに、全体の速度も目に見えて落ちていた。

（どうしましょうかねぇ……）

マリアンヌの背に負われながら背後を注視していたフィルミリアは内心で思案する。

(梔子はまだ動くつもりはないみたいですし。カロン様はお休みになられていますし。ここまできて誰か一人でも死なれると後を濁しちゃいますし。ぶっ殺して綺麗サッパリしちゃいましょうかぁ！)

もうこの茶番も限界だ。

実害が出る前にぶち殺して、最強ビューティフルパワーで誤魔化してしまえばいい。

まだ個体保有スキルも種族依存スキルも使っていないのだから、いざとなれば全力で悩殺すればいいのだと、フィルミリアは胸元に手を差し込んで亜空間へと繋ぎ、柄を握る。

「ぐあっ！」

ついにポウルが躓(つまず)いた。

すぐ前にいたリーヴァルも転倒に巻き込まれ、二人が重なるようにして地面に倒れる。

「ちぃっ」

緑色の獅子(しし)【フォレストレオン】や二本腕の四足熊【アグリベア】が喜び勇んで食らいつこうと襲いかかった。

助けようと足を止めたベルトロイに、【エンヴィーキャット】が狙いを定める。

先回りしていた大猿【ハクエンキ】と茨の百足(むかで)【アンガーズワール】がマリアンヌに迫る。

ミラの進路を塞ぐように地面から現れたミミズ【ヴォイルワーム】が、掘削機のような口を開いて待ち構えていた、
潮時だった。

ミラたちにとっても、フィルミリアたちにとっても。

「殺るしかないか！」

（殺るしかありませんねぇ！）

死ぬ覚悟に殺す覚悟。

いくつもの選択が交差する中で、一枚のカードがカロンの手から落ちる。

焦点が定まらず、夢を放浪していながら無意識にカロンが選んだ、切り札だった。

「――目覚めよ」

ミラの足元に、瑠璃色（るりいろ）の膨大な魔力が迸った。

「な、なんだ⁉」

その場にいた誰もが、世界を塗り替えるような力の奔流に唖然としている。

巨大な円に歯車と輪を象（かたど）る装飾文字が描かれた魔法陣は、キチキチと軋む音を立てて幾度も回転し、ガチンと全てが合わさると月夜を更に瑠璃で満たす。

吹き荒れる瑠璃の流星は幾条も絡まって巨大な柱となり、国を覆う結界を突き抜けて天高く莫大（ばくだい）な光の柱となって彼方まで伸びた。

それは、王国でも確認された強大な魔力とよく似ていた。

光の中で徐々に形成されるのは、かつての栄華に縛られた呪いの屍（しかばね）。

爛れて崩れる溶けた皮膚が、巨大な翼を広げると同時に撒（ま）き散（ち）らされる。

強烈な腐敗臭（ふはいしゅう）を放つ、見上げるほど巨大な骨と肉の軀（からだ）は、赤や黒や紫で彩られた毒々しい肉体で立ち上がり、人よりも巨大なヴォイルワームを幼虫のように踏み潰した。

地面に落とされたカードの名は、【ドラゴンゾンビ】。

日の届かぬ夜を跋扈する死霊の覇者が、神聖満ちる聖地を蹂躙（じゅうりん）するように、産み落とされた。

「り……竜、だと……？」

猫も獅子も猿も、そんなものとは比較にならない絶望の化身の登場に声も出ない。

喘ぐように口を開閉していたミラの背を、弱々しい力が押す。

「ミラ、降ろせ」

拒絶するように押す力に抗えず、支えていた腕がカロンから外れた。

地面に立ち、よろよろと歩くカロンはドラゴンゾンビのすぐ足元にまで歩いていく。

誰も動けず、止められず、声も出せず、カロンは絶望の前まで行くと小瓶を持つ手を掲げた。

人間など塵芥(ちりあくた)としか思わないであろう生物の頂点の成れの果ては、唸るように喉を鳴らしながらカロンへと首を伸ばし、

「また会えたな」

そっとその手に鼻先を寄せた。

その光景で、ようやくこの化け物を誰が召喚したのかを察する。

まるで子犬のようにカロンに甘える姿に感動するのは、恐らくフィルミリアだけだろう。

カロンは手を離して大きく伸びをすると、振り返って公国の魔物を見る。

「積もる話もあるし、そろそろご退場願おうか。これ以上予定の変更をするわけにもいかない」

パチン、と指が鳴らされた。

ドラゴンゾンビが、失われた声帯を無理矢理に震わせて劈(つんざ)くような咆哮(ほうこう)を上げると、その巨大な顎に猛毒を思わせる黒ずんだ紫の火焔(かえん)を湛えて、ポウルとリーヴァルを襲っていた熊と獅子に向けて一息に吐き出した。

呪いの劫火(ごうか)《カース・オブ・フォビドゥンフレイム》は、硬直している二体を一瞬のうちに包み

込むと、燃やしているのに溶かしていく。

紫炎の中で硫酸をかけたようにドロドロと崩れていく様子は、まるでこのドラゴンゾンビの呪いを表しているかのようだ。

落ちてくる獅子の腐肉を浴びてようやく正気を取り戻した二人が、這うようにしてその場を離れる。

対象にだけ効果の及ぶ炎はポウルとリーヴァルの頬の上でもチリチリと肉片を溶かす。

その感覚に二人は今にも理性を失いそうだった。

勝負になっていない。生物としての格があまりにも違いすぎる。

「梔子」

小さくカロンが呟けば、今度はドラゴンゾンビが動いていないのに、魔物の首が宙を舞った。

夜闇より暗い深淵の射干玉が、残された胴に触れた瞬間、全てを飲み込む黒穴へと代わり、周囲もろとも虚空に消し去った。

ミラ・サイファーは、知らぬ間に構えていた剣をカロンへと向けていた。

あの貴族らしくない顔も、気取らない態度も、何もかも嘘だったのかと。

そう思うのに、胸の中にある温かさが消えずに熱を増しているのが怖くなった。

「カロン……君は、一体……」

問われて、カロンは寂寥感を飲み込んで口を開く。

「俺……いや、私は――」

カロンは、自分を守るように尾を丸めて頭を垂れるドラゴンゾンビを一瞥してから、意を決したように深く息を吸い込んではっきりと告げた。

「私は、魔物の楽園の統治者。エステルドバロニア国王。カロンだ」

その声を合図に、丘に張り巡らされていた視覚阻害の魔術が解かれた。

聖なる丘の跡に立つ巨大な国が、王の帰還を喜ぶようにその全貌を現す。

背の高い城壁に囲まれて、その奥に聳える白銀の塔。天空には巨大な円環が浮遊し、煌々とした明かりが城塞都市を美しく照らしていた。

◆

「領主様！　早くお逃げを！　ここはもう持ちませぬ！」

「馬鹿を言うな！　どこへ逃げろというのだ！　最早安全など勝利以外で得られぬ状況だぞ！」

土と血に汚れたまま膝を突いて進言してくれた部下に対し、馬に跨った白い騎士は憤る。

この地を任された貴族は、清廉潔白で名の知れた伯爵だ。

王国直属の密偵から此度の戦を示唆する文を貰っていたが、大切な民を逃がしたくとも敵味方の区別が付かない中で、不用意に他の領地へ送ることが敵わず、唐突に開かれた戦端から逃げ惑う者たちを後退させるだけで精一杯だった。

何よりも彼らを苦しめているのは——

『グォォォォ……ン』

「くそっ！　こちらに向かってきます！」

「伯爵！　早急に避難を！」

「ぁぁあぁぁあああぉぁぁあぁ!!」

「来るなちくしょう！　来るにぇっ」

「障壁魔術を維持し続けろ！　崩れた穴から一気に来るぞ！」

人ではなかった。

月光の下を我が物顔で駆け巡る巨軀。下顎から屈折しながら伸びた長い牙に、鮮やかな白と緑の体毛が特徴的な豹が、悠々と戦場を走り回っている。

腕を振るえば鎌鼬が巻き起こり、四足で駆ければ突風が吹き荒れる。

死の山脈の頂に住むと言われる伝承の存在。

禁域に立ち入りし愚か者に誅を下す最後の獣。

「【ニルブレ】だっ！　なんだよ、何だってあんなのがいるんだよ！　御伽噺じゃねえのかっ！」

泣き叫ぶような罵倒を、豹の暴風が容易く飲み込み、排泄された時には裁断された肉の泥と成り果てた。

獄風豹【ニルブレ】。

この大陸に住めば一度は耳にする、しつけ話の定番。

コルドロン連峰に捨てられてニルブレが食べに来る話を、大人になれば子供に言い聞かせる。

それを、大人になって身をもって知ることになると誰が考えただろうか。

それは、遠巻きに戦場を眺める叛逆した領主にも言えることだった。

「こんなことが……あってよいのか……」

口髭を蓄えた領主の目的は、堕落した王国に嘗ての輝きを齎すことだ。

平和に浸かり腑抜けた王国では、いつまでも諸国と渡り合うことができない。公国の傀儡にされている時点で目に見えている。

だから、彼は反旗を翻した。

ただ一介の貴族が謀叛を起こしたとしても啓蒙になりはしない。

国が目覚めるほどの規模にならなければ誰も危機感を覚えない。

公国から持ち掛けられた話は渡りに船だった。

公算があろうと、あの〝剛剣〟と〝大火〟を相手にして無事ではいられぬだろう。

目的に繋がるためなら、噛ませ犬にでもなり果てようと。

そんな覚悟は、秘密裏に持ち込まれた獣によって瓦解した。

最早戦の体をなしていない。

気ままに食いちぎる魔物のお零れを魔物が仕留める、無残な光景だ。

見上げた空から、黒い影が迫る。

「あまりにも愚かなことよ。何も見ておらんかった。奴らは……公国は──」

朧雲の切れ目から翼竜が城壁に佇む領主を喰らおうと急降下した時、皮肉にも逃げ遅れた伯爵は豹の牙に引き裂かれる直前だった。


リフェリス王国の王城内。

燭台に照らされた白と藍で統一された広い部屋の中では会議が行われていた。

長いテーブルの上座に座る王冠を被った壮年の深い溜め息に、壁の左右に立ち並ぶ四十人近い武官たちの背に緊張が走る。

重苦しい空気に誰一人として身動ぎせず、誰かが切っ掛けを作ることを他力本願だが願わずにはいられない。

どれだけ静止していただろうか。扉が押し開かれてやってきた賢者の姿に、皆の顔が強ばる。

「ヴァレイル、どうであった」

くすんだ灰色のローブを肩に掛けた客人は、この国の統治者から投げ掛けられた問いに、ニタニタと笑いながら脇に抱えた書類を机の上に放り投げる。

誰かが思わず手を伸ばそうとしたが、鋭い咳払いに慌てて元の姿勢へと戻った。

「最悪だ。それ以外の何物でもない。相変わらず神都内の状況が分からん。遠見が公国に使役された魔物たちが挙って押し寄せていくのを見たのが最後。そっから先はさっぱりお手上げ！」

それは、公国が神都と協力態勢にない可能性が高くなった程度の、やはり確証を得られない情報だった。

果たして安堵しても良いものかとざわついた議場にて、再び王の言葉がはっきりと通る。

「……では、あの遊撃部隊は。ミラ・サイファーは」

「音沙汰なし！　はぁぁ……一世一代の発明品になると思ったのに成功したかも分からんとはなぁ。他に使い道がないのが難点だが」

「つまり、成果を挙げられていないのだな。送り出した騎士たちの生死も、遊撃隊の所在も」

「そうとも言える」

あっけらかんと口にされ、またも空気が重くなった。

既に王城には各地で開戦された旨の報が鷹によって届けられている。加えて公国は白昼堂々と決戦の地となるスラド領を越えて王国領土との境界線にまで軍を進めており、平野に異形を従えて待機しているらしい。

現地にて待機する王国軍の兵から届けられた報告書には、あまりに異様な光景を前に戦意が下がり続けており、どのように対処すべきか判断が付かないと記されていた。

前線の兵士から参戦している魔物の特徴が随時送られてきており、正体を摑むために調べていけば中には一個中隊で当たらねばならない強さを誇るとされる魔物まで交じっていると知る。

それがヴァレイルの放り投げた紙束の正体。泣き言ばかりだと喘ぐ声の書かれた紙を鼻で笑う〝大火〟の軽薄な態度に王はこめかみを揉みほぐした。

嘗ての人魔戦争は途方もなく先の見えない戦だったと先々代の王から伝え聞いている。

大空を舞い、地底を進み進軍する魔物の群れに対応するには探知魔術が必要不可欠であった。

あの大戦で多くを学んだはずなのに、いざその時が訪れても何一つ活かされていない。

かの英雄や勇者の存在が辛く苦しい逆境を切り開いたが、それは大局の要を、局所での勝利を続けたことで打開しただけであり、決して人類が魔軍より優勢となっていたわけではない。

今この時で言えば公国の本拠を襲撃してラドル大公を止めるのが最短の勝利に繋がるが、それを行う間に果たして自軍が持ちこたえられるのか。

忘失した教訓を呼び起こすには、あまりにも遅すぎた。

リフェリス第二十三代国王アルドウィン・リフェリには、決断する思考力がなかった。

公国の増長を許し続け、戦場のいろはも培わずに座した王には最善が思い付けない。

ここまで事が大きくなる前に対処するべきだった。そのための材料はいくらでもあった。

それをしなかったのは、偏にアルドウィンが戦から逃げたからだ。

多くの民を守るために多くの臣を束ねる存在が、この国の王の役割なのだから。無用な争いとして避けるのも一面で見れば正しいと言える。

しかし、その結果がこの事態だ。所詮魔物を魅了できる勇者候補だと、周囲の進言を退けてきたツケが回った。

視線の中に非難が籠もっていると自覚しても、アルドウィンは自分の積み上げてきた王の姿を崩せない。

だから、燦然と輝く勇者の姿に憧憬を抱き、その勇敢な決断を下す様に憎悪を抱いた。

「諸君の意見はどうかね」

アルドウィンは内心を押し殺しながら、臣下たちに問いを投げる。

「全軍を公国に向けるべきです。大公を討てば勝利が決まりましょう」

「だが、離反した貴族が止まるとは思えぬ。たとえ公国に勝ったとしても処罰の決まった奴らが大人しく引き下がるわけが」

「この状況では目先の脅威が最大の障害であろう!」

「損害が大きければ勝利したとていずれ潰れるぞ!」

「魔術部隊をすべて投入すべきだ!」

「神都から兵を差し向けられた場合に無防備な横合いを――」

「持久戦に持ち込んで諸侯との連携を――」

「いいや、今からでもカムヒやカランドラに要請を――」

発言の許可を受け、堰を切ったように喧々囂々と意見が飛び交う。

どれも一理あるが、決定打にはならない。繰り返すうちにどれだけ洗練されることか。

怒声にも聞こえるやり取りを疲れた顔で見ていた王だが、すぐ側にヴァレイルが寄っていたことに気付き、ちらりと目を向けた。

「おぬしなら、どうする」

「決まっておる。我輩とドグマで悪逆を殺せばいいだけだ！」

よく通る声で笑ったおかげで武官たちの目が自然と二人に惹き付けられてしまった。

内緒話のつもりが一切ないヴァレイルに、また王はこめかみを揉みほぐす。

ヴァレイルはひと通り笑ってスッキリしたのか、小さく息を吐くと珍しく真剣な顔つきとなった。

「とはいえ、それでも確かな勝利には及ばぬだろう」

「ほう。何故だ」

「単純な話で言えば、向こうの戦力が見えぬからだ。どれだけ密偵を送っても詳細な情報を持ち帰った者がいない。不気味なくらい沈黙を保ったまま戦端を開いたのだから、我らの存在を知っていてなお勝算があるのだと推測しておる。ま、既に報告にある何体かでも充分に手間がかかるしな」

勇者は、個で群を押し返すだけの力がある。

その勇者をして、手間がかかると言わせる魔物を従えている。平然と禁忌に手を染めた挙げ句、その外法を極めたなど考えたくはない話だ。

「色々気になる点はあるがなあ。どこで調達したのか、とか。しかしそんなものどんな戦場であっても付き纏うものなので考えることをやめた我輩は天才だな！　さておき、ややこしい問題もある。仮に勝利したとて、この内紛をどう収めるのかだ。魅了が解ければ魔物共は敵味方の区別なく人を襲うだろうし、各地で反乱した貴族たちは……おお、これは先程話していたな」

で、どうする？

そう問われて、王も武官も押し黙る。

仮にヴァレイルとドグマがラドル公を討てたとして、その後に残された魔物が人と同じように降伏するわけがない。枷を外された獣が唯々諾々と従うなどタチの悪い妄想だ。

勝利条件の厳しさが、白熱した議論に水を差し、またも重い沈黙が議場に降りる。

「議論は済んだか？　では我輩は支度をしてさっさと前線に加わるとしよう。何か新しい手段を思い付いたら伝令を送ってくれたまえ」

ただ伸し掛かる困難に言葉を失うほかない。

「……住民の避難経路を優先しましょう」

王の側に侍る大臣が、重い体を立ち上がらせる。

「しかし、それでは」

「うむ。だが守る場所があまりにも多い現状、民を一ヶ所に纏めなければ悩みの種は減らないままだ。無謀かも知れんが一人でも多くこの王都に辿り着かせねばなるまい」

「では、戦線は彼らに任せるのですか？」

「今配備されている者たちは公国に当たらせ、他の者は救助に回す。彼らに託すしかなかろう」

この難局に、個として立ち向かう強さを一切持っていない弱き者は、強き者に頼るしかない。

頼る以上は、彼らの取り零す物を拾い上げなければ申し訳が立たないだろうと、大臣は言う。

「かの大戦でも道を作り切り開いたのは九人の騎士だったが、それを支えたのは無力な我らのような存在よ」

勇者とて人の子。取り零すことなど幾らでもある。

「情報を集める。何が起きているのか正確に。その上ですべきことをしようではないか」

そう言って顎肉を揺らす大臣の姿に、気持ちを立て直した者から順にヴァレイルが捨てた資料を手に取り、内容を吟味して発言していく。

弱き者が強き者に立ち向かうには、群れるほかない。

その智恵と武力を集めてようやく立ち向かえるのだ。

勇者には勇者の戦い方がある。それを支えるのが、守られる者たちの役目なのだと。

動き出した国の姿を、王は黙って眺め続ける。

九人の勇者の切り開いた絶望には劣るが、今ここに第二の人魔戦争が起きようとしている。

これを乗り切れたのなら、その時はこうして陰から支える皆を英雄と呼んでやろう。

見たことのない熱意に溢れる姿に、ヴァレイルは気付かれぬよう添えた手の下で、口の端を持ち上げてその場を立ち去るのだった。

「あのぉ、よろしかったのですか？」

「ふふふ、構うものか。我輩に軍略の才などない。研究だけは一丁前だがそれ以外に関してはからっきしだからな！　適当に引っ掻き回して逃げるのが得策よ！」

議場を後にしたヴァレイルは、外で待機させていたセーヴィルと連れ立って自身の研究室へ足早に向かう。

途中で誰とすれ違おうとも、丁寧にお辞儀を返しているうちに遠のく背を追い掛けるセーヴィルは、ニヤケ顔の上司を訝しげな顔で見上げた。

「なんか、気味悪いです。悪いものでも食べてきました？」

「貴様よくこのタイミングで言えたな。いやなに、久々にやり甲斐のある仕事だと思ってな。この天才が天才たる所以を暫く披露しておらなんだ。今日こそ我輩が〝大火〟と呼ばれる所以を知らしめてみせよう！」

「それで大臣にやりすぎだって怒られるんですね。私この流れもう何回も見たんですけど」

「ふははは！　そう言うなチェルミー！」

「セーヴィルです」

恐らく死んでも直す気はないんだろうと、ジト目で溜め息を吐く音に咎められるのではとヴァレイルの肩がビクつくが、いつもの罰は何もなかった。

「勝てるんですか？」

研究室へ繋がる階段を下りながらセーヴィルに問われて、ヴァレイルは扉を押し開きながら口の端を吊り上げた。

「無論だ」

研究器具がそこかしこに置かれた薄暗く広い部屋の中をヴァレイルはスルスルと進んでいく。

「議場ではちょっと怪しいかも？　なんて言ったが本当は今把握している奴だけなら余裕のヨレーヌだ。あんまり楽勝だと思われるとこっちが負担だからなぁ。勇者だけで勝てるなどと安易に考えられては困る」

「はぁ……」

「ま、高い戦闘力がある奴を前線に放り込むのは当然だからな。それ以外のことは弱い奴に任せるしかない」

「意外ですね。『勇者ヴァレイル・オーダーがいれば万事解決よ！』くらい言うかと思っていましたが」

ヴァレイルらしからぬ発言が気になったセーヴィルが、魔力灯を起動させながら何気なく言った言葉に、巨大な鉄箱を弄っていたヴァレイルの手が止まった。

「……チェルミー、貴様は勇者適性を持っていたか？」

「いえ、ありません。あとセーヴィルです」

「そうか。それは良いことだ。ないに越したことはないからな」

「なんだかややこしい言い回しですね」

「我輩はな、勇者も魔物も大した違いがないと思っている」

顔を向けず、再び手を動かしながら一方的に語るヴァレイルは、その背を見て目を剝いている部下のことなど気にも留めず言葉を続ける。

「いつ人魔戦争が勃発するか分からぬことを理由に世界は受け入れたが、一歩間違えば強大な力を持つ存在として排除されかねないのが勇者だ。国一つ消し炭にできる暴力が堂々と闊歩していれば怖くて当然。正しい反応だろう」

過去にはそういった流れが生まれかけたが、人魔戦争が植え付けたトラウマが辛うじて抑制したお陰で今日がある。

目に見えて敵と呼べる魔物。同じ姿をした兵器の勇者。

敵に回れば、どうなるかなど考えるまでもない。

ただただ、圧倒的な暴力に弱者が飲み込まれるだけだ。

「悪に身を落とした末裔はどいつもこいつも超強い。誰が止められる？　魔物でも勇者でも、味方だと心強くて敵だと困る点は変わらん」

「でも、同じ人間じゃないですか」

「その人間同士が戦争をしているから今大変なんだぞ。これでドグマのような奴が敵にいたらどうするのだ。あ奴が本気で暴れた時にどれだけ被害を生んでいると思う。同じ人間だから、人間に牙を剝く機会が多いのだよ。故に畏怖されるのだ」

「なるほど」

「勇者は勇者になることを強制される。実に生きづらいとは思わんか？　その点この国は良い。煩わしいのは仕事だけで、後は気兼ねしなくて良いからな！」

「やっぱりそこでしたか。真面目に聞いて損しました」

「それだけの力があろうと、我ら勇者は大多数の弱者に生かされ、支えられているのだ。魔術に関しては我輩で万事解決だが、戦はそうもいかん。数え切れぬ血が流れ命が潰える。だからこそ、我輩は我輩のまま生かしてくれる命を一つでも多く守り、守る命にまた別の命を守ってもらう。それが勇者の正しい役割よ」

ガキンと、解錠にしては激しい音を聞いて満足そうに頷いたヴァレイルは、半開きになった蓋の隙間に手を入れて目当てのものを取り出す。

彼が大賢者と呼ばれたのは魔術の知識ゆえだが、与えられた二つ名とは全く関係ない。

彼の本質は広範囲を高火力で薙(な)ぎ払(はら)うシンプルな魔術にある。

これで駄目ならその上で、を地で行くが故の〝大火〟。

その力を十全に発揮するための媒体となるのが、箱に納められていた三叉(みつまた)の杖。

「だから、我輩は恩を返さずにはいられん！」

名を【ゲヘルソーン】。

先代リフェリス王より賜った、赤く煌めく魔導鋼(マギアクロム)の錫杖(しゃくじょう)。

彼の全盛期を彩った相棒である。

確かめるように振れば、三叉が風の振動に共鳴して甲高い音を立てる。久方振りの解放に歓喜しているようにすら聞こえた。

杖を自慢げに振り回し、ニタニタ意地の悪い顔で胸を張るお調子乗りの年寄りを見直して損をした気分のセーヴィルだった。

「ふっ、どうだ？　どうだ？　我輩今超格好良くないか？」

「明日の昼食はリンキャロットのソテーにしますからね」

「あんなの人間の食べるものじゃないから二度と我輩の食卓に出すなと言ったではないか!!」

「じゃあしっかり働いて帰ってきてくださいね。大臣にお小言言われるのは疲れるので」

「貴様本当にマイペースだな……まあ、それが……」

色々と言ったのが全て台無しにされた気がしたが、それが彼女なりの応援なんだろうとヴァレイルは気恥ずかしげに頬を掻く。

久方振りの戦場に浮き立っていたかと若干自分を諌め、その期待に応えねばと心の中で感謝を呟く。直接言うのはなんだか気恥ずかしく、そんないじらしい自分を気味悪く思った。

「我輩の希望としては神都に認識阻害を撒いた輩と戯れてみたかったが、仕方ない。公国の勇者がどれほどの実力を備えているのか皆目見当が付かんからなあ」

「えっ？　公国は勇者の養成をしていませんよね？　いるんですか？」

「なんだ、知らなかったのか？　そもそも、今回の魔物大騒動はその勇者から始まっておるのだぞ？」

白い顎鬚を擦りながら、その二つ名を記憶から探る。

ある意味有名な話で、今更口にすることもないと思っているのは上層部の認識だったし、あれを勇者と認めるのを誰もが憚っていた。

リフェリス王国の勇者制度から弾き出された異端児。

「クランバード・ラドル。魔物に魅せられて外法に手を染めた〝簒奪〟の大公よ」

国に必要なものは幾つかある。

人、衣、食、住、法、職、金。

何よりも外部から一つの国として認められなければ、それはただの街や集落と変わりはない。

その点、ラドル公国は聖地に集まる大量の金をもって認められた国だった。

王国が主権を主張したが、その全てを突き放してアーゼライ教の信仰が落とす金銭を集めて力を付けた、少々成り立ちの特殊な国である。

現在ではディルアーゼルを独立させてはいるが、実態は両者がっちりと連携して動いてきたため、お零れに与る王国に威厳など何一つなかった。

長らく公国は他国からの来訪を断り続けている。

魔物を服従させる魔術の研究が動き出してからなので、凡そ十年以上は経過しただろう。

公国の抱える軍が動いていたが為に、誰もが公国は国として機能していると思い込んでいた。

国は、人がいて、衣食住が整い、法が機能し、職を賄えて、金が回る、他国に国と認められたものを指すならば。

今、この国にはその半分も備わっていなかった。

前線の配備が完了したことを報告しに、若い兵士が公国の城壁内を進む。

なるべく周囲に目を向けぬよう、正面すら胡乱な眼差(まなざ)しで見つめて公爵家を目指す。

見るな、聞くな、話すな。軍に徴兵されてから、ただそれだけを守れば長生きができるのだ。下手な正義感や反抗心など何一つ価値がない。そんなもの、とうの昔に捨てている。

突然脇道から飛び出してきた民にも驚かない。足に縋り付かれても気にしない。

たとえそれが、実の親だったとしても。

「か、カインズ！　助けてくれ！　わしは何もしておらんのだ！　盗みも嘘も何もない！　お前からも助命を嘆願してくれ！」

心が痛んでも、助けてはいけないと今は亡き先輩に教わった。

先輩は妹に薬を与えるために金を盗み、妹諸共殺された。

日常茶飯事の暴政の中で生きるには、何もかもと別離を告げて目と耳を覆い隠すしかない。

軍人となったことは多少命を永らえさせるだけで、安全の保証などありはしないのだ。

「ひぃっ!!」

後を追ってきた、蛇の尾を持つ雄鶏（おんどり）が兵士をじっと見つめる。お前も仲間かと問うように。

震える足で、兵士が民を蹴り飛ばしたのを合図に、雄鶏は鋭い爪で民を押さえ付けて嘴（くちばし）でつつきながら食事を始める。

それを彼は素通りする。

聞こえない。聞いてはならない。

見えない。見てはならない。

少しでも意識を傾けると見えてしまう。

薄闇の街中に横たわる死骸を貪（むさぼ）る、公爵の下僕が。

「っ……！」

四手の猿が、落ちている骸を割いている。

紫色の芋虫が、子供に餌を与えている。

頭のない猪（いのしし）が、悠々と死体を踏み潰しながら歩いている。

隅に丸まって震える民は醜く痩せている。

乾いた血の跡が、街のいたる所に放置されている。

かつてのラドル公国の面影は、もはや街を囲む石積みの防壁にしか残されていない。

誰からも秘匿され、伸びる魔の手が恐怖で縛る。

言葉も行動も起きないくらいに、どこへ行こうと纏わり付く蜘蛛の巣が、いつでも誰かが捕まるのを狙っている。

誰かが言った。神都のエルフと俺たちと、どっちが幸せなのかと。

誰かが答えた。どっちだろうと変わらない。神都も元は公国だと。

そのどちらも、翌朝には城壁のシミになっていた。

生きるためには、何もかもを捨てなければならない。

辿り着いた屋敷の奥、彼の寝室に行けば嫌でも分かるだろう。

悪しき者を従えてこの世に這い上がった男は、うぞうぞと蠢く触手の繭に包まれ、阿鼻叫喚を子守唄に寝息を立てている。

この公爵は、きっと地獄からやってきた。

「閣下、ご報告に上がりました」

捻れた綱を解くように絡み付いた繭の腕から起き上がる男は、歪な骨に皮を被せたような姿で粘液を滴らせながら歩み出る。

深く窪んだ眼窩に見える血走った眼が、面白そうに裏返った。

「そうかい。ありがとう青年」

クランバード・ラドルは、ねっとりとした口調で兵士に語りかける。

「随分と聖地には苦戦しているみたいだ。あの公爵の娘の手柄かな？　それとも堅物バストン・ドゥーエが才覚を発揮したか？　それにしては、綺麗サッパリ僕の集めた可愛い子たちが失われていったようだ。それに、あの光……どんな秘密兵器を出したのかなぁ？」

立つだけで折れそうなクランバードが、ヒタヒタと粘液を垂らしながら部屋の中を歩く。

かつては神都からの援助で栄華を誇っていた公国の玉座があったこの部屋は、見る者を感嘆させる美しさがあった。

それが今では地獄の底のようだ。廃墟（はいきょ）といわれても不思議に思わないほど荒れ果てている。

それもこれも、この男が騎士を除名されてから始まっていた。

人の心を惑わし従える〝簒奪〟という力は勇者に相応しくないとして、言葉を尽くして丁寧に追い出されたことをクランバードは今でも恨んでいる。

望んで勇者になったわけでも、この力を手にしたわけでもない。

ただ運命が困難を与え、その仕打ちに耐えられなかったのだ。

父を排除してから、クランバードはその力に磨きをかけた。

どれだけ邪法と言われようとも、いつか復讐（ふくしゅう）を果たすためにと魔物をかき集めていた。

それで済んでいれば、まだ良かっただろう。

「青年。君は僕が恐ろしいかい？」

突然の質問に、兵士は言葉に詰まった。

恐ろしくないわけがない。民を国に閉じ込めて悪逆非道を繰り返し、今では魔物の餌場（えさば）に変えてしまうような人間を恐れないわけがない。

ある時を境に力を増し、見たこともない魔物を集めている大公は、恐怖そのものだ。

「……ぁ」

「そうか。残念だよ」

兵士の体に衝撃が走る。

その胸に、クランバードの繭から伸びた触手が突き刺さっていた。

「ごぶっ……がっが……」

「なんだ。申し訳ないけど、もう人間はいらないんだ。これだけの可愛い子たちをもらったからね。だから君たちは、戦に備えて豪勢な食事になってもらおうと思ってさ」

触手の先端が分かれようとして兵士の体を割いていく。

耳を塞ぎたくなるような肉と骨の音を聞きながら、クランバードはクルクルと回りだす。

「捧げよう。全て、全て、全て。僕を消そうとした奴も、僕を認めない世界も」

死体のような痩身は、ピタリと動きを止めてゆっくりと繭を見た。

兵士が感じた恐怖の正体は正しい。

この繭こそが、正しく地獄の底であり、蓋が開けば死が溢れ出るだろう。

「さあ、来いよ。偉大なる王の下僕が、お前たちに絶望をあげるからさぁ！」

この世界に再び破滅を望む者、その尖兵(せんぺい)と化した勇者は、来る時を思って壊れたように笑い続けるのだった。

◈ 四章 ◈

災厄の宴

異常な空間だと、ミラを含めた人間が皆同じ感想を抱いた。

左右に石柱の立ち並んだ、紅と金に彩られた暗い通路は最奥が薄ぼんやりとしか見えない。

進めば進むほどに空気は重く伸し掛かり、頬を伝った汗が柔らかなカーペットに染み込んでいく。

小刻みに手が震えるのを自覚しながら、彼らは案内された場所で立ち竦(たちすく)んだまま、玉座に座る男の姿から目が離せなくなった。

国の紋章が編まれた黄金の椅子に腰掛けているのだから、確かに彼は王のはずだ。

隣に見目麗しい美女を侍(はべ)らせ、静かに勇者候補の面々を見回している。

この部屋の絢爛(けんらん)さも、魔物たちの恐ろしさも、この王の前では全てが霞(かす)む。

彼には、何もない。

軍服の女が漂わせる濃密な魔力の匂いには肌が粟立(あわだ)つほどの脅威を感じるのに、王だけはぽっかりと穴が空いたように何も感じられないのだ。

そこだけ切り取ったかのように、魔物を統べる王にはあるまじき無才。

それが、ただ強さを見せる魔物よりも恐ろしくて堪(たま)らなかった。

「ようこそ、私の国へ」

穏やかながらもよく響く低い声に、慌てて勇者候補たちは跪(ひざまず)いた。

自分たちより遙(はる)かに脆弱(ぜいじゃく)な得体の知れない人間の王に、非礼を重ねることを避けた。

この国の全ての異常性を、この王が一人で体現していると言っても過言ではないだろう。

まだ夜は明けない。

魔物が最も謳歌(おうか)し、人が遠ざける暗闇は、彼らの選んだ道を塗りつぶしていく。

にやりと笑う非力な人間は、この場で最も闇を愛する怪物にしか見えなかった。

台座の下で右からミラ、リーヴァル、マリアンヌ、ベルトロイ、ポウルと並んで、カロンの言葉に揃って頭を下げた。

（なんか、ちょっと心が痛いなぁ）

つい数時間前まで何気ない会話をしていた相手を跪かせている事実に、カロンは疲れたように眉間を揉んだ。

いや、疲れは城に帰ってきてからずっと続いているのだ。

カロンが完治したことにキメラたちは咽び泣きながら喜んでくれた。

ルシュカはカロンの胸に飛び込むくらい喜んでくれたし、悪いことは一つもなかった。

ただ、今この場にいるキメラたちとルシュカの気合いの入りようが凄まじいのである。

勇者に舐められないようにしている節もあるのだろうが、とにかくここに来るまでの気合いの入りようは半端じゃなかった。

次にカロンから出てきた声は、えらく枯れていた。

「さて、リフェリス王国の勇者候補諸君。初対面の者もいるようだから改めて名乗ろう。私がこのエステルドバロニアの王、カロンだ」

ミラは、何も言わず大人しく膝をついて、普段の彼女からは考えられないほど能面のような色のない表情でじっとカロンを見つめていた。

カロンはそんなミラの様子を知ってか知らずか、口を開きかけた面々に向けて。

「名乗る必要はない」

緊張で乾いた喉から龍の唸りにも似た声が漏れる。

んっと咳払いで調子を戻してから再び口を開いた。

「諸君らが何者で、何を求めてエステルドバロニアに足を運んだのかはおおよそ理解している。窮地に陥った自国への助力を願いたいと。そうだな、ベルトロイ・バーゼス」

フルネームで呼ばれたベルトロイがぐっと喉を鳴らした。

「ふむ、答えられないことであったかな？　今の状況では公国の戦力次第で敗北することもありうるぞ。違うか？　ポウル・デルフィ」

尋ねられて、ポウルの額から汗が噴き出してきた。

「勝利したとしても、各地で蜂起した貴族間の戦争までは手が回らない。公国に勝てても残された問題は悲惨だ。諸君らの勝利条件には、公国だけではなく公国の従える魔物の掃討も含まれている。どうかな、マリアンヌ・フォン・フランルージュ」

「私たちの名を……」

話すことを一切許さず、一方的に千里眼とも言える知識を披露する。

懐疑の視線が再びリーヴァルに向けられるが、リーヴァルも驚愕に目を見開いており、視線に気づいた時には激しく顔を左右に振って否定した。

リーヴァルに仲間の名を教えた記憶はない。

当然だ。作戦中である以上、たとえ相手が要人であっても行動を共にする仲間の情報を不用意に漏らす真似など断じてしない。

まさかと思いミラを見たが、彼女もゆるゆると首を振った。

「全て知っているとも。全てな」

カロンは右端に視線を動かし、僅かに目を彷徨わせてから訝しげな顔を一瞬作ったが、前へと向き直った時には尊大な笑みを口許に湛えていた。

「さて、それでは本題に入ろうか。まず諸君らは見返りに何をくれるのかね」

頬杖をつき、足を組み替えて勇者候補の一人一人に視線を投げかける。

「我が国の者を救ってくれたこと、そして私を救ってくれたことには感謝している。そのために軍を動かすのも吝かではないが、あくまでも諸君と私の個人的な関係性からの助力だ。一国に対してであれば、一国として何かしらの確約がなければな」

カロンの言葉はどれも正論だ。

個人の恩義で国を動かすなど、王としてすべきことではない。

エステルドバロニアの協力をとりつけるのであれば、ミラたちが王国として利益を提示しなければならないのだが、彼女たちには王国に働きかける権限がない。

正式な勇者であるドグマやヴァレイルであれば少しは違うかもしれないが、一介の騎士の身にできることなど多くはなかった。

神都を襲った魔物も、森で遭遇した魔物も、想像の数段上を行く強力なものだ。

あの場所で得た情報ですら王国の勝利が難しいと感じさせたのだから、主戦場ともなれば勇者ですら厳しい戦況になると考えられる。

「カロン国王陛下、発言をお許しいただけますか？」

「構わん」

貴族に恥じぬマリアンヌの振る舞いに、カロンは感心したように喉を鳴らして許可を出した。

「ありがとうございます。陛下が仰る通り、此方から貴国に提示できる利益は、個人や家の範疇を超えることができません。本来であれば一度国へと持ち帰らせていただき、検討してから返答すべきなのですが、我々にはその猶予がない」

「そのようだな」

「その上でお尋ねしたく思います。陛下は、王国に対し何をお望みなのでしょうか？」

マリアンヌは、カロンが法外な要求をするとは思っていなかった。

詳しい事情を知っているのなら、ミラたちに大きな権限がないことも知っているはず。

フィルミリアを助けたことに合わせて、カロンの眠り病を治療したから、こうして王に拝謁することを例外的に許してくれているのだろう。

カロンの善性に期待している点はあるが、国を動かす権力のない者をわざわざここへと招き入れたのは、彼女たちでも叶えられるような要求だからではないだろうかと考えていた。

マリアンヌの問いに、カロンはまたも右端へと視線をズラしてから前に向き直った。

「エステルドバロニアが求めるのは一つ。――――交易だ」

「交易……ですか？」

「救ってくれた娘から聞いているやもしれんが、我が国は遠い彼方よりこの世界へと飛ばされてきた。国の基盤が全て失われ、様々な資源を失ってしまった」

そこには食も含まれ、時間が経てば経つほど困窮するのは目に見えている。

どうにかして生産を回復させようと様々なことを試しているが、結果が出るのはまだまだ先のことであり、エステルドバロニアも悠長にしていられないとカロンは説明する。

「国を思えば力をもって制し、殺して奪う方が早く確実に成果が出るだろう。しかし、私は無用な争いが嫌いなのだ。できることなら話し合いで解決したい」

悲しげに眉を顰めているが、遠回しに脅迫しているようにしか聞こえなかった。

通商が既に譲歩した提案であり、これが叶わなければ資源のために侵略する可能性があると解釈できてしまう。

そして、それを実行に移すだけの戦力があることも、身をもって理解させられていた。

「……つまり、確約を得られなければご助力いただけないと」

これも遠回しに脅迫してきているのかと思ったが、カロンはゆるゆると首を左右に振った。

「それは早計だ。この世界において魔物がどう扱われ、どう思われているかは想像に難くない。いかに規律を持っていても魔物は魔物。受け入れろと言われて素直に頷けるものでもなかろう」

今度はマリアンヌが眉を顰めた。

つまり、何が言いたいのか。

カロンはまた視線を右へと彷徨わせて、逡巡してから口の端を持ち上げた。

「諸君らが私の提案を王国に通すために尽力する。一先ずはそれで手を打とうじゃないか」

高圧的な態度は強者の余裕だ。

もしこの提案を断ってもこの国は利を得る。

受けたとしても一番得をするのはこの国だ。

どちらが生き残れるかを考えれば、エステルドバロニアの協力を得る方が間違いはない。

しかしマリアンヌに限らず、魔物を受け入れるのは現実的に難しい。

分かっている。

彼女に選ぶ道など元よりなく、ただ無礼をせず唯々諾々と受け入れるのが役目であると。

ただ一言だけ、決まりとは別に尋ねたいことを口にした。

「陛下、最後に一つお聞かせくださいませ。聖地は、ディエルコルテの丘は、もう二度とアーゼライ教のもとへ戻ることはないのですか？」

声は平坦だが、柳眉を吊り上げて隠しきれない憤慨が見て取れた。

しんと静寂に包まれる。

口を噤んだカロンは、時間を置いてから悄々と口にした。

「聖地に関しては、申し訳なく思っている」

その場にいる全員が、驚きに目を見開いた。

先までと同じように高圧的なまま対応しても問題はなかった。

それなのに、組んだ足を解いてゆっくりと腰まで折り、謝罪の意を示している。

「我々にはどうにもできない事態だったとはいえ、大切な地を失わせてしまったことは事実。新たな土地へと移ることも不可能ゆえ、私にはこうして謝るしかできない」

マリアンヌの慌てぶりは表情に表れた。

まさかこうも真摯な謝罪を受けるとは思っておらず、カロンの隣から冷たい憤怒を浴びせられて、どうしていいか分からず口を開けては口籠もるを繰り返す。

百面相をするマリアンヌを見て隣の様子に気付いたカロンが手を上げると、ルシュカは歯まで軋ませていたがすぐさま真顔へと戻った。

「この謝罪など私の偽善に過ぎないだろう。ちょっとした独り言だと思ってくれ」

カロンは腰を上げ、黒いコートの裾を払って背を向ける。

「答えは明日聞くとしよう。今日は休んでいくといい」

「明日……」

「答えが諾だとしても、今すぐに軍は動かせない。仲間内でしかと話し合って決断してくれ。ではルシュカ、後は任せる」

「はっ」

数歩玉座の陰にある扉へと歩き、ふとミラの様子を窺ってから視線を切った。

「大切な客人だ。無礼を働かないよう厳命しておけ」

「承知いたしました」

粛として姿勢を正したルシュカを尻目に、そのままカロンは奥へと姿を消した。

薄暗く豪奢な間から扉を潜れば、そこは眩いミスリルの壁に包まれた通路。カロンが自室に向かうためだけの専用通路だった。

先までの偉そうな態度から一転し、呑気に大きく欠伸をしてゴキゴキと首を回しながら通路をゆっくり歩いていく。

もはや威厳の欠片もない、少し草臥れた人間の姿だ。

自室の扉を開ける前にふぅと短く息を吐き出し、もう一度王としての振る舞いを自分に呼び起こしてから部屋へと入る。

中で待っていたのは、優雅に紅茶を啜るアルバートと、それを見張るハルドロギアの二人だった。

「お帰りなさいませ。お疲れでございましょう？　ささ、お座りくだされ」

カロンの入室を察知したハルドロギアは小走りで駆け寄って節立った手を握り、アルバートの指す席へと丁寧に案内した。

コートの襟を正してから柔らかなソファに座ったカロンは、少し訝しげに顔を歪めながら恐る恐る口を開く。

「これで問題ないな？」

「ええ、なんの問題もございません。これで明日までは勇者候補なる一行を縛れますからな」

満足げに頷くアルバートを見て、カロンはこの謁見の前に行った小さな会議を思い起こした。

今より二時間ほど前。

カロンの私室に備えられた広い応接間に呼び出されたルシュカとアルバートは姿勢正しくソファに座り、この状況に歓喜していた。

「カロン様。まずは無事お帰りになられたこと、誠に喜ばしく思います」

「もうハルドロギアたちから散々聞いている」

「いえいえ、これは我らの総意であり、私の本心でありますからな。口にせずにはいられませんとも。やはり我らはカロン様がおられませんとダメだと再認識いたしました」

「ルシュカから聞いているよ。すまなかったな」

「何を仰るのですか！　カロン様が謝ることなど一つもございません！　どうか、どうか我らを思うのであれば謝罪などなさらず、僭越ですが労ってくだされば、それで十分でございます」

はっはっは、と笑うアルバートを見ながら、ルシュカが陰でケッと悪態をつく。

「点数稼ぎしやがって、このジジイ……」

「さて、それではお話を伺わせていただきましょうかな。私もルシュカ嬢も張り切っていますので、ご期待に応えられるよう尽力いたしますぞー」

誤魔化すように手を叩くアルバートを暫く睨んでいたルシュカだったが、アルバートの言うことは正しいので、渋々威圧するのを控えた。

長いエステルドバロニアの歴史において、カロンが相談を求めたことは一度もなかった。

それが、初めて手を借りたいと望まれたのだから、気合いの入りようは半端じゃない。

勝つことへの貪欲さが籠もった眼差しに若干引き気味なカロンである。

高いＩＮＴに加えて〝狡猾〟で知略に長けているだろうアルバートと、長い間補佐官として多くの作戦に携わってきたルシュカのコンビであれば、自分よりも良案を考えついてくれるだろうとカロンは期待していた。

但し、自分が無能であることを悟られないようにする必要がある。

今までの持ち上げられ具合から自分がどう見られているか理解しているカロンは、当然そのイメージを崩すまいと気を引き締めた。

故に、あくまでもこれは意見を参考にしているだけだ、というスタンスを崩さないよう、少しだけ偉そうにふんぞり返って大仰に頷いた。

ハルドロギアの用意してくれた紅茶で口を濡らした時から、我先に話したがる素振りを見せていた彼らがどんな献策をしてくれるのか、楽しみで仕方がない。

「我々の勝利は、リフェリス王国との友好を盾にして動かせる駒にすることでよろしいですね」

はい、早速通じてない。

いったい何がよろしいのか微塵も分からない。

開始早々心労が募る。

「私は王国と友好を結ぶつもりであると伝えてあったはずだが」

声の震えは怒りではなく困惑から来ている。

もしかすると、この小会議は想像以上に重大な意味を持っているのでは？

言い知れぬ不安に襲われるカロンを見て、ルシュカは不思議そうに首を傾げ、アルバートは全て知っている風な微笑みで頷きながら口火を切った。

「無論ですとも。私もですが、その言葉の真意をしかと理解しております」

「……聞かせてもらおうか」

「はい。王が人間との共存を選ばれ、以前とは違い武力によって世界を征服していくようなことは為さらないと宣言なさいました」

「ああ」

「ですが、いかに同じ人間でも、カロン様がその頂点におわすのは至極当然のこと。偉大なるエステルドバロニア国王が、そこいらの王を名乗る猿山のボスと同列はありえませんとも。我らにとって王は絶対の存在であり、精神的支柱であり、全てを繋ぎ止める楔であると、今回の一件で再認識いたしました」

なんでやねん！　と言えればどれだけ楽なことか。

頭を抱えるのを堪えてただ静かに瞑目し、アルバートの言う摩訶不思議な理論を一先ず考えてみる。

ゲームの頃、することがないからと適当に理由を付けて人間の国を潰して回り、尽く併呑してきた過去がある。

魔物には同種族でもランク分けがある。

つまり、彼らの中でカロンは人間種の最上位と思われている可能性があった。

その考えに至った時、カロンはまだ自分と部下の間に大きな認識の差があるのだと改めて実感させられた。

「神都のような恐怖と恩賞による統治ではなく、友好の関係性を盾にして表から世界へと繋がる役割を担わせるのが真の目的かと」

全てが全て間違っていると言えないので、どう訂正していいのか困る回答だ。

カロンがリフェリス王国と友好を結びたい一番の理由は、やはり無用な戦火をなるべく減らすためだが、次点としては確かにエステルドバロニアの存在を保証してくれる、この世界に根付くための後ろ盾を確保する狙いがあった。

今のままでは凄く豪華で堅牢な建物がある魔物の集落くらいにしか扱われないだろう。

あの元老院の老人たちの反応からも分かるように、この世界でエステルドバロニアが国として認められるのはかなり困難だろう。

だからこの大陸で一番勢力の大きなリフェリス王国と、友好ならずとも前向きな関係を築き、この国は敵対する理由がなく有益なのだと思わせたかった。

国と認知されれば、周辺国もカロンを極悪非道な魔物の親玉ではなく、エステルドバロニアという国の王として扱わざるを得ない。

国際社会で交渉する場につける最低ラインの立場を確保したいと思っていただけであり、アルバートの言う大袈裟な意思は全く介在していない。

「カロン様は天の上に立たれる御方です。蒙昧な愚か者どもと同列など反吐が出ますが……」

「実に愉快な者たちだと思うがね。まあ、ペットくらいに考えれば問題ありますまい」

ただ、この危険思想を正すのは難しそうだった。

建国から百四十五年の歴史はカロンの寿命が人間を軽く超えている証拠である。

短い沈黙の中で大凡の答えを出し、カロンは静かに目を開けて、

「さすが、自慢の配下だ」

知らないふりをした。

「おお、カロン様の神算鬼謀に遠く及ばぬ非才の身には勿体なきお言葉でございます」

「長くお側にお仕えしてきたのです。分からぬはずがありませんよ」

蟠りがあるのはしょうがない。

対外にだけ相応に振る舞い、カロンの意に沿って行動してくれれば今は問題ない、はずだ。

「続けてくれ」

「はい。そのため、王はリフェリスに対し我が国の強大さを示すと同時に協力的であると認識させる必要があり、その橋渡しとしてあの勇者のなりそこないを利用するとお決めになられたのかと愚考いたしております」

「まあ、そうだな」

「しかし、初めから友好を結ぼうとしても恐らく警戒されるでしょう。我らは魔物。人とは本来相容れぬ存在でありますゆえ」

「それで?」

静まったアルバートに代わり、ルシュカが話を引き継いだ。

「まずは交易から始めます。我が国には数多くの鉱石が保管されておりますが、軍拡の予定も立たない今はただの石。これを輸出して王国から何かしらを購入すると対外的には示します。無償ほど疑わしいものはございませんから」

カロンはふむと得心する。

仲良しこよしにばかり意識を向けていたが、そもそも魔物と人間は水と油。

そう簡単に交われないし、今のエステルドバロニアが使える交渉の材料は武力しかない。

最終的にどう転ぶにせよ、まずは国同士の交易から始めていった方が、胡散臭い友好を叫ぶよりは確かに現実的だ。

「無論カロン様がそこまでお考えであることは承知しておりますから、我々に相談なさりたいことは別ですよね？」

いや、今まさに本題だったのだが。

「……なんだと思う？」

轡を握っているのに振り回されている気分が拭えないが、これも一応聞いてみた。

ルシュカとアルバートが互いの目を見て、試されていると勘違いし真剣な顔を作った。

「今後のために、誰を、どれだけを、どうやって殺すのか。それを相談なさりたいのですな？」

「……」

カロンが天を仰ぐ。

きしりと歯を噛み鳴らして続く言葉を傾聴した。

考えないようにしていた一つの手段を突きつけられ、大きな決断を迫られた。


ともあれ、カロンの方針はある程度決定した。

そして、話す内容と流れを記したメモ帳を視界の右端に貼り付け、ちらりちらりとカンニングしながら話していたのである。

こういうことができるのはゲームシステムが生きている恩恵だ。

とにかく齟齬がないようにと気を遣ったが、果たして正しくカロンの意図が伝わったのかは自信がなかった。

「これであの勇者候補たちは、本来の目的である情報を得たので王国へと戻り、我々が強硬策に出ないよう必死に根回しするかと思われますな」

顎髭を擦るアルバートはとても上機嫌だ。

「こちらは武力が切り札。この戦争介入で成果を出せばそれだけ脅威と認識してくれる、か」

「ええ。交易するなら攻めないと公言しておりますから、躍起になって纏めようとするでしょうとも」

魔物は力の差を指標にする。

カロン自身はあまりにも特殊な例なので含まれることはないが、基本自分より強い者には従うか関わらないか、基本的に必要に迫られなければ生命を優先する生き物だ。

アルバートの考えはあまりにも現実的だった。

恐らく人間は人間らしく反発したり企んだりするだろう。

そうさせないよう、国の手足をどれだけ引きちぎるのか決めようと平然と提案してきたのだから。

「お父様?」

「……」

両手で口元を覆って俯いたカロンに、ハルドロギアが心配そうに声をかける。

まだ、自分の選択に悩んでいる。

すぐに軍を出撃させて公国軍を根絶やしにして、エルフを救った時のように正義のヒーローよろしく悪を打ち倒して持て囃されるのならそうしたい。

遙かに楽で心を痛めることもさほどないだろう。

しかし――

「問題ない」

ただただ、この決断こそが成長した証だと自分に言い聞かせるしかなかった。

「アルバート、公国には貴様が向かえ。私にさせた決断は正しかったと証明しろ」

一筋の涙の跡を隠しもせず顔を上げたカロンに、アルバートは身震いを堪えられぬまま飛び跳ねて臣下の礼をとった。

「お任せくださいませ！　天魔波旬（てんまはじゅん）を統べる偉大な人王陛下に、必ずや最高の成果をお持ちいたしましょう！」

「そうか……では、後は任せた。あとは……少し一人にしてくれ」

一縷（いちる）の涙に何を見たのか。

喜色満面のアルバートと心配そうなハルドロギアを部屋から出し、ふっと体を後ろに預けた。

この胸にへばりついた感情は、神都の一件で捨てたつもりだった身勝手な同情の類い。

薄汚い偽善の心だと理解している。

過酷な世界の為政者の多くが直面してきっと乗り越えているであろう、つまらない想い。

ただの社会人ではなくなった今、深く深くに蓋をしなければならないモノだと分かっている。

簡単に捨てられるほど修羅にはなりきれそうにないし、そんなに面の皮も厚くはない。

窓の外を見れば紫黒の空が広がっている。

夜明けには遠い。

眠れない夜はまだ続くようだった。

「カロンは私に助けを求めている」

宛（あ）てがわれた客間にて、インナー姿のミラが突然口を開いた。

広い浴場を利用し、豪勢な食事に舌鼓を打ち、豪華な部屋を宛てがわれ、警戒するのも馬鹿らしいほど歓待された一行は汚れた装備の手入れをしていた。

彼らは一室に纏められているが、起きているのはミラとマリアンヌ、リーヴァルの三人だけで、ベルトロイとポウルは大きな天蓋付きのベッドで夢の中へと旅立っている。

隙間のない木床の上に座って真剣な顔のミラは、どうしてそんな顔をするのかと不思議そうに紅いソファの上で防具を磨く二人の顔を窺う。

マリアンヌとリーヴァルは、胡乱な目で彼女を見ていた。

「あの、ミラ小隊長。どうしてそうお思いに？」

「そんなもの決まっている。あの謁見の時、カロンが何度も私に視線を向けていたからだ」

「いえ、それがどうしてそうなるのかをお聞きしたいのですが……」

確かにカロンは何度もミラを——正確にはミラの位置にあったメモのウィンドウを——見ていたのだが、それが何故助けを求めていることになるのか二人には理解できない。

貴族としての格があり、問題を起こさないであろうマリアンヌがたまたま中心に据えられ、端にミラが追いやられただけなのだが、思わぬ誤解を生んでいた。

ミラは鎧の隙間に詰まった土を落としながら、ふんっと鼻を鳴らして語り始める。

「本当の自由を求めているんだ。経緯は知らんが、魔物の王なのは間違いない。そして、そこから解放される時を待っているんだろう」

「そんな時に我々と遭遇し、チャンスだと思っていると？」

満足げに頷くミラだが、リーヴァルには疑念ばかり浮かんでいた。

この一連の出来事の裏にカロンが全て関与していると思っていたが、出会いがセルミアの眠り病で伏せっているところから始まっている。

あの場で聞くわけにもいかず曖昧な憶測しか浮かばないが、カロンを助けるためにミラとの邂逅を演出したのではないだろうか、と。

そうだとすると、薬を手に入れた時点で逃げてしまえばいいのに暫く一緒に行動してみたり、尊大な態度を取っているかと思えば積極的に協力する姿勢を見せたり。

いったいどのような目的で動いているのか、ちぐはぐすぎて全く見えてこないのだ。

「ですが、どうしてあの場に独りでいたのか説明がつきません。これだけの勢力です。付き人もなく王がフラフラと出歩けるものでしょうか。それに、ミラ小隊長がセルミアの花を所持していると知っていたなら強引に奪う手もあったはずです」

「その点はカロンが自分の命を守るための行動だったのだろう。あれだけの秘術を行使できる男が強硬手段にも出ず身一つで私たちの前に現れたのだぞ？」

確かに一理ある、のか？

「逆に言えば、私たちが薬の材料を持っていたのは偶然で、あの戦火に巻き込むためにあの場所に置き去りにされていたのだとしたら？」

そんなことを考えれば何から何まで疑わしいと思ってしまうので、思考を切り替えようとリーヴァルはミラを見る。

「しかし面白い。実に面白いなぁカロンは。ああ、本当に興味が引かれる」

剣を磨きながら笑っていた。

不気味である。

恐ろしいと感じることは多々あったが、こんなミラは見たことがない。

俯いた顔が鏡面に反射しており、マリアンヌとリーヴァルは見なかったことにする。

「ですが、不思議な方でした」

話に乗ったわけではないが、マリアンヌは自分が感じたことを訥々と口にする。

「威厳があるようで、しかし虚構にも感じましたわ。どこか実体がないというか、掴みどころがないというか、なのにあの謝罪は、本当に心から仰っているみたいで……」

「そうですね。私も、どう評していいのか分からなくなりました」

マリアンヌと違い、リーヴァルは一度カロンに会っている。

出会った時の姿は世間知らずな普通の貴族だったのに、謁見の間で見たのは統治者の威風。

好感は持てるが、得体の知れない存在であることも確かで、ミラがいったい何を見ているのか全く理解できない。

それよりも気になるのは、

「ミラは、カロン陛下をどう思っているのかしら?」

マリアンヌが真っ向勝負で質問すると、リーヴァルの方が緊張した。

ベルトロイに向けている以上の執着が見える、ミラの心のうちはとても気になる。

これでも淡い恋心を抱く若い青年であり、彼女に憧れて鍛錬に励む眉目秀麗な騎士である。

ぐーすか寝ているライバルと思わしき男よりも距離を詰めたいと思って武具の手入れに余計な時間をかけるくらいには彼女を気にしていた。

平静を保ち続けているが、内心は不安だらけだ。

ぽっと出のダークホースを気にするリーヴァルには気付かず、ミラはキッパリと言い放つ。

「興味深いだろ」

どういう意味だ、と聞くよりも早くマリアンヌが身を乗り出した。

その碧眼(へきがん)には色恋沙汰に敏感な乙女(おとめ)の輝きが浮かんでいる。

「それは、まさかあのミラに恋する相手が!?」

「はあ？」

キャーキャーと、墓石嬢などと固く冷たく呼ばれる彼女には似つかわしくない歓喜に、ミラは相当抑圧されていたのかと生暖かい同情の視線を向けた。

「勇者と魔王の恋……！　素晴らしいものですわ！」

「なんだお前、急にテンション上げて。変なものでも食べたか??」

「さあ！　お聞かせくださいな、あの御方との間にどのような馴(な)れ初(そ)めが!?」

ソファから下りてぐいぐい身を乗り出すマリアンヌに、ミラは嫌そうな顔をしながら後ずさった。

さしものミラも、こういう女らしいものは苦手だったらしい。

ちなみにマリアンヌは変なものを食べてはいないが、変な本は結構な数を読破している。

「やめろ、鬱陶(うっとう)しいぞ！　私にそんな感情はない！」

「えー本当ですのー？」

「くそ、うるさいな！　明日が本番なんだからさっさと寝ろ！」

「いいじゃありませんか。ほら、観念したらいかがですの？　さあさあ！」

「……よし、この私に接近戦とはいい覚悟だな」

「えっ、あ、ちょっ」

耐えかねたミラがマリアンヌに覆いかぶさった辺りでリーヴァルは視線を逸(そ)らした。

ベルトロイに向けるそれと、どれだけの差があるのかリーヴァルには分からないし、この執着心が今後どう影響していくのかは想像がつかない。

どう転んだとしても厄介な気がするのは、長く彼女を見てきた勘によるものだった。

窓の外はまだ暗い夜に包まれている。

明ければ考えている時間などなくなるだろう。

ほんのひと時の休息。

それをしっかり得るためにも、まずは腕ひしぎをされて悶絶（もんぜつ）しているマリアンヌと楽しげに笑うミラをどうにかしなければいけなかった。

◆

彼方から徐々に顔を覗（のぞ）かせ始めた太陽が、紫がかった空に光を滲（にじ）ませていく。

露に濡れた平原に、二千人の騎士と馬に騎乗した三百人の騎士が悠然と並ぶ光景は壮観だ。

コルドロン連峰の白い尾根が暁に光る頃、リフェリス王国騎士団の陣営は用意を終えていた。

ラージシールドと黒い大剣を背負い、愛馬に跨（またが）った勇者〝剛剣〟ドグマ・ゼルディクトは、眩しさに目を細めて青と白の甲冑（かっちゅう）に身を包んだ兵たちを見渡した。

先頭に立つのは熟練の騎士であり、そこに怯（おび）えは感じられない。

だが、数列後ろとなれば体を震わせながら恐れる者も、いつ逃げてもおかしくないほどに動揺している者も窺えてしまう。

それも仕方がないと、勇者であるドグマでさえ思った。

反対側へ目を向ければ、蠢（うごめ）く大小様々な影が重音を鳴らして迫ってきているのが確認できた。

どれも人間とは掛け離れた異形の影。

悪名高き公爵の従える軍勢がやってくる光景は、御伽噺で聞いたかの大戦を彷彿とさせる。

こんな戦はさしもの彼でも経験がない。

人を、魔を、国を害する全てを自慢の大剣で切り捨ててきた彼であっても、列をなして大挙する魔物の軍など見たことがなかった。

せいぜい群れで行動する魔獣を討伐したくらいで、今直面している状況とは雲泥の差だ。

「多いな」

馬を駆りながらぼんやりと数えて、吐いた息は微かに白く色づいている。

想定よりも大型の影が多く見受けられ、厳しい顔を険しく変えた。

数の利さえ怪しいのに、巨大な魔物を相手取り、はたして彼らは戦えるのだろうか。

いくら勇者と持て囃されても結局は人であることに変わりはなく、大切な部下に死地へ赴くことを強いるのは幾つになっても辛いものがあった。

「団長」

後方から追ってきた副団長ゼンツ・バウムの声に気付き、ドグマは手綱を引いて馬の足を止めて振り返った。

「首尾はどうだ」

騎士団の中でも五指に入る長身の美男子は横髪をかき上げながら展開する自軍を見る。

「魔術部隊は最後尾にて展開を終えています。治癒魔術師も後方に配備していますが、障害のない平野での戦闘なので期待はできません」

ドグマが視線の更に遠くを見通せば、青いローブを被った者たちが騎士に囲まれるようにしているのが見えた。

戦いの主役は賢者ヴァレイル・オーダーの率いる王国唯一の魔術部隊だ。

高い火力で敵主力を圧倒する彼らを騎士が守り、敵の侵攻を食い止めなければならない。

普段であればここまで心配はしないのだが、会議によって各地へ派兵し住民を救出することが決定したため、中堅の殆どがそちらに回されている。

民を見捨てるなど騎士に非ずと豪語するドグマだが、それとこの不安は別物だった。

「ただ、巻き込まれなければ勝てるから上手く逃げろとの言伝を頂いております」

伝えられた言葉にドグマはふっと笑みを零した。

「無茶を仰る。〝大火〟の魔術は味方でさえ逃げるのに苦労する威力だというのに」

「通信魔術で逐一連絡はくると思いますが、とにかく陣形を魔術に合わせて変えねばならないでしょう」

側近が魔法陣の描かれた小さな紙を取り出してドグマの喉に押し当てた。

魔術が使えなくても通信魔術などの簡単な術を行使できるようにする魔導紙片は一瞬にして燃え尽き、喉には魔法陣が転写された。

「此度の戦はヴァレイル殿が頼みの綱だ。我らは敵の足を阻み、後方へと逸らさぬことに徹するしかない」

「しかし、この士気では……」

ドグマと同じように、側近の者も不安を拭えない様子だ。

一般も、貴族も、勇者候補も、この場では等しく騎士の身分を授与された者たちだが、長らく戦争に身を置いたことがない。魔物の討伐ですら従事経験のない者も少なくない。

今、戦争のノウハウを知る者は殆どいないせいで、日頃の討伐任務よりも猛烈な緊張感に耐えきれなくなりそうである。

「王はあまりにも弱腰すぎました。どうやってあれだけの数を公国が揃えたのか知りませんが、もっと早く叩いておくべきだったのです」

「そう言うな。神都の元老院と繋がっていては手出しできなかったのも事実だ」

「だとしても」

「情けない話だな。さんざっぱら警戒しておいてこのざまでは、諸国に笑われても仕方あるまい。はっはっは」

「笑い事ではありませんよ！」

ゼンツの憤る姿に「すまんすまん」となお笑いながら謝罪する。

「だが、今日を越えればそれも終わる。リフェリス王国は大国として大きく躍進できるだろう」

公国が力を失えば王国を押さえつけていた障害が全て取り払われるのだ。

神都から元老院が降りたのは朗報でもあり、全てを王国の手に収めることも可能となる。

「そのためには、なんとしても我らの正義を示さなければならない。慣れた中堅の者たちが各地へと赴かなければ民の救出も敵わんからな」

「やはり判断が正しいとは、その。この戦力ではやはり厳しいと思われます。今からでも戻ってもらうわけには」

「いかんな。先へ延ばせばそれだけ被害は増えていく。なにより、騎士が民を守らずして誰が守るのだ」

騎士道など形骸化して誰も信奉してはいない。

それでも、騎士となったからには騎士として務めを果たす義務がある。

国の命運を前にして、いつまでも弱音を吐いてはいられなかった。

『あーあー、聞こえるかー剛剣ー』

鼓膜が大気を介さず声を拾う。

ドグマは喉に刻まれた魔法陣を押さえて、遠く後方へと目を向けながら返事をした。

「聞こえている。調子はいかがかな、大火殿」

ドグマの軽い調子にヴァレイルは鼻を鳴らした。

『アホほど魔獣の類いが投入されているのを見ていると辟易とするわ。普段と違って撤退する可能性を考えられん』

「ええ。あれだけの数を相手に我々は殲滅戦と同時に大公の殺害までこなさなければなりませんからな」

『まったくこれだから魔物は嫌いなのだ』

操られている魔物となれば、被害を見て逃げることは想定できない。

そうなれば相対する騎士団も撤退は許されず、どちらかが根絶やしになるまで戦い続けなければならないのだ。

「お互い頑張りましょう」

『干涸びたら貴様ら全員に呪いの一つでもプレゼントしてやるから覚悟しておけ！』

不穏な言葉を残して音声はブツリと途切れた。

「何か仰っていましたか？」

「なに、いつもの憎まれ口だ」

仕方のない人だと笑い、ドグマは一度公国軍を見やる。

確かに辟易とするが、同時に心に湧くものがある。

それは体に流れる気高き血の声だ。

「さて、征くか」

「はっ。お供いたします」

ドグマは馬首を返して戦列の中央まで戻ると黒い大剣を抜き放ち、片腕で高く天へと掲げた。

いよいよその時が来たのだと、兵たちに知らしめる。

「王国の盾にして剣よ！」

澄んだ夜明けの空気を震わせて、ドグマの大喝が王国軍へと響き渡った。

落ち着かない空気が一気に引き締まり、威風堂々と剣を掲げる勇者を皆が注視する。

「悪しき公国の軍勢が、王都のすぐ目の前にまで進軍している。此処で我らが立ち向かわなければ明日はない。これほどの危機を迎えたことは、建国以来一度としてなかっただろう」

ドグマの声が聞こえたのか、示し合わせたように公国の軍も足を止めた。

「かの英雄たちが乗り越えし多くの試練、その一端を我らは前にしている！　だが臆することはない！」

人を奮い立たせる力がそこには強く籠められている。

旭日を浴びて輝くドグマの姿は最強の騎士に相応しく、高らかと吼える獅子を連想させた。

「我らは救国の英雄となる！　かの九人の騎士と名を連ねる日がついに訪れた！　今ここに、我らリフェリス王国騎士団の英雄譚を始めよう！」

その宣言に呼応して銀の光が一斉に空へと掲げられ、爆発したように雄叫びが上がった。

声を嗄らして叫ぶ勇士たちを自慢げに見て、ドグマは迫る化け物の大群に体を向ける。

「お見事です」

ゼンツの小声の称賛に子供っぽく笑ってから、顔を引き締めて大剣を眼前に振り下ろした。

「全軍、突撃ぃ!!」

大陸の覇権を決める戦いの火蓋が、ついに切られた。


王国軍の進撃に、公国軍もすぐさま動き出す。

足の速い四足の魔獣が先頭に躍り出て、食い殺さんと涎を撒き散らしながら押し寄せてきた。

隊列も何もなく、ただ足の速いものから我先にと突き進む無策の進軍は好都合だ。

恐怖を振り払うように叫ぶ兵も各々武器を構えて草原を駆ける。

その頭上を、鮮やかな橙に光る流星群が追い越し、着弾と同時に激しい炎が解き放たれた。

魔力から生み出された炎は獣を抉り、また燃やしていくが、それでも獣の群れは止まらない。

蛇行しながら迫る黒山羊【ラフィングゴート】の目に、天空に描かれた巨大な真紅の魔法陣が映りこんだ。

それは二つ、三つと、大小の繋がった術式を大きな円が取り囲んだ三重詠唱の妙技。

ヴァレイルが〝大火〟と呼ばれる所以となった、王国至高の高位魔法の輝き。

「遍く焔の綺羅星よ、集い猛る業火にて悪しき万物を薙ぎ払いたまえ!」

右の瞳に赤い陽炎を浮かび上がらせた王国最強の大賢者は、人の合間を縫って視界に映る一群を捉えると、勇者たる力の一端を解放した。

個体保有スキル《勇者Ⅱ》

個体保有スキル《フレイムブーストⅡ》
スタンススキル《灼炎魔紋》
スタンススキル《トライボルテージ》
勇者の持つステータス上昇スキルに、炎系魔術の効果を上げるスキルを二つ、そして魔術を三つ並行で発動させて効果を増幅させるスキルを一つ。
開幕から全力の一発が、空で怪しく真紅に輝いていた。
マジックスキル・火《アグニライン》
「巻き込まれるなよぉ！」
遙か後方にて三叉の鋼杖を振り回し、愉快だと言わんばかりに高笑いを上げるヴァレイルが先端に浮かんだ魔法陣に力を込めれば、天に浮かぶ巨大な円から一筋の閃光が地面を貫いた。
ギュオン、と音を上げながら横薙ぎに奔った光線が魔物を大地ごと貫いて融解し、軌跡を追って噴き上がった炎柱が、一瞬にして兵たちの視界を紅蓮に染めた。
熱風がひと際大きく吹き、天へと伸びた炎が掻き消える。
黒く焦げ付いた地面に幾つもの屍が転がり、風と共に灰燼と帰す。
勇者の実力を見せつけられて唖然とする騎士たちを置き去りに、ドグマ率いる騎馬隊は臆することなく炎の轍を乗り越えて突撃を敢行した。
羽のない三腕の巨大な蟷螂【バルテトリア】が、ドグマの正面で頭上から伸びた腕を振り回しているが、ドグマは僅かな減速と猛烈な加速で馬を制御し、構えた黒い刃を通り過ぎざまに振るった。
個体保有スキル《勇者Ⅰ》
個体保有スキル《英雄Ⅰ》

スタンススキル《騎乗特性Ⅳ》
ウェポンスキル《ブリッツブレイド》
置き土産にと横に振るった大剣がバルテトリアの硬い腹部へと食い込み、勢いを殺さぬまま横薙ぎに振り切られると、蟷螂の上体がごろりと地面に転がり落ちた。

「ゼンツ、隊を分けて左右へ回れ！　雑魚は任せたぞ！」

魔物を躱すたびに一太刀を浴びせていくドグマは、視界に映ったゼンツへと声を張り上げる。

兵の視線が交錯し、ゼンツが首肯したのを確認して、ドグマは愛馬のスピードを上げた。

大型であればあるほど動きが鈍重だが、簡単には死なないし生半可な攻撃は通用しない。

なによりも、戦うとなれば足を止めて邀撃しなければならないのが鉄則だ。

騎馬隊の役目は機動力を生かして小型の魔物を殲滅することにあり、ドグマは中でも厄介な魔物を選んで討伐することを任としていた。

ウェポンスキル《スタンバッシュ》
飛び掛かってきた赤黒い蜥蜴の頭部を大剣の腹で強打して昏倒させ、ドグマも馬と共に体を傾けて右へ向き、群れの中から離れて自軍へ目を向ける。

先頭集団が衝突し、怒声と悲鳴、咆哮と叫喚が溢れて止まない。

ひとたび駆ければ救うこともできる距離。

しかしドグマは与えられた役目を全うせねばならず、気軽に動くわけにはいかなかった。

改めて戦場を見渡す。

小賢しいゴブリンのような知恵を持つ魔物は今のところ見受けられず、どれも本能で動く獣ばかりで、小手先の策略が見られないのは幸運だろう。

小型の魔物を騎士が受け持ち、魔術部隊が大型を優先して攻撃する戦法。

しかし、かつての人魔戦争で培った戦略が効果的でも数の不利は如何ともしがたい。

それを埋めるために、勇者の二人が誰よりも奮戦する必要があった。

(どうやって大公はこれだけの魔物を揃えられたのだ。監視はずっとしてきたはず。内通者がいるとすれば厄介だが、それでもこれほどの戦力を国内に潜めておくなど無理がある。いや、しかしこれだけの魔物をどうやって操っている。テイマーの姿どころか、大公すら見当たらないなどありえるのか……?)

王国が大公の力を見誤っていたのは決して王の日和見だけが原因ではない。

周辺地域の魔物を揃えているだけであれば王国の兵力なら苦もなく勝利する自信があったが、今戦場には多種多様な魔の化身が揃い踏みしており、中にはこの大陸には生息していないものまで交じっている。

加えて、魔術で魔獣を制御するテイマーは、効果範囲の関係から魔獣の側にいなければならないのに、どれだけ駆け回っても人影が見つけられない。

もしラドル大公の〝簒奪〟の力だとすると、これだけ多くの魔物を使役できるはずがないと、大公を知るドグマは結論付けていた。

鋭い眼光は遠くに霞んで見える公国を見据えている。

(裏で暗躍する何者かがいる。これほどの魔物を誰に知られることなく与え、従わせるほどの)

まさかとは思うが、その可能性をドグマは捨てられなかった。

思案に耽りかけた視界が、白と緑の風が駆けていくのを捉える。

急いで馬の腹を蹴り兵のもとへと向かった。

タワーシールドを構えた重装騎士へ突撃していく豹は暴風を纏って爪牙を鋼に突き立てる。

分厚く頑強な盾を、歪な牙は紙切れのように切り裂いて後ろに隠れた騎士へと食らいつく。

悶える騎士を振り回して手遊びに周囲の者も傷つけ、メキリと柔らかな肌に牙が食い込んだ。

「おぉぉおおお!!」

ウェポンスキル《オーバーバスター》
馬上から飛んだドグマは空中で縦に一回転しながら、忌まわしき山頂の覇者【ニルブレ】の首めがけて大剣を振り下ろした。

ドグマの瞳に灯った赤い光が彼の軌道に帯を引き、地面を踏み砕きながら静止した鬼の形相に血が降りかかった。

「無事か!?」

落ちた兵士を確認したが、既に事切れていて苦悶の表情を浮かべたまま空を見つめていた。

やりきれないと思うよりも早く、ドグマは次の標的を探し、若い騎士では手に負えない魔物を率先して狙っていく。

獄風豹がいるとなれば、同じくコルドロン連峰の支配者だった他の種も存在するはずと、側へ寄ってきた愛馬の手綱を強く引き寄せ颯爽と跨って次の標的へ駆けた。

周囲には惨状が広がっているが、まだ騎士団の方が魔物を圧倒できているように見える。

日も浅い新米を編隊しながらでも過酷な訓練をこなしてきた成果を発揮して、どうにか渡り合っていた。

それでも皆が無事とは言えない。魔物が転がった同僚の屍を貪る隙に、泣きながら剣を振り下ろす者も多く見られる。

果たして、魔物が全て斃れた時にどれだけの騎士が立っているだろうか。

「団長！　ここは我らにお任せを！」

暗澹としたドグマの想いを払うように、次々に襲い来る混沌とした群れを狩って回っていた副団長が長槍を脇に抱えて一気に交戦する修羅場へと飛び込んでいった。

「頼むぞ！」

ドグマも目指していた標的目掛けて吶喊する。

人と魔物の間を掻き分け、凶爪を振り回し傍若無人の限りを尽くす凶悪な獣を探し、そして強靭な体躯から剛剣を繰り出す。

臆するなと、魔物如きに人間は負けないのだと、懸命に戦い続ける戦友に見せつけるように。

三体目のニルブレを討伐し終えた時、視線の先で魔物の本隊が左右に道を開けたのを見た。

重々しい音を立てて割れた道の先から現れたのは、予想通りの厄介な魔物の姿だった。

「っ、ヴァレイル殿ぉ！」

凍気をごつごつした背甲から噴出させる蜥蜴が大口を開けている。

【ミノタウロス】や【イエティ】を相手に苦戦する王国軍がそれを回避するのは不可能だ。

咄嗟に喉を押さえて叫んだ名前の主は、ドグマに向かって倍近い声量で怒鳴り返した。

『聞こえとるわアホ！　通信魔術越しに叫ぶな、気が散る！』

ヴァレイル・オーダーの目もその姿を捉えていた。

獄凍蜴の異名を持つ魔物【ブラムリザード】の吐く冷気は一瞬にして周囲を凍りつかせる。

その威力に対抗できるのはヴァレイルだけであり、苛立ち交じりに急ぎ魔力を練り上げた。

「ええい！　烈火迸り冷寒無へと帰す、紅き加護にて守り給え！　《フレイムウォール》！」

個体保有スキル《ロングレンジキャスト》

ヴァレイルだからこそできる魔術の効果範囲延長のスキルによって、ブラムリザードの進路上には魔紋が浮かんだ半透明な橙色の壁が展開される。

蜃気楼のように揺らぐ心許ない魔法障壁目掛けて、凍て付く蜥蜴のブレスが放たれた。

氷柱を生み出しながら直進した冷気は、炎の壁に衝突した途端春風に変わる。

突破せんとブレスを吐き出し続けるブラムリザードだったが、その冷気を物ともせずに直進してきた魔法の矢を脳天に受け、周囲の魔物に冷気を撒き散らして絶命した。

「我輩が大火と呼ばれるようになった所以なんぞ知らんだろうが、貴様らへの対策は昔からしとったのよ！　この大賢者を甘く見るなよ大公！」

矢継ぎ早に放たれる炎が大型の魔物へ衝突し、その度に焼けた肉の匂いが辺りに充満する。

ただの下級魔術でさえ他の魔術師とは一線を画す威力。描く魔法陣の複雑さが勇者として得たヴァレイルの強さに繋がっていた。

かの魔術大国であっても炎の魔術においてはヴァレイルの右に出るものはいない。

杖を振るえば赤き魔法陣を十重に二十重に描き、呪文を唱えれば焔で包み燃やし尽くす。

普段の飄々としたヴァレイルからは想像もつかない芸術的な魔術は大賢者に相応しいものだ。

しかし、王国最強の魔術師である彼にも弱点があった。

「はぁ、ふぅ……よし、次を寄越せ」

そう告げて視線を正面に据えたまま手を伸ばすと、淡い紫の小瓶が若い魔術師から渡された。

それはオドの妙薬と呼ばれる魔力回復剤。

魔力の籠められた薄緑色の液体であり、体内の魔力を回復してくれる高価な代物である。

ヴァレイルはぐっと飲み干して乱暴に小瓶を放り捨てる。

小瓶は既に転がっていた二本の瓶に当たって甲高い音を立てた。

いかにヴァレイルが最強の魔術師であっても、克服できなかったのが魔力の量だ。

描く魔術の複雑さは効果の増幅に繋がるが、比例して魔力も多く消費してしまう。

魔力量がさほど多くないヴァレイルは、国の倉庫から拝借した大量の妙薬が頼みの綱だった。

加えて、もう一つ。

「なんじゃい……あれは」

敵陣最後尾。

混沌と、愚直に、獰猛に進む群れの中で、一際目立つ赤熱が、昇った日の光よりも強く燃えているのが見える。

それは、北の大陸にて【ヴァルクロプス】と呼ばれる、溶岩を纏った一つ目の巨人。

炎系統の魔術しか使えないヴァレイルにとって最大の難敵であり、同時にあれがこの戦場の最大の障害と察せられた。

「前言撤回しよう。舐めてなんかいないぞぉ大公！　しかし……こうも魔物が多様では他国の介入も疑わしいものだな。いや、むしろ……」

その考えはドグマと同じ。

だが敢えて口にはせず、体の内が薬の効果で満たされたと感じてヴァレイルは再び狙いを定め、火力で押し切るか搦め手に走るか思案する。

「……待てよ？」

ふと止まる。

確かに敵の侵攻は激しいが、これでは人間と変わらない攻め方だ。

「探査魔法はどうなっておる！」

「どう……とは、敵陣営の魔物の解析に使用されておりますが」

「そうじゃない！　周辺に反応はあるかと聞いている！」

ヴァレイルの後ろで大きな魔法陣を囲んでいる弟子たちは揃って首を傾げた。

彼らは波紋のように揺らぐ大気のマナを感じ取り、動く物体を探知する魔術師たちだ。

複数人で同時に発動させた半径十キロメートルにも及ぶ広大な探査魔法だが、前方で繰り広げられる戦闘以外には一切引っかからなかった。

「他には何もありません」

その答えに満足がいかず、ヴァレイルは爪を噛んで思考する。

この戦場には、一番厄介な魔物が存在していない。

多様性に富んだ顔ぶれだが所詮は地を這う者で、魔法耐性を持たなければ魔術師のいい的だ。

後方に陣を構える厄介な魔術師を確実に狙うなら、当然距離を埋める手段が必要となる。

それが魔術の応酬でも、素早い襲撃でもなければ、後に残されるのは何か。

そしてどこから現れるのか。

視線を上へと向けて、雲の漂う晴れやかな空を見渡した時にはもう遅い。

それは、突如として姿を現した。

「総員、空を狙え！　とにかく撃ち落とせ！」

何を、と問うことはなかった。

ゆったりと泳ぐ大きな雲を汚す、幾つもの黒点が襲来を意味している。

人間ではなく、魔物だからこそ警戒しなければならない種族。

空を舞う、魔鳥の群れだ。

大の大人二人分はある大きな翼をはためかせて戦場へと急降下する双頭の烏(からす)【アンフィスクロウ】。その足には、四角い包みが括(くく)り付けられている。

先頭を切る大烏(おおがらす)は何度も放たれる魔術を錐揉(きりも)みしながら回避していたが、弾幕を躱しきれず直撃を受けると、そのまま騎士団の中心へ墜落した。

直後、爆発。

ヴァレイルの魔術にも引けを取らぬ爆炎は魔術ではない。

人間の智恵(ちえ)によって生み出された代物は、魔術以上に効率よく周辺を吹き飛ばした。

「くそが。くそったれがぁ！　やりおったなクランバード・ラドル！　どこからこれだけの鳥と火薬なんぞ掻き集めおったぁ！」

怒りと憎しみに吼えるヴァレイルの頭上、大鷲(おおわし)の足から二つの包みが届けられる。

辛うじて優勢だった王国の戦力が、一気に瓦解(がかい)した。

漂う意識の向こうで泣きそうな怒号が聞こえてくる。

慌ただしく走り回る土の振動。放たれた魔術の余韻で震える魔力の波。

ぐらぐらと空間ごと揺すられる感覚。

激しい空爆からどれだけ時間が経ったのか、勝ったのか負けたのかもよく分からない。

淀(よど)んだ視界で闇が揺らいでは、この鉛(なまり)のような重さから逃げようと誘いかけてくる。

「――様！　――イル様！」

耳を掠める声が脳へと届いても起き上がりたいと思えないほどに体が鈍い。

でも、その声が補佐についた教え子のものなら応えるのが指導者の役目だ。

自覚すると同時に、ぐんっと意識が浮上した。

「ぐっ、ごほっ！」

肺の空気が一気に吐き出され、咳き込んだ口の中は鉄の味がした。

朧な意識でヴァレイルが視線だけで周囲を見回すと、側にしゃがみ込んで顔を覗き込む部下の後ろに地面に倒れ伏して苦しげに呻いている教え子たちが見えた。

その側では負傷者を守るように隊列を組んだ魔術師たちが、魔法陣を組み上げて前線を援護しようと懸命に光の矢を飛ばしていた。

折り重なる足の合間から覗いた戦場はもっと凄惨だった。

爆弾は魔物諸共吹き飛ばしたのか、死体は敵も味方も関係なく、軽傷で済んだ魔物が無差別に食い漁っている。

どれだけの爆弾が投下されたのか、もうもうとあちらこちらで立ち上る黒煙の根元にはプレゼントの威力を物語る深い傷跡が残されていた。

「げほっ……くそったれめ」

「大丈夫ですか！　お手を⁉」

「大丈夫だ。年寄り扱いせんでいい」

徐々に自分の置かれた状況を把握していくヴァレイルは、仰向けに転がった体を俯せてから緩慢な動きで立ち上がり、体に付いた土を払って忌々しげに公国軍を睨みつける。

咄嗟に防御魔法を使いはしたが、爆破耐性のないものでは完全に防ぐことはできなかった。

一人も死者が出ていないのは僥倖だ。

少なくとも、回復魔術の心得がある者がいるからだ。

「状況は、どうなっとる」

「魔鳥の襲撃から半刻ほど経過しています。魔術部隊は……ご覧の通りです。辛うじて死者は出さずに済みましたが、辛うじて出なかっただけで……」

「そうか」

「あの襲撃以降ずっと空を周回するばかりで襲ってこないのは助かってますけどね」

随分長いこと意識を失っていたようだ。

ズキリと痛んだ脇腹に触れると服が焦げており、ザラついた皮膚は焼けたのだと理解した。恐らく治療を施されたのだろう。生々しい皮膚の薄さを感じて、そう察する。

「それに向こうは……」

部下の向けた視線の先は主戦場に加えてもう一ヶ所。

回復術師を配置していた地点も狙われていたようで、仲間を治療しようとあちらこちらで淡い緑の光が灯っている。

あれでは術師同士で手一杯になり、兵の治療は満足にできないと見た方が良さそうだった。

仮に前線の治療に回したところで焼け石に水だろう。それだけの被害が広がっている。

散り散りに逃げ出し、その背を追われて組み敷かれている姿も散見された。

「警戒していても防げはせんかっただろうな。あれだけの威力と数じゃ対応しきれんわ」

「嘆かわしいですが、そうですね……」

「しかしな」

足元を見ればアテにしていた妙薬の瓶の欠片が散らばっている。

屈んで拾ったのは爆風を免れた二本だけ。

監視するように飛び回る魔鳥を見てから、ヴァレイルは白髪を掻き乱して魔術を発動させた。

「やられたらやりかえせって教わってるんじゃい！　打ち鳴らせ炎の晩鐘、天に掲げし陽冠を響かせて、大輪の狂爆を咲かせたもう！」

三叉から浮かび上がった紅玉は高度を上げ、魔鳥に触れた瞬間波紋のように広がった。

マジックスキル・火《インパクトパルス》
魔法陣が生まれ、連鎖する球形の爆炎が空を覆い尽くす。

落とされた爆弾よりも遥かに威力がある魔術の発動に少しばかり息切れしたが、ヴァレイルは誤魔化すように口を拭って舌を鳴らした。

「ええい、これで全部死んどらんのが余計腹立つわ」

恐らくあれが大公の目だ。

高みの見物を決め込んで、姿を見せることもせず悠々とこの惨状を嘲笑っていることだろう。

三百近い魔物を同時に使役するなど勇者の範疇を超えた能力だ。確かに常軌を逸しているが、ここまで来ては最早勇者とは呼べない。

勇者と対極をなす存在に、あまりにも近すぎる。

「こりゃ本当にありえるかも知れんな。人魔戦争の再来ってやつが」

ヒュン、と杖を数度回転させて体を抱くように杖を構えて詠唱をすれば、空に再び巨大な魔法陣が浮かび上がった。

マジックスキル・火《アグニライン》

定めた狙いは敵陣後方。

杖を正面に構えれば、最も厄介な魔物が密集した地点を灼熱の光線が横薙ぎに迸った。

壁のように連なって噴き上がる炎柱が多くを死へと至らしめるが、やはり全てとはいかず焼け爛れた体を揺らす炎の巨人は陽炎の呼気を吐き出しながら進撃を続けているのが見える。

残されていた内の一本を開けて飲み干し、どうしたものかとヴァレイルは首を捻った。

悠長にしていい状況では決してないのは理解している。

だが力を振るおうにも制限のあるヴァレイルは無駄な魔力を使うわけにはいかない。

残されたストックはこれで後一つだけ。その使い道を考える必要がある。

決まっているようなものだが、それでも聞いてみるかと軽く杖を振って通信魔術を起動した。

「おい、聞こえているか。生きてるなら返事をせんか剛剣ドグマ」

『……ああ、聞こえてますよ』

返答は少しばかり時間を要したが、はっきりとした口調に気付かれぬ程度にほっとする。

「無事で何より。ところでそっちはどうかね。我輩の方でも大凡は見えているが」

『ならば見た通りです。っと！』

ぱっと、中心付近で血飛沫が高く上がった。

『ヴァレイル殿、貴方も分かっておられるでしょう。ここはもう駄目です』

努めて冷静を装っていても、憤りと遣る瀬なさが通信魔術越しでも滲んでいた。

諦めとも取れるドグマの言葉だが、ヴァレイルはその意味を正確に理解して呻いてしまう。

ただ。

どれだけ敗色が濃くなろうと、勇者としてあるべき勝利を優先しなければならなかった。

『行きましょう、公国へ』

それはこの場にいる兵士たちを見捨てることに他ならない。

ドグマも分かったうえで言っているのは震えた声から感じられた。

それでも勇者にしかできない役目がある。勇者にしかできない決断がある。

事態が必ずしも好転するとは言えない。

花を添える程度の、苦しい勝利を得たと大衆に言い訳をするような、みっともない決断だと。

いついかなる時も、いついかなる時代でも、勝つことが求められ続ける。

「……仕方あるまい。それが勇者だものな」

髪をかきあげながら見た補佐の男の顔が不安に曇る。

ヴァレイルが何をするのかドグマの声が聞こえずとも察したようで、見られていると気付いた男は俯いて再び顔を上げた。

「ご武運を」

疲れ切った顔のヴァレイルに向けられる決意の表情。

それを見ては、憂鬱なままではいられない。

「まったく。チェルミーと言い、なんで我輩の周りはこんな奴ばっかりなんだか」

丸まりかけた背中を伸ばして、いつものように自信に満ちた笑みを作った。

「剛剣！　馬捕まえて迎えに来い！」

『承知しました。勝ちましょう、必ず！』

通信が途切れるとヴァレイルから失笑が溢れる。

「青臭いことを言いよる」

勇者はシステムだ。

英雄譚や武勇伝がどれだけ愛されていたとしても、その中で活躍する姿の陰には多くの苦悩が隠されている。

その苦さを知っている身にすれば、いつまでも青臭いドグマの生き様はバカらしく思いながらも少し憧れるものがあった。

「まあいいわい。アルマス！　とにかく制空権を取り戻すことを優先しろ！　その後は負傷者を集めて回復術師に治療させるようにな！」

「はっ！」

「とにかくドグマと我輩が公国を落とすまで時間を稼いでくれればいい！　それ以上は望ま……なんじゃ？」

焼けたローブの襟の陰に、フィレンツの森から飛び出してきた何かを視認して目を細めた。

疾走するのは、青みがかった黒い毛並みの軍馬だ。

紅玉の瞳をぎょろりと動かし、鼻息荒く踏みつける大地を蹴ってヴァレイルのもとへ一直線に向かっている。

「見えたぞ！」

その上に跨ったミラ・サイファーが叫ぶと、後に続くベルトロイ、リーヴァル、そしてベルトロイの背にしがみついたフィルミリアが頷いた。

カロンより借り受けたこの【穆王駿馬・絶地】は、そこらの騎馬に影も踏ませぬ優駿だった。

土に足が触れていると感じさせない軽やかさで野を越え森を越え、戦場まで予想外の時間で運んでくれた。

ミラは警戒している王国軍に向けて自分の証でもある銀の長剣を掲げながら、手綱を引いて後陣を駆ける。

「〝大火〟ヴァレイル・オーダー！　まだ死んでなかったか！」

新手かと警戒していた魔術師たちだったが、そこに跨る騎士が名高きサイファー家の息女と知って動揺を示した。

ヴァレイルも驚きを隠せずにいる。

戻らないと思っていた遊撃部隊が、立派な馬を手に入れて現れたのだから無理もない。

それに、ミラたちの顔は生気に満ちていた。

「サイファー家の娘か！　頭が溶けたりしとらんだろうな！」

「問題ない。色々と話したいことはあるが、そんな時間はなさそうだな」

「うむ。我輩は剛剣とともに公国へと攻め入る。我々が大公を討つまで戦線を極力維持してほしいのだが、できるか⁉」

「無論だ。それと朗報だ。援軍がくるぞ。訳ありの援軍だがな」

「……はぁ？」

神都を指すなら神聖騎士と言えばいいだけなのに、持って回った言い方にヴァレイルが素っ頓狂な声を出した。

訳ありと言われては、どこかに潜む山賊でも懐柔したのかと思わなくもないが、今この場で詳しく話している暇はない。

なんにせよ援軍は心強いと、ヴァレイルは余計なことを聞こうとはせず「よくやった！」と明朗な声でミラに告げて背を向けた。

　二人のやりとりに不安を感じたリーヴァルが補足しようと口を開きかけたが、横から伸びてきた剣の煌めきにぐっと声を詰まらせる。

「黙っていろ」

　本当に告げなくていいのかと視線で訴えるリーヴァルだったが、じろりと眼を向けられただけで黙りこくった。

「リーヴァルさんはあまり強気な方ではないのですか……？」

「いや、そんなわけないと思うけどな。多分ミラ小隊長が相手だからだろ」

　フィルミリアの問いにベルトロイが答えたが、正直よく分かってはいない。

　色恋の機敏に疎い彼では、その程度しか感じ取れないのだ。

「くっ、うるさいぞ！」

「少し静かにできんのか。それで、見込みはあるのか」

「余裕じゃな、おぬしら……まあ、どうにかなるとは思っておる。奴の能力を我輩ほど知っている者もおらんだろう」

「それは……ああ、なるほど。しかしあの頃とは大分変わっているんじゃないのか？　これだけのことができるなんて私は聞いた覚えがない」

「うむ、我輩もだ。だが、どうにかできるさ。なにせ我輩は――」

「ヴァレイル殿！」

　激しい馬蹄の音と低い声。

　振り向けばドグマが軍馬に跨ってすぐそばにまでやってきていた。

「なにせ我輩は天才だからな！」

手を借りてドグマの後ろに飛び乗ったヴァレイルが白い歯を見せる。

なんの根拠もないが、それを納得させる不思議な迫力があるのは勇者の力だろうか。

この苦境の中でも勝てると錯覚させられる二人の勇者の姿に、ミラは静かに目を閉じてから鋭くドグマを見つめた。

「団長、指揮を預けていただけますか」

「ミラか。よくぞ戻ってきた。話したいことは山ほどあるのだが……いや、時間が惜しいか。いいだろう、お前たちの奮闘に期待する。持ち帰った情報を活用し、見事勝利してみせよ」

あの空爆の中で、ドグマが信頼していた部下が多く失われた。

騎士団の統率が纏まらない状況で団長自ら先陣を切るとなれば、当然副団長などに軍の指揮を任せなければならない。

しかしゼンツはまだ前線にいて、騎士団を統率するには遠すぎた。

その点で、ミラは家柄も実力も騎士団に知れ渡っているので申し分ないと、ドグマは短い思案で許可した。

馬が高く前足を掲げて気合いを入れるように嘶（いなな）く。

「皆を頼むぞ！」

その言葉を残して、二人を乗せた馬は戦場を迂回（うかい）するようにして一路公国へと駆けていった。

怒濤（どとう）の事態に置き去りのベルトロイたちを無視して、ミラは喉に手を当てて各自奮戦している騎士たちに向けて通信魔術（オーバーテル）越しに叫んだ。

「いいか貴様ら！　今からこのミラ・サイファーが指揮をとることになった！　四の五の言わず指示に従え！」

その声は死地の中でもがいている大勢の鼓膜に響いた。

傲岸不遜な態度と自信過剰な声色で、名乗らなくても誰なのか分かる迫力に騒然とする。

ピンチも関係なく、怒号のように「どうなってんだ」と叫ぶ声に、馬上で腕組みをしていたミラはもう一度喉に指を添え、指揮官らしからぬ怒りを浴びせた。

「うるっさあああい!! 黙って従え馬鹿ども！ まず私のいる場所まで後退しろ！ 陣形を整えて応戦しなければ無様に殺されるだけだ！ 動ける者は這ってでもここまで来い！」

言い方は問題大ありだが、時間を稼ぐのであれば今のように散り散りのままでは各個に襲われるだけだ。

正面からぶつかれるだけの数もいなくなった騎士団が延命する術は、総力を一ヶ所に集めて持久戦に持ち込むしかない。

「ミラ指揮官。それでは魔物たちが王都に抜けていってしまうのではありませんか？」

アルマスとヴァレイルに呼ばれていた魔術師の問いはもっともだ。

だがミラは首を振る。

「それはないだろう」

「何故そのように？」

「魔物と相対した時、奴らは逃げた私たちを常に追い続けた。神都からどれだけ離れてもだ」

公国にとっては、攻略できればアドバンテージを得られる場所を攻める方が、遠くどこかに逃げる者をひたすらに追わせるよりも重要視するべきことのはずなのに。

数人ディエルコルテの丘に逃げられても問題はない。にもかかわらず捕捉した獲物を馬鹿みたいに追いかけ続けた。

あのグラドラと遭遇した時も逃げる素振りをほとんど見せていない。

「恐らく公国は魔物に単純な命令しか出せないんだろう。向かう方向だけを決めて直進させ、見つけ次第殺す程度の。だから我々が構えている以上、アレは無視して進めない」

そう言われてアルマスは空を見上げて得心する。

突如現れて爆弾を大量に投下した魔鳥たちが、急襲もせずに延々と空を泳いでいた。

持った爆弾を運んで投下するだけの命令しか与えられないとすれば、空の戦力を監視のためとしても遊ばせておく理由はなく、ミラの推測にも信憑性(しんぴょうせい)をもたせた。

這々(ほうほう)の体(てい)で集まってくる騎士たちを追う魔物を見れば、鈍重な巨体が目立つ。

素早い魔物は爆発に耐えられず、騎士団の中に食い込んでいたせいでほとんどが倒れていた。

残っているのは頑強であったり動きが遅かったりする魔物ばかりで、全体の速度は落ちている代わりに厄介な魔物ばかりが残されていた。

「魔力にはどれだけ余裕がある」

「私は」

「違う、全体でだ」

「……恐らく四割ほどかと。大規模魔術の発動は無理ですが、あと数時間は戦えるでしょう」

「それだけあればやりようはあるな。ベルトロイ・バーゼス！　その娘を連れて前線に行って罠(わな)を仕掛けてこい！　役に立つから連れていきたいと言ったのだから、利用させてもらうぞ」

「前線にって……」

「ベルトロイさん」

命令を受けてベルトロイは不安げにフィルミリアを見たが、彼女は強い意志で一つ頷く。

それを見てベルトロイも応えるように頷く姿を、苦い顔で見ていたミラはリーヴァルに視線を移した。

「リーヴァル・シュトライフ、魔術部隊を率いて塹壕を掘らせろ。なるべく横に広く、深くな」

「了解しました」

ミラの考えは凡そ間違ってはいない。

時間を稼ぐやり方で確かに進軍は遅らせられる。

しかし、ミラらしからぬとも思えた。

「ミラ小隊長はどうなさるおつもりで？」

リーヴァルの問いかけに、ミラは口の端を持ち上げて当たり前のように答えた。

「魔物を前にして、大人しくしてられるわけないだろう？」

◆

「二十二小隊、二十七小隊戻りました！」

「急いで隊形を整えろ！　乗り越えて来る前には終わらせろ！」

「邪鬼の悪戯、深き穴にて阻みたもう……《アースフォール》！」

「魔力の申告は必ずしろ！　いざという時に使えるだけは必ず残せ！」

敵の行軍はある程度足止めができている。

フィルミリアによる麻痺付与の拘束魔術と、魔術師と騎士によって掘られた塹壕の効果は想像以上の効果を出していた。

愚直に進む魔物たちは目に見える罠にいとも容易くかかり、混雑した先頭に阻まれ後続は身動きが取れていない。

あらためて布陣した騎士団は先頭に重装騎士が大盾を構えてその時を待ち、その後方に立つ騎士もいざという時に備えている。

「とにかく敵の足を狙ってください！　時間を稼げば必ず勝機が訪れます！」

指揮を執るのはリーヴァルだ。

ミラが指揮権を引き継いだはずなのに、なぜかその役割を押し付けられてよく分からないながらも必死に声を張り上げている。

リーヴァルの作戦は純粋にミラの立てた策を補うように侵攻を阻む手段を選んだ。

魔術師が弧を描いて放つ魔力の矢は敵の手足を重点的に狙って打ち込まれ、それも進軍の妨害として役立っていた。

今この作戦を支えているのは魔術師に他ならず、騎士たちは敵の咆哮や熱線を遮る壁となって彼らを守らなければならない。

徐々にでも彼我の距離は確実に詰められている。敵が一歩前へと進むだけで、騎士たちの武器を握る手に力がこもり、ヘルムの下でじっとりと気持ちの悪い汗を滲ませていた。

「援軍はまだなのか……」

「このままじゃ……」

「死にたくねぇよぉ」

戦う意欲を失った彼らは、ミラからもたらされた援軍の報にすがるしかなかった。

統率のない魔物たちは助け合うこともなく、無我夢中で前へ進もうと、押しのけ踏みつけながら吼える光景は蠱毒にも似ている。

生物の悍ましさが晴天さえ赤黒く澱ませて見える程に恐ろしく、カチカチと鳴る鎧の音が陣で共鳴していた。

その中で、誰よりも果敢に挑む者たちがいた。

借り受けた魔馬に跨って、先頭集団の前を往復しながら剣を振るう部隊。

この戦で然程重要視されていなかった、ミラとベルトロイ、そしてフィルミリアだった。

「フィルミリア！」

「はい！《パラライズクラスター》！」

掌の雷球を揺れる馬上から放ると、着弾した地点から数体を巻きこんで麻痺に陥れた。

その隙を狙って穆王駿馬・絶地はベルトロイの意思を汲んで飛び込んでいく。

高ランク、それもランク6にもなる穆王駿馬は騎手に従うだけではなく、無理な攻めを決して許さずベルトロイの力量を見極めて動いてみせた。

器用に両手に握り締めた剣をすれ違いざまに振り、手や足に傷を付ける。

「くそっ！」

ベルトロイの技量ではせいぜい皮膚より深く斬ることしかできず、力のなさに悪態をついた。

彼が戦えているのは偏に絶地の能力とフィルミリアの補助があってのことだ。

他の騎士や勇者候補と比べれば遙かに才能があるが、これだけの相手には歯が立たなかった。

対してミラは、犇めく魔物の蠱毒にまで縦横無尽に飛び込んでいく。

笑みを浮かべて馬上から繰り出される連撃が大蛙の腱を切り裂いて、次へ向かえと馬の腹を蹴った。

「くっ、ひ、ははは っ！　やっぱり勇者はこうじゃないとなぁ！」

巨大な足や腕の隙間を縫いながら、時には飛び上がって頭上を渡りながら、今までの鬱憤を晴らすように魔を斬る手応えに酔いしれる。

エステルドバロニアにいる間、どうしてもソワソワして落ち着かなかった。

殺すべき対象がうようよしているのに手を出せない状況は相当にストレスだったようで、大人しく本陣に下がっているのも耐えられず暴れ回っているのだ。

しかし、さしものミラでも一撃で殺すのは容易ではないようで、とにかく多くの魔物の動きを阻害する為に手足を狙って剣を走らせ続けている。

「なるほど、さすがカロンの用意した馬だ。魔物なのは気に食わんが、実に爽快だ」

銀髪を激しく靡かせながら凄惨な笑みを浮かべるミラに、絶地も張り合うように自慢の瞬足を振るってみせた。

魔を狩る者と魔を纏う者。

水と油の両者は信頼し合っているように見えて、互いに寝首をいつ掻こうかと目論んでいる空気を漂わせており、その反する意思はカロンの存在によって軽快な連係を生んでいた。

「ミラ小隊長、はりきってるな」

「置いていくわけには……行きませんよねぇ」

塹壕や拘束魔術で侵攻速度を鈍らせてはいても、魔物たちは徐々に迫ってきている。

その合間を縫いながら切りつけて移動し続けているが、ベルトロイの疲労は極限の接近戦でかなり溜まってきていた。

疲れ知らずに飛び回るミラはベルトロイに一瞥もくれず戦い続けている。

弱音を吐くわけにも置き去りにするわけにもいかず、ミラを追って一度大きく離れてから再び敵の群れに飛び込もうとした時、煌々と収束する魔力の光が塹壕の底から見えた。

「っ、小隊長！」

群れを抜けたミラと合流したベルトロイがその方角を指差して叫ぶ。

発光体は塹壕の中からのっそりと体を起き上がらせていく。

それは、ヴァレイルが目を引かれた炎の巨人だった。

ヴァルクロプスの単眼に赤熱した魔力が収束しており、周囲より高い位置から見下ろした。

本陣でもその様子が確認でき、リーヴァルが喉を引き裂かんばかりに叫ぶ。

「まずいっ！　全体防御術式！　重装騎士はしっかり盾を構えろ！」

騎士団の前方で慌てたように魔法陣が折り重なるが、ヴァレイルと比べれば非力な薄氷だ。

「ちぃ！　もっと速く走れ！」

絶地の腹を蹴るが、穆王駿馬は本能で近づくことの危険を察知して足を止めてしまう。

苛立つミラをよそに光は収束した瞬間、地面を抉りながら灼熱の光線となって放たれた。

赤橙に輝く熱線が防御術式の目前で防がれる。

数十人がかりでようやく止めるが、防ぎきれない熱風が白い鎧を焦がす。

ミシミシと魔法陣の軋む音が轟音に紛れて聞こえてくると、さしものミラでも背中に嫌な汗が伝った。

不安げに腰に手を回すフィルミリアの手を握るベルトロイの手にも力が籠もる。

祈るように手綱を握る手を合わせるリーヴァルには、この時間がいつまでも終わらないように感じられた。

徐々に視界いっぱいに広がっていた光が弱まっていく。

懸命に魔法陣を維持していた魔術師たちからも力が抜けていくが、枯渇しかけた魔力ではこれ以上守ることはできない。

肩で息をしながら、それでもやり遂げたと満足気な笑みが口元に浮かぶ。

だが、再び輝いた単眼に顔を蒼（あお）くした。

「次来ます！」

「無理です！　もう魔力がありません！」

それでも魔法を練るが、弱々しい魔法陣はパタリと術者が倒れると共に掻き消えてしまう。

避けろと言っても不可能だ。騎士が受け止めても盾が融解してしまうだろう。

援軍はまだ来ないのかと毒づこうが、魔物には関係のない話だ。

慌てふためく騎士団に、第二射が容赦なく放たれる。

迫る豪炎は一度削った大地を溶かしながら愚直に迸る。

逃げようと背を向けて走り出した騎士の背を追いかける。

（まだか、カロン）

もう取れる手段は一つもない。

ミラとベルトロイが駆け寄っても止められない。

騎士団をどうにか纏めようと奮闘するリーヴァルも逃げる暇がない。

誰の目にも分かる。明らかな敗北が訪れると。

散り散りになって駆け回る蟻（あり）を焼き払うように、容赦のない灼熱が全てを燃やし尽くす。

――さあ、始めよう。

巨大な壁が彼らの前に出現した。

大きな鱗が密集するように構成された半透明の壁は、その大きさも厚さも王国の魔術師が作り出す物とは比べ物にならない。

熱線が衝突する音だけは届くが、振動も熱も伝わらなかった。

「反元素防御術式……か？　それもこんなに大きな……」

強固な障壁を見上げてリーヴァルが呟いた。

この世界における防御術式とは構成が違う。

複雑怪奇な術式が犇めき合うような魔法陣には、古くから人に受け継がれているものとはかけ離れた幾何学模様が浮かんでいた。

空には奇妙な真紅の連環が、ゆっくりと見たことのない模様を回している。

安堵よりも疑問が飛び交う中、遊撃部隊の面々は自然とフィレンツの森の方へ顔を向けた。

「漸くお出ましか」

障壁のような魔術が消えて景色が元に戻る。

静まった世界に、規則正しい行軍の音が響いてきた。

木々を踏みながら鉄を鳴らして迫る音はとにかく数が多い。

援軍の報せを聞いてはいたが、一体大陸のどこにそんな戦力があったのだろう。

小競り合いに勝った貴族だろうか。それともならず者の集まりか。

しかし今見せられた防御術式は、そんな烏合の衆が成し得るものではなく、それこそ魔導の国でもなければ構成できない代物だった。

期待と不安をよそに戦場へと迫る一糸乱れぬ行進。

鬼が出るか蛇が出るか。

集まった視線の先。

森の中から姿を現したのは――

「わふっ！」

――子犬だった。

「わふわふ」

「わふ」

「ふんふん」

なんと評していいのか、誰もが言葉を失っている。

意思を殆ど剝奪された公国の魔物でさえ身動きを止めていた。

二足歩行でぞろぞろと森から現れる子犬は胴当てに兜を被り、手には思い思いの武器を握って大股に歩いている。

歪んだ皿のような兜の横から耳がピンと伸びており、下には鼻先の長い毛深い顔。

魔物の中でスライムにも並ぶランク１の獣人種【レッサーコボルト】。

見た目通り凶悪さの欠片もない脆弱とされる小犬人であった。

「はぁ？」

ミラが普段からは想像もできない素っ頓狂な声を出した。

それもそうだ。彼女たちが見たエステルドバロニアの最後の光景は、屈強な肉体のオーガやオークが忙しなく動き回る姿だったのだから。

なのに、いざ現れたのはこのひ弱な二足歩行の子犬。

数百体の多種多様な子犬の後続は更に予想を覆すものだった。

「ギギ」

「グヒヒ」

子犬歩兵の後ろに続くのは、気味の悪い笑みを浮かべたランク1の亜人種【ゴブリンアーチャー】だ。

腰巻きだけの格好で大弓を担ぎ、歪んだ歯を剝いて上機嫌にけたたましく笑っている。

臆病で小賢しいだけの、常なら歯牙にも掛けない雑魚なのに、整然と行進しているだけで異常さが際立っていた。

そして最後尾。

ボロ切れのとんがり帽子に皮の服を着た、草と岩を纏った妖精が意気揚々と杖を掲げていた。

鋭い三白眼で周囲を睨みつけながら存在を誇示するように歌う、のっぺりとした顔の妖精。

彼らはランク3の妖精【スプリガン】。この大陸では馴染みのない下級妖精だ。

エステルドバロニアによる遠征軍はそれが全てであり、あのバケモノの巣窟から来たとは思えぬ貧弱な軍勢の登場は良くも悪くも印象に残る。

誰が見ても乱入してきた謎の軍では公国と勝負にならない。

個々であれば駆け出しの冒険者にも倒せる魔物でも、大挙して押し寄せるのは確かに脅威だが、巨大な亀や単眼の巨人に挑んだところでアリとゾウくらい違う。

足並みを乱すことなく行進していたエステルドバロニア軍が息の合った動きで停止した。

「わふぅ！」

「偉大ナル王ニ勝利ヲ捧ゲン！」

「kypd68g.ltwc4|3.#_orw@!・」

三者三様の言葉を種族のリーダーが呼び掛ければ、大気を揺るがす雄叫びが上がった。

見かけによらない勇ましい叫びは戦う者である証だ。

まだ呆然（ぼうぜん）としている両軍に構わず、銅鑼（どら）の音が森の中から響き渡った。

「進軍を始めろ」

白亜の城で静かな開戦の合図が呟かれると、遙か彼方より伝えられる偉大な声に従って魔物たちが動き出した。

スプリガンたちは踊るように杖を振り、歌うように呪文を唱える。

すると見る見るうちに騎士団の前で土がせり上がり、公国軍の射線を遮った。

邪魔者は殺せと指示されている公国の魔物は、進路が塞がり、敵がいる方となれば当然コボルトの方に足を向ける。

「わっふ！　わっふ！」

巨大な魔物が大挙して押し寄せようとする光景に何一つ臆さず、コボルトたちは鳴き声に合わせて武器を構えると、躊躇（ちゅうちょ）せず真っ直ぐ駆け出した。

猛然と走る子犬の大群に、穴から抜け出し始めた単眼の巨人が大きく腕を振り回して威嚇するが、子犬たちのつぶらな瞳に恐怖はなかった。

その瞳にだけは見えているのだ。

目の前に伸びた光のライン。敵の頭上に浮かぶ様々なポップ。優先付けの数字。

色付けされた、エステルドバロニアの兵にだけ見える王の秘技が全てを教えてくれている。

何を優先し、警戒すればいいのか。どこへ移動し、どう攻めればいいのか。

個々に割り振られた指令が迷いを消す。
従うことが唯一無二の忠誠である。
いかに強大であろうとも決して躊躇うことはない。
小さな犬歯を剝いて、コボルトファイターは全身全霊をもって敵へと飛びかかっていくのだ。
「グォォオオ!!」
数字を割り振られたヴァルクロプスに、その指の先程度の背丈しかないコボルトが華麗に舞って刃を振るう。
種族保有スキル《オメガパックⅠ》
スタンスキル《獣の本能Ⅰ》
最弱にも近いはずなのに、振るわれた刃は赤熱した硬い皮膚に傷をつけた。
近づけば燃える陽炎に焼かれてもおかしくないのに、コボルトたちは暴れる巨人の手足を掻い潜りながら果敢に立ち向かい続けている。
マジックスキル・水《アクアオーラ》
マジックスキル・風《アップアジリティⅠ》
マジックスキル・水《アップディフェンスⅠ》
スプリガンたちの目にも多くの情報が映されていた。
優先順位の数字に従ってコボルトに防御強化と耐性付与を次々と施し、先陣切って切り込む者を次々と強化していく。
耐熱、耐冷、防御アップ、攻撃アップ、速度アップ、体力回復、異常解除……。
手練手管を駆使して打たれ弱い彼らが戦えるよう全力でバックアップすれば、応えるようにコボルトの動きは苛烈さを増した。
しかし、敵の土俵に引きずり込まれてはどれだけ強化しようとコボルトでは相手にならない。
軽い子犬は足のひと振りで跳ね飛ばされ、「キャイン！」と甲高い声を上げて地面を転がる者も多かった。
それを許さないのが、ゴブリンの役目である。
「ゲゲゲ」
「クギ！　グギ！」
ウェポンスキル《レッグブレイク》
ウェポンスキル《アームブレイク》
ウェポンスキル《スペルシールアロー》
ウェポンスキル《スキルシールアロー》
ウェポンスキル《ブレインアロー》
ウェポンスキル《ポイズンショット》
弱体効果の付与された遠距離攻撃が、コボルトの合間を縫ってヴァルクロプスに突き刺さっていく。
複数体から一斉に放たれる矢が突き刺されば目に見えて動きを鈍らせ、より優位に戦闘を進められるよう黙々と矢をつがえるゴブリンたち。
ヴァルクロプスは自慢の魔法を封じられ、手足に魔法の鎖を巻き付けられ、目を暗雲で包まれながら煩わしげに戦っている。
エステルドバロニアにとって最もメジャーな白兵戦術。

ネオンのようなスポットが、鮮やかなラインが、詳細なメッセージが。

効率的に、確実に、敵を殺す為に軍を機能させる。

ベルトロイでも一体ずつなら苦もなく殺せるのは間違いないのに。

灼熱の巨人が地面に倒れ伏し、その上に立ってトドメを刺すコボルトの姿は、あの国に生きる兵士に相応しい勇ましさを漂わせていた。

エステルドバロニアが送った兵卒の部隊は、巨大な魔物相手に一歩も引かず優勢を保っていた。

優勢と言っても、リフェリス王国騎士団の作った優勢とは中身が違う。

スプリガンの強化と回復。ゴブリンの弱体。

その二つのサポートが盤石なおかげで、弱小モンスターのコボルトが奮闘できているのだ。

レベルで表すのなら、王国騎士団が15から27、公国が24から38、そしてエステルドバロニアの軍は15から30となっている。

王国騎士団とエステルドバロニアの新兵に力の差は殆どない。

当然負傷もあり、戦線を離脱する者もいる。レベル差が5もあれば強敵となり、10もあると単体では絶望的な差になり、そこにランクの差も合わせれば数を活かせず敗北してもおかしくない。

それで死者が出ることなく大きな損害を受けずに危うげなく戦えているのは、偏に戦術と手段の幅が格段に違うからだ。

ゴブリンの弓兵が公国軍を少しずつ半円で包むように、ゆっくりと左右に陣を広げながら曲射をし続ける。

脅威となる広範囲攻撃を行うブラムリザードやヴァルクロプスを倒してしまえば、スプリガンのために壁になる必要性がなくなるからだ。

スプリガンは停止した位置から動くことはなく、魔力の全てを補助と回復に使い切っては魔力薬を服用してまた役目に戻る。

少しでも戦果を得ようと欲を出すことは一切せず、忠実に任務を遂行するだけなのは、恐らくどの世界の軍勢よりも統制された動きだろう。

そして、攻撃の要となるコボルトはといえば――

「わふっ！　わふっ！」

「くぅん、わっふ！」

可愛らしい小犬の鳴き声で意思疎通を行っているが、繰り広げる光景は苛烈だ。

屈強な体軀を誇るランク3から4の魔物相手にランク1のコモンが挑むなど、ゲーム時代でも最初期の掘っ立て小屋時代にしかしない。

自然と手に入る魔物が増えれば必然的にランクも上がっていき、一ヶ月もプレイすれば課金をしていないプレイヤーでもランク4で軍を埋められるのだから。

最終的には数秒の肉壁にされるだけの、そんな魔物たちの魅せる奮闘劇。

「ニ゛ィイイイッ！」

捻れた声帯から絞り出したような声で鳴いたエンヴィーキャットが、【牛頭鬼】と戦っていた一匹のコボルトに横合いから食らいついた。

ずぶりと深く食い込んだカエシのついた牙が内臓にまで届く。

言葉にできない激痛が全身を駆け巡るが、喉奥から血を吐く灰色のコボルトは声一つ上げず人に似た猫の顔を睨みつけ、動揺することなく冷静に血と油でギラついたロングソードを眼球へと突き立てた。

ぐりぐりと何度も捻りながら刃を脳にまで到達させると、エンヴィーキャットは四肢をもつれさせて転げるように倒れる。

意識が飛びそうな痛みだが、コボルトは口を一文字に結んで猫の大顎を力任せに開いた。

「フーッ、フーッ、フーッ！」

傷口を削ぐ感覚に毛が逆立つ。

明らかに致命傷で、普通の魔物でも動けないだろう。

誰もが雑兵と呼ぶ普通の子犬人は、多量の血を流したまま顎の中から抜け出すと、剣を杖にして立ち上がり、よたよたふらつきながらも再び敵に向かって歩き出した。

恐れはない。

王の軍勢として、栄えある戦の矛となるのは命を擲つべき名誉なのだ。

怖れはない。

仲間だからではなく、同じ国の兵だから信頼しているのだ。

膝が崩れ落ちそうになった瞬間、子犬人の全身を淡い緑の暖かな光が包み込んだ。

それと同時に見る見る傷が塞がっていき、満身創痍だった肉体を修復していく。

助かったとも思わなければ、ありがとうとも思わない。

これでまたあの御方の剣となって戦えるという歓喜しか浮かばない。

妄信と執着と信仰こそが、画面越しでは決して知ることのできない命の姿だろう。

彼らの愛すべき寄る辺に相応しい感情はそれ以外に持ち合わせていない。

故に、神にも等しい偉大なる先導者を、魔物は誰もが畏怖し崇拝するのだ。

久しい戦の空気に酔いしれる魔物たちは、高らかに声を上げて高揚した感情をそれぞれの言語で吐き出し続ける。

――偉大なる我らが王に勝利を、と。

◆

それは、人の世に顕現した伏魔殿を彷彿とさせた。

蠱毒の壺と化して全ての命が消え失せた公国の街を、ヴァレイルとドグマは無言で歩いていく。

早贄のように曝され、壁に貼り付けられ、大公の屋敷を彩るように飾られる、腐乱したモノ。

道端には食い荒らすだけでは飽き足らず、いたずらに弄んだ形跡がある骸が無造作に転がっていた。

いつからだ。

多くの住民がいたはずだ。

大公が変わったとて、神都との交流があるお陰で潤っていたはずだ。

最後にドグマが見た時、今後を不安がりながらも笑う顔がたくさんあったのだ。

それが、こんなにも変わり果てるものなのか。

ちらりとドグマがヴァレイルを見る。

灰色の髪が煤けて、老いた顔が更に老いて見えた。

彼らは無言で屋敷を目指す。

すぐそばで起きていた惨劇の舞台に、うまく向き合えぬまま。

辿り着いたのは、緞帳の合間から細く差し込む陽光でぼんやりと照らされた暗い部屋だ。

以前は少しばかり派手な室内だったが、今は荒廃して濁った空気に満ちており、埃まみれの調度品はいつから放置されているのか見当もつかない。

呼吸するたびに肺を満たす澱み。

吐き気すら誘発する劣悪な環境の中、二人の勇者はその瞳に赤い魔力の炎を燃やして眼前の悪へ怒りを向けていた。

「やあやあ、ご無沙汰ですね先生。それに団長様までお越しくださるとは」

大きな黒い繭の中央に座った上半身裸の痩身の男は、世間話でもするような気楽さで弱々しい声を発した。

鶏肋のように干からびた体が身じろぎするのに合わせて、触手が優しく受け止めては愛おしげに体を撫で回している。

応えるように男は捻れた綱のような手を撫でると、髑髏のように痩けた顔を綻ばせた。

「お茶の用意もできないのは大変申し訳ありません。でも気にしなくていいですよね？　だって私たちは今戦争しているんですから」

「クランバード・ラドル」

「はい、どうしましたか先生」

心底不思議そうな声が、ぎりっと強く歯を噛み締めたヴァレイル・オーダーの癇に障った。

「貴様は、何も思わんのか」

「はぁ、何もですか……？　戦争を仕掛けたのは少し悪いとは思いますけどね。でもこちらにも都合があるものでして」

「そんなことを言っておるのではない！　この国の惨状のことを聞いているのだ！　貴様は……貴

様は命をなんだと思っておる！」

少し話し合えるのならと、僅かでも期待を抱いていた。

しかしこの街の、今まで秘匿されていた全貌を見て沸き上がる怒りが甘い考えを捨てさせた。

「誰一人生きている者がおらん！　街中に死骸が転がって腐り果てている！　それも老若男女問わずな！」

杖をとぼけた顔に向けて怒声を発するヴァレイルの瞳から一筋の涙が零れた。

静まり返った国の至る所に残された痕跡の数々。

今まで放置してきた自分たちの愚かさにも反吐が出そうで、何よりもこの男を世に解き放ったことへの後悔に押し潰されそうになる。

そんなヴァレイルの心情を知ってか知らずか、クランバードは鼻で笑いながら元教師の弱い心を嘲笑った。

そんなものを、この男はとうに捨て去っているのだから。

「魔物の養殖場にしてただけですよ。餌なんてあんなものでしょう？」

「えさ……？」

空虚な反響に、痩身を大きく広げてニンマリと笑った。

「大変でしたよ。いっつも見張られたら材料も手に入らないんですから。でも、あの御方のお陰でこれだけ強い軍ができたんです。すごいでしょう！　もう誰にも馬鹿になんてされないくらい立派な軍を作ったんですよ！　役立たずだって言われ続けたこの私が！　もう誰にも止められないくらい強くなったんですよ！」

愕然とするヴァレイルを無視して熱が入り、豹変したように虹彩の消えた目を見開いて叫ぶクランバード。

思いを全て吐き出すように、繭から立ち上がって両手を広げ、まるで賞賛しろとでも言いたげに、狂った抑揚で吐き出し続ける。

「もう私はあの頃とは違う！　悍ましい能力だと蔑(さげす)まれることも、資格がないと甚振(いたぶ)られることもないんだ！　私はお前にだって負けたりしない！　私こそが本当の勇者だ！　ヴァレイル、貴方が私に教えたんじゃないですか！　何者にも屈しない強さこそが勇者に至る道だと！」

魔物を操る力など、勇者には相応しくない。

魔を払い人の世に平和を齎(もたら)すことこそが勇者の使命だ。

家から放逐され、王国にも見捨てられ、歪んで壊れたこの男が縋(すが)ったのは、気休めにでもなってほしいと思いヴァレイルが教えた言葉だった。

力を手に入れて自分を誇示するように、邪魔なものを殺し尽くして手に入れた。

とどのつまりは、強くなければ愚者でしかないと悟っただけの話だ。

「ただ、目が潰されたせいで王国の陥落する姿を見られないのが残念ですけれど」

クランバードの感情に呼応して黒い触手が鎌首をもたげていく。

原油のような闇を滴らせて繭を形作っていた触手が部屋中を蠢(うごめ)きながら解かれていき、のこのこと訪れた勇者たちに照準を合わせた。

「ヴァレイル殿、もう」

「……分かっておる。こんな時に己の過ちを悔いてもいられんことくらい」

今まで沈黙を保っていたドグマがヴァレイルの肩にそっと手を置くと、ヴァレイルは震えていた唇を開いて深呼吸をした。

これは自分の知る、臆病で卑屈だったクランバード・ラドルではない。

闇に魅了されて堕落した怪物だ。

罪のない、しかし受け入れることができないものを追放したことが招いた災厄だ。

それがヴァレイルの、王国の罪であり闇である。

「俺から聞きたいことが一つある」

「おお、騎士団長様から私に質問とは、面白いことがあるものですね」

「貴様は、魔王の手先か？」

その問いで、初めてクランバードから笑みが消えた。

「へえ？　もう遥か昔に英雄たちの手で殺された存在の関与をお疑いですか？　正気の沙汰じゃありませんね」

「それはこちらの台詞(せりふ)だ」

「ええ、そうですとも。遥か北の地にて魔王はお目覚めになりました。人外魔境を再びこの世に齎さんと世界にその手を広げておられます。無論私もその一人。お陰でこの魅了の力を高みへと引き上げ、素晴らしい配下まで与えてくださった。感謝してもしきれません」

「随分とよく喋(しゃべ)るな。口止めもできない魔王なら大した脅威でもなさそうだ」

「は、は。その必要がないからに決まっているでしょう？　通信魔術(オーバーテル)は使えないようにしていますし、なによりこれから死ぬ人に聞かせたところで誰が困ると？」

ヘラヘラした態度のクランバードだが、その言葉に虚勢も虚偽もない。

事実として、この【昏き黒の盲獣】はこの二人程度容易く殺せるのだ。

但し、その力を十全に発揮できるかどうかは全てクランバード・ラドルにかかっている。

凶悪な魔物だと二人も肌で感じ取っているが、同時にクランバードに従っている素振りを見て僅かな勝機を感じてもいた。

なんとしてもこの男を殺さねばならない。

国のために。

そして世界のために。

魔王復活の情報を広めなければ。

「では、そろそろ始めましょう。これ以上の問答は無意味でしょうから」

ドグマが背中から引き抜いた大剣を構え、応じてヴァレイルも杖を構えた。

ただの国同士の戦ではなく、世界にも影響を及ぼしかねない災厄の序章。

決して敗北の許されない戦いが幕を開けた。

「獣よ‼」

両手を上に掲げたクランバードを、無数の触手が包み込んで繭の中へと引き込んだ。

ジュルジュルと繭は黒い粘液を溢しながら形を変えていき、四足の蜘蛛(くも)の姿となった。

異形種の中でも特異な体質を持つ盲獣は、目も鼻も口もない。

太く捻れた蛇の集合体が、意思を持って手足を作っているような不気味な魔物だ。

「行くぞ！」

ドグマはその見かけに臆することなく、折れ曲がった四足で動く獣に向かって突撃し、大剣を振り下ろした。

スタンススキル《悪しき蜜牢(みつろう)》
大剣は、まるで泥濘(でいねい)を斬ったように空虚な感覚しかなく、効いた感触はなかった。

瞠目して見れば、獣の体が剣に合わせて形状を変えているのに気付く。

「やはり、そう簡単ではないなっ！」

布を絞るような音を立てて触手が胴体から突き出し、ドグマとヴァレイル目掛けて殺到する。

「ふんっ！　《ブレイズウェーブ》！」

飛び退いてきたドグマの前に立ったヴァレイルが炎を纏った手を振れば、炎は砂を撒くように飛散して触手を焼き払った。

「死ねよ！　死ね！　俺の人生を全部壊した悪党め！　俺だって勇者だっただろうが！　この〝簒奪〟も勇者の力だろうが！」

「父を殺して公国を地獄にした罪は変わらん！」

「認めない奴は全員クズだ！　ふざけやがって！　ざまあみろ！　はあっはっはっはっは！」

触手は無尽蔵に胴体から生み出されており、炎で防げることが分かったのは好都合だったが、ヴァレイルの魔力を守りに費やしてしまうのは後が不安だ。

「どうだ、ドグマ！　この部屋を吹き飛ばすくらい本気を出しちゃおうか!?」

「遠慮してください！」

それで自分たちだけが生き埋めにでもなったら目も当てられない。

しかし、物理攻撃を無効化する体質ではドグマが足を引っ張ることになる。

「では」

「うむ」

二人は顔を見合わせて頷き、ドグマが再びクランバードに真正面から挑む。

「猛る炎の精よ。紅蓮の御業をもって悪を焼却する刃となれ！」

マジックスキル・火《エンチャントイフリート》
汚れた白いローブを払うように、三叉の杖から炎を放つ。

放たれた炎はドグマの大剣に巻き付いて悪を焼く炎剣に変化させる。

「はあああっ！」

振るわれた大剣は先程と同じように触手を斬ることができない。

刃を覆う紅蓮は触れたものを一瞬にして灰に帰し、剣閃に沿って悍ましい闇の肉を燃やす。

「ゲヒヒヒ！　これが勇者か！　なんだ、これがか！　ゲハハ、アーッハッハハ！」

ドグマたちが有効な攻撃手段を得たというのに、繭の中でクランバードは壊れたように笑う。

ヴァレイルが火の魔術師であることは百も承知で、この盲獣が炎に弱いことも知っている。

だが、クランバードにはそれでいいのだ。

待ち侘びた瞬間だ。早く臆せずかかってこい！

「《スカーレットランス》！　《ファイアスティンガー》！」

「ぜあっ！　はあっ！」

懸命に剣を振り、魔術を放つ姿に笑いが止まらない。

残骸が飛び散って燃える。蠢く腕が灰となって落ちる。

「これで、終わりだあああ!!」

ウェポンスキル・大剣《ブレイドシュトローム》
炎を纏った大剣の回転連撃が、昏き黒の盲獣の深くを抉り、取り込まれていたクランバードがドロリと吐き出された。

ひどく呆気ない決着だった。

「げほっ、ごほっ、ヒヒ……」

「終わりだ。クランバード・ラドル」

骨と皮だけの青白い全裸の男に剣を突きつける、大柄で厳つい騎士。

悪を倒した正義らしい光景だった。

盲獣は痙攣しながら、ジュルジュルと黒い液を流して弱々しく動いているが、もう長くはない。

こんなことなら、もっと早くこうしていればよかったという後悔がドグマの顔に浮かんだ。

「ひ、ははは！　ヒヒヒ」

敗北したというのに、クランバードは飛び出しそうなほど目を剝いて笑い続けるばかりだ。

もう脳も壊れたのかと思うほどに、ただただ笑う。

「何がおかしい」

そう聞いても、クランバードは答えない。

「ドグマ。やれ」

魔力切れで崩れそうな体を杖で支え、ヴァレイルはようやく終わったと腰を叩きながらドグマに告げる。

感傷に浸っている暇はない。戦争はまだまだ終わっていないのだから。

ドグマは安堵と、僅かな物足りなさを感じながら剣を振り上げ――クランバードの首を斬った。

蒼白な体から吹き出す血は赤い。まだクランバードが人間であった証だ。

「……戻ろう」

「そうだな。ささっと戻るかいな」

「引き摺らないんですね」

「まあ、我輩も真っ当な感性を持っているとは言い難いからな」

黒い粘液に塗れた二人は、早く戦場に戻ろうとクランバードに背を向ける。

支配していた男が死んだことで暴走している魔物の後処理が必要になるはずだと、走りだそうとしたところで、地面を激しく突き上げるような地震が起きた。

ザラザラと屋敷の埃や砕けた壁の砂が舞う。

「なんだ？」

ただの地震ではない。

その揺れは立っていられないほど強く、そして規則的に起こっていた。

発生源は、屋敷の地下深くに作られた部屋からだった。

その部屋は人が出入りして使うためのものではなく、今この時のためだけに作られたもので、誰も立ち入ることがないようにと入り口は完全に塞がれて床の下敷きになっていた。

ヴァレイルが、そこから発生した魔力に気付いた時にはもう遅い。

エステルドバロニアの王が振るう召喚の秘術ほどではないが、それでも王国魔術師の大規模魔術より強力な魔力反応が狭く小さな部屋に満ちていた。

「いかん！　あやつ、自分の死を引き金にした術を隠しておった！」

あれは弱かったわけではなく、弱いふりをして殺されるのが目的だったのだ。

クランバードと盲獣の魔力が最後の鍵となり、地獄の蓋を開いてしまった。

逃げるぞ、とヴァレイルが叫ぶよりも早く。

地下深くに刻まれた血の魔法陣から、大量の魔物が吹き出したのであった。

ドグマとヴァレイルの二人は、屋敷から逃げ出すこともできず魔物の波に飲み込まれていく。

それはクランバードが意図した通り、己の全てを捧げて果たした復讐(ふくしゅう)の完了を意味していた。

「ご苦労さまでしたな。では、余興はここまでにして、メインディッシュといきましょう」

そして、影の中にて一部始終を見ていたアルバートにとっても、意図した通りのものだった。


空に浮かんでいた真紅の文字。

エステルドバロニアが自ら戦場に介入することを示す巨大な円環は消えていた。

平原では、コボルトたちが駆け回り、三々五々逃げていく公国の残党を始末している最中だった。

王国騎士団は多くの被害を出した自分たちのことで手一杯である。治療にスプリガンの手まで借りているし、各地の貴族から猫の獣人に助けられたという報告が魔術師たちに届いたり、とにかくエステルドバロニアに頭が上がらない状態だった。

その光景を、カロンは戦場から遠く離れた場所で見つめていた。

側には病み上がりを心配するルシュカとグラドラ、護衛として同行したハルドロギア含むキメラが三体控えている。

「生々しいものだな」

神都戦を経験していたし、実際に戦場に立っていたが、あの時はエステルドバロニアが圧倒的すぎてゲームと同じ感覚だった。

だが、今回は少し違う。

焼けた土の匂い。地面に染み込んだ血の跡。折り重なった人間と魔物の死体。あちこちから聞こえてくる苦悶の声。皮肉なほど澄んだ空。

命の尊さよりも、迫力のあるリアリティに感動している自分がいた。

自分と同じ人間が負傷している姿や、必死に介抱している姿が、まるで映画のワンシーンを切り取ったかのようだ。

「アルバートから合図は」

「まだ来ておりません。魔力の流れは滞留しているようですので、もうすぐかと」

「そうか」

「お父様。お座りになりませんか?」

「大丈夫だよ。ありがとう」

もう眠気に襲われることはないし、考えが鈍ることもない。すこぶる快調なのだが、まだ団長たちはカロンに対して過保護が抜けていないらしい。

グラドラは何も話さず鋭い眼光で周囲を見回しており、それはもうカロンの容態じゃなくて梔子姫の襲撃を警戒しているようだ。

心配させたのは自分だからと仕方なく受け入れている。一軍をまるごと動員して警護されるよりはマシだと思うことにしていた。

「カロン様」

ルシュカに呼ばれて、顔を上げる。

視線を辿ると、穆王駿馬に跨ってカロンたちの方へとやってくるミラとリーヴァル、それにベルトロイとフィルミリアの姿が見えた。

「カロンか。こんなところに何か用か?」

開口一番、穆王駿馬から下りたミラが無遠慮に話しかけてくる。少し弾んだ声は、喜んでいるようだった。

「カロン陛下、ようこそお運びくださいました」

それを見て焦ったリーヴァルが慌てて馬を下りて丁寧な礼をするのを見て、カロンは小さく手を上げてみせた。

「快勝だったな」

「……そうだな」

称賛に表情を曇らせたのを見て、ミラはカロンがこの戦に不満を持っていると感じた。

いかにも新兵を投入した戦いだった。今カロンが従えている女の魔物たちを使えば、何一つ苦労せずに勝てたはずだ。

そうしなかった理由はいくつか推察できるが、手ぬるいものだったことは間違いない。

「それで、何の用だ？」

一国の王に対して、腰に手を当てて馴れ馴れしく話すのは褒められたものではない。

横にいるリーヴァルの困り顔はカロンの目に映り、カロンの隣りにいるルシュカの不満顔はミラの顔に映る。

カロンは釣られて困ったように眉を下げたが、ミラは挑発するように眉を吊り上げた。

「ああ。渡したいものがあってな」

「私にか？」

「そうだ。国として、私の命を救ってくれた恩は一先ず返したが、ミラ個人への感謝をまだしていなかったと思ってな」

カロンが指を宙に滑らせてアイテムを取り出そうとするのを、期待した目で見ていたミラだったが、そのカロンの後ろの方から手を振りながら走ってくる人物の姿を見た。

爽やかな甘いマスクの婚約者、副団長ゼンツ・バウムは、ミラのもとへ真っ直ぐやってくると、その肩を抱こうと手を伸ばす。

ミラが軽くそれを手で躱すと、ゼンツは今度はその手を握って明るい笑顔を向けた。

「無事だったんだな。良かった。怪我もそんなにしていないみたいだし、安心したよ」

自分の女だと見せつけるような行動に、リーヴァルの目がきつくなったが、カロンは余計に困った顔を作った。

（帰りたくなってきたなぁ）

ぞろぞろと集ってこられるのも嫌だが、そこでラブコメを繰り広げられるのはもっとうんざりする。

ミラとゼンツは微妙な空気を醸し出してギクシャクしているし、ベルトロイとフィルミリアは何やら仲睦まじくしているし。

こんな所で昼ドラを繰り広げられてもと思いルシュカを見ると、今にもミラたちの頭を握り潰してやりたそうな顔で歯ぎしりをしていた。

「ところで、こちらは？」

ずっと視界に入っていたはずなのに、今気づいた風を装ってカロンのことを尋ねるゼンツ。

リーヴァルが素早く紹介した。

「この御方が、王国を助けてくださったエステルドバロニアの王カロン陛下であらせられます」

「王？　あの魔物たちのかい？」

疑念。敵意。嫌悪。優越。平凡な容姿で、魔物の国の人間。

そこだけを切り取れば、そんな感情も浮かぶのだろう。

「それは失礼しました。私は王国騎士団の副団長を務めますゼンツ・バウムと申しまして、ミラ・サイファーの婚約者でもあります。此度は国への助力、それに婚約者をお救いくださり、誠に感謝しております」

平凡なカロンでも人の顔色くらいある程度読める。

丁寧な礼をするゼンツが微塵も感謝していないのは、直感すら必要とせずに理解できた。

「ぶち殺されたくなきゃ口を縫い付けておけよ三下が。カロン様の前で女に欲情するとか頭に【レッサーバグ】でも湧いてるのか。気持ち悪い目で私を見るな。息をするな、生きるな」

小声でぶつぶつと、ゼンツに聞こえないようにルシュカが呪詛（じゅそ）のような悪態を吐いている。

「いえ、お気になさらず」

気にしたほうがいいのはそちらだぞ、とカロンはにこやかに返した。

「ところで、大変恐縮なのですが、そちらの国はどこにあるのでしょうか。聞き慣れない名前でしたので」

「あー……」

今答えると厄介だと思い、返答に窮する。

ポリポリと頬を掻いていると、公国の方角から混沌（こんとん）が吹き上がった。

横たわる者も、馬車に乗り込む者も、仲間を手当てする者も、周囲を警戒している者も。

エステルドバロニアの魔物たちも皆、その黒い霧と紫紺の魔力光に意識を奪われる。

それは、勇者の勝利を告げる勝鬨（かちどき）の光ではない。

光を奪い去った闇の襲来を告げる狼煙（のろし）だ。

「そんな……」

「団長は、大賢者様は、どうなったのだ」

「嘘だ……嘘だ！　あの人が負けるなんて、そんなことあるわけない！」

「じゃあ、あのこの世の終わりみてえな靄はなんだよ」

「やっぱり大公は、やつの手先なのか……」

公国から昇る闇は晴天に広がり空を覆い、澄み渡る青を侵食していく。

絶望を齎す数多の咆哮が大陸を震撼させ、這い出してくる化け物は公国の従えていた魔物とは比べ物にならぬほどの大きさだった。

ゴブリンは通常の三倍近くあり、ニルブレも二倍はある。ヴァルクロプスに至っては四倍近くありそうで、巨人より巨大な怪物が小山のように聳えて王都を見下ろしていた。

誰もが、その規格外の軍勢を見れば理解するだろう。

これこそがクランバードを配下にし、レスティア大陸に魔の手を伸ばした邪悪の根源。

はるか北の地より、魔王軍が侵攻してきたのだと。

「へぇ」

騒然とする人間たちの中で、カロンは驚くこともなく軍勢を見つめる。

鳶色の瞳に映し出されているのは凶悪な魔物の群れではなく、様々なパラメータと情報だ。

コンソールウィンドウが秘匿されていない全てをカロンの前に曝け出す。

「肥大化ね。噂の魔王というのはマスターレアのアイテムを注ぎ込んだりしているのか？」

【オルゾアの肥えた残飯】というアイテムを使うと、モンスターのサイズを上げることができるが、ただ大きさが変わるだけで強化されたりはしない。

他のアイテムを併用して状態異常攻撃の範囲を広げたりできるが、ただのゴブリンに使って特殊な運用をするのは相当非効率だ。

もしカロンの知識にあるアイテムによって大きくなっているとすれば、魔王はよほど見掛け倒しの軍勢を作っていることになる。

「ランクは低いが、さっきより育ったユニットだな。本当にお飾りの軍なのか？　二千体近くも投入してるから、そこそこ本気に見えるんだが……」

「カロン様。我々がいなければ、あれで十分だったのですよ」

ルシュカに耳打ちされて、納得しそうになった。

右往左往する王国の騎士たちを尻目に、カロンはコンソールを操作してコボルトとゴブリンに指示を出す。

逃げるか挑むかの判断ができず騒然とする人間を尻目に、小さな魔物たちは命令を受けてすぐに臨戦態勢を整え、公国から現れた巨大な魔物へと進軍を開始した。

本来興味関心のない国を守るための戦いであっても、新兵たちは王への忠義を誇りに進む。

守るべき自分の国を背にしながら、狼狽えている人間たちは、そんな彼らの姿を見ても後に続こうとはしなかった。

「我々も向かいます。副団長は軍の再編成を」

ミラは悩まなかった。勇者の血が疼いていた。心が騒いでいた。

魔物でも殺さないと落ち着かないくらいに。それでもカロンの国の魔物はなるべく殺さないようにしてやろうと思う程度に。

ミラの声で、ベルトロイもリーヴァルも迷いを捨てた。

彼らはエステルドバロニアを信用している。それはカロンの目論見通り、フィルミリアが築いてきた信頼からくるものだ。

リーヴァルがポウルとマリアンヌを捜しに走っていき、ベルトロイがミラの側に馬を寄せる。

だが、ゼンツは動かず俯いたままだった。

「副団長！」

「……ミラ、王国はこれ以上の兵を動員することはできない」

「何を言って……」

「見てくれ、この状況を。騎士団は壊滅状態なんだ。このまま生存者だけを集めたとしても、ただ無駄死にするだけになる。君は、彼らにそう命じられるのか？」

「今騎士団のトップは貴方で、それを命じるのが役目ではありませんか！　まさか、魔物どもに任せて我々は高みの見物でもするおつもりですか？　それこそ認められるか！　カロンたちがいなければ滅んでいたのだぞ！　他国の助けで延命したのに、今度は全て委ねるつもりか！」

「彼らは騎士だが、同時に大切な国民だぞ！」

苦しそうな顔で訴えている言葉が体裁にこだわったものだったなら、どれほど良かったか。

綺麗事を本気で言う男だと知ってはいたが、この場面でもそれは変わらなかった。

だから団長になれないんだと言いかけたのを飲み込んで、ミラはゼンツを振り払い、ベルトロイとフィルミリアを従えてカロンに顔を向けた。

「カロ――」

カシャンと軽い金属音を鳴らして、捻れた槍が道を遮るように交差された。

二体のキメラが鋭い銀の双眸で接近を禁止する。これ以上邪魔をするなとも、人間が触れるなとも取れる拒絶を込めて。

カロンは、遠く公国から押し寄せる軍勢と衝突するコボルトたちを見つめていた。

「物理では問題ないが、属性が豊富だな。ヴァルクロプスもニルブレも個体保有スキルを複数所持、スタンススキルもある。継承配合をしたと考えるよりは、そういう環境下で育っていると見るべきか。ただ、プレイヤーの可能性はなさそうか」

マップに表示される自国のユニットの体力が徐々にだが回復しきらなくなっている。

回復量よりもダメージが上回っているのだ。そうなるとスプリガンは弱体魔術に割く手が足りなくなり、最終的には部隊の連携が崩れて敗北するだろう。

レベルの差にランクの差。そして多様性の差が出ていた。

コボルト、ゴブリン、スプリガン。

初心者が最初に運用する平凡な種族である彼らは普通に戦ってそれなりに活躍してくれるが、一芸に秀でているわけではないので汎用の域を出ない。

オールマイティが悪いわけではなく、ゲームの仕様上、特化したステータスの方が強いのだ。軍全体でオールマイティになるのが理想だからこそ、単体の平均値はさほど重要じゃない。

殺される前に殺せる攻撃力や、殺すまで殺されない防御力――それらを覆せるスキルがないコボルトでは、ただ大きいだけのゴブリンくらいしか相手ができていなかった。

「下げるか。活躍してくれた者たちを徒らに失うわけにはいかんな」

「では」

「出るぞ。リュミエールとアルバート、それから……バハラルカを呼べ」

まるで関心がない風に呟かれた言葉だが、その途端に団長たちから覇気が溢れた。

何をするのかは既に指示が下りている。その内容に燃えないものなどいない。

「いいんですかい、カロン様」

「許可する」

グラドラが裂けるような笑みに嗜虐(しぎゃく)を込めて牙を剝き出しにする。

キメラたちも落ち着きなく槍を回していた。

黒の王衣を靡かせて歩き出したカロンだったが、そこでミラたちを思い出して足を止めた。

「へ……陛下。我々も……」

「──邪魔だ」

その声は、心の臓を凍らせてしまいそうな冷たさだった。

「これ以上は邪魔だ。兵を連れて国に帰ってもらいたい。アレはこちらで相手をしよう」

「し、しかしそれではリフェリス騎士団として──！」

「あの三下を相手にして敗北必至の人間を守りながら戦えと？」

リーヴァルは、もう何も言えなかった。

先の戦闘で、足手まといになってしまうことは証明されている。

その時よりも強大な魔物を相手にして、誰が役に立てるというのか。

勇者二人の安否が不明な今、もし並び立てるとするなら、一人しかいない。

「ミラ・サイファー。意気込み十分なようだが、貴様も邪魔だ」

「聞けんな。私はサイファー公爵家の娘であり、勇者候補であり、騎士だ。国を脅かす敵との決戦を前にして逃げることはできない」

「今、お前がリフェリスにとっての希望だ。違うか？」

ドグマ・ゼルディクトとヴァレイル・オーダーがいない中で、最も勇者に近いとされるミラが王国にとって最高の戦力になる。

そんな彼女を失うのは王国にとって多大な損失となるし、カロンとしても計画に罅を入れてしまう可能性があるので死なせるわけにはいかない。

「勇者なのだろう？　守ってやれ」

そう言って、カロンはミラに小さな指輪を投げ渡した。

それは子供の小指よりも小さな金の指輪で、三つの隕鉄が台座に嵌められている。

「それが、エステルドバロニアの王を救った騎士への褒美だ。常日頃から身に着けていれば、危機を救ってくれるだろう」

カロンは王衣を翻すと、キメラたちを従えて公国の方へ歩いていく。

「ほら、ミラ。早く軍を下げよう」

ゼンツに手を引かれながら、遠のいていくカロンの背を見ていたミラが感じたのは、人生で二度目となる寂しさだった。

「ベルトロイさん、私も行きますね」

時を同じくして、馬上でベルトロイとフィルミリアにも別れが訪れる。

フィルミリアはエステルドバロニアの魔物なのだから当然ではあったが、このタイミングと思っていなかったベルトロイは、腰に回された小さな手を握りしめた。

「帰るのか？」

「いいえ、あの御方と共に参ります。私も、エステルドバロニアの一員ですから」

フィルミリアは優しくベルトロイを抱きしめて、そっと大きな背中に口づけを落とし、陽炎のようにすり抜けて馬を下りた。

ゴシックドレスを広げて微笑む美しい魔物の少女は、王の後を追う。

「どうかお元気で。私の勇者様」

王国遊撃部隊にとって、鮮烈な出会いと別れ。

暴虐を振るう巨大な魔物の軍勢へと歩く姿は、勇者候補よりも勇者のようであったと、誰かが後に語るのであった。

暫く歩いただろうか。

新兵たちが公国――いや、魔王の軍勢をどうにか押し留めている中、王国軍は撤退を開始している。彼らの声はカロンには聞こえず、カロンたちの声も彼らには聞こえない。

カロンが立ち止まった先には、アルバートとリュミエールが深く頭を下げて出迎えていた。

「さて」

髪をかき上げて、カロンは前を見据えたまま呟いた。

「皆、よく我慢してくれたな」

その言葉に、フィルミリアが愛らしい少女らしく微笑んだ。

「いいえ、実に有益な時間でしたわ」

「きも」

「……ルシュカさん?」

「んんっ。お前がそんな態度だと調子が狂うな」

「そうですか？　じゃあ、今度からルシュカさんにはこのままでいようかしらぁ」

誰が見ても美少女らしく、どこか儚げで愛くるしいフィルミリアにルシュカが身震いした。

「俺も吐きそう」

グラドラも同じ感想らしく、キメラたちも首を大きく縦に振って同意していた。

「カロン様、用意は整っております」

リュミエールが新緑のドレスを土で汚すのも厭(いと)わず膝を突く。

「では、始めよう。子供の遊びに付き合うのはここまでだ。これからは大人のお楽しみといこうじゃないか」

カロンがコンソールウィンドウに表示された《宣戦布告しますか？》の問いかけに、迷わず人差し指でＹＥＳの選択を押す。

一日に二度も戦争をするのはいつぶりだろうか。

今度は手加減抜きだと、に描かれたstate of warがゆっくりと回転するのを見上げながら、カロンはアルバートに手を向けた。

「アルバート、夜を呼べ」

「仰せのままに」

個体保有スキル《黒の帳(とばり)》
アルバートが高く手を掲げて指を鳴らした瞬間、公国までを飲み込む広範囲が巨大な黒いドームで覆い尽くされた。

外からは半円の闇が突如として現れたように見えるだろう。

その闇の内側にいるカロンたちの目には、燦々(さんさん)と照りつけていた太陽が完全に遮られて、代わりに偽物の月と星が浮かぶ、本物よりも凄絶(せいぜつ)な夜空が映し出されていた。

一定範囲を強制的に夜へと変えてしまう、真祖だけが持つ規格外な能力を現実に目にして、カロンは感嘆の声を漏らす。

「素晴らしい」

カロンもゲームの頃は外から見ているだけで、この空間にどんな夜が広がっているのか想像するしかなかったが、この美しさは怖いくらいに感動的だった。

「はっはっは！　それほど喜んでくださるとは、恐悦至極に存じます！」

カロン不在での失態を挽回（ばんかい）しようと張り切るアルバートが歓喜に笑う。

「リュミエール、彼らに治療を」

「はい。お任せください」

種族依存スキル《魔術の担い手》
個体保有スキル《新緑の息吹（いぶき）》
マジックスキル・木《ムンドゥスサナーレ》
治癒魔術の効果を上げる新緑の息吹と、魔術攻撃力を上げる魔術の担い手を発動させて使用された超広範囲回復術式が、戦場を蛍のような淡い緑の光で包み込んだ。

範囲が広くなるほど効果の下がる回復術式だが、魔術に特化したステータスのリュミエールがスキルと併用すれば、低ランクの魔物全てを全回復させるのは容易であった。

「全軍後退せよ」

事切れそうだったゴブリンや、手足を失いながら這いずっていたスプリガンも、一瞬にして元通りの体になったと同時にすぐさま指示に従って動き出した。

バロニアの柱に後を託さねばならない口惜（くや）しさはあったが、死ぬまで出番がなかったかもしれない自分たちがカロンに一勝を捧げた充足感もあり、新兵たちは複雑な気持ちで後退する。

魔王の軍勢は疑問を抱くことなく前進を始める。

「統率が取れているわけではないようだな。指揮官はなし、か。まあ、ラインナップを見てもまともな知性を持つ魔物はいないようだし、こんなものか」

「魔王とやらが本当にいたら、今頃大慌てしてしてんじゃねえの？」

「そうでしょうね。私が相手の立場なら全力で逃げるか、全力で許しを乞うわ」

弄ばれる魔王軍を嘲笑いながら、グラドラは大鎚【フェルム・インドゥルゲンティア】を、ハルドロギアは捻れた双槍【イモータルゼーレ】を構える。

「仮にどんな形であろうとも、我らはイレギュラーであるべきでしょう。それだけの力があると見せることに意義があるのですからな」

「意義も何も、それで戦が減ってくれるのが一番なのですけれど」

アルバートはハットを直しながら亜空間に手を差し込み、黒鉄の刃を翼のように折り重ねた剛弓【アルデバラン】を番え、リュミエールは金色の長杖【スタッフ・オブ・セフィロト】を胸の前で握りしめた。

「それでは、誰が先陣を切りましょうか？」

カロンは少し視線を彷徨わせると、ニコニコと作った笑みを浮かべたままのフィルミリアに視線を固定した。

「フィルミリア、此度の作戦ではよく働いてくれた。その褒美……となるか分からないが、先陣を切る栄誉を与えよう」

自分だとは思っていなかったらしく、フィルミリアは大粒の赤い瞳を丸くする。

仲間たちは疑問を挟んだりしない。カロンが決めたのであればそれが絶対だ。

しかし、選ばれた当人は蝙蝠の翼をはためかせながら星月夜の下でそわそわしている。

「わ、私でいいんですかぁ？　ほら、こういうのはグラドラとかぁ」

カロンは、ゆっくりと頷くだけで、言葉にはしなかった。

フィルミリアは背筋を駆けた痺れに手を震わせて、ふらふらと魔王軍の方へ歩きだす。

「はぁ……はぁ……」

後退する新兵たちの間を通り、気付けば魔王軍は目前だった。

怪物たちの手が、幼い淫魔へと迫る。

「はぁ……は、はは……あはぁ！」

じゃら、と。

鎖のような金属音が鳴ったと同時に、前方にいた四体の魔物が賽の目に切り刻まれた。

鉤爪のような刃が縦横無尽に振り回されて、刻んだ数が十体を越えた所でフィルミリアの手元で本来の姿へと戻った。

それは異様な形状の蛇腹剣だった。

鎌のような、棘を生やす薄氷にも似た半透明な刀身の、鎌首を擡げる蛇のように湾曲した奇抜な剣は、引き金を引かれるたびに中の鋼糸のロックが外れ、振るうたびに大きな鉤形の剣先をしならせながら大群を削り斬る。

「あははははぁ！　最っ高ですねぇ！　ああぁぁあ、気持ちよくてトンじゃいそうです！」

長時間の裂傷を付与する連刃剣《アマツマガツキ》の刃の冴えを快楽に変えて、蒼白の肌を紅潮させた少女は枷が外れたように嗤う。

苦戦していたのが嘘のように、淫魔一体に圧倒される魔王軍の進みがさすがに鈍る。

足を止めてドレスを翻しながら踊るように剣を振るうフィルミリアに近付くことを、さすがに危険と判断したようだ。

だが、彼女は淫魔の女王である。

「あらぁ？　初心ですねぇ！　でも世界最強のプリティーを前に据え膳なんて、情けなくないですかぁああ⁉︎」

個体保有スキル《メム・ソフィート》
個体保有スキル《ヴァヴ》
ウェポンスキル《カラミティ》
対象に確定で魅了の最上位である悩殺を付与するメム・ソフィートと、接触による悩殺の付与数を六に増やすヴァヴを併用して放たれたウェポンスキルは、少し掠めただけで相手を傀儡に堕とし、逃げないように他の魔物に組み付いてフィルミリアに贄を用意する。

「よくできまちたね〜、ご褒美に、惨殺してあげますからねぇ！」

これまで溜め込んできたストレスを全て発散させるように暴れるフィルミリアの姿を見て、もどかしそうにするグラドラたちがカロンに視線を投げかけてくる。

よしを待つ犬のような彼らに苦笑して、カロンはそっと手を前に伸ばした。

「全て。全て殺せ。この世界の魔物の主に、どちらの格が上かを教えてやれ」

許しを得た瞬間、グラドラたちは競うようにして群れの中へと飛び込んでいった。

そこから先は、大軍を相手に大立ち回りをするエステルドバロニアの精鋭たち——ではなく、獅子が兎を狩るような一方的な展開であった。

一切の加減をせず、文字通り全力を出して二千を越える魔王軍を掃討していく。

本隊を投入して早々に殲滅される魔王の心情はいかなるものか。

暴虐の限りを尽くすさまを見ながら、カロンはちらりと隣のルシュカを見た。

「……いいのか？」

やる気に満ち溢れていたはずだが、なぜかルシュカは祭りに参加していない。

「はい。私はあのバ……んんっ、奴らと違って鬱憤を溜めていませんから」

「ん？」

何か、ルシュカとの間に齟齬があるように思えて、カロンは眉間に皺を寄せた。

「アルバートもカロン様の策に感嘆しておりました。我らが王の神算鬼謀に及ぶ者は、古今東西探しても現れることはないだろうと」

どのへんが、だろうか。

カロンとしては、王国へのアピールは済んだからさっさと終わらせたいだけだが、どうやらルシュカたちはそう受け取っていないらしい。

子供のように目を輝かせるルシュカに、カロンはどんな顔をすればいいか分からなくなる。

「王国への示威、騎士団への恩義、魔王への脅迫、我々の気晴らし。一石、いえ、二石でしょうか。それに四つも鳥を得るとは、まことに素晴らしいです」

それは、割ったら一石二鳥ではなかろうか。

ルシュカのいう内容で、カロンが考えていたのは最初の二つだけだ。

あとの二つは知らぬ間にどこぞから紛れ込んだノイズである。

素晴らしいとまで言われながら、カロンはルシュカの話を聞いて「なるほど」と納得した。

「よく分かったな」

そう結んで、カロンはぼろが出る前に逃げたのであった。

「まあ、こういう機会があることをバロニアの軍に教えられるのは良いことだな」

戦いへの飢えを発散する場所が新兵にも精鋭にも用意されると分かれば溜飲も下がるはずだ。

「これで五鳥ですね」と喜ぶルシュカ。

割り切れなくなったなぁと呑気に考えるカロン。

そのやり取りが終える間に公国の地下から溢れる魔物も落ち着き、グラドラたちの猛攻も同様に落ち着きを見せてきた。

攻め手を緩めているわけではなく、戦闘開始時点よりもテンションが平坦になっているだけで、戦争とすら呼べない強者の狩場なのは変わらないが、そろそろ潮時かとカロンがコンソールを操作する。

「仕上げといこうか。そろそろ此処にも飽きてきた」

そうしてカロンは彼、もしくは彼女を呼ぶ。

隠匿を解いて現れたのは、異様な造形の死霊だった。

災禍の結晶。死の権化。絶望の使者。呪詛の極地。

「ギギギギギギギギ‼」

歯ぎしりのような声を発しながら偽物の夜に降臨した【エタニティカース】は、魂を破壊する禁忌の祝詞を謳うように叫ぶ。

アルバートの生んだ夜が砕け散った時、そこに広がっていたのは、有象無象の区別なく、大地に降り積もる黒い灰と、鮮血に輝く魔物たち。

そして、拭えない寂寥感に鬱屈としながらも、笑みを押さえられない王の姿だった。

◈ 五章 ◈

勇者

自室に籠(こ)もるカロンは、ソファの上でだらしなく足を投げ出して寝転がったまま、特に何をするでもなく天井を眺めていた。

玉座の間から部屋に戻ってから誰も入るなと言って閉じこもっているが、その理由はただこの気の抜けた姿を見せたくなかったからだ。

知らぬ間に死にかけたり、勇者候補に会ったりとイレギュラーが多く発生して紆余曲折(うよきょくせつ)したが、それでも今のところは想定した形に収まりそうだと安堵(あんど)している。

そう考えると、募った疲れから動く気力を奮い立たせることができない。

「あ゛〜〜〜」

ごろんとうつ伏せになって座面に頬を擦(こす)りつけ、疲れ切った目を瞬かせる。

せいぜい纏(まと)まって並列で考えられるのはこれが限界で、これ以上起きていてもいいことなんてなにもない。

燃え尽き症候群と呼ぶのか、事後処理も殆(ほとん)ど手につかないのでは無駄な時間と言えてしまう。

それならいっそ諦めて、安全になったと自分に言い聞かせて眠ってしまったほうが良い。

大きく柔らかな天蓋付きのベッドよりもソファで寝た方が心もなんとなく落ち着けそうだった。

「もうダメだ。明日、明日から考えよう」

起こったことから学んで次に活(い)かしていくしかない。

そうは言いながらも頭の片隅にちらつくこれからを呟(つぶや)いていた。

「そうなると、これからどうアプローチしていくかだよなぁ。やっぱりまずは使者をたてて、それから……」

——caution! caution! caution!——

「っ！ なんだ!?」

鳴り響いた警報音と全面に浮かんだ警告文が、弛んだ視覚と聴覚を盛大に刺激した。

常であれば聞くことのないこのけたたましい音は、昔に植え付けられたトラウマに触れて、微睡んでいた意識を一瞬で覚醒させた。

勢いよく体を起こして咄嗟に周囲を確認し、ウィンドウを開いて状況を確認する。

国の全体マップを開くと外壁が赤く色づいており、一部分に円で目印がされていた。

緊急のシステムメッセージには『侵入者発見』と記されている。

「侵入……なんだ？ 公国の残党か？ いや、それはこの辺には近づいていないのを確認しているが」

なんであれ敵意をもった何者かが国に攻撃を仕掛けに来たのは確かだ。

恐る恐るマーキングされた地点を拡大し——そこに映された二人を見て思わず声を上げた。

「はあっ!?」

夜通し宴が繰り広げられるエステルドバロニアに、夜闇に紛れて人影が迫る。

お祭り騒ぎとなれば小さな諍いが頻発するので、兵士は街の中に多く配備されており、外壁周辺を警戒する兵士は殆ど見当たらない。

「来たか」

この手薄さは、高い外壁の上で仁王立ちする着物姿の女が仕組んだものであった。

颪を置き去りにして走る人影は外壁の真下で跳躍すると、何度か壁を蹴って登りきる。

濃緑のマントで頭まで覆った侵入者は、梔子姫の前に下り立つと静かに剣を抜き放つ。

月明かりの下で白銀に煌めく双剣。

その切っ先が喉元目掛けて構えられた。

「君ならそうしてくると思ったよ。僕の目に狂いはなかったね」

「黙れ。その薄汚い口をすぐに閉じろ」

「ふふ、いいね。アルバートには悪いけど、こっちに賭けた僕の方が楽しめそうだよ」

異形の腕が、待ちきれないように爪を鳴らす。

「せっかくなら顔を見せてくれないか。この世界で最初に殺す顔くらい覚えておきたくってさ」

侵入者は腕を突き出したまま、もう片方の手に握った剣を逆手に握り変えてマントの留め金を外す。

一瞬吹き抜けた夜風をはらんで、マントは空高く飛んでいった。

「どけよ、化け物」

「やれるものならやってごらんよ。成り損ないの勇者さん？」

銀月の髪を束ねて、氷の眼差しに殺意を込めた勇者候補——ミラ・サイファーは、清らかな白と藍の騎士鎧には似つかわしくない激情に燃えている。

正義の名のもとに勇者として振る舞う侵入者と、魔を統べし王に仕える邪悪な守護者。

奇妙な相対は、人間から見ればミラの姿は勇敢な騎士と捉えられるだろうし、魔物からは梔子姫が最強の番人と讃えられるだろう。

誰が主役で誰が敵かは立場によって変化する。

一つ言えるのは、どちらも明確な殺意を振り撒いて、確実に相手の息の根を止めてやろうと意気込んでいることだろうか。

その姿はヒーローと呼ぶには相応しくないほど殺気立っていた。

巨腕から伸びる鋭い爪刃を確かめるように動かしながら、どう玩弄してやろうかと梔子姫はせせら笑う。

「一体何しに来たのやら。全て終わったのに、むざむざ殺されに来る必要はないじゃないか」

逆手に握りしめた剣を眼前に構え、ミラは細く深く息を吐き出した。

「それとも、終わらせたくないのかい？」

呆れてみせる梔子姫に構わず、ミラは体の奥から湧き上がる衝動に従って姿勢を変えていく。

長く使い続けてきた柄の感触を確かめるように力を込め、閉じた瞼を見開くと同時に、深く前のめりに体を倒す。

個体保有スキル《勇者の血Ⅰ》

個体保有スキル《騎士の誉れ》

スタンススキル《フェザーダンスⅢ》

スタンススキル《ウインドステップⅡ》

鼻先が地面に触れる寸前でしなやかな太腿が引き締まり、敷き詰めた石の道を砕いて跳躍に等しい疾走を開始した。

ウェポンスキル《チェイサースピア》

両の手を左右に広げて三歩で踏み込み、順手の剣から先に梔子姫の喉元を貫きにかかる。

「おっと」

キンッ、と虫を払うような軽い動作で切っ先が跳ね上がるが気にはせず、更に一歩進んで脇の下を狙って逆手の剣が奔った。

リーチの長い梔子姫は近づかれる程に身動きが取れなくなると考えたゼロ距離の斬撃。

だが刃は月光の軌跡を宙へ描くに留まってしまった。

「速いじゃないか」

「……ちっ」

左右を囲う塀の上に立ってわざとらしく拍手をする梔子姫を見て、触れることのできなかった剣閃の余韻を眺めながら逃げられたと舌を鳴らして再び駆ける。

今度はどちらも順手に握って飛び退いた梔子姫へ肉薄した。

全身を満たす魔力をスキルへと回す。スピードを重視するミラの剣技は常人には追えぬ速さに至っていた。

ウェポンスキル《ダブルブリッツ》
ウェポンスキル《クロスエッジ》
ウェポンスキル《旋風連斬》
ウェポンスキル《逆さ顎》
右から二連、左右二連、左三連、逆袈裟に振った影から天へと抜ける一刀。

踊るように足を運び、韻を踏むように剣が舞う。

騎士にはあるまじき野蛮な技ながら、冴え渡る刃の残像は彼女の天稟を感じさせた。

剛剣と呼ばれたドグマでさえ、傷つけぬよう加減しては勝てんと口にさせた実力を遺憾なく発揮する。

それがミラの、軽装騎士として最良の勇者であることを証明するものであり、それは梔子姫が王国最強の騎士程度では勝てない証左となってしまう。

もう少し速く動ければ。もう少し力があれば。

そんな高望みで対等に立てるような敵ではない。

「っ……！」

ウェポンスキル《アクセルソード》
ウェポンスキル《パワースティング》
ウェポンスキル《スピンスライサー》
息もつかせぬ連撃は掠りもせず、軽やかな身のこなしだけで空振りに終わっていく。

隔絶した実力をまざまざと見せつけられる度に苛立ちが募った。

魔物に負けているなど認められないと叫ぶように、騎士の誉れの名に恥じぬ斬撃の暴風を吹き荒らした。

般若の形相を浮かべたミラに、梔子姫は薄く笑いかけ続ける。

この世界に来てから誰もが感じている手応えのなさは、梔子姫の自尊心を満たすに足るものだった。

「それで今まで何を摑んできたんだい？　その程度で摑めたものに価値があるのかな？」

「っしぃぃ!!」

両手を広げてわざと隙を作られたと分かっても、ミラは飛び込まざるを得ない。

懐に飛び込んで肩に担いだ双剣を密着した状態で振り下ろした。

ウェポンスキル《鎧断ち・改式》

互いに身動きが取れない距離から繰り出す斬鉄の二連斬を躱(かわ)せた者は過去にいなかった。

薄い絹衣に包まれた柔肌を骨ごと断つなど造作もないことだ。

それだけの業であり、磨き上げた技だ。

しかし――

「君たち人間は、いつだって惨めで哀れで……ムカつくよ」

梔子姫の白い肩に触れて、斬鉄の妙技は止められていた。

ひゅっと嫌な音が喉で鳴る。

無呼吸で斬り続けていたからだと、心が言い訳を即座に生み出した。

白い肩に触れたまま進むこともできずに震える双剣を、憐憫(れんびん)の目で見下ろす梔子姫は自然体のまま言葉を続けた。

「勇者なんて存在のせいで希望や期待でもあるのか知らないけど、そんなレベルで勝てるわけないじゃないか。僕ら魔物は生まれながらに格がある。それを突然変異の勇者風情が……いや、それにすらなれない半端者が勝とうなんてちゃんちゃらおかしいね。人間は強くなれる。僕らよりも。それをボクは知っている。けどね」

一歩前に踏み出されただけで小柄なミラはふわりと地面から足が離れて宙に浮いた。

「ごっ……！」

次の瞬間には、弾丸のように後方へと吹き飛ばされた。

バウンドしながら滑空した華奢(きゃしゃ)な騎士は塀にぶつかってようやく動きを止めた。

ごふっと口から溢(あふ)れた血を石道の上に吐き出すだけで、擦過(さっか)で傷ついた体は起き上がろうと試みても膝から崩れ落ちてしまう。

たった一撃。

スキルでもない通常攻撃。

魔力も乗らない、純粋な力だけの蹴りで、ミラは全身が砕け散った錯覚に襲われた。

「そこに辿り着けるのはほんの一握りだ。目覚めた時点で届かない無能には、浅ましく泥水啜って這いずりながら戦った先にしかないんだよ。ま、あの程度を英雄だとか言っちゃう時点で文明レベルを察しちゃうけどさ」

地面と水平に伸ばした足をゆっくり下ろしながら、梔子姫は自分の知識を確かめるように誰ともなく呟いている。

全身を駆け巡る痛みは吹き飛んでぶつかった時よりも腹に刺さった蹴りの方が強い。

内臓全て破裂したと錯覚しそうな程なのに、それがまだ加減されているのだと察した。

「ぐっ、ぇ……ごほっ！　ごほっ！」

息を詰まらせながら喘いでも、動け動けと体に何度も命令を下し続ける。

屈辱的な姿を曝すことへの怒りよりも、次に訪れる危機から逃れることの方が重要だ。

直後、呼吸音に紛れてひゅっと風を切る音を研ぎ澄まされた聴覚が捉え、激痛を堪えながらなんとか横へ飛んだ。

黒い毛に覆われた巨腕がミラの脇腹を掠めたが、紙一重で躱した拳は勢いをそのままに叩きつけられる。

轟音と共に立ち上った土煙。

放射状に走った亀裂がその威力を物語っていた。

「は～あ、これじゃ予定が台無しだ」

悪戯が失敗した子供のような拗ねた態度で、膝をついて呼吸を整えるミラを見ながら髪を掻き上げる梔子姫は、つまらなそうにすると王城の一室へと目を向けた。

「カロンには悪いことをしてしまったな。こんな予定じゃなかったんだが」

「はぁっ、はぁっ……予定……？」

「僕はね。カロンに友達を作って欲しかったんだ」

梔子姫の目が、初めて子供のように輝いて、頬を染めて陶然とした表情を作った。

「王は孤独なものだ。周囲から向けられる信頼に応えようとすればするほど心の内を見せられなくなってしまう。僕は一番の理解者だけど、やっぱり何処かで部下として扱われてしまうからね。だから人間の理解者を作ってあげたかったんだけど……」

熱を帯びた吐息をこぼして自分に酔っていたが、尻すぼみになる言葉から徐々に感情が顔を覗かせる。

「僕らの……僕の愛する偉大な王に色目使いやがってさあ！　勇者だか何だか知らないけどあの人に薄汚い感情向けやがって!!　籠絡しようとしやがって!!」

吹き荒れる紫黒のオーラが周囲の灯りを消し去った。

銀月の下で顔を覆い隠し、腕を振り回しながら今まで内に秘めていたものを爆発させた。

それはひどく歪で自分勝手な思想。

それでも王の為と謳いながら許容できない狭量な思考。

カロンが王であり魔物じゃないと分かっているのに、自分で仕向けておきながら許せない。

いつか、人間と共に歩むんじゃないかと恐怖するが故に。

メキメキと形が崩れそうになった右頬を隠したまま梔子姫はミラへと近付いて、無造作に胴を握って持ち上げた。

ミシミシと巻きついた爪が食い込み、苦悶が血とともにミラの口から溢れ出す。

「お前がこんな馬鹿なことをする理由なんてお見通しだよ」

「あぐっ……」

「囚われの姫を救いに来てるつもりだったんだろう？　勇者らしく、悪を倒してカロンを助けだそうと思ってたんだろう？　あの人を、哀れんだんだろう⁉」

ミラの目が驚愕に見開かれる。

「ち、違……！」

「違うわけがあるかよ。お前たちはいつもそうさ。非力だと知れば救ってやらなきゃなんて勘違いして、カロンに群がる害虫でしかない。恋でも愛でもない妄想の果ての自己中心的な義憤に掻き立てられる。反吐が出そうな正義感で他者を顧みることもできずに死にたがる。こんな奴らがカロンと同じ生物だなんて腹立たしいし、気にかけられてるのもイライラさせられる」

言葉を失ったミラの見開かれた目が、余計に梔子姫の癪に障った。

脳に囁くように届いた文字がミラの助命を指示している。

カロンに言われれば当然従うし、カロンの為であればなんでもするが、それとはまた別だ。

梔子姫とてミラの重要性は理解しているが、それでも渦巻く妬みは止められなかった。

酒場で楽しげに話す二人の姿を遠目に見て、我慢ができなかった。

飄々として見せている梔子姫だが、人間への嫌悪はバロニアの柱の中で最も強い部類に入る。

掘っ立て小屋から始まった頃から常に晒されてきた人間への恐怖は忘れられるものではない。

ルシュカは人間に興味を持っていないから深く考えていないし、もう一体のヴェイオスはその存在故に全てを無条件に下に見ている。

カロンに近い位置から景色を見ていた梔子姫だからこそ、長い苦渋の日々を齎した人間を心底憎んでいた。

カロンに近いから、魔物ではその心に近づくことができないと分かり、業腹だが人間の友人を探してやろうと思った。

そんなミラと変わらない自己中心的な思考が働いていた。

「うう……ぅあああああっ!!」

スタンスキル《雷の加護Ⅰ》
雄叫びを上げたミラの体に稲妻が走った。

大したダメージには繋がらない悪あがきだが、それでも僅かな痺れを嫌って梔子姫はミラを放り捨てる。

またゴロゴロと地面を転がって伏せる弱さに、そうまでして生かしておかなければならないのかと思ってしまう。

——カロンが望んでいる。

それがあるから梔子姫は人間に好意的な素振りをするし、親しげな態度を作ってみせる。

だから今もスキルを使わず手加減をして半死半生を目処に痛めつけているのだ。

「さて、もう少し遊ぼうよ。まだやれるだろう?」

剣を杖にして立ち上がろうとするミラに笑いかけても、その瞳には何の感情も宿していなかった。

「だって君は、勇者なんだからさ」

勇者は魔物に立ち向かう。

だが、死を前にしても尚そうするべきなのか。

梔子姫に指摘されて、言葉を詰まらせた自分はなんなのだ。

ただ自分の独りよがりで始めたこの戦いに生命を懸ける意味はあるのか。

もう何も分からない。

知らなかった自分を覗かれたような気がして気持ち悪い。

霞む視界の奥で渦巻く思考は要領を得ない。

殺せと騒ぐ血の意思を今日ほど煩わしいと思ったことはなかった。

「もう呻き声も聞こえなくなったね。やっと静かになってくれて嬉しいよ」

定まらない視線は、どこを見ているのか分からない。

ミラの耳に届く機嫌の良い声がどこから聞こえてくるのかも分からない。

全身が酷く痛む。訓練でも実戦でもここまで痛めつけられたことはなかった。

呼吸も細く、今にも止まりそうだと自分でも思う。

そもそも、どうしてこんなことになったんだろうか。

「君は結局何もできやしないよ。今まで雑魚を相手にして強いと錯覚してたみたいだけど、所詮は井の中の蛙。本物を知らない」

途切れ途切れに、気分良く独りで勝手に喋り続ける女の声を捉えた。

分かっている。

意志を持たず叫ぶしかできない血の声がうるさくなればなるほど敵が強いんだと経験で知っている。

初めて見た時から、本当は敵わないと分かっていた。

それでも、立ち向かわずにはいられなかった。

「今まで通りの蛙でいればもっと平和でいられたのにね。此処(ここ)に来なければ、こんな目に遭うこともなかったのに」

その通りだ。

戦争が終わったのに余計な火種を生む真似(まね)なんて必要ない。

それでも来たのは――

「カロンはお前を必要としているけど、それはお前が貴族の娘で、あのおままごと集団の中では強い方だからってだけなの、気付いてないのかな？」

そう……だろうか。

それは、この女が決めることじゃないだろう。

嗚呼(ああ)、思い出した。

私はカロンを救いに来たんだ。

血の意志に従ったわけじゃなくて、自分の意思でここに来た。

あの穏やかな顔が。気弱な眼差しが。不器用な笑顔が。

魔物と出会ってから諦めと苦しみに包まれているのを見たから。

王というなら、もっと王らしく振る舞えばいいんだ。

慕われているのなら、もっと配下に心を許せばいいんだ。

ミラは、カロンが演じる王の姿がただの虚勢だと見破っていた。

同じ人間同士だからか、はたまたミラの目が養われているからか。

梔子姫に言われたように、玉座に座る矮小(わいしょう)な姿を哀れんでしまった。

だって、彼は――

「さて、と。もうこれ以上は殺しちゃいそうだし。そろそろ帰ってもらおうかな」

もう話すことが尽きたと、血溜まりに伏せったミラに近付く梔子姫。

適当に記憶を消して、回復させてから人間の国に送り届けなければならない。

手間だが、自分がことを起こした以上は自分できちんと終わらせる必要があると、ぴちゃりと赤い水溜まりに踏み入って髪を掴んで持ち上げた。

真っ赤に染まったミラの口が微かに動く。

「……して……は……」

「ん？」

掠れた声ははっきりと聞き取れない。

思わず聞き返した梔子姫は、次の言葉をつい聞き取ろうとした。

「……うして……カロンは……自由……じゃ……ない……」

それは、カロンが言っていた言葉。

あの時は甘やかされた貴族が擦れた考えを口にしているのかと思ったが、そうではなかった。

これがカロンの実情だと、ミラには見えていた。

「自由だよ。これだけの国を持ち、全て思うがままにできる。それのどこが自由じゃないんだ」

本気で、梔子姫はそう思う。

それは魔物の観点からの答え。

バキンと、ミラの体を巡る声が止まると同時に、何かが外れた音がした。

「じゃあ――やっぱりお前たちにカロンは縛られるべきじゃない」

生気を取り戻したと同時に、ミラの全身から黄金の光が溢れ出す。
「なっ⁉」
初めて警鐘が鳴るのを感じた梔子姫が地面に叩きつけようとしたが、彼女の体から迸った雷が腹部に当たり、その威力に思わず手を離して飛び退いた。
光は見る間に体を癒していき、雷は剣となって形作られる。
ゆっくり地に足をつけたミラは、あの気高く美しい騎士に相応しい姿に戻っていた。
「は、はは……そうか。いるのか。いてしまうんだね」
ゆっくりと開けられたその瞳に灯された黄金の炎を見て、梔子姫は久しく忘れていた興奮と恐怖に笑ってしまう。
スタンススキル《勇者Ⅶ》
スタンススキル《雷霆の末裔》
スタンススキル《疾風迅雷Ⅴ》
スタンススキル《ブレイドダンサーⅤ》
スタンススキル《雷剣の使い手》
スタンススキル《叛逆のレガリア》
更新されていくスキル。上昇していくステータス。
変化していく姿はまるで進化のようで、燃え盛る黄金を纏う彼女には既視感しかなかった。
人の中から生まれる人外。
魔物を脅かす本物の執行者。
エステルドバロニア最大の敵。

感嘆と畏怖を込めて、梔子姫は静かに呟いた。

――勇者、と。

◆

アポカリスフェは、プレイヤーが魔物の王となって世界に立ち向かう話に思われていた。

事実運営もそのように宣伝しており、プレイ開始当初は迫害を受けながら魔物の国を強大にしていくものだと。

だが、実際にプレイヤーが感じたコンセプトは違った。

これはあくまでも人間が主軸にあり、プレイヤーは邪悪な敵として扱われるのだ。

勇者と英雄が平和を齎そうと戦い、その足掻きを踏み潰して世界を支配しようとする魔王。

その構図が、長くプレイしてきたカロンの、アポカリスフェに抱いている印象だった。

何故そう思うのか。

まず一つは、勇者と英雄の強さにある。

人間側のユニットは基本的に魔物よりも弱く設定されている。

レベルの概念をプレイヤーが持ち合わせているのに、併せて人間もがんがんレベルを上げるのは不自然だし、新規参入者には地獄でしかないからだ。

しかし、そうなるとレベルさえ上がればプレイヤーが好き勝手できてしまうという二律背反を抱えてしまう。

そこで運営が作り出したのが、人間たちの守護者となる勇者と英雄の存在だった。

《勇者》は自身とパーティメンバーのステータスを大幅に上昇させ、《英雄》は同軍ユニットのステータスを強化する。

それによってレベルに補正がかかるため、大差のある敵にも立ち向かえるようになっていた。

だからプレイヤーは序盤から中盤、とにかく強い勇者や英雄の所属する国を避けて慎ましく目をつけられない程度に行動しなければならない。

そして強くなった魔物で反逆するのが定石のプレイとされている。

人間のレベル上限はモンスターと同じ百までだが、補正はそれを超えても作用するのため、最強クラスの勇者になると数値で言うなら百五十相当にまでステータスが跳ね上がる。

英雄はそこまでいかないが、それでも人間側ユニットを全員七十相当に引き上げられる怪物じみた者も存在した。

それで全体のゲームバランスを整えていたのだ。

エステルドバロニアが勇者や英雄に対して過敏に反応するのはそこに理由があった。

もう一つはもっと深刻な問題だ。

勇者と英雄は――――突然変異のように覚醒する。

最強の騎士でも、粗暴な山賊でも、果てはそこいらの農民でさえ、危機に陥るとなんの前触れもなく覚醒するのである。

急激にレベルが上がって補正がかかり、楽勝な戦争が突如として地獄絵図に変わったこともあった。

それが原因で中規模の街を破壊し尽くされてボロ屋に戻された苦い経験もある。

だから、カロンは人間の王だが主役ではない。

人類を脅かす悪の親玉でしかなく、燦然と輝きを纏って人間はいつだって反旗を翻してきた。

勇者とは。

英雄とは。

まさしく人類の希望であり、すなわち魔物の絶望となる。

それは悲しいことに、この世界でも変わらないのだと証明されてしまった。

「はああああっ‼」

ウェポンスキル《ヴォーパルエッジ》
ウェポンスキル《エレクトロンジェミニ》
黄金の焔を瞳に宿して真の勇者へと至ったミラ・サイファーは、先程の実力差を覆さんと、怒濤の剣撃を繰り出した。

速さは格段に上がり、剣の重みも増している。なにより雷の剣が有能だった。

受ければ浅くとも切り裂く鋭利さに加えて、触れるだけで奔る電流が僅かに動きを鈍らせる。

「ちぃっ！」

舌打ちを鳴らすのは梔子姫だった。

捌いても嫌な痺れが手に残り、躱しても電荷となった剣先から放たれる青い閃光が追い縋ってくる。

ミラが追い、梔子姫が引く。

それは初めと同じ構図であっても速度は僅かにミラが勝り、互角の戦いの様を呈していた。

梔子姫は近接戦が得意ではない。

加えて特殊な性能を持つ近接武器と相性が悪い。

そのようにステータスが設定されており、カロンも長所を伸ばす方向で育成してきた。デバフを解除することは可能だが、触れる度に与えられる〝麻痺(まひ)〟に構っていては余計な傷を負うことになる。

大した効果はなくとも、脆弱(ぜいじゃく)と吐いて捨てた相手に好き勝手されるのは苛立たしいものがあった。

一撃でも入れられればまた形勢は梔子姫に傾くが、鈍重な拳では稲妻のように屈折して駆け回るミラを捉えるにはあまりにも遅い。

互いに決定打を欠いたまま、激しい応酬は閃光を飛び散らせながら繰り返された。

互いに新しいカードを切ることに躊躇(ちゅうちょ)していたが、先に動いたのはミラだった。

針の穴を通すような刺突が喉元目掛けて矢のように放たれたが、僅かに遅れて梔子姫の爪が進路を妨害する。

放電しながら爪の曲面を滑った剣を更に一歩踏み込んで一押ししたが、あと数ミリのところで爪に挟まれて動きを止めた。

剣を摑まれれば必死に抜くだろうと判断して梔子姫の腕が大きく振りかぶられる。

しかし、そこにミラはもういない。

「爆(は)ぜろ！」

固有ウェポンスキル《千々稲魂(ちぢいなだま)》

剣を捨てて後ろに下がったミラが開いた手を強く握りしめると、梔子姫が摑んでいた雷剣が弾けた。

「うわっ！」

マジックスキル・雷《グロースキン》
圧縮された雷が枷を外されて、本来の姿へ戻ろうと轟音を上げて爆発したことに驚きながらも、瞬時に防御術式を組み上げて防ぐ。

咄嗟に組んだのは低レベルの雷耐性が組まれた膜だったが、光が止んだ先に見たのは小さく罅の入った膜と、大きく陥没した城壁の通路だった。

「最悪だ……あとで直すの僕なんだぞ……」

美しかった城壁はところどころ黒く焦げ、幾つも大きな凹みや欠けができている。

そして、

「あ」

つう、と頬に一本の筋が浮かび、それを拭って梔子姫が呟いた。

そよ風に流れる土煙の向こうで雷光を纏うミラは、目障りだと風を切り払って無愛想に梔子姫を見つめ返し、溢れる力に口の端を持ち上げた。

「届いたぞ」

ひく、と梔子姫の口角が動いたが不敵な笑みは崩さない。

「なんだい、褒めてほしいのかい？」

「私の剣は届くんだ。お前にだって、魔王にだって、私の剣は届く！」

スタンススキル《迅雷の構え》
スタンススキル《疾風の剣技》
纏った雷が強く発光した瞬間、ミラは残像を残して梔子姫の背後に回り込み双剣を振り翳していた。

その速さに梔子姫の反応はやはり僅かに遅い。

掲げた腕で防いだのは刃が眼前に迫った時だった。

「届く！　私の剣は届くぞ！」

振り払われた衝撃に身を任せて後ろに下がると、再び梔子姫の死角に現れては剣を振るう。

ヒットアンドアウェイに切り替え、高笑いとともに襲いくる連撃に食らいつきながら、梔子姫は相性の悪さに苦々しく唇を噛(か)む。

最強クラスには遠く及ばないミラだが、俊敏性は梔子姫よりも上だ。

スピードに特化したミラの攻撃は鋭くとも軽く、脅威には感じないが、自分の攻撃が当たらないのはフラストレーションが溜まる。

「ああもう、鬱陶(うっとう)しい！」

人間如(ごと)きに翻弄されている事実に我慢ならず大振りの二発が繰り出されるが、その隙を逃がすことなく踏み込んだミラの剣が梔子姫の腹部に食い込んだ。

が、全力を加えても浅くしか傷がつかない。

決定打に欠ける。それでも、その僅かな手応えでミラには十分だった。

全身を駆け巡る魔力の質は遥(はる)かに濃厚で、指の先まで力が満ち溢れている。

生まれてから身の内に巣食い続けていたあの声が今はもう聞こえない。紛い物勇者を唆(そそのか)す未練の声も綺麗(きれい)に止んでいた。

自由だった。

これが勇者の見ていた世界なのかと、雁字搦(がんじがら)めにされていた呪いから解き放たれた高揚感に笑みが抑えられなかった。

凶悪な魔物に囚われた人間を救い出すなんて理想的な状況に、勇者の本質が歓喜している。酔っているのだ。

これ以上ないシチュエーションに。

「人間が……！」

その笑みが、梔子姫には我慢ならなかった。

魔物さえ忌避する破滅願望を勇敢と捉えて正さない。

いつだって勇者は狙ってくる。あの世界でも、この世界でも。

それは、魔物への殺意ではなくて、もっと別の理由からだと、よく理解していた。

軍団長たちが、心の中で思いながら決して口にはできない数多の戦争の真実。

勇者と王の邂逅を演出したのは、この予想外のミラの強さより厄介な問題を避けるためでもあったのに。

「けど、届くだけじゃ意味なんてないけど、ねっ！」

ぎゅおっ、と風さえ蹴散らす大きな爪の一撃に、ミラの反応がほんの僅かに鈍った。

飛び退いて体勢を整えてから熱く感じた頬を撫でると、擦りむいたような大きな擦過傷になっていた。

（掠っただけでこれか）

少しずつ力に慣れてはいるが、まだ梔子姫との歴然とした差が埋まっていない。

小さな傷は数度つけられても、疲労ではミラの方が呼吸する度に肩が揺れてしまっている。

今はまだ互角には持ち込めていても時間が経てば徐々にミラが不利になっていくだろう。

あの巨大な獣の腕が次に当たれば今度こそ決着が付いてしまう。

頬の痛みがその考えを頭によぎらせた。

(救うんだ。私が)

勇者の幻影は魔を滅せと無念の妄執を叫んできた。

しかし、本質はそんな負の衝動じゃない。

鼓動と共に駆け巡っていた亡霊の戯言(ざれごと)から解き放たれて、尚のこと強く思ってしまう。

魔の手から人を救えと、生まれ持った才能が歌うように力を与えてくる。

(でも、私は)

そして、その声までも自分の想いか定かではなかった。

雷霆と呼ばれた黄金の騎士が叙事詩で語られる。

囚われの姫君を救い幸福に天寿を全うしたと。

今ミラを突き動かしているものは、なんなのか。

ギリッと歯を噛み鳴らし、不要な感情を砕いて飲み込んだ。

振り払う動作でまた軽々と弾き飛ばされたが、すぐに体勢を立て直して力を漲(みなぎ)らせる。

この女狐に抱く怒りだけは自分のものだと言い張って、更に高く上へ至るために剣を構えた。

「駆けよ、嘶(いなな)け、天つ百光敵を穿(うが)て！」

固有ウェポンスキル《ジオエレクトロン》
梔子姫に与えてきた攻撃で発生した電荷を目印にして雷剣が宙を駆けた。

天から落ちるように幾度も屈折しながら二本が迫る。

防ぐか、避けるか。瞬時に決断を迫られた二択から梔子姫は防ぐことを選ぶ。

マジックスキル・雷《クラスターフィールド》

無詠唱で展開された青白い半球の繭の強度は即席の防御術式よりも強固だった。

ガキンと突き立った剣が刀身から光を放ち、轟音を上げる。

防ぐことが苦手でもまだ止められる威力だと、梔子姫がほくそ笑む。

これだけの魔力を注いでいれば消耗は激しいはずだ。耐えてしまえば次こそ拳を当てられる。

片腕を突き出してフィールドを維持しながらどう攻めるか考えて――次の衝撃に目を剝いた。

「れ、連投⁉」

雷鳴が途切れずに飛翔する。

空いた手に次から次へと雷剣を生み出してはスキルを発動させて、ミラは絶え間なく金色の剣を投げた。

今飼い慣らしてやると酷使すればするほど目覚めていく感覚があった。

この雷霆を自らのものにすれば、その時は勝てると信じて。

次第に剣は、その威力を増しているのか繭に切っ先を食い込ませるようになっていく。

城壁が余波を受けて削れていき、ドーナツ状に足場を窪ませていった。

(もっと、もっとだ……！)

握り締めた新たな剣は、今までよりも凝縮された雷が青く輝いている。

固有ウェポンスキル《グングニルブレイド》
「はあああっ‼」

この一投だけは青い一閃となり、宵闇を一文字に駆けて繭を穿った。

光が止んだ時には、ミラは剣を杖にしてどうにか立っていた。

これで勝てていなければどうするのかも考えられない。

震える膝を叱咤して惨めな姿だけは晒したくないと堪える。

その震えは、死力を尽くしたから――ではなかった。

「あーあ、最悪だ」

それは梔子姫の声だが、無理やり声を作っているようなノイズだらけのものだった。

だが、彼女の姿は城壁の上にはない。

それより上。

ふわふわと漂う闇に包まれたナニカが、三つの瞳孔を持つ三つの眼で見下ろしている。

「仕方ないよね。君が悪いんだよ。あんなことされたらもう手加減なんてできないじゃないか」

月光も飲み込む闇は、千切れ舞う草のように離れては静かに消えていく。

触れれば何もかも殺すのだろうと幻視させる厭世を孕んだ黒を纏っているのは、月光よりも美しく輝く白い獣だった。

【晦冥白狐】。

形而上より来たりて終焉を告げる災厄の天狐が、尖った大きな口を開くと、口内に溜まった闇の粘液をボタボタと零した。

覚醒してしまったからこそ、ミラは生まれて初めて、ようやく、正しく理解した。

絶望とはどんなものかを。

「それに……いや、これは君に言うことじゃないか。それじゃあ――さようなら」

短い言葉に誘われて、漂っていた闇が小さな球体となってミラへと迫る。

個体保有スキル《晦冥の射干玉》
あれに触れては駄目だと、剣を投擲して牽制しながら背を向けて全速力で駆け出した。

惨めだなんて思う暇もない。

全身から汗を吹き出して、ミラは稲妻のような速さで疾走する。

球体と剣が衝突した刹那――巨大な漆黒が広がった。

光を捻じ曲げながら飲み込む虚空はミラの下半身を貪って、一定の大きさに広がってから音もなく収束して掻き消えた。

闇が飲み込んだ跡には、何も存在しない。

残されたのは、失った大気を埋めるように吹き抜ける風と、黒い触腕でミラを掴む、本来の姿を晒した梔子姫だけ。

城壁ごと綺麗な円形に抉り取った余韻の中央で浮遊する白い狐は、意識を失ってゆらゆらと揺れるミラを見て、巨大な目を不満で揺らした。

「カロン……。君、この女が大事なのか？　それとも気まぐれなのか？」

見つめる先はおびただしい血を流す、腰から下を失った無残な姿だが、息はある。

普通なら死んでいるはずだが、ミラはまだ命の灯火を消さずに生を繋ぎ止めていた。

ミラの首にかけられたロケットの金具が壊れて、大事にしまっていた物が落ちていく。

それは亡くなった母の絵と、カロンからもらった指輪《変わり身の小環》だった。

指輪はミラの流した血の上に落ちると水泡のような金の光を放出して砕ける。

その効果は、死亡を一度だけ肩代わりするもの。

ここから梔子姫が追撃を入れれば今度こそ死ぬだろうが、それをするのはカロンの意向に反していることになりかねない。

これが本当の潮時だと、梔子姫は忌々しげにミラを睨む。

「君は死ねないよ。カロンが必要とする限りはね。だから、いらなくなった時はまた遊ぼう、ミラ・サイファー」

答えはない。

それでかまわない。

結局、この人間の価値は世界を知るためのサンプルでしかないのだから。

喧騒（けんそう）から離れた静寂（せいじゃく）で、梔子姫は王城を見つめる。

君ならこれで分かるだろう、と。

「ねえカロン、彼女は君の言うレベルでは幾つだったんだい？」

解けた闇の隙間から、隠していた傷が顕（あらわ）になる。

最後の一投によって貫かれた脇腹は梔子姫の慢心した結果であり、この世界の目安でもある。

尋ねたら答えてくれるだろうか。それとも怒られるだろうか。

いや、どっちでもいい。

きっと今この瞬間は、カロンの目を独り占めできているだろうと、そう思うだけで一層笑いが止まらなかった。

◈ 終章 ◈

人と魔

ジメジメとした薄暗い通路には、クスクスと笑う女の声が霧のように響いている。

大書庫と同じ階層にあり、今の今まで使われていなかった地下の一角を漂うランク5の死霊種【リッパーレイス】が壁から壁をすり抜けて、囚われた人間の前を何度も往復していた。

巨大な半月包丁を握りしめて、見せびらかすように目の前を通る度に人間の様子を観察するが、顔も上げず手を高く吊るされたまま動かないのを残念がって、シャリンと刃を鳴らしては消えていく。

ボロ布を適当に巻きつけられた人間の女には足があった。

虚無の闇に飲み込まれて失われたはずの下半身が完璧に治されていた。

内臓が溢れ出て虫の息だった人間を治療できる薬などこの世界には存在せず、それだけ強力な魔術が使える魔術師などいるかどうかさえ分からない。

常識を遥かに超越したモノが存在する事実。

それに人間は感知せず、ただ時が過ぎるのを待っていた。

ふと、重苦しい鉄の軋みが聞こえてきた。

耳障りだった幽霊たちは怯えたように姿を消し、残ったのは石を踏み鳴らす靴音だけ。

音は二つあり、どちらも一定の速度でゆっくりとやってきて、女の目の前で止まった。

「元気かな、ミラ・サイファー」

そう呼ばれ、勇者へと至った人間はようやく顔を上げた。

薄汚れて乱れた銀の髪の合間からその二人を見て、ミラは微かに唇を歪めた。

「そう見えるか?」

「ずいぶんと居心地が悪そうだ。なかなかに騒がしかったんだろう?」

「ああ。おかしくなりそうだったよ」

そうかと呟いて、カロンは従えていたルシュカに手で合図をして鉄格子の扉を開け、中へと入ってきた。

「ルシュカ、外で待っていろ」

「カロン様。この女は勇者です。貴方様と二人きりにするなど危険すぎます。どうか――」

「戻れと言ったんだ。すまないが外で待っていてくれ」

低い声に、ルシュカは唇を噛んで深く頭を下げ、ミラに「なにかしたら生を後悔させてやる」と呟いて牢を出て場を離れた。

「さて」

そう前置きして、カロンはミラと三度目の邂逅を果たす。

魔王と勇者として相反する立場であることを明確にして。

「何故生かされているか、と思っていそうだな」

「いいや。それは大体察しがついているよ。勇者に目覚めた私を駒にするつもりなのだろう？　恐らくドグマ団長もヴァレイル殿も、もうこの世にはいないはずだ。私を騎士団長として擁立して、魔物肯定派にでも仕立て上げる。そんな計画をしていると」

勇者として目覚めなければ、ミラの確定している影響力は貴族としての地位しかない。

目覚めたからこそ、勇者至上主義の王国では絶大な力を手にできる。

騎士団長の席も確実なものとなり、公爵家の後継者として家督も継ぐだろう。

腐っても貴族として、騎士として教育を受けてきたから、この展開は想像がついた。

だが、反してカロンはなんとも言えない顔を作った。

「……まさかとは思うが。カロン、お前考えていなかったのか？」

「え？　まさか、そんなわけないだろう」

「だよな」

取り繕った感じがあるが、ミラは深く追及することはせず話を続けた。

「リフェリス王国は大騒ぎだ。今まで見つけては遊びのように殺していた魔物が群れをなして騎士団を敗北させたかと思えば、今度は別の魔物の群れが現れて公国を容易く滅ぼしてしまったんだからな」

そんなもの、実際に見なければ誰も信じられないだろうが、少なくともあの戦争に参加した騎士たちは、あれを敵に回すくらいなら下剋上だって考えるだろう。

「私に、それを制御させるつもりなんだろう？　都合のいいイヌとして王国を利用するために。ははっ、お前が救ってほしいと思っているなんて、馬鹿な考えだったな」

完璧だと言いたいくらい、腹立たしいほど緻密な作戦だった。

自分が勇者になってもならなくてもエステルドバロニアに影響はない。

ミラが首を縦に振れば、都合がいい程度の差しかないだろう。

あのひ弱な姿も全て演技なのだとしたら、この男の掌の上で全て踊らされていたことになる。

ふざけた妄想が最悪の事態を招いたと思うと、笑わずにはいられなかった。

壊れたように笑うミラだが、カロンは後ろに手を組んでゆるゆると首を左右に振る。

その仕草の意味が分からず、ミラの声はぴたりと止んだ。

「それもあるにはあるが、私の希望とは違うな」

「なに？」

これ以上何があるのか。

もはや魔物以上に得体の知れない存在と認識しかけていた魔物の王は、気負いなく言ってのける。

「私の目的は交易だ」

「……待て、待てカロン。そんなもののためにこんなことをしたのか？」

「そんなものとは失礼じゃないか。大切なことだろう？」

そうじゃない。それは副産物であるべきだと言いたい。

これからエステルドバロニアが外へ出るための手段として、利用し尽くす中の一つが交易じゃなければ、こんな面倒な手順を踏まず、邪魔な者を公国のせいにして排除してしまえば済んだ話なのだ。

各国との渡りにも、大陸の制御にも、いざという時の盾にも使える王国の有用性を、ただの交易相手としてしか見ていないのはおかしい。

なにか足りないものがある。そう考えてミラははっと目を見開き、悔しがるように歯を噛み締めた。

「そうか、とっくに神都はお前たちの手の中なのか」

「ご名答。よく分かったな」

「そうじゃなければおかしい。王国以上にディルアーゼルは各国から宗教の聖地を有する街として重要視されている。エルフを解放したことで亜人や獣人のいる国と関わるのも上手く進むし、問題が起きた時の捌け口として利用するには都合がいい所だ」

王国が公国と神都を制御できていないことは周知の事実だった。

その地位を考えれば、神都ディルアーゼルの方が対外政策に利用しやすいだろう。

つまり、王国に求められる役割は本当に交易でしかないことになる。

「なら、何故こんな真似をした。どうして、私を生かした！　こんな生き恥を曝させる理由はなんだ！　答えろ！」

想像していた自分の価値が崩れ去り、ミラは抑えきれない苛立ちを吐き出した。

心のどこかで、まだカロンは自分を特別と思ってくれていると信じていたのに、それを踏みにじられた気がして我慢がならない。

手に入れたいものが手に入らなかった。ならせめて手に入れたいと思わせたい。

そんな、ひどく歪んだ心の均衡のとり方。

雷霆の勇者となった騎士も、所詮弱い一人の人間でしかないなんて認めたくなかった。

ボロ布をはだけさせ、はぁはぁと荒く息をするミラを見ながら、カロンはゆっくりと背を向けて呟いた。

「これ以上、被害を出さないためだ」

その意味が、すぐに理解できない。

「私は余計な死を嫌う。たとえ魔物でも、人間でも、命の尊さに違いなどない。あの勇者たちが生き残っていれば再戦の目ができてしまう。あれ以上の戦力で圧勝してしまえば他国に救いを求めたくなってしまう。これ以上勇者を失えば民衆が暴動を起こしてしまう。エステルドバロニアと共存を果たすためには、ここまでする必要があった。それが理由だ」

アルバートも、ミラも、エステルドバロニアの視点から考えていた。

だが見方を変えれば、王国はギリギリ滅ぶ手段を取れなくなったと言えるのではないか。

魔物に強い悪感情を持つドグマとヴァレイルの排除。わざと弱い魔物による公国の制圧。王国貴族の早急な救援行動。覚醒したミラの生かされる理由。

　事実としてあの戦争で失われた兵の命は少なく済んでいるし、貴族のことをミラは知らないが、それも含めれば筋が通っている。

　王国は今後も生きていくために、強大な国へ反旗を翻さぬよう手足をもがれた。

　まるで悪逆非道な行いにも映るだろうが、強大な国だからこそできる生かし方でもある。

　むしろ、他に王国が生き長らえる手段はないとばかりに。

「我が国の民も、人間への怒りを持っている。刃を向けられても黙っているなど、王である私にはできん。その時は滅ぼさなければならない」

　そうならないために、カロンは選んだ……という体になっている。

　思いを押し殺すような平坦な口調で聞かされた内容に、ミラは驚きを隠せない。

「お前は、馬鹿なのか？」

「おい。言うに事欠いて馬鹿とはなんだ」

「お前たちからすれば、王国なんてむしろ邪魔な存在じゃないか」

「それがどうした。私は王だ。弱い人間の王なんだぞ。どうして弱者を切り捨てられる」

　その衝撃がどれだけのものか、カロンには分からない。

　ミラは、ここに真の王を見た気がしていた。

（こんなことになった言い訳が思いつかないだけなんだけどね。我ながらひどい内容だけど）

　とは、カロンの心の声である。

　ミラと会って説得するために寝ないで考えた嘘は通用しそうだと安心していた。

　それどころか、ミラが言い出した恐ろしい作戦の概要にぞっとしたくらいだ。

確かにエステルドバロニアの利益だけを考えたら、当然その悪どい選択になる。

これがルシュカたちに説明する必要に駆られていたならそっちに思考が傾いていただろう。

ミラに弁明するために考えたからこそ、とても耳触りの良い方向に進める余地があったのだ。

（そういうところまで考えて皆動いていたのか？　いや、ないな。梔子姫とか絶対考えていない。あれは俺を困らせる奴トップ三に加えておこう）

ちなみに一位はアルバート。二位は五郎兵衛である。

「一つ聞かせてくれ」

背後から落ち着いた声がして、カロンは首だけで振り返る。

「なんだ？」

「お前は、囚われているのか？　この国に、あの魔物たちに」

その答えを知ってどうするつもりか、少し分からない。

ミラがどうして夜襲をかけてきたのかを知らないカロンは、背中を見るミラの眼光に二度目の決意が灯っているなど、想像もしていなかった。

まさか自分を救うために、もう一度この国を敵に回そうと思っているなど。

だが、答えは決まっている。

自分の仲間が傷つく姿を見て、ようやく心の底から言える言葉だった。

「俺が、心血を注いで作り上げた国だ。平穏を好み、お祭り騒ぎばかりしているような、そんな奴らの暮らす幸福な国だ。人間に迫害され、陵辱され、虐殺されて尚、俺の想いに従ってくれるような優しい国だ。故に、歯向かうなら容赦はしない。如何なる手段を用いてでも葬ろう。それが――」

――愛するエステルドバロニアを守るために、俺が選ぶ王道だ。

「お前の反旗に二度はない。次は容赦なく殺す」

黒に身を包んだ男の言葉は、跪きたいと思わせる気迫に溢れていた。

慈悲深く冷徹な声に、ミラはようやくカロンの本質を知り、がくりと項垂れる。

「ああ、まったく馬鹿な女だな、私は。あの女狐が正しかったか」

なんの話か尋ねるよりも早く、ミラは諦めたような力ない声を出した。

「……魔物に手出しはしないことを、ミラ・サイファーの名に誓おう」

魔物を殺せと訴える煩わしい声は、斬り捨てて黙らせてやる。

勇者として覚醒したミラにとって、もう家も国も関係ない。

植え付けられてきた思想が吹き飛ぶくらい清々しい気持ちだった。

この男が従えるのなら、信じてやろうかと思えるくらいには、自由な心だった。

「皮肉なものだな。私が一番、救われたなんて」

「ご愁傷さま、と言ってやる」

カロンは笑いながら、それ以上の会話は不要だと鉄格子の外へ出て暗い通路を足早に歩いた。

暗い通路を進めば、両手を体の前で重ねたルシュカがゆっくりと頭を下げた。

「お疲れさまでした」

万感の思いが籠もった温かな声が、カロンの肩から力を抜かせる。

「ありがとう」

ルシュカも、カロンの声にいつもの穏やかさが戻っていると感じてふわりと微笑んだ。

「これで、ゆっくり休んでいただけますね」

凛々しい顔立ちを優しく綻ばせているのに、その言葉には有無を言わせぬ迫力がある。

カロンは視線を僅かに逸らして誤魔化そうとしたが、ルシュカは微動だにせずカロンを見つめたまま、視線だけが追いかけてきた。

「……分かった。落ち着いたら、しっかり休むよ」

観念すると、ルシュカは手をパチンと打ち合わせて喜ぶ。

「では、まずカロン様の快気祝いを盛大に行わないといけませんね！　それから大陸の支配も祝わなければ。あっ、それからカロン様には安息日を作っていただいて、その日は我々が誠心誠意尽くして一切の憂慮なくお過ごしになれるように……それから、それから」

「落ち着け。どうしたんだ突然」

捲し立てるようにこれまで考えていたことを並べていくルシュカに、今までとは違うものを感じてカロンはそっと腕に手を触れた。

ルシュカはぴくんと肩を揺らすと、ゆっくり視線を下げて悲しげに指を擦り合わせる。

「……私たちは、私は、カロン様が病に伏せる中、何もできませんでした」

彼女が弱い心をはっきり口にしたのは初めてのことではないだろうか。

「カロン様のご命令に従うのが我らにとって至上の幸福ですが、ご命令に背かなければお救いすることは難しい状況でした。我らは皆、その二律背反の中で決断することができず、梔子が独断で行動したのが結果として正しいものとなりました」

ルシュカは、最後まで答えを導くことができなかった。

エステルドバロニアの建国当初から仕えてきた三体の、カロンに向ける愛には違いがある。

ヴェイオスはカロンの人生を愛し。

梔子姫はカロンという人間を愛し。

ルシュカは、カロンの全てを愛している。

それはカロンだけではなく、この国も生きる民も全て愛しているのだ。

だからこそ、ヴェイオスのように泰然とはしていられないし、梔子姫のように国を敵に回す覚悟もできない。

一番近くにいながら、副官であることしかできなかった自分が嫌いだった。

「ですから決めたのです。これまで以上に、カロン様に尽くすと」

どれだけの覚悟をもって口にしているのかはカロンには分からない。

ただ、どうやら今までよりも甘やかされそうな気はした。

「……ほどほどにな」

自分が発端になって国を混乱させた負い目もあり、カロンはそう口にするのが精一杯だった。

こうして、騒動の幕を閉じる。

これからどのような事態が待ち受けていようとも、カロンは自分で決めた茨の道を、大切な仲間に切り開かせて進むだろう。

新たな時代の幕開けは、一人の人間を大きく変えた。

「魔王でも名乗ろうかな」

それに相応しい存在に。

天魔波旬を統べる王としての姿に。

この世界を地獄の坩堝に変えようとも、守るべきものを守る人間に。

「それに相応しいだけの力を手に入れてやる」

それを歓迎するようにノイズが頭に走った。
今、ふと何かが抜け落ちたような気がして振り返るが、そこには何もない。
（あれ？）
立ち止まる。
「なんで怖がってたんだ？」
抜け落ちたものの正体を思い出すことはないだろう。
ただ、選んだ道を歩くしかこの男には残されていないのだから。

あとがき

この度は『エステルドバロニア3』をご購入いただき、誠にありがとうございます。

『2』が発売されてからおおよそ一年も経つんですね。

一年も経つと思うと、一体この一年間何してたんだと後悔することばかりでございます。

今過ごしている時間はさほど気に留められないのに、どうして過ぎた時間はこんなに勿体ないと思うんでしょうか。

そんなんだから夏休みの学生みたいなことになるんですけどね……。


ともあれ、今回の軸にした題材は〝問題〟です。

大なり小なり、国でも個でも、あっちもこっちも問題だらけで、それを解決していくにはカロンの尽力だけではもう足りなくなるでしょう。

エステルドバロニアが周知されたことで、よりこの世界の人々との連携が必要になってきます。

全部滅ぼすルートが楽に見えるでしょうけど、それを選択できるほどカロンは人間性を捨てていませんので、今までと同じように慎重な道を選ぶと思います。

そうじゃないとカロンらしくないですからね。


これから、カロンたちの触れる世界はどんどん広がっていくでしょう。

その中でカロンらしさ、魔物らしさ、人間らしさを描いていけるように心がけながら、皆様にエステルドバロニアの世界を楽しんでいただければと思います。

今回も最高に素敵なイラストを用意してくださったｓｉｍｅ様を始め、担当していただいている編集者様や書籍に関わってくださった多くの方々、本当にありがとうございます。

最後に、この作品を読んでくださっている皆様にも改めて御礼申し上げます。

百黒（ももくろ）　雅（みやび）

かよわき乙女ver
フィルミリアちゃん!
いつもの調子と違う
のもギャップがあって
かわいい...
好きです...

エステルドバロニア３

2021年8月30日　初版発行

著　　者	百黒　雅
イラスト	sime
発 行 者	青柳昌行
発　　行	株式会社KADOKAWA 〒102-8177 東京都千代田区富士見2-13-3 電話 0570-002-301(ナビダイヤル)
編集企画	ファミ通文庫編集部
デザイン	横山券露央、小野寺菜緒(ビーワークス)
写植・製版	株式会社オノ・エーワン
印刷・製本	凸版印刷株式会社

・お問い合わせ
https://www.kadokawa.co.jp/(「お問い合わせ」へお進みください)
※内容によっては、お答えできない場合があります。
※サポートは日本国内のみとさせていただきます。
※Japanese text only

 ISBN978-4-04-736701-2 C0093　定価はカバーに表示してあります。

アニメ化決定

かつて自らが成したこと、
そして仲間たちの
軌跡を辿る旅の果てに
あるものは——。

修太郎と
魔王たちの邂逅は、
デスゲーム世界の
希望となるのか!?
《START: DEATH GAME》
ゲーム内に
閉じ込められた
プレイヤーたちも、
それぞれの思いを
賭けて奔走する!!
The unimple mented end-stage enemys have joined us!
contract: { BOSS MOB }
The Six Demon Kings
and the Lord of the Dungeon

針子の乙女
HARIKO NO OTOME
針と蜘蛛と精霊で織りなす
幻想的な異世界裁縫
ファンタジー。
［はりこのおとめ］
著＝ゼロキ
Zeroki Presents
Illustration 竹岡美穂
Illustrated by Miho Takeoka
コミカライズ
針子の乙女
ヤングエースUPで
絶賛連載中
①～②巻
絶賛発売中！
B6判単行本
KADOKAWA／エンタープレイン刊